COLECCIÓN
BOLAÑO
白水社

ボラーニョ・コレクション

第三帝国

EL TERCER REICH

ロベルト・ボラーニョ
Roberto Bolaño

柳原孝敦 訳

第三帝国

Japanese edition published by arrangement through The Sakai Agency

カロリーナ・ロペスに

ゲームの相手は行商人だったり、避暑客だったりしました。そして二か月前にはあるドイツの将軍に二十年の懲役を言い渡すこともできました。妻をつれてふらっと来ただけの将軍が、私の技によってかろうじて絞首台を免れたのです。

フリードリヒ・デュレンマット『故障』

装丁　緒方修一

八月二十日

窓越しに潮騒に混じって、夜を明かして帰る者たちの笑い声やおそらくテラスのテーブルをウェイターたちが片づけている音、ときどき海岸通りをゆっくりと走る車のエンジン音、ホテルの他の部屋から聞こえる何の音かはわからないがくぐもったブーンという唸りなどが入ってくる。インゲボルクは眠っている。彼女の顔は、夢などに惑わされない天使のようだ。ナイトテーブルには彼女が口をつけなかったミルクが一杯置いてあるが、今ではぬるくなっているに違いない。枕のすぐ横で半ばシーツに隠れているのは、捜査官フロリアン・リンデン・シリーズの一冊だ。彼女はこれを二ページと読み進まないうちに眠りに落ちたのだった。僕はまったく逆に、暑さと疲れで寝つけなかった。たいていよく眠れるほうで、毎日七、八時間も寝ている。ただし、疲れてベッドに倒れこむということはめったにない。朝はレタスみたいにパリッと目覚め、八時間、十時間と活動しても気力は萎えない。自分で記憶しているかぎり、これまでもずっとそんなだった。僕にはそういうところがある。誰に教えられたのでもなく、ただそんななのだし、だからといって他の誰かよりも優れているとか劣っていると言いたいわけではない。たとえばインゲボルク、土日には昼過ぎまで寝ているあのインゲボルクにしてから、週日にはコーヒーを二杯飲んだだけで——それとタバコを一本吸えば——すっきり目が覚めて、元気よく仕事に向かうのだから。ところが今夜は、疲れと暑さで僕は眠れないときている。それに、書きたいという思い、一日の出来事を書き留めておきたいという思いもあり、ますますベッドに入って明かりを消すどころではない。

旅の間は、特に言うほどの出来事も起きなかった。ストラスブールに立ち寄った。前に行ったことがあるけれども、美しい街だ。高速道路脇のスーパーマーケットみたいなところで食事した。国境ではずいぶん待たされると言われていたのだが、十分と待つことなく通過することができた。何もかもが素早く、手際がよかった。そこから僕が運転を代わった。インゲボルクは地元のドライバーたちを信用していないのだ。たぶん、何年も前にスペインの高速道路でひどい目に遭ったことがあるのだろう。子供のころ、両親に連れられて休暇を過ごしに来たときのことだ。それに、当たり前のことだが、彼女は疲れてもいた。

ホテルのフロントで僕たちに応対したとても若い女の子は、ドイツ語でかなりうまく立ち回り、僕たちの予約情報も難なく見つけた。チェックインを済ませて部屋に上がる途中、食堂にいるフラウ・エルゼが遠目に見えた。すぐに彼女だとわかった。テーブルを整えながら、塩の小瓶をたくさん載せたお盆を手にしたウェイターに何か指示していた。緑のスーツに身を包み、胸にはホテルの金属製の徽章をつけていた。

年が経ってもぜんぜん変わっていない。

フラウ・エルゼを見たおかげで、僕は思春期の影と光の瞬間を思い出した。両親と兄がホテルのテラスで朝食を摂っている。夕方の七時からレストランのスピーカーが一階のフロア全体にまき散らす音楽。ウェイターたちのナンセンスな笑い声。僕と同年代の少年たちが、誘い合わせて夜中に泳ぎに出たり、ディスコに出かけたりする姿。当時の僕はどんな曲がお気に入りだっただろうか？　年ごとに新しいお気に入りができていた。前の年の曲に似たり寄ったりのその曲を、僕は気が済むまで鼻歌で歌ったり、口笛で吹いたりしたし、町中のすべてのディスコがよく閉店前に流してもいた。兄は音楽にうるさいタイプなので、休暇に持っていくテープを事前に念入りに選んでいたけれども、僕は逆に、かかっている新譜を偶然耳にして、それが夏のテーマ曲になるというのが好きだった。たまたま耳に入った曲でも、二度も三度も耳にしたら、もうこびりついて離れなくなる。昼間の日の光の下でもその一節を思い出すし、休暇中に知り合って遊ぶようになった友だちが歌ったりもする。友だちといっても、今の僕のものの見方からすればはかない関係だ。このままだとひょっとして退屈してしまうんじゃないかとの思いから付き合うという関係。当時見知った面々のうち、記憶に残っているのはわずか数人だ。その最たる存在が、フラウ・エルゼというわけだ。最初に会った瞬間から、彼女の優しさに僕は参ってしまい、おかげで僕は両親の冗談やら軽口やらを浴びせられることになった。あろうことか二人は、当のフラウ・エルゼの面前で僕をからかいさえしたのだが、そのときは彼女の夫、名前は憶えていないがスペイン人の夫もいて、その目の前で、妬けるだのませた子だねだのと言うのだから、僕は爪の先まで真っ赤になってしまったけれども、フラウ・エルゼの裡には一種の仲間意識みたいなものが生まれたはずだ。そのとき以来、家族の他の連中に対する態度に比べて、僕には暖かく接してくれるようになった気がする。それから、次元は違うが、ホセ（という名だったろうか？）という僕と同年代のホテルの従業員も憶えている。僕たちを、つまり兄と僕を、二人だけなら決して足を踏み入れなかったはずの場所に連れていってくれた。別れを告げるとき、たぶん次の年の夏はもう〈オテル・デル・マル〉で過ごすことはないとうすうす勘づいていたのだろう、兄はロックのカセットテープを、僕は古いジーンズを、それぞれ彼にプレゼントしたのだった。あれから十年経ったけれども、僕はいまだに、ホセの目から溢れ出た涙を憶えている。片手に畳んだジーンズ、もう一方の手にテープを持ち、ホセはどうしていいのか、何と言えばいいのかわからず、いつも兄に馬鹿にされていたひどい英語で、さよなら、ふたりとも元気でね、とか何とか呟いていた。僕たちはスペイン語で――何年もの間、両親とともに休暇をスペインで過ごしていたのは無駄ではなく、ある程度流暢に話せたのだ――心配するな、来年の夏には戻ってくるから、また三銃士みたいにいっしょにやっていこうじゃないか、だから泣くな、と言った。ホセからは二通葉書をもらった。僕は兄と連名で一通目に返事を書いた。その後僕たちは彼のことを忘れ、彼からも音沙汰がない。それからハイルブロン出身の少年でエーリッヒという子がいた。そのシーズンでは一番泳ぎのうまいやつだった。シャルロッテという子もいた。兄がすっかり熱を上げていたのだが、彼女は僕と日光浴をするのを好んだ。特筆すべきは可哀想なジゼルおばさんのことだ。母の一番下の妹で、僕たちが〈デル・マル〉で過ごした最後から二番目の夏に、一緒についてきたのだ。ジゼルおばさんはことのほか闘牛が好きで、際限なく競技を見たがった。忘れられない思い出がある。兄が父の車を好き放題に運転し、僕が隣で、誰にも何も言われなかったのでタバコを吸って、ジゼルおばさんが後部座席から自動車道の下に広がる波しぶきを浴びた断崖と、暗緑色の海をうっとりと眺めている光景だ。ひどく青白い唇には満ち足りた微笑みを湛え、膝には三枚のポスター、三つの宝を載せていた。そのことからわかるのは、おばさんと兄と僕の三人がバルセローナ闘牛場で花形闘牛士たちに会ってきたということだ。いかにも、両親はジゼルおばさんが入れ込んでいる活動の多くを快く思ってはいなかった。同じく、おばさんが僕たちに好きなようにさせることにも眉をひそめていた。両親の見方に従えば、子供にはそこまで自由を与えてはいけないのだという。とはいえ当時僕はもう十四歳になろうとしていた。一方、僕はかねがね、むしろ僕たちこそがジゼルおばさんの世話を焼いていたのではなかったかと疑っていた。母がうまい具合に、誰にも気づかれないように注意深く、そう仕向けたのだ。いずれにしろジゼルおばさんが僕たちと過ごしたのはひと夏だけだった。〈デル・マル〉で過ごした最後の夏のひとつ前。

その他に憶えていることはあまりない。テラスのテーブルに響く笑い声や驚く僕の目の前で空になっていくビールの特大ピッチャー、汗びっしょりの名もなきウェイターたちが、カウンターの隅で縮こまって小声で話しこんでいる姿を忘れたことはない。ばらばらなイメージが浮かぶ。幸せそうな父の笑顔と何度も頷く仕草、自転車を貸してくれる自動車整備工場、夜九時半の、まだほんのりと日の光が残る砂浜。当時家族で投宿していた部屋は、今僕たちがいるこの部屋とは違う。今よりも良かったか悪かったかはわからないが、ともかく違う部屋だった。もっと下の階で、もっと広くて、ベッド四台が余裕で入る部屋だった。それに、海に面した広いバルコニーがあって、両親は昼食後よくそこに出て何度も何度もトランプをしていた。寝室に浴室があったかどうかははっきりしない。あった年もあるだろうし、なかった年もあるだろう。今の部屋には浴室がある。とてもすてきな、広々としたクローゼットもある。それにキングサイズのベッド。カーペットもふかふか。バルコニーには鉄と大理石でできたテーブルがある。カーテンは二層、内側はとても繊細な手触りの緑の布製で、外側のは白塗りの木製パネルで実にモダンだ。直接照明と間接照明。どこにあるのかわからないスピーカーも一組あって、ボタンひとつでFM放送の音楽を流してくれる……間違いない、〈デル・マル〉は進歩したのだ。海岸通りを走りながら車から一瞬眺めただけでもわかったが、競争の波はここにも及ばないではいられなかったのだ。記憶にないホテルがあったり、かつて空き地だった場所にアパートが建ったりしている。ただし、すべてはそう思えるというだけのこと。明日はフラウ・エルゼに話しかけてみよう。それから街中を一回りしてみるつもりだ。

僕も進歩しただろうか？　もちろんだ。以前はインゲボルクのことは知らなかったが、今は彼女と一緒だ。今のほうが興味深い友人たちと深く付き合っている。たとえばコンラート。彼はもうひとりの兄弟みたいなものだから、きっとこの日記を読むことになるだろう。自分が何をしたいか、今ではわかっているし、視野も広くなっている。経済的にも自立している。思春期のころにはとにかく退屈してばかりいたのだが、今はそんなことはない。退屈しないということは、コンラートによれば、健康の試金石なのだそうだ。それによれば僕はすこぶる健康だということになる。大袈裟な話などではなく、僕は今、人生で最良の瞬間を生きていると思う。

こんな状況になったのも、大半はインゲボルクのおかげだ。彼女に出会ったことは僕にとっては最良の出来事だった。彼女の優しく、愛嬌たっぷりな、やわらかい眼差しに見つめられると、その他のこと、日々の努力とか、嫉妬した誰かが僕を陥れようと仕掛ける罠だとかが違って見えるようになる。新たな次元においてそれらの事実を眺めると、僕はそれに正面から立ち向かい、克服できるのだ。僕たちの関係は、最終的にどうなるのだろう？　そんなことを言うのも、なにしろ今日の若いカップルの関係というのは壊れやすいものだからだ。あまり考えたくはない。ただ優しくしていたいのだ。彼女を愛し、彼女の面倒を見ていたい。そりゃ、結婚できればそれに越したことはない。死ぬまでずっとインゲボルクの傍らにいられるなんて、感情的側面に関しては、これ以上望めないんじゃないか。

時が経てばわかるだろう。今のところ彼女の愛は……いや、詩はやめておこう。これからの休暇は仕事の日々でもある。フラウ・エルゼにもっと広いテーブルを頼むことになるだろう。あるいは、小さいのをふたつ頼んだほうが盤を広げるには適しているかも。また盤を開くかもしれないと考えるだけで、あそこをあんなふうにするという手もある、などと思いつき、今すぐにでもゲームを始めてその手を確かめたくなる。でもやめておこう。あと少し書くので精一杯だ。長旅だったし、昨日はほとんど寝ていない。眠れなかったのは、これからインゲボルクとふたりで過ごす休暇が始まろうとしていたからでもあるし、一方では十年ぶりに〈デル・マル〉に足を踏み入れようとしていたからでもある。

明日はテラスで朝食を摂ろう。何時がいいだろう？　インゲボルクは朝寝しそうだ。朝食の時間は決まっているんだっけ？　憶えていない。決まっていなかったと思う。いずれにしろ、街中のカフェで朝食を摂ることだってできる。漁師と観光客でいつもごった返している昔ながらの店だ。両親と一緒に来ていたころは、たいてい〈デル・マル〉内かそのカフェで食事をした。もう潰れてしまっただろうか？　十年の間にはいろんなことがある。まだやっているといいのだが。

八月二十一日

二度、フラウ・エルゼと話した。僕が望んだほど満足のいく話はできなかった。最初は朝の十一時ころ、インゲボルクをビーチに独り残して、いくつか用事を済ませにホテルに戻ったところだった。フラウ・エルゼはフロントでデンマーク人客に応対していた。スーツケースを持っていたし、すっかり日焼けした肌をこれ見よがしにひけらかしていたので、チェックアウトだとわかった。彼らの子供たちが、メキシコ風の巨大な麦わら帽子を引きずりながらロビーを歩いていた。来年も同じ時期にきっとまた戻ってくると約束して客が立ち去ったところで、僕は名乗った。ウド・ベルガーです。手を差し出し、うっとりと微笑みながらそう言った。うっとりするのも無理はない。その瞬間、間近で見たフラウ・エルゼは、少年の僕が記憶していたよりもはるかに美しく、少なくとも負けず劣らず謎めいて見えたのだから。ところが彼女は僕が誰だかわからなかった。五分にわたって僕は自分のこと、両親のこと、何年もの間このホテルで夏を過ごしたことなどを説明し、本当は胸にしまっておきたかったけれども、僕を語るのにうってつけの忘れられた出来事の数々を語って彼女の記憶に訴えかけもした。フロントでずっと立ったまま話していた僕たちの傍らを水着姿の客（かく言う僕も短パンにサンダル履きという格好だった）が行ったり来たりして始終話に割り込んできて、フラウ・エルゼに僕のことを思い出してもらおうとする努力は邪魔された。しまいには彼女も思い出したと言ってくれた。ベルガー様のご一家ですね。ミュンヘンからお越しでしたかしら？　いいえ、ロイトリンゲンです、と僕は訂正した。でも今はシュトゥットガルトに住んでいます。そうでした、と彼女は言った。母はとても魅力的な人だったと、そして父のことも、ジゼルおばさんのことまでも思い出したと言った。あなたはずいぶんと大きくなって、すっかり見違えました、と言った彼女の声の調子には、ちょっとしたはにかみが感じ取れたような気がして、なぜだか説明できないけれども僕は困惑してしまった。どれくらい滞在する予定なのか、この町もずいぶん変わったかと訊かれた。まだ見て回っていないのだと答えた。昨夜、だいぶ遅い時間に到着したので、と言った。ここには二週間滞在する予定です、もちろん、この〈デル・マル〉に。彼女は微笑み、これをもって僕らの会話に終止符が打たれた。すぐさま部屋に戻った僕は、どういうわけか少しばかりくらくらした。部屋から電話をかけ、テーブルをひとつ持ってきてほしいと頼んだ。少なくとも長さが一・五メートルあるやつをとはっきり伝えた。待っている間、この日記の最初の数ページを読んでみたが、悪くなかった。特に初心者としては上出来だった。たぶんコンラートは正しい。義務あるいは義務に近いものとして日記に自分の考えや日々の出来事を書き留めることを毎日続けると、僕のように事実上の独学者にとっては思考のいい勉強になる。記憶力の焦点を大雑把にでなく丹念にあるイメージに当てられるし、すっかり形になったことだと思われても、実はまだ種子にすぎなくて、それが胚胎してあるひとつのはっきりとした形になるかどうかわからない繊細な局面に注意を払うようになる。とはいえ、もともと日記を書き始めたのにはもっとずっと現実的な目的がある。今後、不完全な言い回しや文法の間違いによって僕の書く記事が伝えるはずの新たな発見を台無しにしないために、文章を彫琢するのだ。僕の記事は回を追うごとにより大きな専門誌に載るようになって、最近では各種の批判の対象になりもした。投書欄に批判が寄せられたり、雑誌の当局者が削除したり修正したりしたのだ。僕が抗議しても、自分はゲーム大会のチャンピオンなのだと主張しても、こうした検閲が緩むことは決してない。遠慮会釈もなく、ただ文法的に間違っているの一点張りだ（まるで連中のほうがうまく書けるみたいに）。偽りのないところを言えば、幸い、いつもそんなふうだというわけではない。雑誌によっては、僕の原稿を受け取ると、二言三言、丁寧な言葉を差し挟んだだけのコメントを礼儀正しく送ってよこすもの、しばらくすると僕の書いたものが一切カットされずに活字になることもある。やたらと褒めそやしてくれる雑誌もあって、それらのことをコンラートはベルガー派出版物と呼んでいる。実際のところ、僕の抱えている問題は単にシュトゥットガルトのグループの一分派やケルンのうぬぼれた野郎どもとの関係だけなのだ。ケルンの連中はいつだったか、僕に派手に打ち負かされたことがあるものだから、まだ許せないでいるのだ。シュトゥットガルトには三誌あって、そのすべてに僕は寄稿したことがある。そこでの問題は、いわば内輪もめだ。ケルンには一誌しかないものの、図版の質がずば抜けていて、国中に出回っているし、そしてこれも重要なことだが、寄稿すると原稿料がもらえる。しかも贅沢なことに、小さいけれども専門の編集委員会まであって、委員たちは他でもない自分の好きなことをやっていると考えれば決して悪くはない月々の給料をもらっている。それがいいのか悪いのかは別問題だ。僕は悪いと思うけど。ケルンの雑誌には二本の試論を発表した。一つ目の「〈バルジ大作戦〉の勝ち方」はイタリア語に訳されてミラノの雑誌に載ったおかげで、友だちの間では褒めそやされたし、ミラノのゲーム・ファンたちと直接連絡が取れるようになった。話を戻すと、この二本は掲載されたものの、どちらにも若干の変更が、ちょっとした変化が加えられていたことに僕は気づいた。紙幅がない——そのくせ入れてくれるようにと頼んだ図版はすべて入っていた！——とか校閲だとかの口実で丸ごと削除された文もあったけれども、それを除いての話だ。校閲を請け負っている人物にはお目にかかったことも電話で話したこともないので、本当にいるかどうか疑っている（雑誌にこの人物の名前は載っていない。この疑わしい校閲係の背後に編集委員会の連中が隠れていて、そこから記事の書き手たちに横暴を働いていることは間違いない）。三本目の原稿を提出したとき、事態は極まった。向こうからわざわざ依頼してきたというのに、掲載を拒否したのだ。僕にも我慢の限界というものがあった。掲載拒否の手紙を受け取った数時間後、編集長に電話して、そんな決定がなされて驚いていると、そして彼ら、編集委員会の連中のおかげで時間を無駄にしたことに腹を立てていると伝えた。ただし、最後の点に関しては嘘をついた。この種のゲームに関する問題を解明するための時間を、無駄だと思ったことはない。ましてや、僕がとりわけ興味を抱いている作戦のある局面について考えたり書いたりする時間ならなおさらだ。驚いたことに、編集長は侮辱や威嚇の言葉を縷々連ねた。数分前までその取り澄ましたアヒルロからそんな言葉が吐かれるとは思いも寄らなかったのに。電話を切る前に——といっても、最終的に切ったのは向こうだったが——僕は、いつかどこかで顔を合わせることがあったら、その鼻をへし折ってやると誓った。浴びせられた多くの侮辱の言葉の中でも、とりわけ僕の感受性を深く傷つけたのは、文章が下手だというものだった。落ち着いて考えれば、その哀れなやつが間違っていることは明らかだ。でなければ、なぜ僕の書いたものは相変わらずドイツやその他の国の雑誌に掲載されているのだ？　僕がレックス・ダグラスやニッキー・

パーマー、デイヴ・ロッシから手紙を受け取るのはどうしてか？　僕がチャンピオンだというだけの理由か？　それを危機と呼ぶ気はないが、こうした事態に至ったときに、コンラートが決定的な言葉を口にしたのだった。ケルンの連中のこと（唯一まともなのはハイミトで、やつは雑誌とは無関係だ）は忘れろと助言してくれたのだ。そして日記をつけるようにと、日々の出来事を記録し、後々書く記事のためにばらばらな思いつきを整理する場所を確保するのは決して無駄なことではない、と言ってくれた。それをまさにここでやろうと思うのだ。

そんな考えに耽っていたところにノックがあり、客室係が現れた。まだまるで子供で、架空のドイツ語——実際、唯一のドイツ語表現は否定の副詞だけだった——で何ごとかまくし立てたのだが、考えた末に僕は、彼女がテーブルはないようだと言いたいのだと理解した。僕は彼女にスペイン語で、テーブルが絶対に必要なのだと、しかもどんなテーブルでもいいのではなく、長さが少なくとも一・五メートルなければならない、でなければ七十五センチのテーブルを二つ、しかも今ほしいのだと説明した。

女の子はできるだけのことはすると言って立ち去った。しばらくして現れたときは四十がらみの男と一緒だった。茶色いズボンは皺だらけ、まるで穿いたまま寝てるんじゃないかと思えるほどで、白いシャツの襟は汚れていた。男は自己紹介もせず断りもなく部屋に入ると、何のためにテーブルが必要なのかと訊ねた。部屋に備え付けのテーブルを顎で指したが、そっちは僕の用途には低すぎ、小さすぎるのだ。僕は答えないことにした。僕が黙っているのを見て、男はひとつの部屋にテーブルを二つ置くことはできないと説明に乗り出した。僕が彼の言葉をちゃんと理解しているかどうかあまり確信が持てないらしく、まるで妊婦を描くような身振り手振りをときどき交えた。

それだけのパントマイムを見せられていくぶんうんざりした僕は、テーブルの上にあったものを全部ベッドの上にぶちまけ、このテーブルを持っていって代わりに僕が頼んだようなものを持ってくるようにと伝えた。男は動く素振りも見せなかった。びっくりしたようだ。女の子は逆に、僕に好意的に微笑みかけてきた。僕はすぐさま手ずからテーブルを持ち上げ、廊下に出した。男は何が起きたかわからず戸惑いながらも頷き、部屋を出た。立ち去る前に、僕が望むとおりのテーブルを見つけるのは簡単ではないと言い残した。僕はにっこり笑って元気づけてやった。頑張れば何だってできるさ。

しばらくしてフロントから電話があった。誰かわからない声がドイツ語で、僕の要求したテーブルはないと言った。部屋に備え付けてあったものを戻しましょうか？　お名前をうかがえないかと訊ねた。声は言った。フロント係のヌリアと申します。噛んで含めるような調子で、ヌリアさんに対し、僕の仕事のために、そう、休暇中ではあっても僕は仕事をするし、そのためにはテーブルがないとだめなのだと、それも部屋にあったやつ、たぶん、あれが標準のテーブルなのだろう、どの部屋にもあるのだろうけれども、あれではなくて、もっと高くて、なによりもっと長いのが必要なのだ、差し支えなければそういうのを用意していただきたい、と説明した。ベルガーさん、お仕事は何を？　とヌリア嬢が訊いてきた。そんなことどうでもいいでしょう？　ただ僕が頼んだとおりのテーブルを持っていくように指示してくだされば、それでけっこう。フロント係は口ごもり、それからか細い声で検討してみますと言い、慌てて電話を切った。その瞬間僕は上機嫌を取り戻し、ベッドに倒れこむと大笑いした。

フラウ・エルゼの声に起こされた。ベッドの傍らに立った彼女の並外れて色濃い目が心配そうに僕を眺めていた。すぐさま眠りこんでしまったのだと気づき、恥ずかしい気持ちになった。何か覆い隠すものはないかと手探りした。ただしまだ夢の中にいるようにゆっくりとではあったけれども。短パンを穿いていたとはいえ、真っ裸のような気がしたのだ。どうやって入ったんだろう？　全然気づかなかった。ひょっとして全室のマスターキーを持っていて、自由に使っているんだろうか？

ご病気かと思いました、と彼女は言った。フロントの者を脅しましたね？　彼女はホテルの規則に従っているだけです。お客様から無作法なふるまいを受けるいわれはございません。

「どんなホテルでも避けがたいことですよ」と僕は言った。

「わたくしどもの商売に関して、わたしよりもご存じだとおっしゃるのですか？」

「いいえ、もちろん違います」

「ならばどういうことで？」

二言三言詫びを呟きながらも、僕はフラウ・エルゼの完璧な卵形の顔から目が離せなかった。軽い皮肉の笑みが浮かんでいたと思う。僕が引き起こした状況を楽しんでいるみたいだ。

彼女の背後にはテーブルがあった。

ガバッと飛び起きてベッドの上で膝立ちになった。フラウ・エルゼは微動だにしなかったので、僕は満足のいくまでテーブルを見ることはできなかったけれども、それでも僕が頼んだとおりのものだということはわかった。むしろそれより良かった。お気に召すとよろしいのですが。地下室まで下りて持ってきました。夫の母の持ち物でした。彼女の声には皮肉な調子がまだ残っていた。お仕事の役に立ちますか？　夏の間ずっとお仕事なさるつもりですか？　お客様ほど青白ければ、わたしなど一日中ビーチで過ごしそうなものですけどね。どちらもするようにしますと約束した。少し仕事をして少しビーチに行く。ちょうどいい割合で。夜はディスコなどへ出かけないのですか？　ご同伴の女性はディスコがお嫌い？　そういえば、彼女はどこに？　ビーチです、と僕は言った。きっと頭のいい方ですね。時間を無駄遣いしていません、とフラウ・エルゼが言った。よろしければ夕方にでも紹介しますよ、と僕は言った。残念ながらいろいろと立て込んでいまして、今日は一日中事務所にこもりきりかもしれません。またの機会にでも、とフラウ・エルゼは言った。僕はにっこり笑った。話せば話すほど興味をそそられる。

「あたなもビーチに行かずに仕事をするんですね」と僕は言った。

従業員にはもっと気を遣うようにと警告すると、彼女は立ち去った。

窓際にテーブルを据えた。ここなら自然光をいっぱいに利用できる。それからバルコニーに出ると、陽に晒された多数の半裸の体の中にインゲボルクを見分けようと、長い間ビーチを眺めていた。

昼食は二人してホテルで摂った。インゲボルクの肌は赤くなっていた。彼女はとても色白なので、急激に日に当たるのは体に良くない。日射病なんかにかかっていなければいいのだが。かかっていたら大変なことだ。部屋に上がると、このテーブルはどこから出てきたのかと彼女に訊かれたので、説明することになった。完全に平穏な雰囲気の中で、僕はテーブルの傍らに腰かけ、彼女はベッドに寝そべり、ゲーム盤を広げようと思って、前にあったやつに替えてもっと大きいのを持ってくるように支配人に頼んだのだと言った。インゲボルクは何も言わずに僕を見つめたが、その目を見ると彼女が言いたいことを言わなかったことがわかった。

彼女がどの瞬間に眠りに落ちたのかはわからない。インゲボルクは目を半分開けたまま眠るのだ。僕はそっと日記帳を拾い上げ、書きこみ始めた。

ディスコ〈古代エジプト〉に行った。夕食はホテルで摂った。インゲボルクは昼寝《シエスタ》（スペイン人の習慣の身につく速さときたら！）の最中に寝言を言った。脈絡のない言葉だ。ベッド、ママ、高速道路、アイスクリーム……等々。彼女が目覚めると、二人で海岸通りを散歩した。町の中には入らず、行き来する人の流れに身を任せた。それから通り沿いの護岸に座っておしゃべりした。

夕食は軽く済ませた。インゲボルクは服を着替えた。白いワンピースに白いハイヒール、真珠のネックレスをして髪はわざと投げやりな感じでおだんごにまとめた。彼女ほど品良くとはいかないが、僕も白でまとめた。

ディスコはキャンプ場地帯にあった。そこはディスコやハンバーガー店、レストランなどが軒を並べる場所でもある。十年前、この辺にはキャンプ場が二つに鉄道の線路まで広がる松林しかなかった。今ではどうやら、町で一番の観光スポットらしい。海岸沿いに走るただひとつの通りの喧噪は、ラッシュ時の大都市にも比肩しうる。違いといえば、ここではラッシュは夜の九時に始まり、朝方三時過ぎにやっと終わるということだ。歩道にたむろする群衆は多種多様で、国籍もさまざまだ。白人、黒人、黄色人種、アメリカ先住民、混血、まるですべての人種がこの場所で休暇を取るという協定でも結んでいるみたいだ。とはいえ、もちろん、全員が休暇中だったのではないが。

インゲボルクはキラキラ輝いていたので、僕らがディスコに入ると、誰もが驚き、こちらを盗み見た。彼女に目を奪われ、僕を羨んだのだ。僕は羨望には目ざとい。いずれにしろ、そんなに長くいるつもりはなかった。最悪なことに、ほどなくして同じテーブルにドイツ人のカップルが座った。

それからどうなったか説明しよう。僕は踊りには夢中になれない。踊るには踊る。とりわけインゲボルクと出会ってからは。でも、その前に二、三杯飲んでいい気分になる必要がある。そんなふうにして、概してあまり明るくないダンスフロアに見知らぬ顔がひしめいているのを見ると湧き起こる居心地の悪さを、あえて言うなら噛み砕くのだ。逆にインゲボルクは恥ずかしがるそぶりも見せずにフロアに出て独りでも踊る。二、三曲続く間フロアにいて、いったんテーブルに戻って飲み物を口に含むと、またフロアに戻って、というふうに一晩中、疲れ果てるまで続けられる。今ではもう慣れっこになった。彼女がいないときには、仕事のことや意味のないことなんかを考えたり、スピーカーから流れてくる音楽を小声でハミングしたり、周囲の形のない人の塊とはっきりしない顔の知られざる運命について思いを巡らしたりする。ときには、僕が何を考えているのかなどどこ吹く風のインゲボルクが、やってきてキスしてくれたりもする。あるいは男女かまわず新しい友だちを連れて現れることもあり、今夜もそうやってドイツ人のカップルと一緒に現れたわけだ。ダンスフロアでもみくちゃにされながら、二言三言交わしただけだったのだが、いずれも夏を過ごす観光客という共通点があるので、それくらいの言葉があれば、友情のようなものが芽生えるには充分なのだ。

カール――ただし、チャーリーと呼ばれたがっている――とハンナはオーバーハウゼンから来た。彼女が秘書として勤めている会社で彼は機械工をしている。どちらも二十五歳だ。ハンナは離婚歴あり。三歳の男の子がいて、時機が来ればすぐにもチャーリーと結婚しようと考えている。彼女はそういったことを洗いざらいインゲボルクに女子トイレで語って聞かせ、インゲボルクはホテルに戻ると僕に教えてくれた。チャーリーはサッカー、スポーツ全般、ウィンドサーフィンが好きだ。オーバーハウゼンから自慢のサーフボードを持ってきている。インゲボルクとハンナがフロアに踊りに出てチャーリーと二人きりになったとき、何のスポーツが好きかと訊かれた。走るのが好きだと答えた。独りで走るのが。

八月二十一日

二人ともしこたま飲んだ。実を言うと、インゲボルクもだ。すっかり出来上がっていたので、あっさりと翌日の約束をしてしまった。二人のホテルは〈コスタ・ブラーバ〉。僕らのホテルから数歩と離れていない。正午ごろ、ビーチのツインボートを貸し出しているあたりで会うことにした。

未明二時ごろ帰路についた。その前にチャーリーが最後の一杯を皆におごった。彼は喜んでいたのだ。この町に来て十日ばかりになるが、まだ誰とも親しくなっていなかったと言った。〈コスタ・ブラーバ〉はイギリス人だらけで、バルなどにいる数少ないドイツ人は付き合いの悪いやつばかりか、でなければ男だけのグループで、それだとハンナが仲間に入れない。

帰途、チャーリーがこれまで聞いたこともないような歌を歌い出した。大半は春歌だった。いくつかは部屋に着いたらすぐにハンナにあんなことしようかこんなことしようかという内容だったので、少なくとも歌詞に関してはでっち上げだろうと推測した。インゲボルクと腕を組んで少し前を歩いていたハンナは、突発的に大笑いして歌を楽しんでいた。僕のインゲボルクも笑っていた。一瞬、チャーリーと腕を組む彼女の姿を想像して、動揺した。胃袋がこぶし大にまで収縮するのを感じた。

海岸通りを冷たいそよ風が吹き渡り、おかげで頭がすっきりした。人の姿はほとんど見えなかった。観光客たちはふらふら歩いたり歌ったりしながらめいめいのホテルに戻るところだった。車はあまりいなかったが、ゆっくりと思い思いの方向に走っていった。世界中が急に精根尽き果てたといった感じだった。でなければ病気にかかったか。それでもうベッドへ向けて、閉じた部屋へ向けて帰ることに精力を傾けているようだった。

〈コスタ・ブラーバ〉に着くと、チャーリーはボードを見ていけと言ってきかなかった。ホテルの屋外駐車場に駐めてある車のルーフに、ゴムのロープの束でくくりつけてあるという。どう思う？

と訊いてきた。とりたてて変わったところはなかった。世間にごまんとあるボードだった。ウィンドサーフィンのことはよくわからないのだと白状した。よかったら教えてあげよう、と彼は言った。ああ、そのうちな、と応えるだけで、約束はしなかった。

僕らが辞去しようとするとハンナが有無を言わさぬ姿勢で助け船を出し、先に僕らをホテルまで送っていくと言った。いずれにしろ、別れはもう少し引き延ばされることになった。僕が思ったよりもチャーリーは酔っていて、上がって部屋を見ていくようにしつこく誘ってきた。ハンナとインゲボルクは馬鹿なことを言ってると笑ったけれども、僕は態度を変えなかった。もう寝たほうがいいとやっとのことで説き伏せたと思ったら、彼がビーチの一点を指さし、そこへ向けて走り出し、ついには闇に紛れて見えなくなった。ハンナはきっとこんな情景には慣れてしまっているのだろう、真っ先に後を追い、それからインゲボルクが、そしてインゲボルクの後からしぶしぶ僕が続いた。みるみるうちに海岸通りの灯が背後に退いてしまった。ビーチでは潮騒だけが聞こえた。はるか遠くの左手に、港の明かりが仄見えた。ある日の朝とても早い時間に、父と僕はあの港に魚を買いに足を運んで失敗したことがある。少なくとも当時は、売買は午後に行われていたのだ。

皆で彼の名を呼んだ。夜の中には僕らの叫び声だけが響き渡った。ハンナはうっかり海に入ってしまい、ズボンが膝まで濡れた。それとほぼ同時に、サテンのズボンが海水で台無し、とのハンナの呪詛の言葉に混じるように、僕らの呼びかけへのチャーリーの答えが聞こえた。僕たちと海岸通りの間くらいにいた。チャーリー、どこ？　とハンナが甲高い声で言った。ここだよ、ここだ。声のするほうだよ、とチャーリーが言った。もう一度ホテルの灯のほうへ向かった。

「ツインボートに気をつけろ」とチャーリーが注意した。

深海生物さながらのツインボートは、ビーチをあまねく覆う暗がりの中で黒い島の佇まいだった。その奇妙な乗り物のひとつに腰かけたチャーリーは、シャツのボタンをはだけ、髪も乱れた姿で待っていた。

「ウドに明日の待ち合わせ場所を正確に教えようと思ったんだ」ハンナとインゲボルクに、どれだけびっくりしたと思っているの、まったく子供じみたことをして、とお叱りを受けながら彼は言った。

女たちに助けられてチャーリーが立ち上がる傍らで、僕はツインボートの群れ全体を観察した。何にそんなに気を惹かれたのか、正確には言えない。たぶんその奇妙な並べ方かもしれない。スペインでこれまで見たどの並べ方とも違うのだ。もっとも、スペインというのは整然とした国ではないが。その配列は少なくとも不規則だし、実用性にも乏しかった。ツインボートの係員の誰かが気まぐれに普通でない並べ方をしたとしても、それでも普通は、海に背を向け、三艘か四艘ごとに並べるものだ。なるほど、中には海に正面を向けて並べる者もいる。長々と一列に並べる者もいれば、一列に並べない者もいるし、ビーチと海岸通りの間にある護岸まで引きずっていく者だっているだろう。けれどもこの配列は、どの範疇からも外れていた。海を向いているツインボートもあれば海岸通りを向いているものもあったけれども、大半は側面を海に向け、港のほうやキャンプ場地帯に正面を向けて、まるでハリネズミのような配列だ。けれどももっと奇妙なのは、片側のボートだけでバランスを取りながら立っているものもあるということだ。さらには、すっかりひっくり返り、船底もモーターのスクリューも上を向いているものも一艘ある。シートが砂の中に埋まったその格好は異様だが、同時にこんな置き方をするにはかなりの力が要るはずだ。妙に対称に並べられているし、古い帆布が全体に中途半端にかけられていて、そこからある種の意志が感じられるのだが、こうしたものがなければ、不良少年たちの、夜中に海岸をうろつく者たちの仕業と勘違いしたことだろう。

もちろん、チャーリーもハンナも、インゲボルクさえも、ツインボートが尋常でないとは気づいていなかった。

ホテルに帰り着いたとき、チャーリーとハンナをどう思ったかインゲボルクに訊ねてみた。いい人たちね、と彼女は言った。いくらかの留保付きだが、僕も賛成だ。

八月二十一日

八月二十二日

バル〈ラ・シレーナ〉で朝食を摂った。インゲボルクはイングリッシュ・ブレックファストにした。ミルクティーに目玉焼き、ベーコン二枚、ベークドビーンズと焼きトマトで締めて三五〇ペセータ、ホテルで食べるよりかなり安上がりだった。カウンターの向こうの壁には、赤毛と金色の肌をした木彫りの人魚が掛かっていた。天井からは今も漁網が垂れ下がっている。それ以外はすっかり様変わりしてしまった。ウェイターとカウンター担当の女は若かった。十年前にここで働いていたのは色黒で皺くちゃの年老いた男女で、よく両親とおしゃべりしていたものだ。彼らはどうしたのかと訊く気にはなれなかった。訊いてどうする？　今の店員はカタルーニャ語を話している。

チャーリーとハンナは約束の場所、ツインボートの傍らにいた。眠っていた。彼らの隣にビーチシートを広げてから二人を起こした。ハンナはすぐに目を開けたけれども、チャーリーは何やら聞き取れない言葉を呻いてからまた眠り続けた。昨夜はひどかったのだとハンナが説明した。ハンナによれば、チャーリーは酒を飲み出すと際限がなく、酒に強く体も丈夫なのをいいことに見境がないという。彼女が言うには、ほとんど寝てもいないのに、朝の八時にはウィンドサーフィンに出かけたそうだ。事実、チャーリーの脇にはボードがあった。それからハンナは自分の日焼けオイルとインゲボルクのものとの比較を始め、そのうち、二人して太陽に背を向けて寝そべり、二人の会話の話題もオーバーハウゼンに住むある人物のことになった。それは職場の上司で、どうやらハンナに真剣に言い寄っているが、彼女は彼を単に「友だちとして尊敬している」そうだ。二人の話には取り合わないことにして、それからしばらく、昨夜あれだけの胸騒ぎを覚えたツインボートを観察して過ごした。

ビーチにあった数はそんなに多くはなかった。大半はもう貸し出されていて、凪いで深い青色をした海の上をゆっくりと揺れながら進んでいた。言うまでもなく、まだ借りられていないものに胸騒ぎを覚えさせる要素は何も見られなかった。それらは古く、他の貸し出し所のツインボートと比べても時代遅れのモデルだった。日の光が反射して、容赦なくペンキが剝がれ、ひび割れた表面が目立つ。ツインボート置き場の周囲には、海水浴客を近寄らせないように砂に埋まった数本の杭にロープが張られている。ロープは地上からせいぜい三十センチの高さで、一部では杭が傾いているので、すっかり落ちてしまいそうだ。水際に係員がいるのが見えた。周囲で水遊びする数えきれないほどの子供たちの頭に当たらないよう気遣いながら、海に乗り出す客を手助けしている。客は六人ほどだろうか、全員がツインボートに跨がり、ビニール袋を手にしているが、きっとサンドイッチと缶ビールが入っているのだろう。ビーチに向かって手を振ったり、手を叩いて大喜びしたりしている。ボートが子供たちが帯状に群がる場所を抜けると、係員は海から上がってこちらへ向かってきた。

「可哀想に」とハンナが言うのが聞こえた。

誰のことかと訊ねた。インゲボルクとハンナは、見ないふりしてよく見るようにと言ってきた。係員は色黒で、長い黒髪、筋肉質の体だったが、彼の容貌のなかでもとりわけ目立つのは、焼けていること、といっても日焼けのことではなくて、火傷の痕があるということ、それが彼の顔と首、胸の大部分を覆っているということだった。何かで覆い隠されることもなく露わになっている火傷痕は、黒ずんでいて皺だらけ、まるで鉄板焼きの肉か墜落して破損した飛行機の鉄板みたいだった。

白状すると、一瞬、催眠術にかかったように見入ってしまい、そのうちやがて向こうもこちらを見ていることに気づいた。その表情には無関心さが、一種の冷たさがたっぷりこもっていて、それを見るなり僕はむかつきを覚えた。

それ以来、僕は彼を見ないようにした。

ハンナは自分があんなだったら、火傷してあれだけ顔が変わってしまったら自殺すると思うと口にした。ハンナはきれいな女の子だ。青い目に明るい栗色の髪、それから――ハンナもインゲボルクもビキニの上を着ていなかった――大きくて形のいい胸をした彼女が火傷に覆われ、叫びながらふらふらとホテルの部屋の中を逃げまどっている姿を想像するのにたいして努力は要らなかった。(でもなぜ、よりによって、ホテルの部屋なんだ?)

「生まれつきの痣なんじゃない」とインゲボルクが言った。

「かもね。不思議なこともあるものね」とハンナが言った。「チャーリーはイタリアで生まれつき両手のない女の人に会ったことがあるって」

「本当に?」

「本当よ。訊いてみれば。彼女と寝たんだって」

ハンナとインゲボルクは顔を見合わせて笑った。インゲボルクがこんなことを面白いと思うなんて、ときどき理解に苦しむことがある。

「お母さんが妊娠中に何か化学製品を口にしたのかもね」

インゲボルクが言っているのが手のない女性のことかツインボートの係員のことかはわからなかった。いずれにしろ僕は彼女に、それが間違いだと気づかせようとした。誰も生まれつきああはならない。あんなふうにかさぶただらけにはならない。なるほど、火傷痕が最近のものでないことは明らかだ。五年ばかり前のものだろう。哀れなそいつの態度から判断するに、もっと前かもしれない。(僕は彼をまじまじと見てはいなかったけれども) 怪物や不具の者が呼び覚ます関心や好奇の目、はからずも眉をひそめる者のまなざし、大変な不幸に対する哀れみなどには慣れている風情だった。腕や脚が一本なくなれば、人は自分の一部を失う。けれども、これだけの火傷に遭うと、人は変わる、別人になる。

チャーリーがやっと目を覚ましたので、ハンナは係員が魅力的だと思うと言った。筋肉モリモリ！

チャーリーは笑い、僕らは全員で海に入った。

八月二十二日

午後、昼食を済ませてからゲーム盤を広げた。インゲボルクにハンナ、チャーリーの三人は町の旧街区に買い物に行った。昼食の間、フラウ・エルゼが僕らのテーブルにやってきて、いかがお過ごしですかと訊ねた。インゲボルクに挨拶したときには率直でオープンな笑顔を見せたのだが、僕を見たときはそこにある種の皮肉が浮かんでいたように思った。ほらね、あなたが快適に過ごせるように気を遣っているんだから、忘れてなんかいないのよ、と言いたげだった。きれいな人ね、とインゲボルクが感想を述べた。いくつなのかしらと訊かれたので、知らないと答えた。

フラウ・エルゼは何歳なんだろう？　彼女はとても若くして結婚したのだと両親が話していたのを思い出す。相手はスペイン人だというが、そういえば僕はまだ会ったことがない。僕たちが最後に夏を過ごしに来たとき、彼女は二十五歳前後だったはずだ。今のハンナやチャーリー、僕と同じ年頃。今では三十五歳くらいということか。

昼食後、ホテルは奇妙なまどろみの中に落ちる。ビーチに行ったり周囲に散歩に出たりしない者は暑さにやられて眠ることになる。従業員たちも、バーのカウンターで禁欲的に客の相手をする者以外はいなくなり、午後六時を過ぎるころまでホテル周辺を歩き回る姿は見られなくなる。まとわりつくような沈黙がすべてのフロアを支配し、ときどきそれが打ち破られるとすれば子供の声がするときだが、それも遠くで聞こえるもので、あとはエレベーターのブーンという唸りが聞こえるときくらいだ。迷子になった子供たちの一団がいるのかという気がすることもあるが、そうではなくて、単に親が取り合ってくれないだけだ。

エアコンをつけても慰み程度にしかならない暑ささえなければ、この時間は仕事に最適なのだが。朝ほどまぶしくもなくなり、まだこれから先も照明なしでも光は入る。コンラートは、我が刎頸の友コンラートは夜型で、眼の下に隈ができたり、ひどく真っ青な顔をしていたりすることも珍しくなくて、僕たちはびっくりして病気じゃないかと思うこともあるけれども、それもこれも単に純然たる睡眠不足なのだ。でもそれでは仕事にならない、思考も働かない、眠ることもできない。それだというのに、彼はこれまで、いくつかの軍事作戦の最良のヴァリアントをたくさん僕らに提供してきてくれたのだった。しかもそれ以前に、分析的、歴史的、方法論的な文章ばかりか、単なる新作ゲームの紹介やレビューまでも数限りなくこなしてきた。彼がいなければシュトゥットガルトのゲーム事情は今とはまったく違っていただろう。ゲーマーの数は少なく、強くもなかったに違いない。ある意味で彼は僕らの、僕とアルフレートとフランツの守護神だった。彼がいなければ決して読むことはなかったはずの本を教えてくれて、面白そうに熱っぽく、いろいろな話をしてくれた。彼のいけないところは、野心に欠けることだ。知り合ってからというもの、それに僕の知るかぎりそのずっと前から、コンラートはそれほど大きくもない建設会社で働いている。それも最悪の職種で、どんな勤め人や労働者よりも下の仕事でだ。昔ならオフィスボーイやバイクなしのメッセンジャーがやっていたようなことをやらされているのだ。彼自身は自分をバイクなしのメッセンジャーと呼びたがる。そうやって稼いだ金で家賃を払い、いまや家族の一員と見なされるほど通い詰めた安食堂で食事し、ごくたまに服を買い、残りはすべてゲームに費やしている。ヨーロッパやアメリカの雑誌を定期購読し、クラブの会費を払い、本を何冊か買い（数は少ない。というのも普段は図書館を利用するからだ。そうして節約した金で少しでも多くのゲームを買う）、寄稿している地元のファン雑誌をヴォランティアで手伝っている。実質的にすべての雑誌を、例外なく手伝っているのだ。言うまでもないが、それらのファン雑誌の多くは、コンラートのもの惜しみしない協力がなければ消えてしまうことだろう。この点に関しても彼の野心のなさが見て取れる。というのも、そのうちのいくつかは、絶頂もどん底も経験することなく消えゆくのが関の山といった代物で、コピー用紙の腐った束にすぎないからだ。なにしろそれらの雑誌は威厳ある六角形のマス目のボードゲームよりは、コンピュータ・ゲームか、でなければロールプレイング・ゲームのほうが好きという若者たちが作っているのだ。それでもコンラートはたいして気にせず、その連中を支援しているのだ。コンラートは彼が〈マルクス将軍の夢〉と呼ぶ〈ウクライナ捨て駒作戦〉についての記事をはじめ、彼の傑作記事の多くをそれらの雑誌に掲載してきたばかりか、独占記事として寄稿してきたのだ。

　それとは矛盾することだが、彼は僕に発行部数の多い印刷物に書くようにと勧めてくれた人物でもあるし、僕にセミプロになるよう何度も主張し、納得させた人物でもある。「前線」、「シミュレーション・ゲーム」、「防御柵」、「戦争の大義」、「将軍」等々の雑誌とコネができたのは彼のおかげだ。コンラートが言い出して二人で半日がかりで計算したところ、定期的に十誌——月刊のものもあるが、多くは隔月刊、中には季刊のものもある——に寄稿すれば、今の仕事を辞めてもなお実入りは増えるだろうから、書くことだけに専念できるだろう。ではなぜそうしないのかと、僕よりも文章もうまいしいいことも書けるのに、なぜ僕よりもひどい仕事を続けているのかと彼に訊ねたところ、なにしろ内気なので、面識もない相手と取引関係を築くのは、不可能とまでは言わないが骨が折れるし、それ以前にそうしたことをするにはある程度英語ができなければいけないのだけれども、コンラートは英語はどうにかこうにか読めることで満足しているという程度なのだと答えた。

　忘れがたいあの日、僕らは夢の目標地点を決め、すぐさま仕事に取りかかった。僕らの友情が固まった。

　そしてシュトゥットガルトのトーナメント戦の日がやってきた。その何か月後かにはケルンで地域対抗戦（ドイツ選手権に匹敵するもの）が開かれた。僕たちは半分冗談、半分本気で、たまたま対戦することになったときには、不滅の友情で結ばれた二人ではあっても手加減などしないようにしようと約束して臨んだのだった。そのころコンラートはファン雑誌「髑髏《トーテンコップフ》」に〈ウクライナ捨て駒作戦〉についての記事を発表したばかりだった。

　最初の試合はうまくいった。どちらも取り立てて頭を悩ませることなく一次予選を通過した。二次予選でコンラートはマティアス・ミューラーと当たった。シュトゥットガルトの十八歳の天才児で、ファン雑誌「強行軍」の編集者にして、これまで僕らが知り合った中でも指し手の最も速いゲーマーだ。その大会中でも一番のハードな対戦の末に、結局コンラートは負けてしまった。しかし、だからといって意気阻喪したわけではなく、派手な失敗のあとで物事がはっきり見えるようになる科学者のような情熱を持った彼は、〈ウクライナ捨て駒作戦〉の初期不良と知られざる特質について僕に説明してくれて、装甲部隊と山岳部隊を最初にどう動かせばいいか、力点《シュヴェルプンクト》をどこに持っていけるか、あるいはいけないか、等々を教えてくれた。一言で言えば、僕のアドバイザーになったわけだ。

僕は準決勝でマティアス・ミューラーと対決し、彼を下した。決勝の相手はフランツ・グラボウスキだった。〈模型ゲーム・クラブ〉のメンバーで、コンラートや僕とも親しい間柄だ。こうして僕はシュトゥットガルト代表の座を手に入れた。そしてケルンに行き、パウル・フーヘルやハイミト・ゲルハルトといった名うてのゲーマーたちと対戦することになった。後者は六十五歳、ドイツ最古参のウォーゲーム・プレイヤーで、愛好家にとって鑑の中の鑑だった。僕に同行したコンラートはそのときケルンに参集した者ひとりひとりにあだ名をつけて楽しんでいたのだが、ハイミト・ゲルハルトの名を見て固まってしまい、うまいことも楽しいことも言えなくなってしまった。彼を話題にするときには〈おやじ〉とか〈ゲルハルト氏〉と呼んだが、ハイミトの前に出ると口もきけなくなってしまった。馬鹿なことを言うまいと明らかに気を遣っていた。

ある日、僕は彼になぜそんなにもハイミトのことを尊敬しているのかと訊ねたことがある。鉄の男と見なしているいると彼は答えた。それだけだ。錆びた鉄だ、とあとで笑いながら言った。でも錆びても鉄は鉄だと。ハイミトの軍人としての過去のことを言っているのだろうと思った。そうなのだろうと彼に確かめた。違うな、とコンラートは言った。ゲームをする勇気のことだと。年寄りたちはたいていテレビを見たり妻と散歩したりするものだが、ハイミトは逆に若者でひしめくゲームセンターに独りで入り、テーブルに腰かけて複雑なゲームに対面する。たくさんの若者から馬鹿にしたような目で見られていることなど気にもかけない。こんな性格の、こんな純粋な年寄りというのは、コンラートによれば、もうドイツでしかお目にかかれない。それももういなくなりかけている。そうかもしれないし、そうではないかもしれない。いずれにしろ、僕はその後身をもって知ることになるのだが、ハイミトは優れたゲーマーだった。僕たちは選手権の決勝よりも少し前に対戦したが、とりわけきつい試合だった。不均衡なゲームで不利な側で戦うことになったからだ。ゲームは〈ヨーロッパ要塞〉で、僕はドイツ国防軍側でプレイした。僕が勝ってテーブルを囲んでいたほとんど全員を驚かせた。

試合の後、ハイミトは何人かを自宅に招いた。奥さんがサンドイッチとビールを出してくれて、そのパーティーは夜のだいぶ遅い時間まで続いたのだが、楽しくて今でも目に浮かぶ印象的な出来事がいくつもある。ハイミトは第二大隊九一五連隊三五二歩兵師団で軍役に就いていたが、彼のところの大将の指揮よりも、ゲームで僕がその代わりとなる駒を動かしたほうが首尾よくいっていたと断言した。褒められていい気になってはいたのだが、僕は、今回のゲームの鍵は僕の師団の位置取りにあったのだと打ち明けなければならないと言った。僕たちはマルクス大将とエーバーバッハ大将、それに第五装甲部隊に乾杯した。パーティーも終わるころになってハイミトは、次のドイツ・チャンピオンは僕になるだろうと認めた。思うに、ケルンのグループが最初に僕に憎しみを抱いたのはこのときだ。僕としてはとても嬉しかった。何よりも友だちひとりを得たとわかったからだ。

加えて、チャンピオンの称号も得た。準決勝と決勝は〈勝ち抜き電撃戦〉で戦われた。かなり均衡の取れたゲームで、地図も対戦する両陣営（グレート・ブルーとビッグ・レッド）も架空のものだ。そのため、対戦者がどちらも強ければ、試合は極度に長引くことになり、膠着しがちとなる。僕は今回、そうはならなかった。パウル・フーヘルを六時間で下し、そしてコンラートが時間を計った最後のゲームでは、三時間半で相手を潔く降参させ、準優勝の地位に甘んじることを認めさせた。

僕たちはもう一日ケルンに滞在した。雑誌の編集者たちが記事を書いてみないかと持ちかけてきた。コンラートは市内を観光して回り、通りや教会を写真に撮った。僕はまだインゲボルクを知らなかったので、人生は美しいと思っていて、本当の美しさがまだ先に待ちかまえているなんて思ってもいなかった。それでも当時は何もかもがすてきに見えた。ウォーゲーム・プレイヤー連盟は、おそらくドイツのスポーツ連盟で一番小さなものだったけれども、僕はそこのチャンピオンで、そのことに疑義を挟む者はいなかった。太陽は僕のために輝いていたのだ。

ケルンで過ごした最後の一日には思いがけないものを手にすることになり、結果的にそれがとても大切なことになる。ハイミト・ゲルハルトは郵便ゲームの愛好家でもあって、長距離バスターミナルまで見送りに来てくれたとき、コンラートと僕にそれぞれ郵便ゲームのキットをくれた。聞けば彼はアメリカの偉大なるゲーマーにして最も評判の高い専門誌「将軍」のスター記者レックス・ダグラス（コンラートのアイドルのひとりだ）と文通しているそうだ。彼に勝ったことは一度もないのだと白状した（六年間で三試合、手紙のやりとりで戦って戦った）ハイミトは僕に、レックスに手紙を書き、一戦交えることを勧めてきた。正直に言うと、最初はその考えにそれほど興味は湧かなかった。郵便でゲームをするくらいなら、ハイミトや自分のサークルの仲間たちと対戦するほうがいいと思ったのだが、それでもバスがシュトゥットガルトに着く前には、コンラートに説得され、レックス・ダグラスに手紙を出し、彼と一戦交えることは重要なことだと思うようになった。

インゲボルクはもう眠っている。眠りに落ちる前、僕にベッドから出ないで、一晩中抱きしめていてほしいとせがんだ。怖いのかと訊ねてみた。自然に出てきたのだ。前もって何か考えてのことじゃなく、ただ言ったのだ、怖いのかい？　と。すると彼女はそうなのと答えた。なぜ？　何が怖い？　わからない、とのこと。そばにいるよ、と僕は言った。怖がることはないんだよ、と。

やがて彼女が寝ついたので僕は起き上がった。部屋の明かりは全部消してあったけれども、テーブルの上、ゲーム盤の傍らに僕が据えたランプだけ点けた。今日の午後はほとんど仕事ができなかった。インゲボルクがこのあたりでフィリピーノと呼ばれる黄色い石のネックレスを町で買ってきた。ここの若者はこれをつけてビーチやディスコに繰り出すのだ。ハンナとチャーリーも交えて、キャンプ場地区の中華料理店で夕食を食べた。チャーリーが酔い始めたところで皆で席を立った。実際、どうということのない午後だった。レストランはもちろん大にぎわいで暑かった。ウェイターは汗をかいていた。食事はおいしかったけれども、絶品というほどでもない。会話はハンナとチャーリーの好みの話題を巡って交わされた。つまりそれぞれ、愛についてとセックスについて。ハンナはいつでも愛したいタイプだと本人は言うが、彼女が愛について話すのを聞いていると、こちらはまるで彼女が安心について、あるいはもっと言えば、車や家電製品の銘柄について話しているのではないかという気になる。一方でチャーリーが話すのは脚、尻、胸、陰毛、首、へそ、括約筋、等々のことで、それがハンナとインゲボルクをたいそう喜ばせるらしく、彼女たちは絶え間なく笑いこけている。実を言うと、いったい何がそんなに面白いのか僕にはわからない。ひょっとしたら引きつった笑いなのかもしれない。僕はと言えば、黙って食事したと言っていい。心は別のところにあったのだ。

ホテルに戻ると、フラウ・エルゼを見かけた。夜になるとステージを備えたダンスフロアになる食堂の一角で、白い服を着た二人の男と話していた。インゲボルクは、たぶん中華料理がもたれたのだろう、胃の調子が悪いというので、バーのカウンターでカモミール茶を頼んだ。そこからフラウ・エルゼの姿が見えたのだ。スペイン人のような身ぶりで、頭を振っていた。白い服の男たちは、対照的に指一本動かしていなかった。バンドマンたちね、とインゲボルクは言った。叱られてる、と。実のところ、彼らが誰であろうと僕はかまわなかったが、もちろん、バンドマンでないことは知っていた。というのも、バンドマンなら前の晩見たのだが、もっと若い連中だったからだ。その場を立ち去るときも、フラウ・エルゼはまだそこにいた。緑のスカートと黒いブラウスに身を包んだ完璧なシルエットだった。白い服の男たちは、ただ頭を垂れただけで、頑として動かずにいた。

八月二十三日

比較的穏やかな一日。午前中、朝食のあとでインゲボルクはビーチに出かけ、僕は部屋にこもって本格的に仕事に取り組むつもりだった。しばらくすると暑くてたまらなくなったので、水着に着替えてバルコニーに出た。かなり座り心地のいいデッキチェアが二脚あるのだ。まだ早い時間なのにビーチはごった返していた。室内に戻るとベッドが整えられたばかりで、浴室で物音がしたので、客室係がまだそこにいるのだとわかった。テーブルを頼んだのと同じ子だった。今回はそんなに若くは見えなかった。疲れが顔に出ていた。眠そうな目は昼の光にあまり慣れていない動物みたいだった。どうやら僕がいるとは思っていなかったらしい。一瞬、できることなら走って逃げ出したいと思っているように見えた。逃げられる前に名前を訊ねた。彼女はクラリータだと答えて微笑んだが、控え目に言っても落ち着かない様子だった。そんな微笑み方をする人間を見たのは初めてだと思う。

ひょっとしたら僕の表情が険しすぎたかもしれないけれども、彼女にちょっと待ってと言って、千ペセータ札を取り出してその手に持たせた。可哀想に彼女、戸惑った表情で僕を見つめ、金を受け取るべきかどうか迷っているのか、それともいったい何のつもりだろうといぶかっているのか。チップだと伝えた。すると驚くべきことが起こった。最初、彼女は神経質な小学生みたいに下唇を噛み、それから小さくお辞儀した。たぶん『三銃士』の映画を真似ているのだ。僕もどう応えればいいのか、彼女の仕草をどう解釈すればいいのかわからず、ありがとう、もう行っていいよと言った。ただし、それまでスペイン語で会話していたのに、ドイツ語で。彼女はすぐに僕の言葉に従った。来たときと同じく黙って立ち去った。

その後は午前中いっぱい、コンラートが〈野戦日記〉と呼ぶものに僕が考案したヴァリアントの出だしをメモして過ごした。

十二時にはビーチに出てインゲボルクに合流した。きっとゲーム盤の前で有意義な時間を過ごしたおかげで、僕はちょっとした興奮状態にあったので、普段はやらないことだけれども、自分のゲームのオープニングについて事細かに語って聞かせたのだが、その話をインゲボルクは誰かに聞かれるといけないと言って遮った。

ビーチがこれだけ混雑していて、立錐の余地もないのだから、聞かれるのはしょうがないだろうと反論した。

じきに気づいたのだが、インゲボルクは僕のことを、僕が発する言葉（歩兵部隊とか装甲部隊、空中戦の物資補給、海戦の物資補給、ノルウェー予防侵攻、三九年冬の対ソヴィエト連邦攻撃作戦を始める可能性、四〇年春、フランスを完膚なきまでに打ちのめす可能性）を恥ずかしく思ったのだ。まるで僕の足下に溝ができたみたいだった。

昼食は二人でホテルで摂った。デザートも食べたあと、インゲボルクは遊覧船に乗ろうと提案してきた。フロントで僕たちのいる保養地と周辺の二つの町を巡る遊覧船の時刻表をもらったのだそうだ。仕事が残っているからと言い訳して断った。午後は最初の二つのターンの概要を作っておこうと思っていると言ったら、ビーチで話したときに気づいたあの表情で僕を眺めた。

気づいたときには心底恐ろしくなった。僕たち二人の間に何かが割って入りつつある。

話は変わって、退屈な午後だった。ホテルにはもうほとんど青白い客がいない。まだここで二、三日しか過ごしていない者たちを含め、全員が完璧に日焼けした体をひけらかしていた。ビーチで何時間も過ごし、我々の科学技術が過剰に生産しているクリームや日焼けオイルを塗った成果だ。実際、いまだに元の肌の色を保っている客は僕だけだ。同時に僕はホテルで一番長い時間を過ごす客でもある。僕と、それからテラスからほとんど動かない老婦人だ。こうした事態は従業員たちの関心を惹くようで、彼らが僕を見る目がだんだんと好奇心に満ちていく。ただし、まだ遠慮して距離を保っているというか、誇張の誹りを恐れずに言えば、怖がっているようではある。たぶんテーブルの一件があっという間に広まったのだろう。老婦人と僕の違いといえば、彼女がテラスでまんじりともせず、ひたすら空とビーチを眺めているだけなのに対し、僕はまるで夢遊病者のように始終部屋を出てビーチでインゲボルクと落ち合ったり、ホテルのバーのカウンターでビールを飲んだりしているということだ。

奇妙なことだが、ときどき、確かにこの老婦人は僕が〈デル・マル〉に両親と一緒に来ていたころからここにいたはずだと思うことがある。しかし十年ひと昔だ。少なくともこの場合、だいぶ長い時間だ。彼女の顔が当時もそこにあったかどうか、うまく思い出せない。近くに行って僕を憶えているかと訊ねてみれば、ひょっとしたら……

あまりありそうにない。いずれにしろ、話しかけることができるかどうかもわからない。彼女には僕を拒むようなところがある。けれども、一見したところではそこらの老女と変わらない。太っているというよりは痩せていて、皺だらけ、白い服に黒いサングラスをかけ、麦わら帽子をかぶっている。今日の午後、インゲボルクが出かけてから、僕はバルコニーから彼女をずっと眺めていた。彼女はテラスでいつも同じ場所にいて動こうともしない。角の歩道に面した場所だ。そんなふうに青と白の巨大なパラソルの影に半ば隠れるようにして、海岸通りを行き来するわずかな車を眺めて何時間も過ごす彼女は、肘や膝の曲がる人形みたいで、幸せそうだ。しかも、おかしな話だけれども、彼女は僕自身の幸せのためにも必要だった。室内の風通しの悪さに耐えきれなくなって外に出ると、彼女がそこにいて、一種のエネルギー源のように元気を吹き込んでくれるものだから、僕もテーブルに戻って仕事を続けることができるのだ。

それで、彼女は彼女で、僕がバルコニーから顔を覗かせるたびにこちらを見ていたとしたらどうだろう？　僕のことを何だと思うだろうか？　僕を誰だと思うだろうか？　彼女は一度として視線を上げなかったけれども、あんな黒いサングラスをかけているのだ、見つめられているかいないかなど、わかりようがない。テラスのタイル張りの床に落ちた僕の影を彼女が見たとしてもおかしくない。ホテルには人は少なく、いい若い者が一定の間隔で出たり入ったりするのを見たら、きっと場違いだと思うことだろう。最後に出たときには彼女は絵葉書を書いていた。僕のことを書いているなんてことはあるだろうか？　わからない。でも、そうだとしたら、どんな見方で、どんな立場から書いたのだろう？　額の広い青白い青年。あるいは神経質な青年、たぶん、恋をしている。それともどこにでもいる青年、肌に問題あり。

　わからない。わかっているのは、僕がどうでもいいことにこだわりすぎるということだ。せいぜい自分を混乱させるだけの不要な仮定を無駄に積み重ねている。コンラートのやつがいつだったか、僕の文章はカール・ブレーガーのに似ていると言ったけれども、よくもそんなことが言えたものだ。身に余る光栄だ。


　コンラートのおかげで僕は文学グループ〈ニーランド文化会館の労働者〉を知った。彼こそが僕にカール・ブレーガーの本『地上の兵士たち』を手渡してくれて、それを読み終えた僕をシュトゥットガルトの図書館に走らせ、行くたびにますます目まぐるしく一心不乱に走らせ、同じくブレーガーの『第十七掩蔽壕』やハインリヒ・レルシュの『ハンマーの打撃』、マックス・バルテルの『格子状の土地』、ゲリット・エンゲルケの『新しいヨーロッパのリズム』、レルシュの『鉄の男』等々を借りに行かせたのだ。

　コンラートは僕らの国の文学に造詣が深かった。ある晩、彼の部屋に行ったとき、すらすらと二百人ものドイツ人作家の名前を挙げてみせたことがあった。全員を読んだのかと訊ねた。彼は読んだと答えた。とりわけゲーテを愛読していて、現代作家ではエルンスト・ユンガーがお気に入りだった。ユンガーの二冊を座右に置き、折に触れて読み返していた。『内的体験としての戦闘』と『火と血』だ。だからといって忘れられた作家たちを蔑んでいるわけではなく、だからこそニーランド一派を好んでいたのだし、僕もその志向をやがて共有することになるのだ。

　そのとき以来、僕は幾晩も夜更かしすることになるのだが、それというのも新しいゲームの厄介なルールの解読に心を砕いていただけでなく、ドイツ文学の喜びと不幸、深淵と頂にも没入していたからだ。

もちろん、僕が言っているのは血で書かれた文学のことであって、フロリアン・リンデンの本のことではない。インゲボルクの話を聞くに、リンデンの作品は一作ごとにでたらめぶりが目に余るようになっているようだ。フロリアン・リンデンについては、この際、ちょっとした不当な事実を指摘してもいいだろう。インゲボルクは僕がたまに人前で、いささか微細を穿ってゲームの進行について話したときに、腹を立てたり恥ずかしい思いをしたりした。そのくせ彼女は何度も、そしていつでも、たとえば朝食の最中、ディスコで、車の中で、ベッドで、夕食中に、電話中さえも、フロリアン・リンデンが解こうとしている謎の話をするのだ。そして僕は、彼女が僕に話すことを誰かに聞かれても腹立たしいとか恥ずかしいなどと思ったことはなく、逆に事態を包括的かつ客観的に理解しようと努め（無駄な努力だ）、しかるのちに彼女の贔屓の探偵が頭を悩ませる問題は、論理的に考えればこういう解決になるだろうと、それとなく教えてあげたりもしてきたのだ。

ごく最近の例に限っても、ひと月前、僕はフロリアン・リンデンの夢にうなされた。来るところまで来た。今でもはっきりと憶えている。僕は寝転んでいた。とても寒かったのだ。するとインゲボルクが言った。「この部屋は密室ね」そのとき、廊下から捜査官フロリアン・リンデンの声が、部屋の中に毒蜘蛛がいて、それが僕たちを噛んで逃げるかもしれないと警告してきた。部屋は「密室」なのに。インゲボルクが泣き出したので、僕は彼女を抱き寄せた。しばらく経ってから彼女は言った。「ありえない。フロリアン・リンデンは今度はどうやって問題を解決したの？」僕は起き上がって室内を歩き回り、引き出しを開けては蜘蛛がいないか探したけれども、一匹も見当たらなかった。ただし、もちろん、隠れられそうな場所はたくさんあった。インゲボルクは叫んだ。フロリアン、フロリアン、わたしたちどうしたらいいの？　誰も答えない。僕たちは自分たち二人きりだとわかっていたはずだ。

それだけだった。夢と言うよりは悪夢だった。これに何か意味があるのかどうか、僕は知らない。僕は普段、あまり悪夢は見ない。思春期のころはよく見ていた。何度も悪夢を見たし、情景もさまざまだった。でも両親や学校の心理カウンセラーが心配するほどのものはひとつも見なかった。実際のところ僕は、昔から実にバランスの取れた人間なのだ。

十年以上前にここ〈デル・マル〉で見た夢を思い出せるといいのだが。きっと女の子たちやしかられたことを夢に見ていたのだろう。思春期の男の子なんて皆そうなのだから。兄が一度ある夢の話をしたことがあった。二人きりだっただろうか、それとも両親も一緒にいただろうか。僕は人前で夢の話なんてしたことがない。インゲボルクは小さかったころ、よく泣きながら目覚め、誰かに慰めてもらわなければならなかった。つまり、恐怖ととてつもない孤独感で目覚めたのだ。僕は夢にうなされて目覚めたことは一度もない。あるいは今では憶えていないほどたまにしかなかった。

この二、三年はゲームの夢を見る。横になって目を閉じると、何が何だかわからない駒がいっぱいに並んだゲーム盤が現れ、それを見ているうちに寝息を立て始め、やがて眠りに落ちる。でも本当の夢はこれとは違うはずだが、なにしろ憶えていないのだ。

インゲボルクの夢を見たことはあまりないけれども、一番鮮明な夢のひとつの主役だ。話してしまうとあっという間の、一見すると短い夢で、おそらく、だからはっきりしているのだ。彼女が石のベンチに腰かけ、ガラスの櫛で髪を梳かしている。まじりけのない金髪は腰まで届く長さだ。日が暮れつつある。奥のほう、はるか遠くに土煙が見える。やにわに彼女の隣に木製の巨大な犬の像があるのに気づいて目が覚める。この夢を見たのは知り合ってすぐのころだったと思う。語って聞かせると彼女は土煙というのは逢瀬のことなのだと言った。僕もそう思ったと伝えた。二人とも幸せだった。これはすべてシュトゥットガルトのディスコ、〈デトロイト〉での話だ。この夢をまだ憶えているのは、彼女に話し、彼女も理解してくれたからではないかと思う。

インゲボルクはときどき、深夜をだいぶ回ってから電話してくることがある。こういうことができるのも僕を愛しているからだと彼女は打ち明ける。以前付き合った人の中には、そんな時間に電話を受けることに我慢ならない者もいた。エーリッヒとかいうやつはまさに、午前三時の電話を理由に彼女と別れた。一週間後、彼のほうから仲直りしようと言ってきたけれども、インゲボルクは取り合わなかった。彼女が悪夢を見たあと、とりわけ彼女が独りでいて、悪夢もことのほか恐ろしいものだったりしたら、誰かと話す必要があるということを、誰ひとりとして理解してくれなかった。そんな場合には、僕は理想的な人物なのだった。僕は眠りが浅く、たちどころに、まるで午後五時に電話を受けた（なんてことはありえないのだけど。僕はその時間、まだ働いているのだから）かのように、話に入ることができた。夜中に電話がかかってきても嫌がらない。それになにより、電話が鳴るときにまだ寝ていないことだってある。

言うまでもなく、電話がかかってくると僕は嬉しくてしかたがなかった。静かな喜びだったから、起きたときと同じくらいすぐにまた眠りに落ちるのを妨げるものではなかった。インゲボルクの別れの言葉を耳に響かせたまま眠るのだ。「ウド、大好き、いちばん見たい夢を見てね」

大好きなインゲボルク。これだけ愛した相手は他にいない。それならなぜ、互いを不信の目で見つめるのだろう？　子供のように無心に、すべてを受け入れて愛し合わないのだろう？

帰ってきたら愛していると伝えよう。さみしかった、許してくれと。

二人で旅行に出るのはこれが初めてだ。一緒に休暇を過ごすのは。もちろん、調整は骨が折れた。ゲームの話は、ことに戦争ゲームの話は避け、もっと彼女に気を遣わなければ。時間があれば、この文章を書き終えたらすぐホテルの土産物売り場に下りてちょっとしたものを買って、それで彼女の微笑みを誘って許してもらおう。彼女を失うかもしれないと考えたら耐えられない。彼女を傷つけるかもしれないと考えるだけで我慢ならない。


黒檀の象眼細工入りの銀のネックレスを買った。四千ペセータ。気に入ってくれるといいのだけど。それから、赤い帽子をかぶったとても小さな農夫の泥人形も手に入れた。しゃがんで排便の格好をした人形は、店員の話によればこの地方特有の人形か何かとのことだった。インゲボルクは愉快がってくれるに違いない。

フロントでフラウ・エルゼを見かけた。そっと近づいていき、声をかける前に◯のびっしり並んだ帳簿を肩越しに覗いた。少し動揺したのだろう、僕がいることに気づいた彼女はいささか不機嫌な表情を見せた。ネックレスを見せたかったのだけど、その暇を与えなかった。フロントデスクにもたれ、ロビーの大きな窓から入ってくる夕暮れ時の光を受けて髪を輝かせながら、インゲボルクと「あなたのお友だち」はどこにいるのかと訊ねてきた。僕はどの友人たちのことだかわからないと嘘をついた。若いドイツ人のカップルだとフラウ・エルゼは言った。友だちではなく知り合いなのだと僕は応じた。夏の間の行きずりの知り合いだ。それに競合する他のホテルの客だとも言った。フラウ・エルゼは僕の皮肉には気づかなかったようだ。それ以上会話を続けるつもりもないことが見て取れたし、僕は僕でまだ部屋に上がりたくはなかったので、慌てて泥人形を取り出し、彼女に見せた。フラウ・エルゼはにっこり笑って言った。

「まるで子供ですね、ウド」

どうしたわけか、この単純な言葉が、それにぴったりの声の高さで発されると、もうそれだけで赤面してしまった。それから彼女は仕事をさせてくださいと言った。立ち去る前に、暗くなるのはいつも何時ごろかと訊ねた。夜十時です、とフラウ・エルゼは言った。

バルコニーから遊覧船が見える。毎時、旧漁港を出て東に向かい、それから北に旋回し、ここで〈聖処女の爪先《プンタ・デ・ラ・ビルヘン》〉と呼ばれる岸壁の向こうに消えていく。九時になり、今しがたやっと夜がゆっくりときらめきながら形を見せてきた。

ビーチはほとんど無人だ。かろうじて姿が見えるのは、暗い黄色の砂浜を走る子供たちと犬の姿だけだ。犬たちは最初は思い思いに、やがて群れをなし、松林やキャンプ場方面に駆けていき、それからまた三三五五戻ってくる。子供たちは同じ場所で遊んでいる。町の向こうの端、旧街区のあたりの岸壁のところから白い遊覧船が姿を現す。そこにインゲボルクが乗っているはずだ。けれども船はほとんど動いていないように見える。〈デル・マル〉と〈コスタ・ブラーバ〉の中間あたりのビーチでは、ツインボートの係員がボートを海辺から引き揚げ始めている。力仕事に違いないが、誰ひとり手を貸そうとしない。しかしながら、砂に深い痕跡を残しながら巨大な道具を運ぶときの満足げな表情を見るに、明らかにひとりで事足りているようだ。これだけ離れていると、彼の体の大部分に恐ろしい火傷痕があることはなかなかわからない。短パン一丁の格好で、浜を渡る風に長すぎる髪が乱れている。珍しい人物であることは否みようがない。火傷痕があるからではなく、ツインボートを並べる仕方が独特なのだ。チャーリーが浜辺でいなくなった晩に気づいたあの不思議な並べ方を、今もまたしているのがわかる。違いと言えば、それを最初から見ることになったということだ。あの晩、僕が想像したとおりとはいえ、並べる手順はゆっくりとしていたし、複雑で能率の悪い馬鹿げたやり方だった。ツインボートを向かい合わせにして縛り、それをよくあるような一列もしくは二列の縦列ではなく、円を描くように並べている。いやもっと言えば、突端のはっきりしない星形といった並べ方だ。それが大変な作業なのは、他の係員たちがもう作業を終えているのに、彼はまだ半分くらいしか終えていないことからもわかる。でも本人はそんなことは気にしていないようだ。この時間、日暮れ時のそよ風で涼しく感じるこの時間に、数少ない子供たちを除けばほとんど人のいない海岸で働くことに、きっと満足しているのだろう。子供たちはツインボートに近づこうともしない。それもそうだ、僕が子供だったとしても近づかないと思う。

不思議なことに、一瞬、彼がツインボートで基地を作っているのだという印象を抱いた。まさに子供が作る秘密基地のようなものだ。違いと言えば、この哀れな不幸者は子供ではないということだ。さて、それでは、秘密基地を作るのはいいとして、何のためだろう？　たぶん、答えは明白だ。夜の間、その中で過ごすのだ。

インゲボルクの乗った船が着岸した。これから彼女はホテルに向かってくるに違いない。僕は彼女のすべすべの肌と色鮮やかで芳しい髪、旧街区を突っ切る彼女のしっかりとした足取りを想像する。やがてすっかり暗くなるだろう。

ツインボートの係員はまだ彼の星形を作り終えていない。誰も彼に声をかけないのは、いったいどうしたわけなのだろうと不思議に思う。このツインボートは、つまらない掘っ立て小屋みたいでビーチの魅力を台無しにしている。ただし、あの不幸者のせいなどではないと思うし、それがあまりにも掘っ立て小屋か隠れ家に似ていると僕がつくづくと思ってしまうのも、たぶんひとえにこの場所から見ているからだろう。海岸通りからなら、誰もツインボートの乱雑さがビーチの景観を損ねていることに気づかないんじゃないか？

バルコニーから部屋に戻って扉を閉めた。インゲボルクはなぜこんなにぐずぐずしているんだろう？

八月二十三日

八月二十四日

書くべきことがたくさんある。〈火傷〉と口を利いた。この数時間で何が起こったか、まとめてみよう。

インゲボルクは昨夜、喜色満面でホテルに戻ってきた。いろいろと見て回ったのは正解だったようで、何も言わずとも僕たちは和解したし、自然の流れでそうなったので、和解はいっそう美しいものになった。ホテルで夕食を摂り、それから海岸通り沿いのバル〈アンダルシア人の隠れ処〉でハンナとチャーリーに合流した。本当のところは、夜はインゲボルクと二人きりで過ごしたかったのだけれども、断れなかったのは、今しがた結ばれたばかりの和平の雲行きが怪しくなる危険性もあるかと思ったからだ。

チャーリーは喜んでいたがピリピリしてもいた。ほどなくその理由はわかった。その夜テレビでドイツ対スペインのサッカーの代表戦があるので、四人でバルに入って、キックオフを待ちわびているたくさんのスペイン人に揉まれてそれを観戦しようと誘ってきたのだ。ホテルで見たほうが気が楽じゃないかと諭したら、それじゃあだめなのだと反論された。ホテルだと、いるのはほぼ間違いなくドイツ人だけだろう。バルでは「敵」に取り囲まれることになるから、試合の熱気は倍増するとのこと。驚いたことにハンナとインゲボルクも彼の側についた。

僕は納得しなかったが、強く主張はしなかった。しばらくして僕たちはテラスから移動してテレビの近くに陣取った。

そこで〈狼〉と〈仔羊〉と知り合ったのだ。

〈アンダルシア人の隠れ処〉の店内をこと細かに描写するのはやめよう。広かったとだけ言っておこう。いやなにおいがした。一目で恐れたとおりだとわかった。僕たちが唯一の外国人だったのだ。てんでんばらばら、だいたいは半円形にテレビを取り囲む観客は、基本的に若く、男ばかり、一日の仕事を終えてシャワーを浴びる間もなかった労働者といった風情だった。冬ならばたぶん、それも奇妙ではなかったかもしれないけれども、夏だと鬱陶しい。

僕らが余所者だと思い知らされたのは、そこにいた連中がよちよち歩きのころからの幼馴染みらしく、そのことが肩を叩き合ったり店の端から端へと大声で声をかけたり、声の調子を上げながら冗談を言い合ったりしている様子を見れば一目瞭然だったからだ。耳をつんざくほどの騒がしさだった。テーブルにはビール瓶が山と載っていた。ボロボロのサッカーゲームで遊んでいるグループがあった。金属がぶつかり合うその音が店内の騒がしさに勝るほどで、まるで野戦場で剣や短剣で戦っているところに銃撃の音が鳴り響いているみたいだった。僕らがいることで試合とはほとんど、あるいはまったく関係のないある種の期待が生まれているのは明らかだった。見て見ぬふりをする者もあからさまにこちらを見る者もいたけれども、人々の視線がインゲボルクとハンナに注がれ、二人は、言うまでもないけれども、お伽噺話のお姫様のようだった。特にインゲボルクは。

チャーリーはうっとりしていた。実際のところ、それはまさに彼のための雰囲気だった。彼は叫び声とか悪趣味な冗談、煙と吐き気を催すにおいの充満した空気が好きなのだ。それに加えて国の代表の試合を見られるとなれば言うことなし。けれども完璧なことなんてない。ちょうど四人分のサングリアが運ばれてきたところで、そのチームというのが東ドイツ代表だと気づいた。チャーリーにしてみればこれは足蹴りを喰らったようなもので、その瞬間からだんだんと落ち着きをなくしていった。ともかく、一刻も早く立ち去りたがった。あとで確認したところでは、彼の恐怖は、大袈裟な話ではなくとても大きく、かつ不条理なものだった。恐怖の中でもとりわけ目立っていたのは次のことだ。スペイン人たちが僕たちを東ドイツ人と見なしはしないかということ。

最終的に僕たちはサングリアを飲み終えたらさっさと引き揚げることにした。言うべきことがあるとすれば、せいぜい、その間は試合にはまったく注意を払わず、飲んで笑うことにかまけていたというくらいだ。そのとき〈狼〉と〈仔羊〉が僕たちのテーブルに腰を下ろしたのだ。

それがどんなふうに起こったのか、うまく言えそうにない。ただ単に、失礼とも何とも言わず、僕たちのテーブルに座り、話し始めたのだ。二人は英単語をいくつか知っているくらいで、どこからどう見てもそれでは不充分だったのだが、言葉ができない埋め合わせにとてつもなく巧みな身振り手振りを発揮した。最初、会話はお決まりの話題を辿り（仕事、天気、給料、等々）、僕は通訳を務めた。二人は地元のガイド役を務めるために生まれてきたと言ったようだった。きっと冗談だろう。それから、夜が更け、次第に打ち解けてくると、大変なときにだけ僕が通訳を頼まれた。おそらくアルコールは奇跡をもたらすのだ。

〈アンダルシア人の隠れ処〉からは全員で引き揚げた。チャーリーの車に乗って町の外れ、バルセローナに向から高速道路近くの空き地にあるディスコに行った。入場料は観光客向け地区の店よりもだいぶ安かった。客の大半は僕たちの新しい友人たちのような人々で、店の雰囲気はにぎやかで、すぐに溶けこめそうだったけれども、スペイン特有のいささか暗いというか雑然としたところがあり、だからといって、不思議なことに、怪しい感じもしない。チャーリーはいつものごとくたちまち酔っ払った。夜の何時くらいだったか、どうやってだったかは憶えていないが、東ドイツ代表は二対〇で負けたことを知った。それはどこか奇妙なこととして覚えている。僕はサッカーに興味がないのに、試合結果が知らされて夜が変質したと感じたからだ。その瞬間からディスコでのどんちゃん騒ぎがまるで何か別のものに、恐ろしい見世物に姿を変えたみたいだった。

早朝四時に帰路についた。運転していたのはスペイン人二人のうちのひとりだった。チャーリーは後部座席のウィンドウから顔を出し、道中ずっと吐いていたのだ。実際のところ、彼は惨憺たる状態だった。ホテルに着くと、彼は僕を離れた場所に連れていき、泣き出した。インゲボルクとハンナ、それに二人のスペイン人は、僕があっちへ行くように身ぶりで示したのにも取り合わず、好奇の目で見つめていた。しゃっくりをしながら、チャーリーは死ぬのが怖いのだと打ち明けた。全体的に何を言おうとしているのかわからなかったけれども、彼がそんな不安を抱く理由など見当たらないことは確かだった。そうかと思えば唐突に笑い出し、〈仔羊〉とボクシングをしてみせたりした。小柄で痩せぎすの〈仔羊〉はただパンチをよけるだけだったけれども、チャーリーは酔いがひどく、バランスを失ってしまった。それともわざと倒れたのだろうか。彼を抱き起こしているとき、スペイン人のひとりが〈アンダルシア人の隠れ処〉にコーヒーを飲みに行こうと提案した。

バルのテラスは、海岸通りから見ると、悪の巣窟のような雰囲気を漂わせていた。湿気と朝靄の中でまどろむ居酒屋といったぼんやりとした空気だ。〈狼〉の説明によれば、店は閉まっているように見えても中にはたいてい店主がいて、買ったばかりのビデオで明け方まで映画を観ているのだそうだ。確かめてみることにした。しばらくするとドアが開き、赤い顔に一週間分の髭を蓄えた男が出てきた。

〈狼〉が手ずからコーヒーを淹れた。テーブル席でこちらに背を向けてテレビを観ていたのは二人、店主ともうひとりだけで、二人は離れたテーブルに座っていた。そのもうひとりの男が誰なのか気づくのに少し時間がかかった。何やらドス黒いものに押されて彼の隣に座った。僕も少しばかり酔っていたのかもしれない。自分のコーヒーを受け取ると、彼のテーブルに腰を下ろしたのだ。ほんの二言三言、ありきたりの挨拶を交わした（突然、自分がもたもた、おずおずしていると感じた）ところで他の連中も合流した。〈狼〉と〈仔羊〉はもちろん彼を知っていた。型通りの紹介を交わした。

「こちら、インゲボルク、ハンナ、チャーリー、それにウド、ドイツから来た友だちだ」

「こいつは仲間の〈火傷〉」

ハンナに紹介の言葉を通訳した。

「よく〈火傷〉なんて呼べるわね」彼女は問い糾した。

「だってそうだからさ。それにあだ名はそれだけじゃないんだ。〈筋肉〉って呼んだっていいさ。どっちのあだ名もやつに似合ってる」

「とんでもなくデリカシーに欠けてると思う」とインゲボルクが言った。

それまで何かぶつぶつ言っていたチャーリーが言った。

「あるいは率直すぎるというのかな。単に問題をやんわりと扱ったりしないってだけだ。戦時下ではこうなんだな。戦友たちは物事を単純明快に名前で呼ぶ。でもだからといって馬鹿にしているわけじゃないし、デリカシーを欠くわけでもない。でも、もちろん……」

「恐ろしい」インゲボルクが遮り、不快そうに僕を見つめた。

〈狼〉と〈仔羊〉は僕たちの言葉のやりとりにはほとんど注意を払わず、もう一杯くらいコニャックを飲ませたところでチャーリーの酔いはまずひどくはならないだろうとハンナに説明するのに忙しかった。二人に挟まれて座るハンナは、ときにはひどく興奮しているように見え、ときには苦しみ、走って逃げたがっているようにも見えたが、心の底ではホテルに帰りたいとそれほど強く望んでいるわけでもなかったのだと思う。少なくともチャーリーと一緒に戻りたがってはいない。彼はもうへべれけで、何のことだかわからない話をただ呟くばかりだったのだ。酔っ払っていないのは〈火傷〉だけで、まるでドイツ語を理解しているみたいに僕たちを見つめていた。インゲボルクは僕と同様、そのことに気づき、緊張した面持ちになった。彼女はよくこういう反応を見せる。意図せずして誰かを傷つけることが耐えられないのだ。でも実際、僕たちの言葉で彼を傷つけたりできただろうか？

あとになって僕は〈火傷〉にドイツ語がわかるのかと訊ねたけれども、彼はわからないと言った。

朝の七時、日もだいぶ高くなってから、僕たちはベッドに入った。部屋は冷たくて僕たちは愛し合った。そのあと窓を開け放して、カーテンを閉じて眠りに落ちた。でもその前に……その前にチャーリーを〈コスタ・ブラーバ〉まで引きずっていかなければならなかった。引きずられながらも彼は〈狼〉と〈仔羊〉が耳元で囁きかける鼻歌を大声で歌おうといってきかなかった（二人は狂ったように笑い、手を叩いていた）。それからホテルまでの道すがら、ちょっと泳ぎたいと駄々をこねた。ハンナと僕は反対したが、スペイン人たちは賛同し、三人で海に入った。可哀想にハンナは一瞬、自分も一緒に泳ごうか、それとも僕たちと海辺で待とうかと迷った。結局、彼女は待つことにした。

いつの間にかバルから姿を消していた〈火傷〉が、歩いてビーチに姿を現し、僕たちがいた場所から五十メートルばかりのところで立ち止まった。そしてそこにしゃがんで海を眺めた。

ハンナはチャーリーに何かあったらと思うと気が気でないと説明した。彼女は泳ぎがとても得意なので、万一のために一緒に海に入るべきではと思ったのだ。でも、と口を歪めて微笑みながら彼女は言った。新しい友だちの前で裸になるのはいやだったのだと。

海は凪いで絨毯のようだった。泳ぐ三人はどんどん遠く離れていった。あっという間に誰が誰なのか見分けがつかなくなった。チャーリーの金髪とスペイン人たちの黒髪の区別がつかなくなった。

「チャーリーは一番遠くにいる」とハンナが言った。

二つの頭が岸に向けて戻ってきた。三つ目の頭はまだ沖を目指し続けた。

「あれがチャーリー」とハンナが言った。

彼女が服を脱いで彼の後を追うと言うのを思いとどまらせなければならなかった。インゲボルクはそれをやるべきなのはあなたよと言いたげに僕を見つめたが、口に出して言いはしなかった。感謝した。僕は泳ぎは得意じゃないし、もう遠すぎて追いつけそうになかった。戻ってくる二人はひどくゆっくりと泳いでいた。ひとりは水を何度か掻くたびに振り返り、チャーリーがついてこないか確認していた。一瞬、チャーリーが僕に言ったことについて考えた。死への恐怖というやつだ。おかしな話だった。その瞬間、僕は〈火傷〉がいたあたりに目を向けてみたが、もう姿は見当たらなかった。僕たちのいた場所の左手、海と海岸通りの中ほどに、かすかに青みを帯びた光を浴びるツインボートがそそり立っていて、彼が今そこにいるのだとわかった。彼の秘密基地の中で眠っているのかもしれないし、僕たちを観察しているのかもしれない。彼がそこに隠れていることがわかったと思っただけで興奮した。あのチャーリーの馬鹿のせいで僕たちが泳ぎを披露するはめになることなんかよりも、よほど刺激的じゃないかと思った。

ようやく〈狼〉と〈仔羊〉が岸に辿り着いたが、疲れ果ててその場で二人並んで倒れこみ、起き上がれずにいた。ハンナは彼らが裸なのは気にもせずに駆け寄り、ドイツ語で質問攻めにした。スペイン人たちは疲れた様子で笑い、何を言っているのかわからないと応えた。〈狼〉は彼女を引きずり倒そうとして、それから水をかけた。ハンナは飛び退いて（びくっと跳ねた）、顔を手で覆った。泣き出すのか、でなければ彼らに殴りかかるのかと思ったが、何もしなかった。僕たちのところに戻ってきて砂の上に腰を下ろした。隣にはチャーリーが脱ぎ散らかしていったのを彼女が丁寧に畳んだ衣服が重ねて置いてあった。

「あの馬鹿」と彼女が呟くのが聞こえた。

それから、長い溜め息をつくと彼女は立ち上がり、水平線に目を向けた。チャーリーの姿はどこにも見えなかった。インゲボルクが警察を呼んだらどうかと言った。僕はスペイン人たちのところに行き、警察か、でなければ港湾警備隊のようなところに連絡をとるにはどうすればいいかと訊ねた。

「警察はだめだ」と〈仔羊〉が言った。

「何でもないさ。あいつはふざけてるだけで、じき戻ってくるって。きっと俺たちをからかってるんだよ」

「警察になんか通報するなよ」ともう一度〈仔羊〉が言った。

僕はインゲボルクとハンナに、スペイン人たちはあてにならないと伝えた。一方で、救助の要請というのは少しばかり考え過ぎには違いなかった。実際、チャーリーはいつかどこからともなく姿を現してもおかしくない。

スペイン人たちはそそくさと服を着ると僕たちのところにやってきた。ビーチの青みがかった色に少しずつ赤みが射してきた。海岸通りの歩道では早起きの観光客たちがジョギングに精を出していた。僕たちは全員立っていたけれども、ハンナだけは別で、彼女はまたチャーリーの服の隣に腰を下ろし、だんだん強くなる陽の光にすっかり目をやられたかのように細めていた。

最初に見つけたのは〈仔羊〉だった。リズミカルかつ完璧な泳ぎ方で、水しぶきも立てずに、チャーリーが僕たちのいる場所から百メートルばかりの浜辺に辿り着こうとしていた。スペイン人たちは狂喜の叫びを上げ、ズボンが濡れるのもかまわず、迎えに走った。ハンナは対照的にインゲボルクにすがって泣き出し、気分が悪いと言った。水から上がったチャーリーはほとんど酔いも覚めていた。ハンナにキスし、インゲボルクにもキスし、他の連中とは握手した。なんだか非現実的な情景だった。

〈コスタ・ブラーバ〉の前で別れた。インゲボルクと二人きりでホテルに向かって歩く途中、〈火傷〉がツインボートの下から出てくるのが見えた。そしてボートの隊列を崩すと、新たな一日の仕事の準備を始めた。

目が覚めたときには午後三時を回っていた。シャワーを浴びてからホテルのレストランで二人で軽食を摂った。カウンターに腰かけ、スモークガラスの窓越しに海岸通りの景色を眺めた。絵葉書みたいだった。歩道の護岸にもたれてくつろぐ老人たちの半数は小さな白い帽子をかぶっている。老女たちは膝上までスカートをたくし上げ、ふくらはぎを陽の光に舐めさせている。それだけだった。僕たちは炭酸飲料を飲むと部屋に上がり、水着に着替えた。チャーリーとハンナはいつもの場所にいた。ツインボートの近くだ。その日の朝の出来事がしばらくは話題になった。ハンナは十二歳のころ、親友が水泳中に心臓麻痺で死んだと話した。すっかり酔いの覚めたチャーリーは、しばらくの間、彼とハンス・クレプスとかいう人物がオーバーハウゼンの地区水泳大会のチャンピオンだったのだと主張した。彼らは川で泳ぎを覚えたが、彼の意見によれば、川で学んだ者は決して海でへたばったりはしないのだそうだ。曰く、川では筋肉を緊張させ、口を閉じて泳がなければならない。とりわけ放射能汚染された川ならば。彼はスペイン人たちに自分の遠泳能力を示してみせることができて喜んでいた。途中、スペイン人たちは彼に戻ってくるようにと頼んだらしい。少なくともチャーリーはそう思っていた。違うことを言ったのかもしれないが、だとしても二人の声の調子から、スペイン人たちが怖がっていることがわかったのだという。あなたが怖さを感じなかったのは酔ってたからでしょう、とハンナは言って彼にキスした。チャーリーは白い大きな二つの歯列を見せて微笑んだ。違うね、と彼は言った。俺が怖くなかったのは泳げるからだ。

〈火傷〉の姿が避けがたく視界に入ってきた。のろのろと作業する彼はバミューダ・ショーツの長さにカットしたジーンズだけの格好だった。インゲボルクとハンナは彼に手を振った。僕たちのほうには来なかった。

「いつの間にあいつと親しくなった?」とチャーリーが訊いた。

〈火傷〉は手を振って応えると、ツインボートをひとつ引きずって水際に向かった。彼は本当に

〈火傷〉と呼ばれているのかとハンナに訊かれた。僕はそのとおりだと答えた。チャーリーは彼のことはほとんど憶えていないと言った。なんでやつは俺と一緒に海に入らなかったんだ？　ウドと同じ理由よ、とインゲボルクが言った。馬鹿じゃないから。チャーリーは肩をすくめた（彼は女性に叱られるのが大好きなようだ）。きっとあなたより泳ぐのがうまいのよ、とハンナが言った。そうは思わないな、とチャーリーが言った。何を賭けたっていいぜ。そこでハンナは〈火傷〉の筋肉の作りが僕たち二人よりも、もっと言えばこの瞬間日光浴をしている誰よりも逞しいとの観測を述べた。ボディビルダーじゃない？　インゲボルクとハンナは笑い出した。それからチャーリーが、前の晩のことは何も憶えていないと白状した。ディスコからの帰路のこと、吐いたこと、泣いたことが記憶から消えていた。逆に、〈狼〉と〈仔羊〉のことは僕たちの誰よりもよく知っていた。二人のどちらかはキャンプ場地区のスーパーマーケットで働いていて、もうひとりは旧街区のバルのウェイターだった。すばらしい連中だよ。

七時にビーチを離れ、〈アンダルシア人の隠れ処〉のテラスにビールを飲みに行った。店主はカウンターの向こう側にいて、どちらも背がとても低く、ほとんど小人と言っていい地元の老人二人としゃべっていた。僕たちに気づくと表情で挨拶を送ってきた。店内はいい感じだった。優しくて涼しいそよ風が吹いていて、満席だったけれども、常連たちはまだ騒音を立てることに精を出すにいたってはいなかった。僕たちと同じようにビーチから引き揚げてきた人ばかりで、泳ぎ疲れ、日光浴に疲れていた。

夜の予定は決めずに別れた。

ホテルに戻るとシャワーを浴び、それからインゲボルクはバルコニーのデッキチェアに腰を据え、絵葉書を書いたりフロリアン・リンデンの小説を読み終えたりすることにした。僕はしばらくゲームを見つめてみたけれども、その後レストランに下りてビールを飲むことにした。しばらくしてノートを取りに部屋に上がると、インゲボルクは眠っていた。黒いガウンにくるまって、手と腰の間に絵葉書を強く挟んでいた。僕は彼女にキスをしてベッドに入るように勧めたけれども、彼女はいやがった。たぶん少し熱があったと思う。僕はまたバーに下りた。ビーチでは〈火傷〉が毎夕の儀式を繰返していた。ツインボートがまた二つ一組にされ、だんだんと小屋の形ができ、築かれていった。小屋が築かれるなどと言えたらの話だが（小屋は言えない。基地ならば言える）。無意識に手を振った。向こうは僕に気づかなかった。

バーにはフラウ・エルゼがいた。何を書いているのかと訊かれた。大したものではありませんと答えた。エッセイの草稿です。なるほど、あなたは作家なんですね、と彼女が言った。いや、滅相もない、と応えているうちに赤面してきた。話題を変えようとして彼女の夫はどうしているかと訊ねた。まだ拝顔の栄には浴していないのだが、と。

「病気です」

彼女は優しく微笑んでそう言ったが、その間も僕を見つめ、同時に周囲を眺め渡していた。バーで起こることは何ひとつ見落とすまいといった様子だった。

「それはお気の毒に」

「大した病気ではありません」

夏の病気についてちょっとした見解を述べたが、きっと間抜けな内容だったろう。それから立ち上がると、一杯付き合ってもらえないだろうかと訊ねた。

「いいえ、けっこうです。このままでけっこう。それに仕事がありますし。いつだって働きづめなんですよ！」

でもそこから立ち去ろうとはしなかった。

「ドイツにはもう長いこと帰っていないんですか？」沈黙が怖くて言った。

「そんなことはありません。一月に数週間いました」

「どんな様子でした？」即座に馬鹿な質問だったと気づき、僕はまたしても赤面した。

「相変わらずですね」

「ええ、まったく」と僕は呟いた。

フラウ・エルゼは初めて親しみを込めた目で僕を見つめ、じきに立ち去った。ウェイターに話しかけ、それからひとりの女性客に、さらには二人組の老人に声をかけ、階段の向こうに見えなくなるまで、彼女の姿を見送った。

八月二十五日

チャーリーとハンナとの付き合いがだんだん重荷になってきた。昨日、日記を書き終えてから、インゲボルクと二人きりで静かな夜を過ごそうかと思っていたところへ、彼らが現れた。夜の十時で、インゲボルクは目覚めて間もなかった。僕はホテルにいたいと彼女に伝えたけれども、ハンナと電話で話した（チャーリーとハンナはホテルのフロントにいた）彼女は、出かけるのが一番だと言ってきた。部屋で服を着替える間、僕たちはずっと口論していた。階下に降りてみると〈狼〉と〈仔羊〉の姿が見えたので、僕はたいそう驚いた。前者はカウンターに肘をついてフロントの女の子の耳元に何ごとか囁きかけ、無遠慮な笑いを引き出していた。僕は心底、不快に感じた。彼女はきっとテーブルの件で誤解があったときにフラウ・エルゼに僕のことを告げ口した子だろうと予想した。ただし、この時間だったし、フロントは二交代制だということを考えれば、別の子の可能性もあった。いずれにしろ、とても若くて馬鹿な女の子だった。僕たちに気づくと、まるで僕らと秘密を分かち合っているとでも言いたげに表情を改めた。他の連中は拍手した。やってられない。

チャーリーの車に乗って町を出た。助手席にはハンナと〈狼〉が陣取り、道順を指図した。ディスコ、あの吹き溜まりをそう呼ぶことができればの話だが、そこまで行く途中、高速道路脇に原始的な作りの巨大な陶器工場が見えた。実際のところ、きっと卸で売る倉庫というか店舗に違いない。一晩中サッカー場にあるような投光器で照らし出されているので、車からでも柵の向こうの大量の安物の陶器や皿、大きさもさまざまな鉢、何体かの彫像などが見える。ギリシア彫刻のできの悪い模造品が埃にまみれている。贋の地中海風手工芸品が昼でも夜でもない時間の中にとどまっている。中庭では番犬だけが行ったり来たりしていた。

夜は大まかに言って前の晩とほとんど同じだった。そのディスコには店名がなかったが、〈仔羊〉は〈古着売り子ディスコテック〉だと言った。前の晩に行ったのと同様、観光客向けというよりは近隣の町々の労働者向けに作られたものだった。音楽も照明も嘆かわしいものだった。チャーリーはひたすら飲み、ハンナとインゲボルクはスペイン人たちと踊った。このままいけばまったく前夜の繰り返しだと思われた矢先、ある事件が起こり、〈狼〉によればそんなことは日常茶飯事だとのことだけれども、一刻も早く立ち去るようにと言われた。何が起こったのか思い出して正確に書いてみようと思う。始まりはダンスフロアの端のテーブルの間を縫って踊るふりをしていた男だった。どうやら何杯かただ飲みしたうえにクスリをやっているようだった。クスリについては、なるほど、確信は持てない。騒ぎが始まるだいぶ前から僕が気づいたその男の特に目立った点というのは、かなり太い棒を手に持って振り回していたということだが、あとで〈狼〉に聞いたところによると、それは豚の腸で作った棍棒で、それで殴られたら一生消えないような痣がつくそうだ。いずれにしろその贋ダンサーの振る舞いは挑発的で、店のウェイターふたりがすぐに彼のところにやってきた。ウェイターといっても制服を着ていなかったので、他の客と区別がつかなかったものの、その振る舞いや顔つきが、ひどくおぞましいものだったので見分けがついた。彼らは棍棒を持った男と言葉を交わしたが、徐々に口調が鋭くなっていった。

棍棒の男がこう言ったのが聞こえた。

「俺の剣はどこに行くにも俺と一緒だ」と、ディスコでそんなものを持ち歩いてはいけないと言われたのに応えて、だいぶ独特な呼び方で自分の棍棒に言及した。

ウェイターが応じた。

「こっちにはお前の剣なんかよりもっとずっと固いものがあるんだぞ」続けざまに汚い言葉を雪崩のようにまくし立てたのだが、何を言っているのか理解できなかった。そして最後にウェイターは言った。「見たいか?」

棍棒の男は何も言わなかった。それどころか、とたんに血の気が失せたと言ってもいい。するとウェイターがゴリラのように筋骨隆々、毛むくじゃらの前腕部を高く上げて言った。

「どうだ? こっちのほうが固いぞ」

棍棒の男は笑った。挑発的な笑いではなく、どちらかというとほっとしたような笑いだったのだが、果たしてウェイターたちは違いに気づいただろうか。男は棒の両端を持って弓のようにたわめながら高く掲げた。愚かな笑いを見せていた。酔っ払いのろくでなしみたいな笑いだった。その瞬間、ウェイターがひけらかしていた腕が、バネに弾かれたように前に飛び出したかと思うと棍棒を奪い取った。あっという間の出来事だった。続けざまにウェイターは顔を真っ赤にして力むと、それを真っ二つに折ってみせた。どこかのテーブルから拍手が湧き起こった。

負けず劣らず素早い動作で、棍棒の男はウェイターに襲いかかり、誰にも止めに入る間も与えず腕を後ろにねじ上げ、ひと思いに折った。音楽はその間もやむことはなかったけれども、骨の折れる音がはっきりと聞こえたと思う。

場内から叫び声が上がった。最初は腕を折られたウェイターの悲鳴で、それから、少なくとも僕のテーブルからでは、いったい誰が誰の味方をしているのかわからないほど紛糾したもみ合いの喧嘩の輪に飛び込んでいった者たちの雄叫びが続き、そして最後に、居合わせた者たち全員の金切り声が上がったが、中にはいったい何が起こったのかわからない者もいた。

僕たちは退散することにした。

帰途、警察の車二台とすれ違った。〈狼〉は一緒ではなかった。立ち去るときの混乱の中では見つけ出せなかったのだ。するとそれまで文句も言わずに僕たちについてきた〈仔羊〉が、友人を置き去りにしたのはいけなかったと後悔し、戻ろうと言い出した。この点に関してチャーリーはきっぱりしたもので、戻りたいならヒッチハイクをして戻ればいいと言った。〈アンダルシア人の隠れ処〉で〈狼〉を待つことにした。

行ってみるとバルはまだ開いていた。つまり、万人に対して開かれていて、テラスには明かりがついていて、だいぶ夜も更けているというのに、客もたくさんいた。〈仔羊〉に頼まれて――というのは、厨房はもう閉まっていたからだ――店主が鶏を二皿料理してくれたので、僕たちはそれを赤ワインのボトルとともに平らげた。それでもまだお腹が空いていたので、ソーセージにハムのタコスの大皿と、トマトを塗ってオリーヴオイルをかけたパンの載った大皿をやっつけた。テラスが閉まり、店内は僕たちだけになり、店主がこの時間の常で趣味に没頭し、つまり西部劇のビデオを見ながらゆっくりと食事をしていたそのとき、〈狼〉が姿を現した。

僕たちの姿を認めると彼は悪辣で非難がましい調子になり、「俺を見捨てやがった」だの「俺のことなんか忘れてたんだ」、「友だちなんざ信じるもんじゃない」だのと言ってきた。驚いたことにそれらの言葉はチャーリーに向けられていた。そこにいた中では唯一の友人と言える〈仔羊〉が引き取り、申し訳ないことをしたと言い、仲間の言葉を尊重する態度を示した。するとチャーリーまでが頷き、詫びを入れたので僕はますます驚いた。彼は〈狼〉が身ぶりも大袈裟に悪趣味な仕方で示すその困惑ぶりを、冗談と見なしつつも嬉しく思うと説明した。そうなんだ、チャーリーはそういうのが好きなんだ！　こんな情景に真の友情があると直観しているのだ！　笑っちゃうような話なのに！　はっきり言っておくが、〈狼〉は僕には一言たりとも非難の言葉は浴びせてこなかった。そして女性陣にはいつもの振る舞いだった。遠慮しているような無礼なような態度だ。

確か、そろそろ立ち去ろうとするころだったと思うが、〈火傷〉がやってきた。頷いて挨拶を送ってよこしてから、僕らに背を向けてカウンターに腰かけた。〈狼〉が〈古着売り子ディスコテック〉での顚末、流血騒ぎや警察沙汰に、たぶん尾ひれをつけて語っていたので、気の済むまでしゃべらせておいて、僕は〈火傷〉のところへ行った。彼の上唇の半分は形のはっきりしないかさぶたになっていたが、しばらくすれば慣れるものだ。不眠症なのかと訊ねると、微笑んだ。いや、不眠症なわけではない。睡眠時間は短くても充分に仕事はできる。楽で楽しい仕事だから。よくしゃべるタイプではなかったが、想像したよりは口を開いてくれた。歯はまるでやすりで削ったみたいに小さくてボロボロだった。事情がわからないので、それが火傷によるものなのか、それとも単に口の衛生に気を遣ってこなかった結果なのかはわからなかった。たぶん顔に火傷を負っていたのでは、歯のことまで気が回らないのだろう。

どこから来たのか訊ねられた。低くよく通る声で、なるほどこれならよくわかる。僕がシュトゥットガルトから来たのだと言うと、行ったことなどないに違いないのによく知っているとでも言うように頷いた。彼は昼間と同じ服装だった。短パンにTシャツ、足にはエスパドリーユを履いていた。体つきは見事なものだった。胸板は厚く腕は太い。二頭筋など発達しすぎなほどだ。ただし、カウンターに腰かけ、お茶を飲んで（！）いると、僕よりも痩せて見えた。あるいは肩をすぼめていたのかもしれない。確かに、服は質素だけれども、シンプルなりに見た目に気を遣っていることが見て取れた。髪はきちんと梳かしているし、悪臭もしない。臭わないというのは、ちょっとした手柄だ。というのはビーチに寝泊まりしていると、入浴できるとすれば海水浴だけということになるからだ（確かに嗅覚を研ぎ澄ませてみれば、海水のにおいがした）。一瞬僕は、来る日も来る日も、夜な夜な、海の中で服（短パンとTシャツ数枚）を洗う彼の姿を想像した。体も海で洗い、海の中で用を足しているのだろう。あるいは砂浜でかもしれない。その砂浜にその後、大勢の観光客が寝そべるのだ。その中にはインゲボルクもいるのだと思うと……心の底からのむかつきを覚えながら、僕は彼の恥ずべき行為を警察に告発する自分を想像した……もちろん、それは僕であるはずはなかった。それにしても、ちゃんと仕事をして給料を得ている者が満足なねぐらひとつ賄えないなんて、いったいどういうことなのだろう？　ひょっとしてこの町の賃貸物件はどれもこれもとんでもない高値なのか？　海のすぐ近くでなくても、安宿とかキャンプ場などはないのだろうか？　それとも我らが友人〈火傷〉は、家賃を節約して、夏の終わりまでに何がしかの額の金を貯めるつもりなのだろうか？

彼にはどこか〈善良なる野蛮人〉めいたところがあった。けれども〈狼〉と〈仔羊〉にだって〈善良な野蛮人〉めいたところはある。ただし彼らはその流儀が異なるのだ。たぶんあの家賃のいらない家は同時に、誰にも見られず誰にも邪魔されずに住める孤立した家という意味でも彼には好都合なのだろう。だとすれば、僕にはある程度わかる気がする。雨ざらしの生活にも利点はある。もっとも、僕の想像では、彼の生活は雨ざらしというほどではないにしても。雨ざらしの生活とは健康的な生活というのに等しくて、ビーチの湿った空気と必死になって格闘する生活なのだ。それからきっと彼の食事は来る日も来る日もバゲットサンドだけだと思うけれども、それを手に入れるのだって必死だ。〈火傷〉の生活はどんなだろう？ 僕にわかっているのは、日中はゾンビよろしくツインボートを引きずって水際から小さなボート置き場まで行き、それからまた水際まで戻って、という動作を繰り返しているということだけだ。それだけだ。もちろん、一時間の食事休憩はあるに違いないし、きっと毎日ボスのところに出向いていってその日の売上を渡しているのだろうけれど。まだ姿を見たことはないけれども、そのボスは〈火傷〉がビーチで寝ていることを知っているのだろうか？ ボスの話まででしなくても、〈アンダルシア人の隠れ処〉の店主は知っているのだろうか？ 〈狼〉と〈仔羊〉は黙っているのだろうか？ それとも僕だけがその秘密の隠れ家を発見したのだろうか？ 質問する勇気はない。

夜、〈火傷〉は何だって好きなことをする。というか少なくともしようとする。だが、眠る以外に、具体的には何をするのだ？ 〈アンダルシア人の隠れ処〉に遅くまでいる、ビーチを散歩する、話し相手がいるのかもしれない、お茶を飲む、あの馬鹿でかいものの下に自らを埋葬する……そう、僕にはあのツインボートの秘密基地が霊廟に見えてしまうことがある。当然だが、まだ光のあるうちはあくまでも掘っ立て小屋にしか見えない。でも夜、月の光に照らされると、昂揚したときなどは蛮族の墓か何かと勘違いするのではないか。

二十四日の夜にはそれ以上書くべきことは起こらなかった。〈アンダルシア人の隠れ処〉から退散したとき、僕たちは比較的しらふだった。〈火傷〉と店主はまだそこにいて、前者は空になったティーカップを前に座り、後者はもう一本、別の西部劇を見ていた。


今日、予想どおり彼はビーチにいた。インゲボルクとハンナがツインボートの隣に寝そべっていた。〈火傷〉はその反対側でプラスチックの浮き具に背をもたれ、客の姿などほとんど見えないほど遠くの水平線を眺めていた。一瞬たりとも向きを変えてインゲボルクを眺めはしなかったけれども、彼女のほうは、公平に言って、食い入るように見つめてちょうだいと言わんばかりの格好だった。彼女もハンナも、オレンジ色の、目にも鮮やかで陽気な色の新しいビキニのショーツを穿いていたのだ。しかし〈火傷〉は二人を見つめるのを避けていた。

僕はビーチには行かなかった。部屋に残って——といっても頻繁にバルコニーに出たり窓の外を覗いたりしていたけれども——やりかけのゲームを見直していた。愛というのは、周知のとおり、排他的な情熱だが、僕としては、インゲボルクに対する情熱とゲームへの献身的愛とは折り合いがつけられることを願っている。シュトゥットガルトで立てた計画によれば、今ごろ戦略のヴァリアントの半分は考えついたり記録したりしているはずだった。少なくともパリで行う発表の草稿くらいはできていなければならなかった。けれども、一語だって書けていない。コンラートが見たらきっと馬鹿にするだろうな。けれども、なにしろこうやって一緒に休暇を過ごすのは初めてのことだから、インゲボルクも無視するわけにはいかないし、そうなると身も心もゲーム三昧とはいかなくなることは、コンラートにもわかってもらわないといけない。それでも、ドイツに帰るまでにはそのヴァリアントを試し終える希望を捨てたわけではない。

午後、好奇心を掻き立てられる出来事があった。部屋で座っていたら、突然、ホルンの音が聞こえたのだ。百パーセント確かではないけれども、でも、いいや、言ってしまおう、僕はひとつひとつのホルンの音の違いを聞き分けることができるのだ。奇妙だったのはそのときちょうど、いかにも、漠然とではあるけれども、ゼップ・ディートリヒのことを考えていたということだ。いずれにしろ、ホルンの音は幻聴ではなかったと確信している。ゼップは二度ホルンの音を聞き、二度とも肉体は恐ろしく疲れていたのだけれども、その謎めいた音色のおかげで癒されたのだそうだ。最初はロシアで、二度目はノルマンディーで聞いたという。ゼップはメッセンジャー・ボーイや運転手から始めてしまいには軍を指揮するまでにいたった人物だが、彼によれば、ホルンは先祖からの知らせ、人に警告を与える血の声なのだそうだ。僕は、前に書いたとおり、座って考え事をしていたときにその音を聞いたように思ったのだった。立ち上がってバルコニーに出てみた。外では毎日の昼間の喧噪が鳴り響いていた。潮騒すら聞こえなかった。逆に廊下は中身の詰まった沈黙に支配されていた。じゃあホルンが鳴ったのは僕の頭の中でだったのか？　ゼップ・ディートリヒのことを考えていたせいで鳴ったのか？　あるいは僕に危険を知らせていたのか？　考えてみたら僕はそのとき、ハウサーのことも、ビットリヒのことも、マインドルのことも考えていたのだった……それじゃあ、僕のために鳴ったのか？　そうだとすれば、いったいどんな危険に備えろとの警告だったのだ？

インゲボルクにこのことを話したところ、長時間部屋に閉じこもっているのはよくないと言われた。ホテルが提供するジョギングやジムのコースのどれかに登録したほうがいいんじゃないかと彼女は言う。可哀想なインゲボルク、何もわかっちゃいない。その点に関してフラウ・エルゼと話してみると約束した。十年前にはそんなコースなどひとつもなかった。インゲボルクは登録は自分がやると言った。そんなことフラウ・エルゼとわざわざ話すまでもなく、フロント係で用が足りるではないかと。わかった、いいようにすればいい、と僕は彼女に言った。

就寝前に二つやったことがある。何かというと、

一　装甲部隊を対仏電撃攻撃向けに配備した。

二　バルコニーに出て、〈火傷〉がいることを示す光はないかとビーチを見たが、辺りは真っ暗だった。

八月二十六日

インゲボルクの指示に従った。今日はいつもより長い時間、ビーチで過ごした。結果として肩が日焼けで真っ赤になり、午後にはヒリヒリした肌の痛みをやわらげるクリームを買いに出るはめになった。言うまでもなくツインボートの傍らに陣取ったので、他にやることもない僕は〈火傷〉と話をすることになった。その日、いくつかのニュースがもたらされた。主な知らせは、昨日チャーリーが〈狼〉と〈仔羊〉の二人とつるみ、へべれけになって大騒動だったというものだった。嘆き節のハンナは、どうすればいいのかわからなかったとインゲボルクに打ち明けた。彼と別れるかどうしようか、と。いっそのこと独りでドイツに帰ってしまおうかと、そればかり考えているらしい。息子にも会いたいし、もううんざり、たくさんなのだと。いい具合にこんがりと日焼けしたことだけが慰めだ。インゲボルクはきっぱりと、ハンナのチャーリーへの愛が本物かどうかがすべてだと言い切る。ハンナは答えに窮した。もうひとつのニュースは、二人が〈コスタ・ブラーバ〉の支配人から頼むからホテルを出ていってくれと言われたというものだった。どうやら昨夜、チャーリーと二人のスペイン人は夜警に殴りかかったらしい。僕がこっそりと合図を送っているのも取り合わず、インゲボルクは〈デル・マル〉に移ってくれればと提案した。幸い、ハンナは支配人に考え直してもらうつもりのようで、それが叶わない場合には前金を返してほしいと言うのだそうだ。少し釈明して謝罪したら一件落着、ということになるだろうと僕は思う。騒ぎのあったときはどこにいたのかとインゲボルクに訊ねられ、ハンナは部屋で眠っていたと答えた。チャーリーが正午になってやっとビーチに姿を現した。だいぶずたずたな様子なのに、ウィンドサーフィンのボードを引きずっていた。その姿を認めると、ハンナはインゲボルクの耳元に囁いた。

「自殺行為よ」

チャーリーの言い分はまったく別物だった。そういえば支配人のことも彼から受けた脅しも気にかける様子はない。まぶたを半ば閉じ、まるで今ベッドから飛び出てきたばかりの夢遊病患者といった趣で言った。

「〈狼〉の家に移ってもいいな。ずっと安上がりだし、もっと本物の生活だ。真のスペインがわかるってもんだ」そして僕に向かって目くばせした。

それは半分冗談だった。〈狼〉の母親は夏の間、手頃な値段で部屋を貸している——食事つきと食事なしがある——のだ。一瞬、ハンナが泣き出すんじゃないかと思った。インゲボルクが割って入って彼女をなだめた。同じく冗談めかした調子で、〈狼〉と〈仔羊〉はチャーリーに恋しているのではないかと訊ねた。でも質問内容は真剣だった。チャーリーは笑い、そんなことはないと答えた。それから、気を取り直したハンナは、〈狼〉と〈仔羊〉は自分と寝たがっているのだと請け合った。

「この間の晩はずっとわたしを触ってきた」なまめかしくもあり辱められて打ちひしがれたようで

もある、何とも言えない調子でハンナはそう言った。

「お前はきれいだからな」とチャーリーが落ち着いた様子で説明する。「俺だって初対面なら寝たがると思うな。違うかい？」

突然話が大きく飛んで、オーバーハウゼンの〈ディスコテック33〉と電話会社の話題になった。ハンナとチャーリーはすっかり感傷的になり、口にするだけでロマンティックな思いを抱くような場所の思い出に浸った。それでも、しばらくしてハンナがもう一度言った。

「自殺行為よ」

チャーリーは非難の言葉に終止符を打つべく、ボードを拾い上げて海に入っていった。

最初、〈火傷〉とはいろいろな話をした。ツインボートを盗まれたことがあるか、仕事はきついか、情け容赦ない陽の光に照りつけられ、何時間もビーチで過ごすのは退屈じゃないか、食事の時間はあるのか、外国人の中ではどこの国の者がいい客か、等々。だいぶ素っ気ない返事だったけれども、答は以下のとおり。ツインボートは二度盗まれたことがある、といっても、ビーチの逆の端に乗り捨てられていたのだ。仕事はきつくない。ときどき飽きるが、ひどく退屈なのではない。僕が思ったとおり、食事はバゲットサンドで済ませていた。ボートを一番よく借りるのがどこの国民かなど、考えたこともない。僕はそれらの返事になるほどと相づちを打っては、その後に来る沈黙の間に耐えた。疑いもなく彼は人との会話にあまり慣れていないのだ。それに、キョロキョロと視線が落ち着かないところを見るに、いささか疑り深い。数歩先では、インゲボルクとハンナの眩しい肉体が太陽光線を一身に浴びていた。そのとき僕は出し抜けに、できればホテルを出たくないのだと言った。特に興味もなさそうに僕を見つめると、〈火傷〉はまた水平線を眺め続けた。そこでは彼のツインボートが他の貸し出し所のツインボートと入り混じっていた。遠くに二度三度とバランスを崩すウィンドサーファーの姿が見えた。セイルの色からすると、チャーリーではなかった。僕は海派ではなく山派なのだと言った。海は好きだが、山のほうがいいと。〈火傷〉は一言も口にしなかった。

またしばらく黙り込んでいた。日射しが肩を焼くのがわかったけれども、僕は身動きしなかったし、肩を日射しから守ろうともしなかった。横から見ると〈火傷〉は別人に見えた。容貌の崩れが少ないと言いたいのではない（彼の横顔はそれこそもっと崩れているように見えた）。そうではなくて、ただ別人のようなのだ。もっとよそよそしい感じだ。黒い剛毛の生えた軽石の胸像に似ていた。

何がそうさせたのかわからないけれども、僕は作家になりたいのだと告白した。〈火傷〉は振り向き、躊躇ってから、興味深い職業だと言った。もう一度言うように頼んだのは、最初、彼の言葉を聞き間違えたと思ったからだ。

「小説家や劇作家じゃないんだ」と僕は説明した。

〈火傷〉は口を半開きにして何か言ったが、よく聞こえなかった。

「何？」

「詩人か？」

かさぶたに覆われた顔が怪物みたいに微笑んだように思った。太陽のせいで僕はぼんやりしていたみたいだ。

「そうじゃない。もちろん詩人じゃない」

話が出た以上は仕方がない、僕は決して詩を蔑んでいるわけではないと意見を言った。クロプシュトックやシラーの詩は何なら暗唱できる。でも今どき恋人に贈る以外に詩を書くなんて、いささか無用だ。そうは思わないだろうか？

「あるいは醜い」と哀れな不幸せ者は頷いて言った。

これだけ崩れた容貌の人間が、自分自身のことを言うことになると感じずに、何かが醜いと言えるとは、どういうことだろう？　不思議だ。ともかく、〈火傷〉がこっそり微笑んでいるのではという気がますますしていった。たぶん彼の目が笑っているような印象を与えるのだろう。僕を見ることはめったにないけれども、たまに目が合うと喜びと力がその眼差しによぎるような気がするのだ。

「専門に特化した作家だ」と僕は言った。「クリエイティヴな評論家」

続けて僕はウォーゲームの世界について大まかに説明した。雑誌があり、大会があり、地方のクラブがあり、といったことだ。こう説明した。たとえばバルセローナには二つばかり同好会がある。協会があるという話は聞いていないが、スペイン人プレイヤーたちはヨーロッパ大会でも目覚ましい活躍をするようになってきた。僕はパリで二人のスペイン人プレイヤーと知り合った。

「人気上昇中のスポーツなんだ」と僕は断言した。

〈火傷〉は僕の言葉を咀嚼し、それから立ち上がって岸に戻ってきたツインボートを引き取りに行った。そして軽々とボート置き場まで運んできた。

「鉛の兵隊の人形で遊ぶ連中の話は読んだことがあるな」と彼は言った。「最近だ。夏の初めとか……」

「ああ、だいたいそんなものだよ。ラグビーとかアメリカンフットボールとか。でも僕は鉛の兵隊にはあまり興味がない。いや、それもいいよ……かわいいし……芸術的だ」僕は笑った。「でもボードゲームのほうが好きだ」

「で、何について書くんだ？」

「何でもさ。何か戦争とか遠征の名を挙げてみな、そうしたらその勝ち方や負け方を教えてやろうじゃないか。ゲームにどんな欠陥があるかとか、デザイナーがどんな点で正解しどこで間違えたかとか、展開のまずいところはどこか、正しくはどんな兵士がいたのか、もとになった戦闘ではどんな命令が下されたのか……」

〈火傷〉は水平線に目をやった。足の親指で砂に穴を開けた。僕たちの背後ではハンナが眠りに落ち、インゲボルクはフロリアン・リンデンの本の最後の数ページを読んでいた。僕と目が合うと微笑み、投げキスを送ってきた。

一瞬、〈火傷〉には恋人がいるのだろうかと思った。あるいはこれまでにいたことがあるのだろうかと。

あんな恐ろしい顔面にキスできる女の子がいるのだろうか？　でも、わかってる、いろんな女の子がいるものだ。

しばらくして、

「きっととても楽しいんだな」と彼は言った。

彼の声は遠くから届くかのようだった。海面に陽光が跳ね返って一種の壁になり、それが雲に達するまで大きくなった。大きく重く、汚れた乳色をした雲は、北の岩場の方向にかすかに動いていた。その雲の下をランチに引っ張られたパラシュートが岸に向かってきた。少し具合が悪いと僕は言った。やりかけの仕事のせいだ、と言った。ピリオドを打つまで、神経が休まらないのだ。専門に特化した作家であるためには複雑で煩わしい装置を組み立てることが要求されるのだと、どうにか説明した（コンピュータ化されたウォーゲームのプレイヤーたちが、自分たちのメリットだと喧伝するのはこういうことだ。つまり空間と時間の節約）。ホテルの部屋には何日も前から巨大なゲームが広げてあり、本当はそれで仕事をしていなければならないのだと打ち明けた。

「九月の初めに評論を仕上げて渡す約束をしたんだ。それなのに、ご覧のとおり、ここでのんびりしているわけだ」

〈火傷〉は一言も口にしなかった。評論はアメリカの雑誌に載せるのだと付け加えた。

「想像もつかないようなヴァリアントについてだ。これまで誰も思いつかなかったようなもの」

たぶん太陽のせいで興奮していたのだろう。調子に乗ってしゃべったのは、シュトゥットガルトを出てから誰ともウォーゲームの話をする機会がなかったからだと言わねばなるまい。プレイヤーならわかってくれるはずだ。僕たちはゲームの話をするのが楽しいのだ。ただし僕は明らかに、見出しうるかぎり最も風変わりな話し相手を選んでしまったわけだが。

どうやら〈火傷〉は僕がプレイしながらでないと書けないことをわかってくれたようだ。

「でもそれじゃあ、いつも勝ちだな」と言うと、彼はボロボロの歯を剝き出しにした。

「そんなことないさ。独りでプレイしていると敵を騙したりフェイントをかけたりということができない。すべてのカードがテーブルの上に広げられているんだ。僕のヴァリアントがうまくいくとすれば、数学的に考えてそれ以外ありえないからだ。ちなみに、僕はもう二度試してみて、いずれも勝っているんだが、もっと磨きをかけなきゃいけないから独りでやってるんだ」

「書くのに時間がかかるな」と彼は言った。

「いいや」と僕は笑った。「書くときは一気呵成だ。ゲームには時間がかかるけど、書くのは速い。僕は神経質だと見られがちなんだが、実際はそんなことはない。僕の書くものを読んでそう言うんだな。留まるところを知らないんだ！」

「俺も書くのは速い」と〈火傷〉が呟いた。

「ああ、そう思ったよ」と僕は言った。

自分の言葉に驚いた。実際には〈火傷〉が文章を書けることすら期待していなかった。けれども彼がそう言ったとき、あるいはその前、僕が書くのが速いと言ったとき、彼もきっとそうに違いないと直観したのだ。僕たちは無言で数秒、見つめ合った。少しずつ慣れてきたとは言っても、彼の顔を長く直視するのは難しかった。〈火傷〉は相変わらず密かに微笑んでいて、その密やかな笑顔は、僕のことも今しがた露わになった僕たちの特質のことも小馬鹿にしているみたいだった。具合はますます悪くなっていった。汗をかいていた。〈火傷〉はどうすればこれだけの日射しに平気でいられるのだろうかと思った。ゴツゴツとして、皺の重なった内側が焼けただれた彼の肉は、見る見るガスコンロの火のような青や黄色がかった黒の色調を帯びていき、今にも破裂しそうだった。それなのに彼は、不快そうな素振りひとつ見せずに手を膝の上に置き、砂の上にじっと座ったままで、海を眺めていられるのだ。普段は遠慮がちな彼には珍しい表情を見せながら、岸に戻ってきたツインボートを引き上げるのを手伝ってくれないかと僕に訊ねた。意識が朦朧としながら僕は頷いた。ツインボートに乗っていたカップルはイタリア人で、ボートを岸まで引き上げるのに往生していた。僕たちは水の中に入り、そっとボートを押した。ツインボートにまたがったイタリア人たちは、冗談で落ちる真似をした。岸に乗り上げる前に飛び降りた。二人が身を寄せ合い、手を取り合って海岸通りのほうに歩いていくのを見届けると、僕はいい気分になった。ツインボートを元に戻すと、〈火傷〉はひと泳ぎしなきゃと言った。

「なぜ？」

「この日射しじゃ鉛だって溶けちまう」ときっぱりと言った。

僕は笑って、じゃあ一緒に海に入ろうと誘った。

僕たちはしばらく、ただ前に進むことだけを考えて泳ぎ、海水浴客たちの最初の層よりも沖に出た。そこで海岸を振り返って見た。〈火傷〉と並んでその場所から見ると、ビーチもそこにいっぱいに溢れた人々も、いつもとは違って見えた。

ビーチに戻ると、彼に奇妙な声で、肌にココナツオイルを塗るといいと薦められた。

「ココナツオイルと暗い部屋」と彼は呟いた。

僕はわざとぶっきらぼうにインゲボルクを起こし、二人でその場をあとにした。


午後には熱が出た。そのことをインゲボルクに伝えた。信じてくれなかった。肩を見せてやると、濡れタオルを載せるか冷たいシャワーを浴びるかしたらと言われた。ハンナが待っているので、僕のことなど放っておいて急いで行きたがっていたようだ。

しばらくゲームを見つめていたけれども、全然やる気が起きなかった。光のせいでよく見えず、ホテル内に響くブーンという唸りのせいで眠くなった。少しばかり気力を振り絞って外に出て薬局を探した。炎天下、町の内部の古い通りをあちこち歩き回った。観光客に出会った記憶はない。実際のところ、誰も見た記憶がない。眠りこける犬が二匹と、薬局で僕に応対した女の子ひとり、それからどこかの建物の玄関の日陰に座った老人がひとりだけだ。それに対して海岸通りでは、人が多すぎて、肘で突いたり押したりしないと歩けないほどだった。港の近くには移動遊園地が建てられていて、皆、陶然としてそこにいた。正気の沙汰とは思えなかった。物売りの小さな屋台がいくつも連なっていて、人の波が今にもそれらを押し潰してしまいそうなほどに押し寄せていた。どうにかまた旧街区に戻り、回り道してホテルに戻った。

服を脱いでブラインドを下ろすと、体中にクリームを塗りたくった。ヒリヒリした。ベッドに身を投げ出し、明かりは点けずに目を開けたまま、ここ数日の出来事を思い起こそうとしていたら、眠りに落ちた。そのあと見た夢では、僕は熱が引いていて、この部屋にインゲボルクと一緒にいた。二人はベッドに入り、思い思いの本を読んでいたけれども、同時に大いなる一体感に包まれてもいた。つまり、二人はそれぞれの本に読みふけりながらも、一緒にいることの安心感を感じ、互いに愛し合っていることを確信していた。するとドアを引っかき、少しして誰かがドアの向こう側で「フロリアン・リンデンだ。今すぐ出てきなさい。君たちは命の大きな危険にさらされている」と言った。すぐさまインゲボルクは本を放り出し（本はカーペットの上に落ち、バラバラにほつれた）、ドアをじっと見つめた。僕はほとんど身動きしなかった。実際のところ、僕はそこで、肌も涼しく、とても居心地よく感じていたので、びくびくするほどのことではないと思った。「命の大きな危険にさらされている」とフロリアン・リンデンの声が繰り返したが、声はだんだん遠ざかっていき、廊下の突き当たりで話しているみたいになった。それに事実、続いてエレベーターの音が聞こえた。金属的な音を立てて扉が開き、それから閉じ、フロリアン・リンデンを下の階に運んでいった。

「ビーチか遊園地に行ったのね」とインゲボルクは言いながら大急ぎで服を着た。「彼を見つけなきゃ。ここで待ってて。彼と話さなきゃいけないの」もちろん、僕は何の異議も唱えなかった。けれども独り取り残されてみると、読書どころではなくなった。「部屋の中にいて命の危険にさらされるってのはどういうことだ？」と声に出して自問した。「あのへぼ探偵はいったい何を企んでいるんだ？」だんだん興奮してきた僕は窓辺に行き、インゲボルクとフロリアン・リンデンの姿が見えないかと思ってビーチを眺めた。日暮れ時で、そこでは〈火傷〉がツインボートを並べているだけだった。雲は赤く、月は煮立ったレンズ豆料理の色をしていた。彼は短パン一丁で、周囲のものにはまったく頓着していなかった。つまり、海もビーチも、海岸通りの護岸も、ホテルの建物の影も、まるでそこにはないかのようだった。一瞬、僕は恐怖に囚われた。あそこに危険と死があるのだとわかった。起き上がると汗をびっしょりかいていた。熱は引いていた。

八月二十七日

今朝、最初の二回のターンをプレイして、ベンジャミン・クラーク（「ワーテルロー」第十四号）とジャック・コルソ（「将軍」第三号十七号）の評論がそれぞれ、最初の年に二つ以上の前線を作ってはならないとしている点でまったく役に立たないことを確認してから、ホテルのバーに下りたときには優れた活力に満ち、読みたい、書きたい、泳ぎたい、飲みたい、笑いたいとの欲望に体がうずうずしていて、つまるところ、健康と生の喜びとのはっきりそれとわかる兆しに包まれていたのだった。バーは普段、午前中はそれほど混んでいないので、僕は小説と仕事に欠かせない記事のコピーの入ったファイルケースを持っていった。小説はK・Gの『疑う女ヴァリー』だったが、たぶん内心興奮していたから、午前中いろいろなことができそうだという幸福感からだろうか、読書に集中できなかったし、すっかり白状してしまえば、もともと論駁するつもりだった記事の研究も、気が散ってできなかった。そんなわけで、レストランとテラスを出たり入ったりする人々を観察し、ビールを味わうことに専念した。部屋に戻ろうとしたとき――部屋には幸い、三回目のターン（四〇年春、間違いなく重要な年）のメモ書きが残されているのだ――フラウ・エルゼが姿を現した。僕に気づくと微笑んだ。奇妙な笑顔だった。それから一緒にいた二、三人の客の話を遮ったとも見える仕方でその場を離れ、僕のテーブルまでやってくると隣に座った。

疲れた様子だった。だからといって彼女の整った顔のラインや輝く眼差しに翳りが見えたわけではないのだが。

「読んだことがないですね」と本を検分しながら彼女は言った。「作者のことも知りません。最近の作家ですか？」

僕はニッコリと笑ってかぶりを振った。前世紀の作家だと伝えた。死んだ作家だ。一瞬、僕たちはじっと見つめ合った。視線を外すことも言葉でそれをやわらげることもしなかった。

「どんな話？　教えてください」彼女はGの小説を指差して言った。

「お望みとあらば、貸してさしあげますよ」

「読んでいる暇がありません。夏には。でもあなたに教えてもらう時間はあります」彼女の声は優しいままだったけれども、徐々に命令調を帯びていった。

「女の子の日記形式です。ヴァリーという子で、最後には自殺します」

「それだけ？　おお怖い」

僕は笑った。

「かいつまんで教えろと言ったからですよ。さあどうぞ、読み終わったら返してください」

彼女は思案顔で本を手に取った。

「女の子って日記に何でも書きたがるものですからね……この手のドラマは大嫌い……いいえ、やめておきましょう。もう少し楽しいのはないのですか？」彼女はファイルケースを開き、記事のコピーに目をやった。

「それは関係ありません」僕は慌てて言い訳した。「大したものじゃないですよ！」

「わかります。英語が読めるんですか？」

「ええ」

彼女はそれはとてもいいことだというような表情を見せて頷いた。それからファイルケースを閉じ、僕たちは無言で見つめ合った。その状況は、少なくとも僕にとっては、いささか厄介だった。いつもと違い、彼女は忙しいからと立ち去る気配もない。頭の中で何か会話の話題を探してみたのだが、何も思いつかなかった。

突然、十年か十一年前のある情景を思い出した。誰かの祝賀パーティーの最中、フラウ・エルゼが人混みを離れ、海岸通りを渡ってビーチに消えたのだ。今では海岸通りには街灯があるけれども、当時はなかったので、ちょっと歩けば完全な闇の中に紛れた。彼女がいなくなったことに他に気づいた者がいたかどうかはわからない。いなかったと思う。パーティーはにぎやかで、誰も彼もがテラスで酒を飲み、踊っていた。たまたま通りかかっただけでホテルとは何の関係もない通行人も混じっていた。きっと僕を除けば誰も彼女がいなくなったことに気づかなかったに違いない。どれだけ時間が経ったかはわからない。だいぶ経ってからだと思う。彼女がまた姿を現した。現れたときは独りではなかった。彼女の隣を、背の高いひどく痩せた男が手をつないで歩いていた。白いシャツがそよ風に揺れ、その下は骨と皮だけ、というよりは旗竿のような、たった一本の骨だけのようだった。海岸通りを二人が渡ってきたとき、僕はその男が誰なのかわかった。ホテルのオーナー、フラウ・エルゼの夫だ。僕の目の前を通り過ぎるときに、彼女は二言三言、ドイツ語で挨拶を送ってきた。あんなに悲しげな微笑みはそれまで見たことがなかった。

あれから十年経った今、彼女は同じ微笑みを見せている。

よく考えもせず、僕は彼女に、あなたはとてもきれいな人だと思うと言った。

フラウ・エルゼは言っている意味がよくわからないと言いたげに僕を見つめ、それから笑ったが、とても小さな声だったので、隣のテーブルに誰かいたとしても、聞き取るのに苦労したんじゃないかというほどだった。

「本当のことですよ」と僕は言った。それまで彼女と一緒になるたびに感じていた、笑われるんじゃないかという恐れは消えていた。

彼女は突然真顔になり、きっと僕も真剣だということがわかったからなのだろうけど、こう言った。

「そんなふうに思ってくれる人はあなただけではないんですよ、ウド。きっとわたしはそうなんでしょうね」

「昔からずっときれいでした」と僕はすっかり調子づいて言った。「ただ肉体的な美しさを言っているんじゃないんです。それはどこからどう眺めても明らかなことだから。そうではなくて、あなたの……後光、というか、あなたのほんの些細な動きからでも湧き出てくる雰囲気……その静けさ……」

フラウ・エルゼは笑った。今度は開けっぴろげな、小話を聞いたあとみたいな笑いだった。

「ごめんなさい」と彼女は言った。「あなたのことを笑ったんじゃないんですよ」

「僕のことではなくて、僕の言ったことですね」僕もまた笑いながら、全然傷ついていないというふうに言った（とはいえ実際のところは少しばかり傷ついていた）。

この態度にフラウ・エルゼは喜んだようだ。そのつもりはなかったのだけれども、彼女の隠れた傷に触れたのではないかと思った。誰かスペイン人に口説かれているフラウ・エルゼ、ひょっとしたら秘密の関係に乗り出してしまったかもしれない彼女を想像した。夫はきっと疑いを抱き、苦しんでいる。彼女は愛人と別れることもできないが、夫を捨てるほどの度胸も持ち合わせていない。二つの忠実な愛に板挟みになり、こんな苦しみを味わうのも自分の美しさのせいだと自責の念に駆られる。僕にはフラウ・エルゼが炎のように見えた。僕たちを照らし出すけれども、そうすることで燃え尽き、死んでしまう、そんな炎だ。あるいは血の中に溶け込むともうワインではなくなってしまうワイン。美しく、よそよそしいひと。そして亡命したひと……この亡命というのが、彼女の最も謎めいた特質だ。

彼女の声が聞こえ、僕は物思いから抜け出した。

「まるでとても遠くにいるみたいですね」

「あなたのことを考えていたんです」

「やめてちょうだい、ウド、赤面してしまうじゃないですか」

「あなたが十年前どんなひとだったか考えていました。全然変わっていませんね」

「十年前、わたしはどんなでした？」

「今と全然変わりません。磁力があって。活動的でした」

「活動的というのはそうでしょうね。働かなきゃいけませんから。でも磁力があるというのは？」

打ち解けた仲間に向けたような笑い声がまたレストランに響いた。

「ええ、磁力がありましたとも。テラスで開かれたあのパーティーを憶えていますか？　あなたが途中でビーチに姿を消した……テラスには煌々と灯りが点っていたのに、ビーチは狼の口の中みたいに真っ暗でした。あなたが立ち去ったのに気づいたのは僕だけで、僕はあなたが戻るのを待っていました。そこの階段で。しばらくしてあなたは戻ってこられたのですが、独りではなく、ご主人と一緒でした。僕の目の前を通るときに微笑みかけてくださいました。とてもきれいだった。あなたのあとからご主人が立ち去る姿を見た記憶がないので、きっと最初からビーチにいたんだろうと思います。そういう種類の磁力だと言いたいんです。あなたには人を惹きつける力がある」

「ねえウド、わたしはそのパーティーのことは何ひとつ憶えていないんです。たくさんパーティがあったし、ずいぶん昔のことですから。ともかく、あなたのお話だと何かに惹きつけられていたのは、どうやらわたしのほうですね。ほかでもない夫に惹きつけられていたんです。おっしゃるように夫が出ていく姿が見えなかったというのなら、そのときにはもうビーチにいたということでしょう。でも、きっとおっしゃるとおりなのでしょうが、ビーチは真っ暗だったのだとすれば、わたしは夫がそこにいることなど知らなかったはずです。とすると、ビーチに行ったのは彼の磁力に引きつけられたということになります。そう思いませんか？」

僕は答えようとはしなかった。僕たち二人の間には理解の絆のようなものができていて、フラウ・エルゼはそれを壊そうとしていたのだけれども、それでも、おかげで言い訳する必要はなかった。

「当時あなたはいくつでしたか？　十五歳の男の子が少し年上の女性に魅了されることはよくあることです。でも実際のところ、わたしはほとんどあなたのことを憶えていないんですよ、ウド。わたしの……関心は別のところにあった。わたしはいささか軽率な娘だったと思います。誰もがそうですが、軽率で、浮き足立っていました。ホテルのことは嫌いでした。もちろん、わたしもかなり苦しんだんです。ともかく、外国人なら誰でも最初はかなり苦労しますけど」

「僕にとってはあれは……すてきなことでした」

「そんな顔しないでちょうだい」

「どんな顔ですか？」

「殴られたセイウチみたいですよ、ウド」

「インゲボルクもそう言うんです」

「本当ですか？　信じられない」

「いえ、違う言い方ですが。でも似てます」

「とてもきれいな人ですね」

「ええ、本当にきれいです」

僕たちはまたやにわに黙り込んだ。彼女は左手の指でテーブルのプラスチックの表面を叩き出した。本当はそのとき、彼女の夫はどうしているか訊ねたかった。遠くからですらまだ一度も見かけていなかったし、フラウ・エルゼが何も口には出さないものの、ある種の雰囲気を発散しているのも、そのことと密接に関わっているのではないかと直観的に思ったからだ。けれども言い出す時宜を逸してしまった。

「話題を変えませんか？　文学の話をしましょう。というか、文学の話をしてください。わたしは聴いていますから。本のことはあまりよく知らないんです。でも読むのは好きです。本当ですよ」

からかわれている気がした。首を振って拒否する仕草をした。フラウ・エルゼの視線が僕の肌をほじくり返しているみたいだった。それに、誓ってもいいが、彼女の目はまるでまじまじと見つめることで誰にも明かすことのない僕の心の奥の考えを読むことができるとでも言いたげに、僕の目を見ようとしていた。けれどもその仕草というのは愛情に似た何かに寄りかかってもいるのだった。

「じゃあ映画の話をしましょう。映画は好きですか？」僕は肩をすくめた。「今夜、テレビでジュディ・ガーランドの映画をやるんですよ。わたしはジュディ・ガーランドが大好きです。あなたは好きですか？」

「わかりません。彼女の映画は一本も観たことがないんです」

『オズの魔法使い』を観たことがないんですか？」

「ありますが、アニメーションでした。僕が憶えているままを言えば、アニメでした」

彼女はがっかりした表情を見せた。レストランのどこかの隅から優しい音楽が流れていた。二人とも汗をかいていた。

「なかなか話が合いませんね」とフラウ・エルゼが言った。「もっともわたしが思うに、あなたとお友だちはホテルのロビーに下りてきてテレビを観るよりもすてきなことをやってらっしゃるのでしょうけど」

「そんなにすてきなことでもありません。ディスコに行くんです。しまいには飽きます」

「踊りはお上手なんですか？　もちろん、きっとお上手なんでしょうね。疲れ知らずのハードダンサーなんでしょう」

「それって、何でしょう？」

「何ごとにも動じないダンサーです。どこまでも踊りつづける覚悟のある人」

「僕はそんなんじゃありませんよ」

「じゃあどんなタイプなんですか？」

「むしろ下手くそです」

フラウ・エルゼは謎めいた表情で頷いた。納得したということらしい。僕たちが気づかないうちにレストランはビーチから戻った人々で埋まりつつあった。隣のホールには、もうテーブルについて昼食を待つ宿泊客がいた。インゲボルクもやがて戻ってくるだろうと思った。

「わたしはもうそんなに頻繁には踊りません。スペインに来たばかりのころは、夫とほとんど毎晩のように踊ってました。いつも同じ店でしたが、当時はディスコはたくさんはなかったからです。それにそこが一番いい、一番モダンな店でした。でもここにあったんではありません。X……にあった店です。夫の唯一のお気に入りでした。たぶん、この町以外の場所にあったからこそなんでしょうね。今はもうありません。何年も前に潰れました」

このときとばかりに、先日の夜、ディスコで起こった出来事を語って聞かせた。フラウ・エルゼは僕の語る話に耳を傾け、ウェイターと棍棒の男の諍いが、ついには店全体の騒動に発展したことを話したときも、じっと聞いていた。彼女が特に興味を示したのは、僕たちのスペイン人の連れ、つまり〈狼〉と〈仔羊〉についての話だった。彼女が二人のことを知っているか、でなければ二人の話を聞いたことがあるんじゃないかと思ったので、そう言ってみた。いいえ、面識はありません。けれども、初めて一緒に休暇に来た若いカップル——まるで新婚旅行と言っているみたいだ——にふさわしいお仲間ではないかもしれませんね。でもどんなふうに僕らの間に割り込んでくるというんでしょうか？　フラウ・エルゼの表情に懸念の影が差した。ひょっとしたら、彼女は僕の知らない何かを知っているのではないだろうか？　僕は彼女に〈狼〉と〈仔羊〉の二人は僕たちカップルよりもチャーリーとハンナの二人と仲がいいのだと伝えた。それにシュトゥットガルトではもっと悪そうな風貌の連中とも付き合いがあるとも言った。もちろん嘘だ。しまいには、僕がスペイン人に興味があるのはただスペイン語の練習相手になってもらえるからだとも念を押した。

「ガールフレンドのことを考えてくださいね」と彼女は言った。「彼女に優しくしないと」

彼女の顔に嫌悪感のようなものが浮かんだ。

「ご心配なく。何も起きませんよ。僕は用心深い人間だし、相手に応じて距離のとり方をよくわかっています。ついでに言えば、インゲボルクはこの関係を好もしく思っています。おそらくああいった手合いを相手にするのが珍しいのでしょう。言うまでもありませんが、彼女も僕も真面目に相手をしているわけではありません」

「でも彼らは現実の存在ですよ」

今は何もかもが非現実的に見えると言いそうになった。〈狼〉と〈仔羊〉も、ホテルと夏も、話題には出さなかったけれども、〈火傷〉と観光客も。何もかもが非現実的で、唯一の例外が彼女だ。磁力を発散し、独り佇むフラウ・エルゼ。でも言わなくてよかった。きっと彼女はそれを聞いても喜ばなかっただろう。

僕たちはさらにもうしばらく黙ったままでいたが、黙っている間、僕はいつになく彼女との距離が縮まったように思った。それから彼女は勢いをつけて立ち上がると、僕と握手して立ち去った。

部屋に上がる途中、エレベーターの中で見知らぬ男が話し相手に、支配人が病気だと英語で言った。「ルーシー、残念ながら支配人は病気なんだよ」というのがその男の言葉だった。何の疑いの余地もなく、それがフラウ・エルゼの夫のことだとわかった。
部屋に帰り着くと、自分でも驚いたことに、こう繰り返していた。彼は病気だ、病気だ、病気だ……そう言ったのだ。本当だ。ボードの地図の上では駒が溶け出しているみたいに見えた。陽の光が斜めにテーブルに射し、ドイツ軍の装甲部隊を表すカウンターが、まるで生きているように点滅していた。

今日の昼食はフライドポテトを添えたチキンにサラダ、チョコレート・アイスにコーヒーだった。どちらかというとわびしい食事だ（昨日はミラノ風カツレツにサラダ、チョコアイスにコーヒーだった）。インゲボルクはハンナと一緒に、港の裏手にある、海からじかに突き出る二つの岩山にはさまれた町立公園に行ったのだと語った。写真をいっぱい撮り、絵葉書を買い、町まで歩いて戻ることにした。充実した朝だった。僕はといえばほとんどしゃべらなかった。食堂のざわめきが耳について考えられず、軽くではあるがずっと気分が悪かった。食事を終える少し前に、ハンナがビキニの上から黄色いTシャツを着ただけの格好で姿を見せた。腰かけるとき、いささか無理に作ったような笑顔を僕に向けた。何かの詫びを入れているような、恥ずかしがっているような調子だった。いったい何を恥ずかしがっているのかは僕には皆目見当がつかなかった。彼女は僕たちと一緒にコーヒーを飲んだが、ほとんど無言だった。本当のことを言うと、彼女の登場はちっとも嬉しくなかったのだが、表情に出さないように気をつけた。結局三人で部屋に上がり、そこでインゲボルクは水着に着替え、そして二人はビーチに出かけていった。

ハンナが質問した。「なんでウドはそんなに長い時間部屋に閉じこもっているの？」少し黙ってから、また質問した。「テーブルの上にある駒だらけの盤は何？」インゲボルクは答えを探すのに手間取った。困惑して僕に、まるであなたのせいで彼女が変なことに興味を持っちゃったじゃない、と言いたげな視線を送ってきた。ハンナは答えを待っていた。僕は自分でもうろたえるほどの冷静沈着な声で、肩がこんな具合なので、今は日陰にいてバルコニーで読書をしていたいのだと説明した。落ち着くよ、と僕は主張した。君もやってみるといい、と。考えもまとまる。ハンナは笑った。僕の言葉の意味はよくわかっていないようだった。それから僕はこう付け加えた。

「その盤は見てのとおり、ヨーロッパの地図だ。ゲームなんだ。挑戦でもある。それにこれは僕の仕事の一部だ」

ハンナはポカンとして、あなたはシュトゥットガルトの電力会社に勤めていると聞いたけれど、と口ごもりながら言ったので、なるほど収入の大半は電力会社から得ているけれども、それは僕の天職ではないし、そのためにかなりの時間を割いているわけでもないと打ち明けた。いや、それどころか、テーブルの上にあるようなゲームからわずかながら副収入を得ているのだと。副収入のことを言ったからか、それとも盤と駒の輝きのせいだろうか、ハンナは盤に近づくと、真剣な面持ちで地図に関する質問をいくつか立て続けに浴びせてきた。彼女をゲームの世界へと導き入れるには絶好のチャンスだ……ちょうどそのとき、インゲボルクがもう行かなきゃと言った。バルコニーから二人が海岸通りを横切り、〈火傷〉のツインボートから数メートルのところにビーチマットを敷くのが見えた。二人の表情は優しく、強烈に女らしさが感じられ、僕はひどく心が痛んだ。少しの間、気分が悪くなり、汗をびっしょりかきながらベッドにうつ伏せになるよりほかなかった。頭の中に馬鹿げたイメージが去来し、それが事態を悪くしていた。南下してアンダルシアまで行ってしまわないかとインゲボルクに提案しようと思った。あるいはポルトガルに行くか、それとも、行く先も考えずスペイン国内の自動車道を気ままに走ろうか、またはモロッコまでひとっ飛びしてしまおうか……と。それから彼女が九月三日には仕事に戻らなければいけないし、僕自身の休暇だって九月五日には終わるのだと思い出した。だから現実には時間がないのだと……ようやく僕は起き上がり、シャワーを浴びてからゲームに没頭した。

（一九四〇年春のターンの概観。フランス軍は24マス目《ヘクス》の列での古典的な戦線を維持し、かつ第二防御線を23列にも持っている。そのころまでにはヨーロッパ戦闘地域には十四の歩兵部隊があるはずだが、そのうちの少なくとも十二部隊がＱ24とＰ24、Ｏ24、Ｎ24、Ｍ24、Ｌ24、Ｑ23、Ｏ23、Ｍ23のヘクスをカヴァーしているはずだ。残りの二部隊は、そうなるとＯ22とＰ22に配備されるべきだろう。三つの装甲部隊のうち、ひとつはおそらくＯ22に位置し、もうひとつはＴ20に、そして三つ目がＯ23にあるはずだ。予備隊はＱ22とＴ21、Ｕ20、Ｖ20にある。航空部隊がＰ21とＱ20の空軍基地にある。イギリス遠征隊は、最良の場合には歩兵部隊三個と装甲部隊一個からなる。イギリス軍がフランスにそれ以上の部隊を派遣したら、取るべきヴァリアントは大英帝国へ直接打撃を加えるということになるだろうし、そのためにはドイツの空輪部隊はＫ28に配備されていなければならないことになる。派遣部隊はＮ23に歩兵部隊を二個、Ｐ23にもう一部隊とさらに装甲部隊を展開するだろう。防戦のヴァリアントとしてはイギリス遠征隊がＰ23からＯ23のヘクスに移動し、フランス軍の装甲部隊、歩兵部隊のそれぞれ一個がＯ23からＰ23に移ることが考えられる。どのように展開しても、最強のヘクスはイギリス装甲部隊の配備されている場所で、P23でもO23でもいいが、そこがドイツの攻撃の軸を決定するだろう。ドイツの攻撃はかなり少数の部隊によって実行に移される。イギリス装甲部隊がP23にいたら、ドイツの攻撃はO24で発生するだろうし、逆にイギリス装甲部隊がO23にいれば攻撃はN24から始まるはずだ。そこはベルギー南部にあたる。突破《ブレークスルー》を確実にするためには空輪部隊は、イギリス装甲部隊がP23にある場合にはO23、O23にいる場合にはN23に向かうことになる。第一防衛線への打撃は二つの装甲部隊が与える。それに続いて侵攻するのが、O23かN22――イギリス装甲部隊がどこにあるかによる――にそれまでに達しているはずのもう二、三の装甲部隊で、そこから嵩にかかってO22を攻める。そこがパリだ。一対二以上の比率で反撃を防ぐためには、航空部隊の一部を待機させておかなければならない、等々。）

午後はキャンプ場地帯で飲んでからミニゴルフをしに行った。チャーリーはそれまでより落ち着いていて、表情もさっぱりとして穏やか、まるで経験したことのない平穏が裡に宿ったかのようだった。人は見かけではわからない。やがていつものごとくべらべらとまくし立て始め、ある話をした。この話がやつの愚かさというか、僕らの間で愚かなふりをしているやつの性質というか、あるいはその両方をよく物語るものだ。かいつまんで言うとこういうことだ。彼は一日中ウィンドサーフィンをしていて、ふと気づいたら海岸線が見えないところまで来てしまった。彼の話の笑えるところは、この町の海岸と隣町のそれとを混同してしまったということだ。建物やホテル、それに海岸の形までも何だかおかしいと疑ってはみたのだが、どうってことないと思った。道がわからなくなった彼はドイツ人海水浴客に〈オテル・コスタ・ブラーバ〉はどこにあるかと訊ねた。するとその男はためらうことなくあるホテルの場所を教えた。そこは実際、〈コスタ・ブラーバ〉という名だったけれども、チャーリーの泊まっている〈コスタ・ブラーバ〉にはちっとも似ていないのだった。それでもチャーリーは中に入って部屋の鍵を渡すように頼んだ。当然、彼は宿泊客として登録されていないのだから、フロント係はチャーリーに凄まれてもいっこうにひるむことなく鍵を渡さなかった。しまいには、フロント係はあまり忙しくなかったので、二人は罵り合っていたのが腹を割って話し合うまでになり、やがてホテルのバーでビールを飲む仲になった。そこで事情がすっかり明らかになって、聞いていた者たちの誰もがびっくりした。しかもチャーリーにはひとり友だちができ、皆に感心された。

「それからどうしたの？」とハンナが訊いたが、もちろんもう答えを知っていた。

「ボードを抱えて戻ってきたのさ。当然、海伝いにね！」

チャーリーは眉に唾してかからねばならない大ボラ吹きか、注意を要する大馬鹿者だ。

ときどきこんなに怖くなるのはなぜだろう？　しかも怖がっているときに限って僕の精神は膨張し、昂揚し、地球全体を高みから観察するような感じになるのはなぜだろう？（ぼくはフラウ・エルゼを上から見るくせに怖がっている。インゲボルクを上から見るくせに彼女も僕を見つめていることを知っているし、それが怖くて泣きたくなるのだ。）愛の涙を流したいということか？　実際のところ、僕は彼女と一緒に逃げ出したいのか？　それも、もはやこの町と暑さからではなくて、未来で僕らを待ちかまえているもの、凡庸さと不条理から逃げ出したいのか？　セックスをすれば、あるいは歳を取れば落ち着く人もいる。チャーリーはハンナの脚と胸に満足する。それだけあればおとなしくなる。僕は逆にインゲボルクの美しさに目を見張ることになり、平静を失ってしまう。僕は神経過敏なのだ。コンラートのことを考えると泣きたくなるし、殴りたくなる。彼は休暇は取らなかったか、でなければプールに泳ぎにも行かず、シュトゥットガルトから一歩も出ずに休暇を過ごしたのだ。とはいえ、僕の表情はそんなことでは変わらない。脈拍もいつもと変わらない。ほんのわずかに体を揺することもしない。たとえ心の中はずたずたでも。

就寝時、インゲボルクがチャーリーは元気そうだったと言った。僕らは朝の三時まで〈アダムの店〉という名のディスコにいた。もうインゲボルクは眠っていて、僕はバルコニーの扉を開けっ放しにしてひっきりなしに煙草を吸いながらこれを書いている。ハンナも元気そうだった。僕と二曲チークダンスを踊ったりもした。僕たちの会話は、いつものことだが、どうってことのない内容だった。ハンナとインゲボルクは何の話をするんだろう？　二人が本当に友だちになりつつあるなんてことがあるだろうか？　僕たちは〈コスタ・ブラーバ〉のレストランで、チャーリーのおごりで夕食を摂ったのだった。パエーリャ、サラダ、ワイン、アイスクリームにコーヒーだ。それから僕の車に乗ってディスコに行った。チャーリーは運転する気になれずにいたのだ。かといって歩く気もなかった。考えすぎかもしれないが、僕が受けた印象では、彼は人前に出る気すらなかったみたいだ。あれだけ慎ましく控えめな彼を見たのは初めてだった。ハンナはしょっちゅう彼の上にかがみ込んでキスをしていた。オーバーハウゼンにいる息子にもあんなふうにキスをするのだろうと思う。ディスコから戻ると〈アンダルシア人の隠れ処〉で〈火傷〉を見かけた。テラスには客はおらず、ウェイターたちはテーブルを片づけていた。地元の男の子たちのグループがベランダにもたれておしゃべりしていた。〈火傷〉は数メートル離れた場所から彼らの会話に耳を傾けているみたいだった。僕は冗談めかしてチャーリーに、あそこに君の友だちがいるぜと伝えたところ、悪辣な答えが返ってきた。関係ないね。さあ、行きなよ。きっと僕が〈狼〉と〈仔羊〉のことを言っていると思ったのだろう。暗闇ではなかなか見分けがつかない。さあ、行って、行って、とインゲボルクとハンナが言った。

八月二十八日

今日、初めて曇り空の夜明けだった。ビーチは部屋の窓からは荘厳で空虚に見えた。砂浜で遊ぶ子供も何人かいたが、やがて雨が降り始め、一人また一人と姿を消した。朝食に下りたレストランでも雰囲気が違った。雨のためにテラスに陣取ることのできない客が屋内のテーブルに殺到し、朝食の時間は延び、おかげで人は新たに行きずりの友人を見つけたりしている。誰もがしゃべっている。男たちは先に飲み始める。女たちは始終部屋に戻っては上に羽織るものを取りに行ったりするのだが、大抵の場合、見つからない。笑い話を交わしている。やがては全体としてうんざりした空気になる。しかし、日がなホテルで過ごすわけにもいかないので、外へ出ようという話になる。五、六人のグループが、二つばかりの傘の下に隠れて店を見て回り、それからどこかのカフェテリアかビデオゲーム・センターに入ったりしている。雨に洗われた街路は、日々の喧噪からはほど遠く、別の種類の日常性の中に沈み込んでいた。

チャーリーとハンナが朝食の途中にやってきた。二人はバルセローナに行くことにしたと言うので、インゲボルクもついていくことになる。僕は一緒に行くのは遠慮する。今日は一日丸ごと、自分のために使うのだ。三人が出かけると、レストランに出入りする人々を観察することにする。フラウ・エルゼが姿を現さないかと心の準備をしたのだけれども、現れない。ともかく、そこは静かで落ち着く場所だ。僕は頭を働かせる。ゲームの始まりを思い出し、準備運動をし、それからそっと……なんだか全体的に眠気を催させる雰囲気だ。気づけば本当の意味で満足しているのはウェイターたちだけだ。普段の日の倍は仕事をしているが、冗談を言い合ったり笑い合ったりしている。僕の隣の老人が、ウェイターたちは僕たちのことを笑っているのだと意見を述べた。

「そうではないでしょう」と僕は反論した。「笑っているのは夏の終わりが、つまり自分たちの仕事の終わりが近づいているからですよ」

「でもそれなら悲しいはずじゃないかね。あの恥知らずどもは失業者ってわけだからな！」

正午にホテルを出た。

車に乗り、〈アンダルシア人の隠れ処〉までゆっくり走らせた。歩いて行ったほうが早く着いたと思うけれども、歩く気がしなかったのだ。

外から見ると、他のテラスつきのバルと変わらない。立てかけられた椅子とパラソルの端から滴る雨垂れ。店内はにぎわっていた。まるで雨が、観光客も地元の客もかまわずすべての予約客を、いささかカタストロフの様相を呈する混合物の中に放りこんでしまったかのようだ。客たちは身振り手振りだけで、理解もできず際限もない会話をしようとしているみたいだった。店の奥、テレビのそばに〈仔羊〉がいるのが見えた。こっちに来いと手振りで伝えてきた。カフェオレが出てくるのを待ってから彼のテーブルに腰かけた。まずは当たり障りのない挨拶を交わした〈〈仔羊〉は雨でおあいにくさまと言った。あいにくなのは彼ではなく、僕だというのだ。なぜなら僕は日射しやビーチを目当てに来たのだから、とか何とか)。僕はお気になさらず、実際のところは雨でよかったと思っている、と答えた。しばらくしてチャーリーはどうしたと訊かれた。バルセローナにいると言った。誰と？と詮索してきた。その質問に僕は驚きを禁じ得なかった。君には関係ないだろうと言おうかと思ったほどだ。躊躇ってから、それほどのことではないと考え直した。

「インゲボルクとハンナとだ、もちろん。誰と一緒だと思ったんだい？」

可哀想に、奴さん、困った様子だった。別に誰とも、と苦笑い。曇った窓ガラスには注射器の刺さったハートの絵が描かれていた。窓の向こうには海岸通りと灰色の屋根がいくつか見えた。店内奥の数少ないテーブルには若者たちが座っていて、彼らだけが観光客から少しばかり距離を置いていた。カウンターで肩を寄せ合う連中——家族連れや年配の人たち——も店の奥にいる連中も暗黙のうちに受け入れているこの壁が、店内を二つのグループに分けていた。〈仔羊〉が藪から棒に奇妙でナンセンスな話を始めた。早口のひそひそ声で、テーブルに身を屈めてきた。何を言っているのかほとんどわからなかった。話というのはチャーリーと〈狼〉を巡るものだが、彼の言葉はまるで寝言のようだった。口論、金髪女(ハンナ？)、ナイフ、何ものにもまさる友情……「〈狼〉はいいやつだ。俺はよく知ってるんだ。心根が最高だ。チャーリーだってそうだ。ところが酔っ払うとやつらは誰の手にも負えなくなる」僕は頷いた。どうでもいい話だった。僕たちの近くにいた女の子が、火が消され今では巨大な灰皿になっている暖炉をじっと見つめていた。外では雨が激しくなってきた。〈仔羊〉がコニャックを一杯おごってくれた。その瞬間、店主が姿を現し、ビデオをかけた。そのためには椅子に乗る必要があった。椅子の上から彼は宣言した。「皆、ビデオをかけるぞ」誰も聞いていなかった。

「まったくだらしない連中だ」と捨てぜりふを言った。映画は核戦争後のバイク乗りたちの話だった。「あれは観たな」コニャックのグラスを二つ手にして戻った〈仔羊〉が言った。上物のコニャックだ。暖炉脇の女の子が泣き出した。僕は〈仔羊〉に、うまく説明できないけれども、彼女は店内で唯一、そこにはいないかのような存在だった。というのが彼の答えだった。顔なんてほとんど見えないだろう、と。僕は肩をすくめた。テレビでは二人組のバイク乗りが砂漠の中を走っていた。ひとりは片目だった。地平線にはどこかの都市の残骸が広がっていた。廃墟となったガソリンスタンドやスーパーマーケット、銀行、映画館、ホテル……「突然変異体だ」と〈仔羊〉は呟き、何かを見ようとするかのように横顔を向けた。

暖炉脇の女の子の隣にはもうひとり女の子がいて、さらに十三歳にも十八歳にも見える男の子がひとりいた。二人とも彼女が泣くのを眺め、ときどき背中をさすってやっていた。男の子はニキビ面だった。女の子の耳元に小声で囁き、慰めているというよりは何かを説き伏せようとしているみたいだった。そうしながらも目の端で映画の一番の暴力シーンを見逃さず追っていた。そこでは暴力シーンが次々と繰り広げられていたのだ。実際、泣いている女の子を別にすれば、若い連中は全員が、戦闘シーンの音や闘いのクライマックスの瞬間を告げる音楽に気を取られ、自動的に顔を上げてテレビに見入っている。そうでない場面にはたいして興味はないようで、あるいは前に観たことがあるのかもしれない。

外の雨は弱まることがなかった。

そのとき〈火傷〉のことを思った。どこにいるんだろう？　こんな日にビーチにいられるだろうか、ツインボートの下に閉じこもっているのか？　一瞬、まるで酸素が足りないみたいに、それを確かめに走っていきたいと思った。

彼を訪ねるという思いつきが少しずつ具体化していった。何よりもこの目で自分の想像を確かめてみたいという思いが強かった。なかば子供の秘密基地のような、なかば第三世界の掘っ立て小屋のようなあのツインボートの内部に入ったら、いったい何があるのだろう？　頭の中には洞窟人よろしくキャンピング・ガスのランプの横に腰かけている〈火傷〉の姿が浮かんだ。僕が入っていくと彼が顔を上げ、僕らは見つめ合う格好になった。でも、入るって、どこから？　兎の巣みたいな穴でもあるのか？　あるかも。トンネルの突き当たりで新聞を読んでいる〈火傷〉が兎みたいに見えるのだろう。巨大な兎だ。それが死ぬかと思うほどの驚きの表情を見せている。そうだ、びっくりさせるつもりなんかなかったんだから、前もって声をかければよかったんだ。やあ、僕だよ、ウドだ。君がそこにいるんじゃないかと思うんだけど、いるかい？……返事がなかったら、どうしよう？　ツインボートの周りを、穴を探してうろうろする自分を想像した。とても小さな穴だ。どうにかこうにか這いつくばって、僕は中に入る……中は真っ暗だ。どうしてだろう？

「映画の結末、教えてやろうか？」と〈仔羊〉が言った。

暖炉脇の女の子はもう泣いていなかった。テレビの画面では死刑執行人みたいな人物が人ひとりとそのバイクを一緒に埋められそうなほど大きな穴を掘っている。作業が終わると男の子たちは笑い出した。そのシーンには一笑に付せないところがあって、おかしいというよりはどこか悲劇的だ。

僕は頷いた。どんな結末だい？

「主人公が宝を手に放射線汚染地帯から脱出を果たすんだ。その宝ってのが合成石油だか合成水だかの作り方なんだが、その作り方が何だったかは憶えてない。ともかく、いかにも映画らしい話じゃないか?」

「そうだな」と僕は言った。

僕がコニャック代を払おうとすると〈仔羊〉はきっぱりと断った。「今夜おごってくれよ」と言ってにやりとした。その考えはちっとも面白くなかった。でもまあ、やつらと出かけることを誰に強要されるわけじゃない。ただし、チャーリーの馬鹿がすでに約束しているなんてことはあるかもしれないが。つまりチャーリーがやつらと一緒に出かけたら、ハンナも同行するだろう。そしてハンナが行けばたぶんインゲボルクも行く。立ち上がりながら僕は、さりげなく、〈火傷〉はどうしてると訊いてみた。

「さっぱりわからねえな」と〈仔羊〉が言った。「あいつは少しばかりイカレてやがる。やつに会いたいのか? 探してるのか? なんなら一緒に探してやる。たぶん今ならペペのバルにいるだろうな。この雨じゃ仕事は休みだろうよ」

僕は礼を言い、その必要はないと伝えた。探しているわけじゃないんだ。

「あいつは変なやつだ」と〈仔羊〉は言った。

「なぜだい? 火傷痕のせいか? 何があったのか知ってるのか?」

「いや、そんな理由じゃないんだ。そのことには触れるつもりはない。変なやつだというのは、変だと思うからだ。変っていうのも違うな。おかしいというか。俺の言ってることわかるだろ」

「わからないな。何が言いたいんだ?」

「こだわりがあるんだ。誰だってそうだけど。少しすさんだところがある、と言うのかな。誰だってこだわりはある。違うかい? 近いところで言えば、チャーリーを見ればわかる。やつは飲むことと間抜けなウィンドサーフィンにしか関心がない」

「おいおい、そりゃあ言い過ぎだろう。他にも興味を持ってることはあるさ」

「女か？」と言って〈仔羊〉はにやりとした。「ハンナはいい子だ。それは認めなきゃ、な？」

「ああ」と僕は言った。「悪くない」

「子供もいる。違うか？」

「いると思う」

「写真を見せてもらった。かわいい男の子だ。金髪も何もかも。よく似てた」

「さあね。僕は写真なんか見たことないな」

ハンナと知り合ったのは〈仔羊〉とほぼ同時だと説明したりはせず、僕はその場をあとにした。たぶん、彼のほうが僕よりある面では彼女のことをよく知っているだろうし、そのことを伝えたからといって、何の役にも立たないだろうから。

外では雨は降り続いていたが、以前ほど強くはなかった。海岸通りの広い歩道では、色つきのレインコートに身を包んで歩いている観光客もいた。僕は車に乗って煙草に火をつけた。車内からはツインボートの秘密基地と風に立ち昇る湯気と泡のカーテンが見えた。バルの窓越しに、暖炉脇の女の子が海岸を同じくじっと見つめていた。僕は車を発進させ、その場から遠ざかった。半時間ばかりも町中を流した。旧街区では車は立ち往生した。排水溝から水がゴボゴボとあふれ出し、生暖かくすえたいきれが排気ガスやクラクションの音、子供たちの叫び声とともに車内に侵入してきた。脱出するのに一苦労だった。腹が減った。ひどく腹が減ったけれども、食事ができる場所を探すのではなしに、町から遠ざかることにした。

どこに向かっているかもわからずに、気の向くままにハンドルを切った。ときおり観光客の車やトレーラーハウスを追い抜いた。夏の終わりが近づいているのだ。自動車道の両側の地面はプラスチックに覆われたり暗い溝が刻まれたりしていた。地平線には低い禿げ山が描かれ、雲がそこに向かって流れていた。果樹園では、黒人のグループが木の枝の下で雨宿りをしていた。

突如として目の前に陶器工場が姿を現した。ということは、前に行った名前のないディスコに向かう道だったのだ。庭に車を停め、下りてみた。小屋から老人が無言で僕を見ていた。何もかも違っていた。投光器はなかったし、犬もいなかった。雨が跳ね返る石膏像は非現実的な輝きを発していなかった。

植木鉢を二つ手に取ると、老人のいる小屋に向かった。

「八百ペセータ」と彼は小屋から出ずに言った。

金を取り出して渡した。

「あいにくの天気ですね」釣り銭を待つ間に、降りかかる雨を顔に受けながら言った。

「本当に」と老人は言った。

植木鉢を車のトランクに入れ、立ち去った。

山の頂上にある鄙びた礼拝堂で昼を食べた。そこからは町全体が見渡せた。何世紀も前、そこには石造りの要塞があって、海賊からの防御の役割を果たしていた。たぶん、要塞が作られたころには町はまだ存在していなかった。いや、どうだろう。いずれにしろ、要塞は今では石の残骸で、それらの石には名前やハート、淫らな絵などが刻まれていた。その遺跡の隣に礼拝堂は建てられた。はるかに下って最近の話だ。そこからの眺めは絶景だった。港、ヨットクラブ、旧街区、住宅街、キャンプ場、海に面して建ち並ぶホテル。天気がいい日には海岸沿いの他の町々もいくつか遠くに見える。それに要塞の骨組みに登れば、クモの巣状に広がる非幹線道路と内陸部の無数の小さな町や村も見える。礼拝堂の別館にレストランのようなものがある。ここを経営しているのは宗教団体なのか、それとも単に日常的に使用する権利を得ているだけの者なのかはわからない。いい料理人がいること、それが重要だ。町の人々は、とりわけカップルは礼拝堂に登ってくることも多いが、特に風景を楽しむためだけに来るというわけでもない。僕がここに来たときには多くの車が木の下に停められていた。運転手が車中に残っている場合もあった。そうでなければレストランのテーブルにいた。一帯はしんと静まり返っていた。金属フェンスのある展望台のようなものの周囲を一巡りした。両端にコインを入れると見られる望遠鏡があった。そのうちのひとつに五十ペセータ入れてみた。何も見えなかった。真っ暗だ。二度ほど叩いてからその場を離れた。レストランでは兎料理とワインを一本頼んだ。

他には何を見たか？

一　崖に垂れかかる木。その根は狂ったように石に巻きつき、空中でとぐろを巻いていた（ただしこれはスペインのみに見られるものではない。僕はドイツでもこんな木を見たことがある）。

二　道ばたで嘔吐する若者。両親がイギリス・ナンバーの車の中で、フル・ヴォリュームでラジオを聞きながら待っていた。

三　礼拝堂のレストランの厨房にいた黒い目の女の子。一瞬、目が合っただけだけれども、僕に何か感じたのだろう、微笑んでくれた。

四　離れた場所にある広場の、禿げ頭の男の銅の胸像。台座にはカタルーニャ語の詩が書かれていたが、僕にわかったのは「土地」「人間」「死」の三語だけだった。

五　町の北側の岩場で貝や魚などを獲って回る若者の一団。見ただけでは動機はわからないのだが、ちょっと時間を置いては頑張れだの万歳だのと叫んでいる。岩場伝いに上がってくる彼らの叫び声は太鼓の音のように喧しかった。

六　東の空に立ち昇る赤黒い雲、汚れた血の色だ。空を覆う暗い雲の中に現れたこの雲は、雨がやむことを告げていた。

食事を済ませてホテルに戻った。シャワーを浴びて着替えると、また外出した。フロントに僕宛ての手紙が届いていた。コンラートからだった。すぐ読むべきか、それとも彼の書いたものを読む楽しみをあとに取っておくべきか、一瞬、迷った。〈火傷〉に会ってからにしようと決めた。そこで手紙をポケットにしまうと、ツインボートのほうへ向かった。

もう雨は降っていなかったけれども、砂は濡れていた。ビーチの何か所かでは波打ち際を歩く人影が見えた。頭を垂れて、まるでメッセージの入った壜か波に運ばれて戻ってきた宝石でも探しているみたいだった。二度ばかりホテルに戻ってしまいそうになった。馬鹿なことをしているという思いからだけれども、それよりも好奇心が勝った。

目的の場所に着くだいぶ前から帆布が底板に当たる音が聞こえた。どこかのロープがほつれたに違いない。注意深くボートの周りを巡ってみた。実際にロープが一か所外れていて、風が吹くたびに覆いの布が揺れ、ぶつかる音が激しくなっていく。揺れるロープが蛇に見えたのを憶えている。川蛇だ。布は雨に濡れ、重くなっていた。特に何も考えずにロープを手に取り、見よう見まねで結わえてみた。

「何をやってるんだ？」と〈火傷〉がボートの中から言った。

飛んで後ずさった。結び目はすぐさまほどけ、帆布が根こそぎにされた植物のように、湿った生き物のように唸りを上げた。

「何でもない」と僕は言った。

すぐに「どこにいるんだ?」と付け加えればよかったと思った。これでは〈火傷〉は、僕が彼の秘密を知っているから、明らかにボートの中から聞こえてくる声に驚きもしないのだろうと推測してしまいそうだ。でももう遅すぎた。

「何でもないとはどういうことだ?」

「別に」と僕は叫んだ。「ぶらぶら歩いてたら帆布が飛ばされそうなのが見えたんだ。気づいてないのか?」

沈黙。

僕は一歩前に出て、今度はしっかりといまいましいロープを結んだ。

「よし」と言った。「これでボートは安全だ。あとは日が出るのを待つだけだ!」

中からよく聞き取れないうめき声が聞こえた。

「入っていいかい?」

〈火傷〉は答えなかった。一瞬、彼が出てきていったい何をするつもりだとビーチの真ん中でどやしつけるんじゃないかと思った。そんなことを言われてもうまく答えられないだろう。(暇つぶし?疑念を確かめに来た?ちょっとばかり他人の生活習慣を知りたいと思った?)

「聞こえるかい?」と僕は叫んだ。「入っていいのか、だめなのか?」

「いいとも」〈火傷〉の声はほとんど聞き取れなかった。

注意深く入口を探した。もちろん、砂には穴など掘られていなかった。ツインボートは信じられない重なり方をしていて、人が通る隙間などないみたいだった。上のほうを確かめてみた。帆布と船底の間に人ひとりが滑り込めそうなほどの隙間があった。そっと上に登った。

「ここから入るのか?」と僕は言った。

〈火傷〉が何かうめいたが、僕はそれをああ、そうだという返事代わりと受け取った。登ってみると、穴は思ったより大きかった。目を閉じて飛び降りた。

腐った木材と塩のにおいが鼻をついた。ようやく秘密基地の中に入ったのだ。

〈火傷〉はボートを覆っていたのとよく似た帆布の上にじっと座っていた。傍らにはほとんどスーツケースぐらいの大きさのバッグがあった。新聞紙の上にパン一切れとツナ缶が置いてあった。予想に反して、十分に明るかった。特に外が曇っていることを考えれば上出来だった。光とともに、数ある隙間を通して風も入ってきた。砂は乾いていた。というかそんな気がした。いずれにせよ、中は寒かった。僕はそう伝えた。寒いな。〈火傷〉はバッグからボトルを取り出し、僕に手渡した。一口飲んでみた。ワインだった。

「ありがとう」と僕は言った。

〈火傷〉はボトルを受け取ると、自分も飲んだ。それからパンを切り、真ん中から開き、両側にツナを載せ、オリーブオイルを塗ると食べにかかった。ツインボートの中の空洞は幅二メートル、高さ一メートルとちょっとだった。やがて他にもものがあることがわかった。色のよくわからないタオル、エスパドリーユ(〈火傷〉は裸足だった)、ツナ缶がもうひとつ、ただし空っぽ、スーパーマーケットのロゴの入ったポリ袋……秘密基地内は総じて片づいていた。

「僕が君の居場所を知っているなんて不思議だとは思わない？」

「いや」と〈火傷〉は言った。

「ときどき、インゲボルクがあれこれ謎を解くのに手を貸すんだ……彼女がミステリー小説を読んでいるときに……僕はフロリアン・リンデンよりも先に殺人犯がわかるんだ……」僕の声はほとんど囁き声のように小さくなった。

パンを飲み込むと、ゆったりとした動作で彼は二つの缶をポリ袋に入れた。巨大な彼の手は素早く静かに動いた。犯罪者の手だ、と僕は考えた。あっという間に食べ物の残骸はなくなり、彼と僕の間にはワインのボトルだけが残った。

「雨が……雨に祟られた？……でもまあ、見たところ、ここだと大丈夫だね……たまに雨が降るのも、君にしてみればいいことだ。今日は君も皆と同じ観光客だ」

〈火傷〉は無言で僕を見つめた。捏ね物のような彼の容貌には皮肉の表情が読み取れるように思った。お前だって休暇中だろ？　と彼は言った。今日は独りなんだ、と僕は説明した。インゲボルクとハンナとチャーリーはバルセローナに行った。僕も休暇中だから何だと言いたいんだろう？　記事を書かないのかとでも？　ホテルに閉じこもらないのかと？

「よくここに寝泊まりしようと思いついたね」

〈火傷〉は肩をすくめ、溜め息をついた。

「ああ、わかるよ。星空の下で眠るのは、野宿するのはすてきだろうね。もっとも、ここからじゃあまり星は見えないだろうけど」と僕は微笑んで額を平手で叩いた。こんな仕草、僕はめったにしない。「いずれにしても君はどんな観光客よりも海の近くに住んでるってわけだ。金を払ってでも君と入れ替わりたいって人もいるだろうよ！」

〈火傷〉は砂の中に何かを探していた。足の指をゆっくりと埋めたり抜いたりしていた。大きな、並外れて大きな指で、驚いたことに——本当のところは、それも当然なのだけど——火傷痕が全然ない、つるつるの指だった。肌も傷ひとつなく、胼胝《たこ》もない。日々海に入っているから、きっとそれで消えてしまったのだろう。

「ここに寝泊まりする気になったのはなぜなのか知りたいな。ツインボートを組み合わせればこの隠れ家が作れるってどうやって思いついたのか。いい考えだと思うよ。でもなぜなんだろう？ 部屋を借りないで済むから？ 部屋代はそんなに高いのかい？ 余計なお世話だってのなら、ごめんよ。知りたいんだ、わかるだろ？ お茶でも飲みに行くかい？」

〈火傷〉はボトルを取り上げ、自分の口に近づけてから僕に手渡した。

「安い。ただだ」僕が二人の間にボトルを戻したときに、彼はそう呟いた。

「法律上は問題ないのかな？ 僕以外に君がここで寝てることを知っている人は？ たとえばツインボートのオーナーとかは、君がどこで夜を過ごしているか知っているのか？」

「俺がツインボートのオーナーだ」と〈火傷〉が言った。

光が一条、ちょうど彼の額に差した。焼け焦げた肌に光が当たると明るい色になったように、動いたように見えた。

「そんなに高価なものじゃない」と彼は付け加えた。「この町のツインボートはどれも俺のより新しい。でもまだ浮くし、気に入ってくれる人もいる」

「すばらしいボートだと思うよ」僕は突然熱狂的になって言った。「僕は白鳥の形とかヴァイキング船みたいな形のボートには乗りたくないな。ぞっとする。でも君のは、何というか……クラシック、かな。そのほうが安心する」

自分が間抜けに思えた。

「馬鹿言うな。新しいボートのほうがスピードも出る」

まとまりのない話し方で教えてくれたところによれば、海岸近くでのランチや遊覧船、ウィンドサーフィンのボードなどの行き来はときに高速道路と同じくらい混み合っている。そうなると他の船舶をよけるのにどれだけの速度が出せるかが重要になる。幸い、今のところは大した事故を起こすに至っておらず、せいぜい海水浴客の頭にぶつかったというくらいだが、その点にかけても新しいボートのほうが優れている。彼の古いボートの船底にぶつかったら、誰だって頭が割れかねない。

「重いんだ」と彼は言った。

「なるほど、戦車みたいなものだね」

その日初めて〈火傷〉が微笑んだ。

「お前の頭の中は戦争ばかりだな」

「ああ、いつもそうさ」

笑みを浮かべたまま彼は砂の上に何か絵を描き、すぐに消した。彼がたまに動くと、ひどく謎めいて見える。

「ゲームの調子はどうだい?」

「完璧だ。順風満帆。どんな作戦もずたずたにしてやるさ」

「どんな作戦も?」

「ああ、古いゲームの戦法ことごとくだ。僕のやり方でやれば、ゲームは根本から見直されることになる」

外に出ると空は金属のような灰色で、また一雨来そうだった。数時間前には東の空に赤い雲が見えたと僕は〈火傷〉に言った。天気が回復する兆しだと思ったと。バルでは僕が読み捨てたスポーツ新聞を、その同じテーブルで読んでいる〈仔羊〉がいた。僕たちに気づくと、一緒に座らないかと合図を送ってよこした。会話は、チャーリーなら喜んだかもしれないけれども、僕にはただ退屈なだけの話題に終始した。バイエルン・ミュンヘン、シュスター、ハンブルク、ルンメニゲ、などが話題であり口実だった。言うまでもなく、〈仔羊〉は僕よりもずっとこれらのクラブや選手のことをよく知っていた。驚いたことに、〈火傷〉が話（僕に敬意を表して交わされる会話。スペインのスポーツ選手ではなくドイツの選手の話だったからで、そのことはありがたく思うが、同時にいぶかしくも思われる）に加わってきて、ドイツのサッカーについてまずまずの知識があることを示した。たとえば〈仔羊〉が、好きな選手は？と質問する。僕が答え（シューマッハ、あえて言えば）、〈仔羊〉が答えた（クラウス・アロフス）後に、〈火傷〉が言った。「ウーヴェ・ゼーラー」。〈仔羊〉も僕も知らない選手だ。その選手とチルコフスキが、〈火傷〉の記憶する最も評判の高い二人だった。〈仔羊〉と僕には何の話だかさっぱりだった。僕たちがそれは誰かと訊くと彼は、子供のころ、どちらの選手もサッカーのピッチで見たと応じる。それで〈火傷〉が子供時代の思い出話をし始めるのかと思ったら、突然、口をつぐんだ。だいぶ時間も過ぎたし、空も曇っていたというのに、なかなか外は暗くならなかった。八時には彼らに別れを告げ、ホテルに戻った。一階の肘掛け椅子に腰を落ち着け、隣の大窓から海岸通りと駐車場の一区画が見えるその場所でコンラートからの手紙を読むことにした。こう書いてあった。

ウド

絵葉書をありがとう。泳いでばかりでなく、インゲボルクにかまってばかりでなく、時間を取って締め切りまでに記事を書き終えてくれることを期待している。昨日、ヴォルフガングの家で我々は〈第三帝国〉を一ゲーム完遂した。ヴァルテルとヴォルフガング組（枢軸国）対フランツ（連合国）と俺（ロシア）組だ。三つ巴の戦いで、成績はダブルＷ組が四ヘクス、フランツが十八、俺が十九。俺の陥落した中にはベルリンとストックホルムがあった！（ダブルＷ組が海軍を見捨てるはめになったときの状況を想像してみなよ）。外交モジュールでは驚きの展開があった。四一年秋、スペインが枢軸国に参加する。トルコは連合国支持に回ることはできなかった。フランツと俺がＤＰ（防御点）をふんだんに使ったからだ。アレクサンドリアとスエズは不可侵。マルタは徹底してやられたが、未併合のまま。ダブルＷ組はお前の〈地中海作戦〉を何手か試そうとした。それからレックス・ダグラスの〈地中海作戦〉も。やつらには荷が重すぎた。自滅した。デイヴィッド・ハブラニアンの〈スペイン捨て駒作戦〉は二十回に一回はうまくいく。フランツは四〇年夏にフランスを失ったけれども、四一年春のイングランドへの侵攻にはよく耐えた！　彼の手持ちのほとんど全部隊が地中海にいて、ダブルＷ組は誘惑に勝てなかったんだ。我々はベイマのヴァリアントを採用した。四一年には俺は雪に救われたし、ダブルＷ組が前線を開くことにこだわったのも助かった。これがＢＲＰ（基礎供給点）の莫大な無駄遣いになり、毎年冬のターンにはいつだって破産だ。お前の〈地中海作戦〉についても言っておこう。フランツが言うには、アンカーズの戦略との違いがわからないとのこと。俺は彼に、あいつはかつてアンカーズと手紙のやりとりをしていたので、アンカーズの戦略はあいつのとは無関係だと伝えた。ダブルW組はお前が休暇から戻ったらすぐにも〈第三帝国〉の一番をやるつもりだ。最初はGDW（ゲーム・デザイナーズ・ワークショップ）社のヨーロッパ・シリーズはどうかと言っていたが、それは思いとどまらせた。お前が二か月以上もプレイを続けることに同意するとは思えないと。俺たちの間では、ダブルW組とフランツとオットー・ヴォルフ組がそれぞれ連合国とロシアに回り、お前と俺がドイツの指揮を執るということで意見の一致を見た。どうだい？　それから十二月二十三日から二十八日に開催されるパリ大会の話もした。レックス・ダグラスがわざわざお出ましになることは確認済みだ。お前に会ったらきっと喜ぶさ。「ワーテルロー」誌にはお前の写真が出ていた。ランディ・ウィルソンと勝負しているときの写真だ。それから我がシュトゥットガルト・グループについての記事も。「火星」誌からの手紙を受け取った。やつらを憶えてるかい？　お前にひとつ記事を書いてほしいそうだ（マティアス・ミューラーのも載るらしい。信じられないな！）。第二次世界大戦専門のプレイヤー特集号を出すそうだ。大半はフランス人とスイス人だ。お前が休暇から戻ったらもっといろいろと知らせたいことがある。ダブルW組が手放さなかった攻撃目標ヘクスは何だったと思う？　ライプツィヒ、オスロ、ジェノヴァとミラノだ。フランツは俺を殴ろうとした。実際、俺を追ってテーブルの周りを巡っていた。我々は〈白の場合〉を組み立てたままにしてある。明日の晩、開始するつもりだ。〈火と鋼鉄〉の連中は〈襲撃〉シリーズの〈ブーツと鞍〉と〈ドイツ連邦国防軍〉を見出した。今では古臭い〈分隊長〉を売り払いたがっていて、「襲撃」か「放射能闘争」とかいう名前のファン雑誌を作るなんて話もしている。笑っちゃうな。よく日光を浴びろ。インゲボルクによろしく。友からの抱擁を。

コンラート

〈オテル・デル・マル〉での雨上がりの夕刻は、金の筋が入った暗い青に染まる。僕は長い間レストランに腰を据え、腹を空かせたような疲れた表情で戻ってくる人々をただ眺めている。どこにもフラウ・エルゼの姿は見えない。ふと寒くなる。上着を着ていないのだ。それにコンラートの手紙を読んで、なんとなく悲しい気持ちになっている。ヴォルフガングは馬鹿野郎だ。彼ののろのろとした動き、カウンターを動かすときの優柔不断さ、想像力の欠如を思った。DPでトルコを制御できないのなら侵攻してしまえ、なんてまったくどうかしている。ニッキー・パーマーが何度も何度もそう言っていたじゃないか。僕だって何千回もそう言った。ふと、これといったきっかけもなく、僕は孤独を感じた。コンラートとレックス・ダグラス（手紙のやりとりでしか知らないのだけど）だけが友だちなのだと。その他は空虚で、闇だ。電話をかけても誰も返事をしないようなものだ。植物だ。「荒廃した国で独りぼっち」という言葉を思い出した。叙事詩もなければ英雄伝説もない、記憶を失ったヨーロッパにいるのだ。（若い連中が〈ダンジョンズ&ドラゴン〉みたいなロールプレイング・ゲームに熱中するのも無理はないと思う。）

〈火傷〉はどうやってツインボートを買ったのか？　そうだとも、僕は教えてもらったのだ。ブドウの収穫の仕事をして貯めた金で買ったのだ。けれども、一シーズンの収穫程度で六、七隻もあるあのボートを全部、どうすれば買えたんだろう？　頭金にしたんだ。残りは少しずつ支払った。前のオーナーが年寄りで、仕事を辞めたがっていた。夏の稼ぎだけではやっていけないというのに、アルバイト代だって払わなければいけない。それで手放すことに決め、それを〈火傷〉が買った。以前、貸しボートの仕事をしていたのか？　一度もしたことはない。慣れるのは簡単さ、と〈仔羊〉が茶々を入れた。僕でもできる？（馬鹿な質問だ）もちろん、と〈仔羊〉と〈火傷〉が声を揃えて言った。誰でもできる。実際、この仕事で必要なのは忍耐力だけだ。それから遠ざかるボートを見失わないような視力。泳ぎ方だって知らなくていい。

〈火傷〉がホテルにやってきた。二人で誰にも見とがめられることなく部屋に上がった。僕は彼にゲームを見せた。繰り出す質問が知的だった。突然、通りにサイレンの音が鳴り響いた。〈火傷〉はバルコニーに出て、事故はキャンプ場のあたりで起きたようだと教えてくれた。ヴァカンス中に死ぬなんて愚かだね、と僕は感想を言った。〈火傷〉は肩をすくめた。まっさらな白いTシャツを着ていた。〈火傷〉のいるところからは彼のツインボートのぼんやりとした塊を見張ることができる。僕は彼のところに行き、何を見ているのかと訊ねた。ビーチだ、との答え。その気になれば彼はすぐにゲームを覚えるだろうと思う。

何時になってもインゲボルクが帰ってくる気配がない。駒の動きをメモしながら九時まで部屋で待った。

ホテルのレストランでの夕食は以下のとおり。アスパラガスのクリームスープ、カネロニ、コーヒーとアイスクリーム。食後のくつろぎの時間にもフラウ・エルゼの姿は見かけなかった（間違いない。今日は姿を消しているのだ）。同じテーブルにいたのは五十がらみのオランダ人夫婦だった。僕たちのテーブルでも他のどのテーブルでも、天気が悪いという話をしていた。客たちは思い思いに意見を述べ、それに対してウェイターたち、なんと言っても地元の人間なのだから、天気についての知恵を持ち合わせたウェイターたちが話し相手になっていた。最終的には翌日は晴れるだろうと予想する立場が優勢を占めた。

十一時になると一階のあちこちのサロンを冷やかして回った。フラウ・エルゼは見当たらず、歩いて〈アンダルシア人の隠れ処〉に向かった。〈仔羊〉はいなかったけれども、半時間後には姿を見せた。〈狼〉はどうしたのかと訊ねた。〈仔羊〉も一日顔を見ていない。

「バルセローナにいるわけではないだろう」と僕は言った。

〈仔羊〉はぎょっとした顔で僕を見つめた。もちろんだとも、今日は遅くまで働いていた。なんでそんなことを思いつくのか。哀れな〈狼〉がバルセローナに行くだと？　コニャックを一杯飲み、二人でしばらくテレビの視聴者参加型番組を見ていた。〈仔羊〉は、どもりがちにしゃべっていたところから察するに、緊張していたのだろう。なぜそんな話になったのか憶えていないし、僕が訊ねたわけでもないのだが、彼は〈火傷〉がスペイン人ではないと打ち明けた。ちょうど二人で人生が辛いとか、事故がどうしたとかいう話をしていたのかもしれない（テレビの競技では小さな事故、見せかけの、血も流れない事故がいくつも起こっていた）。あるいは僕がスペイン人気質について何か意見を言ったりしたのかもしれない。そして立て続けに火や火傷の話をしたのかもしれない。よくわからない。わかっているのは、〈仔羊〉が〈火傷〉はスペイン人ではないと言ったことだ。じゃあどこの出身だい？　南米人だ。具体的にどこの国かまでは彼は知らなかった。

〈仔羊〉にそのことを教えられ、僕は横っ面を張られたように思った。なるほど、〈火傷〉はスペイン人じゃないのか。しかもそのことを本人は明かしていない。それ自体はたいしたことではなくても、僕には何よりも気がかりで意義深いことに思えた。どんな下心があって〈火傷〉は僕に自分の国籍を隠していたのだろう？　裏切られたとは思わなかった。誰かに観察されているような感じだった（〈火傷〉に観察されているというのではない。実際、特定の誰かが、というのでもない。空隙に、欠落に観察されているのだ）。しばらくすると僕は酒代を払い、立ち去った。ホテルに帰ればインゲボルクが戻っているといいと思った。

部屋には誰もいなかった。また下に降りた。幽霊かと思いきや、テラスで浮かび上がるのは、ほとんど口もきかないいくつかの人影だ。バーでは、カウンターに肘をつき、最後の客の老人が独り、黙々と酒を飲んでいる。フロントでは夜勤の警備員が、僕への電話は一本もなかったと教えてくれる。

「どこに行ったらフラウ・エルゼに会えるかな？」

彼は知らなかった。最初は誰のことかもわかっていなかった。フラウ・エルゼだよ、と僕は叫ぶ。このホテルのオーナー夫人だ。夜警は目を大きく見開くと、ふたたび首を振った。彼女のことは見かけていないとのこと。

ありがとうを言ってバーにコニャックを飲みに行った。未明一時には部屋に上がって寝ることにした。テラスには誰もいなかったが、ホテルに戻ったばかりの客が何人か、カウンターに身を落ち着け、ウェイター相手に軽口を叩いていた。

眠れない。眠くない。

朝四時にやっとインゲボルクが姿を現す。夜警からの電話で女の子が面会を求めていると知らされる。急いで下りた。フロントにいたのはインゲボルクとハンナで、そこに夜警が加わって何やら言い合っていて、階段から見るとそれは一種、秘密の会合にも見える。彼らのところまで行くと、まずハンナの顔に目が行く。赤紫色のあざが左の頬と目の一部を覆っている。それから右の頬と上唇にも、それよりは軽いものの、打撲の痕が見て取れる。見れば彼女は泣きやまない。いったい何だってこんなことになったのかと訊ねようとしたら、インゲボルクが黙るようにと強く言う。彼女は神経が参っているのだと。まったくこんなことはスペインでなきゃ起こらない、とインゲボルクは繰り返し文句を言う。夜警はうんざりして救急車を呼ぼうと提案する。インゲボルクと僕がどうしようかと相談するも、ハンナがきっぱり拒否する（「自分の体なの」とか「わたしの傷なんだから」とか、そんなことを言う）。ああでもないこうでもないと言い合ううちに、ハンナの涙は増すばかり。そのときになってやっとチャーリーに思いが至った。やつはどこにいるんだ？　彼の名を口に出すと、インゲボルクは我慢がならなくなり、口汚い言葉を矢継ぎ早に浴びせる。一瞬、チャーリーは永遠にいなくなったんじゃないかと思う。思いがけず彼に対する共感が生まれ、一体感を覚える。何と呼べばいいかわからないけれども、何かが僕たち二人を痛ましく結びつける感覚だ。応急措置を取るようハンナを説き伏せると、夜警が薬箱を取りに行っている間、インゲボルクが何が起こったのかを教えてくれる。もっとも、僕が思ったとおりだったが。

バルセローナへの遠出は、これ以上ないほど惨憺たるものだった。最初は一見平穏無事に、平穏すぎるほどで、ゴシック地区やランブラス大通りを散策して写真を撮り、土産物を買って過ごしたのだが、当初の穏やかさもしまいには台無し、ずたずたになってしまった。インゲボルクによれば、すべてはデザートを食べた後に始まった。何かにそそのかされたわけでもないのに、チャーリーが、まるで食べ物に毒を盛られたみたいに、目に見えて様子が変わった。最初のうちはハンナに対して辛く当たり、悪趣味な冗談を言っているだけだった。二人で悪口を言い合うだけで、それ以上の展開はなかった。しばらくして爆発の最初の徴候が生じた。ハンナとインゲボルクが、不承不承ではあったけれども、港近くのバルに入ることに同意した後のことだ。帰宅前の最後のビールを飲もうとしたのだ。インゲボルクによれば、チャーリーはカリカリ、イライラしていたが、攻撃的な感じではなかった。おそらく、会話の最中にハンナがオーバーハウゼンで起きた何らかの出来事に関してチャーリーを非難したりしなければ、その事件も起こらなかっただろう。インゲボルクはそのオーバーハウゼンでの出来事というのを知らなかった。ハンナの言葉は曖昧で不可解だった。チャーリーは最初、咎めの言葉を黙って聞いていた。「顔面蒼白になって、びくびくしているみたいだった」とインゲボルクは言った。それから彼は立ち上がり、ハンナの腕を取ると、二人でトイレに消えた。数分後、居ても立ってもいられなくなったインゲボルクは、何が起こっているのか、恐る恐るではあったけれども、二人を呼びに行くことにした。二人は女子トイレに閉じこもっていたが、インゲボルクに声をかけられると抵抗は見せなかった。出てきた二人は両方とも泣いていた。ハンナは一言も発しなかった。チャーリーが金を払い、彼らはバルセローナをあとにした。半時間ばかり車を走らせ、海岸沿いの自動車道脇に次々と現れる町のひとつで停まった。そこで入ったバルの名は〈塩の海〉。ここではチャーリーは二人の同意を得ようとすらしなかった。彼女らの声には単に耳も貸さず、飲み始めた。五杯目か六杯目のビールで彼は泣き出した。インゲボルクは僕と夕食を摂るつもりでいたのだが、メニューを持ってきてもらい、チャーリーに何か食べたらどうかと勧めた。一瞬、何もかも元どおりになったかと思われた。二人は夕食を食べ、どうにかこうにかであれ、大人の会話をするふりをしおおせた。出立しようというときになって、また口論が勃発した。チャーリーはまだそこにいるつもりだと言い、インゲボルクとハンナは帰りたいから車のキーを渡すようにと言い張った。インゲボルクによれば、そのとき二人が言い合った内容は「まるで袋小路」で、チャーリーはそんな状態で生き生きしていたらしい。しまいには彼も腰を上げ、二人にキーを渡すか、でなければ二人を送っていくかする素振りを見せた。インゲボルクとハンナは後についていった。敷居をまたいで出たところでチャーリーはやにわに振り返り、ハンナの顔を殴った。殴られてハンナは浜辺に駆け出していった。チャーリーは猛然と彼女の後を追い、ものの数秒としないうちに、インゲボルクにはハンナの叫び声が聞こえた。幼い女の子のような、くぐもった泣き声混じりの叫びだった。二人のところに行ってみると、チャーリーはもうハンナを殴ってはいなかったけれども、ときどき足蹴にしたり唾を吐きかけたりしていた。インゲボルクはとっさに二人の間に割って入ろうとしたのだが、女友だちが地面に倒れ、顔を血だらけにしているのを見た瞬間、わずかに残った冷静さを失い、助けを求めて叫び出した。もちろん、誰も駆けつけてきてはくれなかった。騒ぎの終わりにチャーリーは車で立ち去り、血まみれのハンナはどうにか力を振り絞り、警察も救急車も呼ばないでと叫び、そして見知らぬ場所に置き去りにされたインゲボルクは、女友だちを連れて帰らなくてはと責任を感じた。幸い、彼女たちのいたバルの店主がハンナを介抱し、何も問わずに血を拭き取ってからタクシーを呼んでくれたので二人は戻ってくることができた。さて、問題はハンナはどうすればいいのか、だ。どこで眠る？ 彼女のホテルでか、それとも僕たちのところに泊まるか？ 自分のホテルに寝に戻る場合、チャーリーがまた彼女を殴る可能性はどのくらいあるか？　病院に行くべきか？　頬の打撲が僕らが思っている以上にひどい可能性は？　夜警が疑問にけりをつけた。彼によれば骨にはまったく異常はないとのこと。派手に見えるだけで、どうということのないただの打撲だ。このホテルに泊まることに関しては、明日ならば大丈夫、空き室はあるが、残念ながら今夜はひとつもない。ハンナは選択の余地がないと知ってほっとした。「わたしが悪いの」と彼女は呟いた。「チャーリーはとても神経質なのに、わたしが挑発したから、しょうがないの。あの大馬鹿野郎はわたしじゃどうにもならない」彼女の話を聞いて、インゲボルクと僕は少し安心したと思う。そのほうがいい。夜警にいろいろと気遣ってくれてありがとうと言い、彼女をホテルまで送っていった。夜はすてきだった。雨は建物だけでなく空も洗ってくれたのだ。涼しいそよ風が吹き、しじまが辺りを覆い尽くしていた。〈コスタ・ブラーバ〉の入口まで彼女についていき、道の真ん中で待った。しばらくするとハンナがバルコニーに出てきて、チャーリーはまだ戻っていないと伝えた。「ぐっすり寝て、何も考えないで」とインゲボルクが大声で言い、僕たちは〈デル・マル〉に戻った。自分たちの部屋に戻ると、二人でチャーリーとハンナのことを話し（むしろ批判したと言いたい）、セックスした。その後、インゲボルクはフロリアン・リンデンの小説を手に取り、ほどなく寝入った。僕はバルコニーに出て煙草を吸い、チャーリーの車が遠くに見えはしまいかと眺めた。

八月二十九日

朝早くからビーチにカモメがあふれる。カモメに混じって鳩もいる。カモメと鳩は、ときどき飛び立ってはすぐ戻ってくるものを除けば、水際でじっと佇み、海を見つめている。カモメには二種類いる。大きいのと小さいのだ。遠くから見ると、鳩もカモメに見える。もっと小さな三つ目の種類のカモメ。港江から徐々にボートが海に出ていく。ボートの通った後には凪いだ水面に白濁した溝が掘られる。今日は寝ていない。空は青く、白くかつ液体のような色を見せつけてくる。水平線一帯は白い。浜の砂は茶色で、ところどころゴミが小さな染みをつけている。まだウェイターたちがテーブルを並べに出てきていないテラスからは、穏やかで澄んだ一日が始まることが見て取れる。カモメたちが一列に並んでじっとしている様は、遠ざかるボートをほとんど見えなくなるまで眺めているみたいでもある。この時間、ホテルの廊下は暑くて人気がない。レストランでは寝ぼけ眼のウェイターがぶっきらぼうにカーテンを開けている。明るい光があたり一面を覆ってはいるが、光はやさしく、冷たい。電灯は弱く、暗めだ。コーヒーメーカーは作動していない。ウェイターの動きからすると、だいぶ時間がかかりそうだ。部屋ではインゲボルクがフロリアン・リンデンの小説をシーツに絡めて投げ出したまま眠っている。僕はそれをそっとナイトテーブルに置くが、そのとき、おのずとある文章が目に入った。フロリアン・リンデン（たぶん）が言う。「あなたは同じ犯罪を二度、三度と繰り返したと言うのですね。いいえ、あなたは気が狂っているわけではありませんよ。それこそがまさに悪というものです」。注意深く栞をページの間にはさみ、本を閉じる。部屋を出ると妙な考えが頭をよぎった。〈デル・マル〉中の誰ひとりとして起きるつもりがないんじゃないか、と。けれども通りはすっかり無人というわけではなかった。旧街区と観光地区の境目にあるキオスクの前、バスの停留所のところにトラックが停まり、新聞や雑誌の包みを荷下ろししている。ドイツの新聞を二紙買ってから、開いているバルを探して狭い通りを港に向かった。

ドア枠にチャーリーと〈狼〉のシルエットが浮かび上がった。二人とも僕を見ても驚いた素振りは見せなかった。チャーリーはまっすぐに僕のテーブルにやってきて、その間に〈狼〉がカウンターで朝食を二つ注文した。チャーリーとスペイン人の表情は安堵の仮面を被ってはいるが、その落ち着いた外見の陰には警戒が潜んでいた。

「後をつけてきたんだ」とチャーリーが言った。「ホテルを出るのが見えたからさ……だいぶ疲れた様子だったから、しばらくの間、泳がせておいたんだ」

左手が震えているのに気づいた。ほんのわずかだったし、彼らは気づいていなかったけれども、すぐにテーブルの下に隠した。最悪の事態に備え、心の準備をした。

「お前も寝ていないようだな」とチャーリーが言った。

僕は肩をすくめた。

「俺は眠れなかった」とチャーリーが言った。「話は聞いてると思う。まあいいや。俺にとっちゃ眠れない日が一日増えようが減ろうがどうでもいいんだ。少しばかり良心が痛むのは、〈狼〉を起こしちまったことだ。俺のせいでやつも眠れなかった。な、そうだろう、〈狼〉？」

〈狼〉は一言も理解できずに微笑んだ。ふととち狂った考えを抱いてチャーリーの言ったことを通訳しようかと思ったけれども、やめておいた。何か黒いものを感じて、そうしないほうがいいと思い直したのだ。

「友だちってのは一方が困ってるときに助けてやるもんだ」とチャーリーは言った。「少なくとも俺はそう思う。〈狼〉は本当の友だちだぜ。知ってるかい、ウド？　こいつにしてみれば友情ってのは神聖なものだ。たとえば、やつは今すぐ仕事に行かなきゃならないとしても、俺をちゃんとホテルか、その他どこか安心できる場所まで送り届けないうちは立ち去ったりはしない。俺は知ってるとも。そのせいで仕事をクビになるかもしれないが、やつは気にしない。なぜそんなことになると思う？　友情についてまっとうな感覚を持っているからだ。神聖だというものだ。友情に関しては冷やかしはなしだ！」

チャーリーの目が常軌を逸して輝いていた。泣き出すんじゃないかと思った。彼は吐き気がすると言いたげな表情でクロワッサンを見つめ、押しやった。食べたくないのなら自分が食べようと〈狼〉が言った。いや、食べるさ、とチャーリーが言った。

「朝の四時にこいつの家に行ったんだ。こんなこと知らないやつ相手にできると思うか？　もちろん、どいつもこいつも知らないやつばかりだ。誰もが基本的にはむかつく連中だ。ところが〈狼〉のおふくろさん、応対に出たおふくろさんは、俺が事故にでも遭ったのかと心配してくれて、何はなくともコニャックを差し出してくれた。俺はもちろん、ぐでんぐでんに酔っ払っていたが、いただいたとも。馬鹿だね、俺も。〈狼〉が起きたときには、ソファに腰かけてコニャックを飲んでたってわけだ。そうするよりしょうがないじゃないか！」

「さっぱりわからないな」と僕は言った。「君はまだ酔ってるんじゃないか」

「いや、誓って……簡単なことだ。俺は朝の四時に〈狼〉の家に行き、やつのおふくろさんに王子のようにもてなされ、それから〈狼〉と俺は話をしようとした。そしてドライヴに出た。二軒ほどバルに行ってみた。酒を二本買った。それからビーチに行って、〈火傷〉も誘って飲んだ……」

「〈火傷〉と？　ビーチで？」

「あいつはあのむかっ腹の立つツインボートを盗まれちゃ困るってんで、ときどきビーチで寝るんだ。それでやつにもアルコールの分け前をやろうということになった。いいかい、ウド、面白い話があるんだ。その場所からお前の部屋のバルコニーが見えた。だからお前が一晩中明かりを消さなかったことはわかってるんだ。違うか？　合ってるか？　間違ってはいないよな。あれはお前の部屋のバルコニーだった。お前の部屋の窓、お前の部屋のいまいましい明かりだった。何をやってたんだ？　ウォーゲームか、それともインゲボルクといやらしいことしてたのか？　さあ、どうだ！　そんな顔するなよ、冗談だ。俺にはどうでもいいことさ。あれはお前の部屋だった。間違いない。俺はすぐに気づいたし、〈火傷〉だって気づいた。つまり、いろいろあった一夜だったわけだ。どうやら俺たちは全員、徹夜したようなもんだろう？」

チャーリーが僕のゲーム熱を知らないわけではないらしいことを知って恥ずかしく、また恨みがましくも思ったけれども、それを彼に話したのはきっとインゲボルクだろうし、そうなると誤解が生じているかもしれない（三人がビーチで大笑いしながら言いたい放題に言い合っている姿すら想像できた。「ウドったら勝ってるんだけど、そのウドは負けてもいるのよね」、「参謀本部の将軍たちがこうしてカンヅメになって休暇を過ごすのよ」、「ウドはフォン・マンシュタインの生まれ変わりだと固く信じているみたい」、「やつの誕生日プレゼントは何にする、水鉄砲か？」）と思うと、繰り返すが、恥ずかしさと恨み、チャーリーに対する、インゲボルクに対する、ハンナに対する恨みを感じたが、それだけでなく、〈火傷〉までもが「僕の部屋のバルコニーがどれかわかっている」と聞いて、恐怖がひたひたと忍び寄ってくるような気がしてならなかった。

「ハンナはどうしてるって訊かないんだな」声に感情を出さないように努めながら僕は言った。

「何のために？　きっと彼女は元気さ。ハンナはいつだって元気だ」

「これからどうするんだ？」

「ハンナとのことか？　さあね。しばらくしたら〈狼〉を仕事場まで送って、それからホテルに戻るつもりだ。ハンナがもうビーチに出てくれているといいんだが。何しろ大の字になって眠りたいんだ……いろいろとあった一夜だったからな、ウド。ビーチでもいろいろあったんだぜ！　信じないかもしれないが、ここじゃあ誰ひとりとして一瞬たりともじっとしていないんだ。いいかい、誰ひとりとしてだぞ。ツインボートの中にいると音が聞こえてきた。そんな時間にビーチで音が聞こえるなんざ珍しいことだ。〈狼〉と俺が何ごとかと見に行ってみると、何だったと思う？　カップルがよろしくやってやがったんだ。たぶんドイツ人のカップルだ。やつらに楽しんでくれと声をかけたら、ドイツ語で返事をしたからな。男のほうはよく見なかったが、女は美人だったな。インゲの着ていたみたいな白いパーティー・ドレスを着てた。彼女がビーチに寝そべってて、ドレスが皺くちゃになって、まあそんな詩的な感じでさ……」

「インゲって？　インゲボルクのことか？」手がまた震え始めた。僕たちは文字どおり暴力のにおいに包まれていた。

「彼女がいたとは言ってないぜ、彼女が着ていたみたいな白いワンピースだってことだ。白いワンピース、持ってるだろ？　それのことだよ。そのとき〈狼〉が何て言ったと思う？　順番待ちしようぜって言ったんだ。列を作って、今の男が終わるのを待とうぜって。何てこった、大いに笑ったね！　あの哀れな恥知らずの次には俺たちが彼女の上に乗っちまおうって言うんだぜ！　礼儀正しい強姦だ！　ずいぶんとユーモラスじゃないか。俺はただ飲みたかっただけだ。それに星を眺めていたかった！　昨日は雨だった、憶えてるかい？　それでも空には星が二つ出ていた。三つだったかもしれない。だからずいぶん気持ちがよかった。ウドよ、そうでなかったら俺は〈狼〉の提案に乗ったかもしれないぜ。その子だって喜んだかも。あるいは違うかも。ボートに戻ってから〈狼〉は〈火傷〉に一緒にやろうと誘ってたと思う。〈火傷〉もいやだと断った。でもはっきりとはわからない。何しろ俺はスペイン語はよくわからないから」

「ちんぷんかんぷんだろう」と僕は言った。

チャーリーは大声で笑ったけれども、あまり納得はしていないようだった。

「訊いてみようか？　そうすれば君の疑いも晴れると思う」と僕は付け加えた。

「いや、いい。どうでもいいんだ……ともかく、本当だ、俺は友だちとの意思疎通はできているし、〈狼〉は友だちだから、お互いによくわかってる」

「そう思うよ」

「よく言った……ウド、昨夜は本当に美しい夜だったぜ……静かな夜で、悪い考えも浮かんだが、悪さはしなかった……静かな夜で、何て言えばいいんだろう、一瞬も、一瞬たりともじっとしていない夜……しまいには、日が出て何もかも終わったって思ったら、お前がホテルから出てきたってわけだ……最初はバルコニーから俺たちを見つけたから合流して遊ぶつもりかと思った。お前が港のほうに離れていったんで、〈狼〉を起こして二人で後をつけたんだ……ゆっくりとな。それはもうわかってるだろう。散歩してますって感じでここに来た」

「ハンナは落ち込んで元気がない。君は彼女に会うべきだ」

「インゲだって元気じゃないぜ、ウド。俺だってそうだ。仲間の〈狼〉も。言っちゃ悪いが、お前だってそうだ。元気なのは〈狼〉のおふくろさんだけだ。それからオーバーハウゼンにいるハンナの息子もな。彼らだけが元気だ……いや、すこぶる元気ってわけでもないんだが、他の連中と比べれば元気だ。ああ、元気だとも」

彼がインゲボルクのことをインゲと呼んでいるのを聞くと、何やらなまめかしい感じがした。嘆かわしいことに、彼女の友人たち、仕事仲間の何人かもそんなふうに彼女を呼んでいた。よくある呼び方だが、僕はそう呼ぼうなんて考えたこともなかった。インゲボルクの友人とはひとりとして面識がない。体を悪寒が走るのを感じた。カフェオレのお代わりを頼んだ。〈狼〉はラム酒入りコーヒーを一杯飲んだ（仕事に行かなきゃならないにしては、ちっともそわそわしていない）。チャーリーは何も要らないと言った。ただ煙草が吸いたいだけらしく、ひっきりなしに吸っていた。でも勘定は自分持ちだと繰り返した。

「バルセローナで何があったんだ?」僕は「君は変わった」と言いそうになったけれども、それも妙な気がした。彼のことなどよく知らないのだから。

「別に。ぶらぶらしただけだ。お土産を買った。すてきな街だ。人が多すぎるには違いないが。しばらくの間、俺はバルセローナFCのサポーターだった。ラテックが監督でシュスターやシモンセンがプレイしてたころだ。今はもう違う。バルサには興味はないが、バルセローナの街は相変わらず好きだ。サグラダ・ファミリアに行ったことはあるか? 気に入ったか? ああ、すばらしいよな。とても古いバルで飲んだ。闘牛士やらジプシーやらのポスターがべたべた貼ってあるところだ。ハンナもインゲも実にオリジナルだと思うと言っていた。それに安かった。この町のバルよりはるかに安かったな」

「ハンナの顔を見たらそんなふうに平静じゃいられないはずだ。インゲボルクは君を警察に告発しようと言ったんだ。これがドイツで起こっていれば、きっと彼女はそうしてる」

「大袈裟なこと言うな……ドイツでは、ドイツではねえ……」力ないしかめっ面になった。「どうだろうな、ドイツでも今ごろは一瞬たりともじっとしてないんじゃないか。クソ。どうだっていいや。それに俺は信じないな。インゲが警察を呼ぼうなんて考えるとは思わない」

僕は肩をすくめた。傷つけられたのだ。あるいはチャーリーが正しいのかもしれない。彼のほうがインゲボルクの心の内をよく知っているのかもしれない。

「お前ならどうした?」チャーリーの目は悪意に満ちた輝きを放った。

「僕が君ならってこと?」

「違う。インゲなら、だ」

「さあね。足蹴にしたかな。背骨を折ってやった」

チャーリーは目を閉じた。驚いたことに、僕の答えに彼は傷ついた。

「俺ならやらないな」まるで大切な何かが逃げていくと思っているみたいに空気を手で払った。「俺がインゲだったらそんなことはしない」

「もちろん」

「それにビーチのドイツ女だって強姦するつもりはなかった。やろうと思えばできただろうけど、やらなかった。わかるか？　俺はハンナの頭をかち割ってやることだってできた。本当にパックリと割ってやることだってできたんだが、やらなかったんだ。お前の部屋の窓に石を投げたり、お前がその汚らしい新聞を買った後でボコボコにしてやることだってできた。でもしなかった。こうして話して煙草を吸っている。それだけだ」

「何だってまた窓ガラスを割ろうとか、僕を殴ろうとか考えたんだ？　馬鹿らしい」

「さあね。ふと頭をよぎったんだ。さっと、素早くな。拳くらいの大きさの石を投げようと思ったのさ」まるで突然、悪夢を思い出したように声が割れた。「〈火傷〉だったんだ。窓の明かりを見ながら、たぶん、気を惹こうと……」

「〈火傷〉が窓に石を投げようとそそのかしたっていうのか？」

「いや、それは違うぞ、ウド。まったく、何もわかってないな。〈火傷〉は俺たちと飲んでいた。むしろ静かに、いや、三人とも押し黙って、海の音だけを聞きながら。飲んではいたけど目はかっと見開いていた。いいか？　で、〈火傷〉と俺がお前の部屋の窓を見上げた。もっと言えば、俺がお前の部屋を見たときには〈火傷〉の目はもうそこに釘付けで、そのことに俺は気づいたし、やつも俺がゲームに乗ってきたことに気づいた。だが石を投げるなんてことは何も言ってない。俺がそう考えたんだ。お前に知らせなきゃって……わかるか？」

「わからない」

チャーリーはうんざりしたように顔をしかめた。新聞を手に取ると、見たこともない速さで紙面をめくった。まるで機械工になる前は銀行の窓口係だったみたいな手つきだ。きっとちゃんとした文章など一文たりとも読んでいない。それから、溜め息をついて新聞を脇に置いた。その仕草はまるで、ニュースが僕向けであって彼には向いていないとでも言いたげだった。数秒間、二人して押し黙っていた。外では通りが少しずつ日常のリズムを取り戻しつつあった。バルの中にいるのも僕たちだけではなくなった。

「心の底では俺はハンナを愛してる」

「今すぐ彼女のところに行くべきだ」

「彼女はいい子だ。いい子だとも。それに人生においてもツキがある。本人はそうは思ってないかもしれないが」

「チャーリー、ホテルに戻ったほうがいい……」

「その前に〈狼〉を仕事場まで送っていく。それでいいか？」

「いいだろう。今すぐ出よう」

テーブルを立ったとき、彼は蒼白で、まるで体中の血の気が失せたみたいだった。一度もよろめかなかったので、思ったほど酔ってはいないらしく、カウンターに行って勘定を済ませると、一緒に店を出た。チャーリーの車は海辺に停めてあった。屋根にはウィンドサーフィンのボードが載せてあった。バルセローナまであれを持っていったのだろうか？　まさか、きっと戻ってから載せたのだろう。ということは、いったんホテルに戻ったということだ。〈狼〉の働くスーパーマーケットまでの道をゆっくりと走った。〈狼〉が車から下りる前にチャーリーは、クビになったらホテルに会いに来るといい、一緒に解決策を考えようじゃないかと言った。僕がそれを通訳した。〈狼〉はにっこり笑い、自分に限ってクビになんかならないと言った。チャーリーは重々しく頷き、スーパーから車を出した後で、そのとおりだと言った。〈狼〉に反論しようものなら危ないとは言うまいが厄介なことになる、と。それから犬の話になった。夏になると捨て犬が道ばたで腹を空かせて死んでいるのはよく見る光景だとのことだ。「特にここではな」と彼は言った。

「昨日も〈狼〉の家に行く途中に一匹轢いた」

僕が何か言うかと様子をうかがってから続けた。

「小さい黒い犬だ。海岸通りでも見かけたやつだった……薄汚い飼い主と少しばかりの食い物を探してた……のか……飼い主の死体の傍らで飢え死にした犬の話、知ってるか？」

「ああ」

「それを思い出したな。最初のうち、哀れな犬どもはどこに行けばいいのかわからずに、ただ待ってるだけだ。それが忠誠心ってやつだ、な、ウド。その時期を過ぎるとうろつき回ってゴミ箱をあさるようになる。昨日の小さい黒い犬は俺にはまだ待ってる時期みたいに見えたな。そんなことはわかるわけがないやね、ウド」

「前に見た犬だとか、野良犬だとか、よくわかったな」

「車から下りてじっくり観察したからさ。あの犬だった」

車内の光でうとうとし出した。一瞬、チャーリーの目に涙が溢れているように思った。「二人とも疲れてるんだな」と考えた。

ホテルの入口で、僕は彼にシャワーを浴びて寝るように、そして起きたらハンナに説明するようにと言った。宿泊客が何人かビーチに向かう姿が見えた。チャーリーはにやりと笑って廊下の向こうに消えた。僕は落ち着かない気分で〈デル・マル〉に戻った。

屋上でフラウ・エルゼに会った。どこまで宿泊客の立ち入りが許されているか、どこからが関係者だけに許された場所かを示す掲示を堂々と無視してそこに行った。とはいえ、本当のことを言うと彼女を捜していたわけではない。インゲボルクはまだ眠っていたし、バーは息が詰まりそうで、また外出するのも気が向かず、眠くもなかったからだ。フラウ・エルゼは空色のデッキチェアに寝そべり、フルーツ・ジュースを隣に置いて本を読んでいた。僕の姿を認めても驚きもせず、逆にいつもの落ち着いた声で、屋上の入口を見つけたなんておめでとう、と言った。「夢遊病者の特権です」と僕は反応し、頭を傾げて彼女が手にした本をよく見ようとした。スペイン南部の旅行ガイドだった。それから彼女は僕に何か飲むかと訊いてきた。僕がどういうことかと問いたげな顔をしたので、屋上にも従業員を呼ぶためのベルがあるのだと説明した。それは面白い、と受け入れた。しばらくして彼女に、前日は何をしていたのかと訊ねた。ホテル中を探し回ったけれども見つからなかったとも伝えた。

「雨が降るとあなたはいなくなる」と言った。

フラウ・エルゼの顔に影が差した。研究し尽くされたように見える仕草（けれども、彼女はそんな人だ。これもまた彼女の意志と気力の一部なのだ）でサングラスを外し、僕をじっと見つめてから答えた。昨日は一日中、部屋にこもっていた。夫と一緒だった。もしかして病気ですか？　天気のせいです。雷の鳴りそうな雲の出る日は具合が悪くなるの。ひどく頭が痛いと言い、おかげで視力と神経に障りが出る。ときには一時的に目が見えなくなることもある。脳熱、とフラウ・エルゼの完璧な唇は言った（僕の知るかぎり、そんな病気は存在しない）。直後、彼女はかすかな笑みを浮かべ、二度と自分を探さないようにと僕に約束させた。偶然に行き交うときだけ会うことにしようと。もし拒んだら？　これは義務です、とフラウ・エルゼは囁いた。その瞬間、フラウ・エルゼの手にしたのと何から何まで同じフルーツ・ジュースを持ったメイドが現れた。可哀想に彼女は、太陽に目が眩んでまばたきし、一瞬、どこに行けばいいのかわからなくなってしまった。それからグラスをテーブルに置くと、立ち去った。

「約束します」と言って僕は彼女に背を向け、屋上の端まで行った。

空気は黄色く、あちこちに人間の肉の色が照り返していたので、僕は吐き気がした。

彼女のほうを振り返り、一睡もしなかったのだと打ち明けた。「本当ですと言う必要はありませんよ」と彼女は、また手にした本から目を離さずに言った。僕はチャーリーがハンナを殴った話をした。「男の人って、そんなことする人がいますね」というのが彼女の反応だった。僕は笑った。「なるほど、あなたはきっとフェミニストじゃありませんね！」フラウ・エルゼはそれには反応せず、ページをめくった。そこで僕は、チャーリーが犬について語ったことを彼女に語った。休暇前か休暇中に捨てられた犬たちの話だ。フラウ・エルゼが興味を示したのに気づいた。語り終えたところで、彼女の目に警戒の色が見えた。立ち上がってこっちに歩いてくるのではないかと身構えた。そのとき一番聞きたくない言葉を発するのではないかと。しかし彼女は何も言わず、しばらくして僕は、ここは引き揚げるのが賢明だと判断した。

　夜にはすべてが元どおりになった。キャンプ場地帯のディスコで、ハンナとチャーリー、インゲボルク、〈狼〉、〈仔羊〉、それに僕は、友情に、ワインに、ビールに、スペインに、ドイツに、レアル・マドリードに（チャーリーの予想に反し、〈狼〉と〈仔羊〉はバルセローナのファンではなく、レアル・マドリードのファンだった）、美人に、夏休みに、等々に乾杯した。完璧な平和だった。ハンナとチャーリーはもちろん仲直りしていた。チャーリーは八月二十一日に知り合ったときと変わらない、だいたいどこにでもいそうな柄の悪い男に戻ったし、ハンナは手持ちのワンピースの中で一番キラキラして襟ぐりの開いたのを着て花を添えていた。紫色の頬の腫れすらエロティックな不良少女のような魅力を与えていた（頬の紫色を、酒が回らないうちはサングラスで隠していた彼女も、ディスコの明かりに照らされるうち、やがては大っぴらに人目にさらすようになった。まるで自分自身と自分の存在理由をふたたび見出して喜んでいるみたいだった）。インゲボルクは正式にチャーリーを許した。彼が衆人環視の中、足下にひざまずき、彼女はすばらしいと褒めそやし、その場に居合わせたドイツ語のわかる者は誰もが愉快な面持ちでそれを眺めたのだ。面倒見のよさにかけて〈狼〉と〈仔羊〉は人後に落ちなかった。彼らのおかげで僕たちはこれまでで一番スペイン料理らしいスペイン料理のレストランを見つけることができた。そこの食事は安くて美味しく、酒もふんだんに、かつもっと安く飲めたし、加えて、フラメンコ歌手の歌（あるいはスペインらしい歌）を聴くこともできた。その歌手はアンドロメダという名の女装芸人で、我がスペインの友人たちはよく知っているとのことだった。食後の時間も長く楽しく、エピソードと歌と踊りに満ちていた。アンドロメダが僕たちのテーブルに座り、女たちに手拍子《パルマ》の叩き方を教え、それからチャーリーを誘って一緒に「セビリャーナ」という踊りを踊った。しばらくすると皆が彼らを真似し始め、他のテーブルの客たちも一緒になって踊ったが、僕だけは別で、僕はきっぱりと、少しばかりぶっきらぼうに踊るのを拒んだ。物笑いの種になりたくなかったのだ。ところが、僕のぶっきらぼうさが女装芸人のお気に召したらしく、踊り終わると彼女は僕の手相を見た。僕は金持ちになり、権力と愛を手にするだろうとのこと。情感たっぷりの人生を送り、息子（か孫）がオカマになる……アンドロメダは未来を読み、解釈する。最初のうち、彼女の声はほとんど聞き取れないほどの囁き声だったが、その後、徐々にヴォリュームを上げていき、しまいには朗々たる声で話し、誰もが彼女の声を聞き取れたし、繰り出す言葉を愛でたのだった。こうしたお遊びに身を差し出す者は客たちの冗談の的となるものだが、彼女は概していやなことは何も言わなかったし、僕らが立ち去る前にはひとりひとりにカーネーションをくれて、またいらっしゃいと言ってくれた。チャーリーは彼女に千ペセータのチップを渡し、両親に誓ってまた来ると言った。皆、この店は「行って損はない」との意見で一致し、〈狼〉と〈仔羊〉に感謝の言葉を雨と降らせる。ディスコでは雰囲気が違った。若者が多く、内装は人工的だけれども、僕らもほどなくその乗りについていく。諦めた。僕もさすがにそこでは踊る。インゲボルクに、そしてハンナにキスをし、トイレに行き、吐き、髪を整え、またフロアに出る。離れた場所でチャーリーの襟につかみかかり、ちゃんとやったか？　と訊ねる。ああ、何もかもすっかりうまくいった、と彼は応える。ハンナが後ろから抱きつき、彼を僕から引き剥がす。チャーリーは僕にもっと何か言おうとしているのだが、唇の動きが見えるだけで、伝わりようがないとわかると微笑むのが見える。インゲボルクも八月二十一日夜のインゲボルクに戻った。いつものインゲボルクだ。僕にキスをし、抱きつき、セックスしようと言ってくる。朝五時に部屋に戻ると僕たちはすぐさまセックスする。インゲボルクはあっという間に行く。僕は我慢し、それからなお長いこと彼女を自分のものにしている。どちらも眠い。裸でシーツの上に寝そべり、インゲボルクは何もかもが単純だと請け合う。「あなたのミニチュアだってね」彼女はその言葉を繰り返す。「ミニチュア」、「何もかもが単純」、そして眠りに落ちる。僕は長いこと自分のゲームを眺め、そして、考えていた。

八月三十日

今日の出来事はさらに込み入っているけれども、理路整然と書き留めるように努めよう。そうすれば、これまで自分でも気づかなかった何かを発見できるかもしれない。困難で、おそらく無益な試みではある。起きてしまったことは取り返しがつかないし、偽りの期待を膨らませてもほとんど何の役にも立たない。けれども、何かをやって時間を潰さなければならない。

ホテルのテラスでの朝食から始めよう。僕たちは水着姿で、雲ひとつない朝は、海からの心地よいそよ風に和らげられていた。僕は当初、部屋の掃除が済んだらそこに戻って、ゲームに没頭して時間を潰そうと考えていたのだが、インゲボルクが引き留めた。こんなにすばらしい朝なのだから、外出しない手はないというのだ。ビーチではハンナとチャーリーが巨大なビーチマットに寝そべり、眠っていた。マットは買ったばかりで、隅に値札がついたままだった。刺青のようにくっきりと見えたのを憶えている。七百ペセータだった。そのとき思った。いや、あるいは今そう思うのかもしれないが、こうした光景はどうにも馴染みが薄い。これは徹夜明けによく起こることだ。どうでもいいようなことが気になって、それがいつまでも頭にこびりついて離れない。つまりどういうことかというと、別段変わったところはないのだが、どこか落ち着かないのだ。あるいは、もう日も隠れた今となってみれば、そう思えるのかもしれない。

午前中はいつもの空しい行動をするうちに過ぎていった。泳ぎ、しゃべり、雑誌を読み、体中にクリームや日焼けオイルを塗って過ごしたのだ。早めの昼食を摂ったレストランは、僕たち同様、水着姿でオイルのにおいを発散する（食事時にはいいにおいとはいえない）観光客でごった返していた。食後に僕はどうにか逃げおおせた。インゲボルクとハンナ、チャーリーの三人はビーチに戻ったが、僕はホテルに帰ったということだ。僕は何をしたか？ 大したことはしていない。ゲームを見つめても集中できず、昼寝をすると六時まで悪夢にうなされた。海水浴客の大群がめいめいのホテルやキャンプに引き返す様を確認するとビーチに下りた。その時間は悲しく、海水浴客たちは哀れだ。疲れ果て、太陽にもうんざりしながら、投降を決めた兵士のように建物群のシルエットに目を向ける。用心深いけれども、いささか軽蔑したような、いばったようなところのある態度で、まだやってこない危機に臨もうとするかのようにビーチを、そして海岸通りを横切る彼らののろのろとした足取り、角を曲がってすぐに日陰へと逃げ込む、その独特な脇道への入り方、それらは一種、空虚さへの賛辞のようで、そんなふうに彼らはそこへ向けてまっしぐらに突き進んでいく。

振り返ってみればこの日は人にも会わず、疑わしいことも起きなかった。フラウ・エルゼも〈狼〉も〈仔羊〉も、ドイツからの手紙も、電話の一本も、何か意味のあることは何ひとつなしだった。ただハンナとチャーリー、インゲボルクと僕の四人だけが静かに過ごしていた。それから〈火傷〉もいたにはいたが、遠くにいたし、ツインボートの仕事にかまけていた（客が多すぎたわけでもない）。

ただし、どういうわけか、ハンナは近づいていって彼に話しかけた。それも短い間、一分もしない間のことで、社交辞令よ、と彼女はあとでそう言った。まとめるに穏やかで、ただ日光浴しただけの一日だった。

記憶によれば、二度目にビーチに下りたとき、空は突如として無数の雲に覆われた。細切れの雲が東または北東に流れ出したのだ。インゲボルクとハンナは泳いでいて、僕を見つけると海から上がった。インゲボルクが先で、僕にキスし、それからハンナが出た。チャーリーは光の弱まった太陽に顔を向けて寝そべり、どうやら眠っているみたいだった。左手では〈火傷〉が夜ごとの秘密基地を、辛抱強く、独り黙々と組み立てていた。こんな時間には、おぞましい彼の外見は、おそらく彼自身にもはっきりと見て取れるだろう。夕方の灰色かがった黄色を思い出す。中身のない僕らの会話も思い出す（何の話かと問われてもはっきりとは説明できない）。女の子たちの濡れた髪も、自転車乗りの練習をしていた男の子の馬鹿な話をしたチャーリーの声も思い出す。どこからどう見てもいつもと同じ、気持ちのいい夕方になるはずだった。僕たちは部屋に戻り、シャワーを浴びてから、夜の締めくくりにどこかのディスコに繰り出すはずだった。

そのときチャーリーが飛び起き、ウィンドサーフィンのボードを取り上げると海に入った。それまで僕はボードがそこにあることに、初めからあったことに気づいていなかった。

「早く戻ってきてね」とハンナが大声で呼びかけた。

聞いていなかったと思う。

最初の何メートルかはボードを引っ張って泳ぎ、それから上に乗り、セイルを揚げ、僕らに手を振り、折から吹いてきた追い風に乗って沖へと向かった。夕方七時を回ってそれほどは経っていなかったはずだ。ウィンドサーフィンをしているのは彼ひとりではなかった。それは確実だ。

一時間待って待ちくたびれた僕たちは、〈コスタ・ブラーバ〉のテラスに飲みに行った。そこからはビーチが一望できたし、チャーリーが姿を現すに違いない場所もよく見えた。僕たちは薄汚れて飢渇したような気分だった。憶えているのは、チャーリーのセイルがどこにあるか確かめようとして海に目をやるたびに〈火傷〉が目に入ったのだが、彼がツインボートの周りで一時たりとも休むことなく動いていたことだ。仕事にいそしむゴーレムのようで、それがあるとき、突然、すっといなくなった（自分の秘密基地の中なのだろうと思う）のだが、思いがけないときに、あっという間にいなくなったので、ビーチは二重の意味で虚ろになった。チャーリーがいなくなったと思ったら、今度は〈火傷〉がいなくなったのだから。思うにそのときにはもう、僕は何かよからぬことが起こるのではとの恐れを抱いていた。

夜の九時、といってもまだ暗くなってはいなかったが、僕たちは〈コスタ・ブラーバ〉のフロントに相談することにした。フロント係はデル・マル赤十字の、海岸通りの旧街区に入るちょっと手前にある事務所に行くといいと言った。赤十字でいろいろと込み入った説明を済ませると、無線で救命用のモーターボートに連絡を取ってくれた。半時間後、モーターボートから連絡があり、この一件は警察と沿岸警備隊当局に連絡したほうがいいと言われた。たちまち夜になりつつあった。窓から外を眺めると、一瞬、連絡相手のモーターボートが見えたのを憶えている。事務所の担当者はホテルに戻り、そこから海軍司令部と警察、消防に連絡するのが最善の策だと説明した。ホテルの支配人があれこれと教えてくれるはずだと。ではそうしようと告げ、僕たちは立ち去った。帰り道の前半は黙って歩き、後半は議論しながら歩いた。インゲボルクは誰も彼もが無能だと言った。ハンナはあまり納得していなかったが、一方で、〈コスタ・ブラーバ〉の支配人はチャーリーを憎んでいるのだと主張した。それからまた、チャーリーが近くの町にいる可能性もあると言った。以前もそんなことがあった。憶えてる？　僕は自分の意見を述べた。言われたとおりのことをきっちりやろうじゃないかと。そこでハンナがええ、と言った。僕の言うとおりだと。そう言って彼女はがっくりと肩を落とした。

ホテルでフロント係が、その後は支配人がハンナに説明したところによれば、ウィンドサーフィンで遭難する者は、この時期、大勢いるのだが、通常は大事に至らないそうだ。最悪の場合でも四十八時間波まかせに漂うものの、救助隊は安心して任せられる、とかなんとか。この言葉を聞いてハンナは泣きやみ、少し落ち着いたようだ。支配人は自分の車で僕たちを海軍司令部まで連れていこうと申し出た。司令部ではハンナから調書を取り、港と、それからもう一度デル・マル赤十字にも連絡した。しばらくして警官が二人やってきた。ボードの特徴を詳しく教えてほしいとのことだった。ヘリコプターでの追跡を始めるという。ボードには救命装置がついていたかと訊かれて、僕たちは全員、そんな装備があったかどうかもわからないと答えた。警官のひとりが言った。「なにしろスペインで作られたものだからな」もうひとりの警官が付け加えた。「それなら眠気次第ってことか。眠っちまったら最悪の事態だ」僕たちの目の前で二人がそんな話をするのを聞いて、気に障った。僕がスペイン語ができるということを二人が知らなかったとしてもだ。もちろん、彼らの会話の内容はハンナには訳して伝えなかった。一方、支配人はこれっぽっちも心配そうな様子を見せなかったし、ホテルに戻ると、この件に関して冗談さえ言った。「喜んでいるんですか？」と僕は訊いた。「ええ、これで大丈夫」と彼は答えた。「お友だちはほどなく現れるでしょう。よろしいですか、全員総出の捜索です。失敗などしようがありません」

夕食は〈コスタ・ブラーバ〉で食べた。当然予想されるように、楽しい食事ではなかった。マッシュポテトと目玉焼きを添えたチキン、サラダ、コーヒーにアイスクリームだった。ウェイターは何が起こったのかを知っていて（現実には僕たちは全員から視線を向けられた）、いつになくやさしく給仕してくれた。僕たちの食欲が減退したわけではなかった。ちょうどデザートに取りかかっていると き、〈狼〉がテラスと食堂の間のガラスに顔をつけて覗いているのが見えた。僕に合図を送ってきた。そのことをハンナに知らせると、彼女は突然顔を赤らめ、目を伏せた。か細い声で、彼らに帰ってもらうようにと、明日また来てとか、何でもいいから適当なことを言って追い払ってちょうだいと頼んだ。僕は肩をすくめ、外に出た。テラスには〈狼〉と〈仔羊〉が待ちかまえていた。何が起こったか、彼らに手短に伝えた。二人ともその知らせにたいそうびっくりした（〈狼〉の目に涙が光ったように思ったけれども、絶対かと問い詰められればそうとも言えない）。それから、ハンナは非常に気が立っていて、皆で警察からの知らせを今か今かと待っているところだと説明した。彼らは一時間後にまた来ると言ったけれども、それにはうまく反論できなかった。彼らが立ち去るまでテラスで見守った。どちらかからは香水のにおいがしたし、彼らのだらしないスタイルの範囲内ではあるが、二人ともめかしこんでいた。歩道に出ても二人は何か話し合っていて、角を曲がるときも大袈裟な身振りを見せていた。

これに続いて起こった出来事は、おそらくこうした場合にはお決まりのことなのだろうけれども、気分のいいものでもなければなくてもよさそうなものだった。最初、警官がひとり現れた。それからもうひとり、といっても違う制服を着た警官が、ドイツ語のできる治安警備隊員ひとりと、それから海兵、正式の制服をビシッと着た海兵（！）ひとりを伴って現れた。幸い、彼らは長居はしなかった

〈支配人が教えてくれたところでは、海兵は投光器付きのランチに乗っての捜索にこれから加わるところだった〉。立ち去る前に彼らは、何時になろうとも結果を僕たちに伝えると約束した。彼らの表情からは、チャーリーが見つかる可能性はだんだん低くなっていることが見て取れた。最後に現れたのは地元のウィンドサーフィン・クラブの一員で、たぶん、その事務局長でいいと思うのだが、彼はクラブの会員たちがが物心両面で協力すると請け合った。彼らも救命ボートをすでにひとつ出してくれていたうえ、遭難の知らせを受けた直後から海軍司令部と消防にも協力していた。彼は遭難と言ったのだった。夕食の間、平静と気丈さを装っていたハンナも、こうして団結して捜索するとの知らせにまた涙を流し、やがて徐々にヒステリーの発作を起こすようになった。

ホテルのボーイの手を借りて彼女を部屋まで連れていき、ベッドに寝かせた。インゲボルクが鎮静剤は持っているかと訊ねた。嗚咽を漏らしながらハンナは持っていないと答えた。医者に禁じられているのだと。最終的にはインゲボルクが夜通し付き添ってやるのが一番だろうということになった。〈オテル・デル・マル〉への帰り道、〈アンダルシア人の隠れ処〉を覗いてみた。〈狼〉と〈仔羊〉か〈火傷〉に会えるかと思ったけれども、誰もいなかった。店主はテレビに一番近いテーブルに座って、いつものように西部劇映画を観ていた。僕はすぐに立ち去った。彼はこちらを振り向きもしなかった。〈デル・マル〉からインゲボルクに電話をかけた。特に変わったことはなかった。横になってはいたが、二人とも眠れないのだとか。僕は間抜けなことを言ってしまった。「彼女を慰めてやりなよ」と。インゲボルクはそれには答えなかった。一瞬、通話が途切れたのかと思った。

「繋がってるわよ」とインゲボルクが言った。「考え事してるの」

「ああ、僕も考え事をしている」と僕は言った。

そして互いにおやすみを言って電話を切った。

しばらく明かりを消したままベッドに寝そべり、チャーリーに何があったのかとつらつら考えていた。頭の中には脈絡のない映像ばかりが浮かんできた。値札のついたままの真新しいビーチマット、むかつくにおいの充満した昼食、水、雲、チャーリーの声……誰ひとりとしてハンナの紫色になった頬はどうしたのかと訊ねなかったのは奇妙だと思った。水死人の顔はどんなだろうと思った。僕たちの休暇は、ある意味で惨憺たるものになってしまったと思った。そう思うといてもたってもいられなくなり、かつてない勢いで仕事を始めた。

朝の四時、四一年春のターンを終えた。眠くてまぶたが閉じてしまいそうだったけれども、満足だった。

八月三十一日

朝の十時にインゲボルクが電話をかけてきて、海軍司令部に来るようにと言われたと伝えた。〈コスタ・ブラーバ〉まで車で迎えに行き、その足で向かった。ハンナは前の晩よりは元気で、アイシャドウと口紅を引き、僕と顔を合わせると微笑みを向けてくれた。逆に、インゲボルクの表情は何ひとつついいことを予感させなかった。海軍司令部はヨット・ハーバーから数メートルの、旧街区の狭い通りにあった。事務所に行くには薄汚れたタイル敷きの、真ん中に涸れた噴水を据えた室内パティオを横切ることになる。その噴水に立てかけられていたのが、チャーリーのボードだった。誰かに教えられるまでもなく、僕たちはそのことに気づき、一瞬、言葉を失い、歩けなくなった。「さあ、上がってください」と若い男——あとで知ったところでは、赤十字の職員——が二階の窓から声をかけてきた。最初はまごついたけれども、ともかく一緒に上がった。階段の踊り場で消防署長とウィンドサーフィン・クラブの事務局長が待ちかまえていて、僕たちをやさしく温かく先導してくれた。促されて事務所に入ると、軍以外のもう二団体の関係者がいた。赤十字の若い男と警官が二人だった。そのうちの一人が僕たちに、中庭に置いてあったボードは確認したかと訊ねた。ハンナは日焼けした肌を真っ青にして肩をすくめた。僕も訊かれた。確信は持てないと答えた。インゲボルクも同じ答えだった。ウィンドサーフィン・クラブの事務局長は窓辺に行って外を覗いた。警官たちはうんざりした様子だった。このまま誰も口を開かないのではと思った。暑かった。ハンナが沈黙を破った。「彼は見つかったんですか？」声の鋭さに皆がびくっとした。見つかっていないとドイツ語をしゃべる人物が慌てて答えた。見つかったのはボードとスパンカーブームだけですが、おわかりのように、いろいろと考えさせられるもので……ハンナはまた肩をすくめた。「きっと、ボード上で眠ることになると覚悟し、体を縛りつけたのですね」……「あるいは抵抗力がもたないと見て取ったのかも。海で、不安は募るし、暗がりだと、わかりますよね」……「いずれにしろ、適切このうえない判断でした。セイルを結わえている紐を外し、体をボードにくくりつけた」……「まあ、もちろん、推測ですが」……「あらゆる手を尽くしました。捜索は費用もひどくかさむし、危険もいっぱいで」……「今朝早く、漁業組合のボートがボードとスパンカーブームを見つけました」……「こうなったらドイツ領事館に連絡する必要があります」……「当然、引き続き一帯を捜索します」……ハンナは目を閉じていた。やがて彼女が泣いていることに気づいた。僕たちは悲しみに打ちひしがれて見つめ合った。赤十字の若い男が自慢した。「一晩中寝ていません」彼は興奮しているようだった。すぐに書類が何枚か取り出され、ハンナは署名するよう求められた。何の書類かはわからない。事務所を出ると町中のどこかのバルで冷たいものでも飲もうということになった。天気の話やスペインの役人の話をした。気はいいのだが、打つ手がよくない。店はどちらかと言えば薄汚れた一見の観光客でごった返していて、汗と煙草のすえたにおいがした。正午過ぎにそこを立ち去った。インゲボルクはハンナのそばにいることにして、僕は部屋に戻った。目を開けていられず、ほどなく眠りこんだ。

夢の中で誰かがドアを叩いていた。夜で、ドアを開けると廊下の突き当たりをするりと走り抜ける人影が見えた。後をつけると、思いがけず巨大な部屋に着いた。真っ暗な室内には重々しいアンティーク家具のシルエットが浮き上がって見えた。黴と湿気のにおいが充満していた。ベッドの上で影が体をよじった。最初、何かの動物かと思った。やがてフラウ・エルゼの夫の姿を認めた。ようやくだ！

インゲボルクに起こされたとき、部屋には光が満ちていて、僕は汗をかいていた。すぐに目に入ったのは、すっかり変わってしまった彼女の表情だった。機嫌の悪さが額とまぶたにくっきりと表れ、しばらくの間、僕たちはまるで二人とも起き抜けのように、お互いに誰だかわからないといった調子で見つめ合った。それから彼女は僕に背を向け、クローゼットと天井を眺めた。彼女が言うには、三十分もの間、〈コスタ・ブラーバ〉から電話をかけ続けてみたのだが、誰も出なかった。声を聞くに彼女は根に持ち、悲しんでいる。僕は仲直りしようとして説明するが、彼女は僕を見下すばかりだった。話を切り上げ、シャワーを浴びてから出てくると、やっと彼女は認めた。「あなたは眠っていたのだろうけど、わたしはあなたがいなくなったと思ったの」

「部屋に来て自分の目で確かめればよかったんだ」

インゲボルクは顔を赤らめた。

「その必要はなかったの……それに、このホテル、怖い。町中が怖い」

どういうわけなのかはっきりとは言えないけれども、僕も彼女の言うとおりだと思った。でも伝えないでおいた。

「馬鹿なことを……」

「ハンナが服を貸してくれたの。ぴったりだった。わたしたちはほとんどサイズが同じなの」インゲボルクは早口でしゃべりながら初めて僕の目を見つめた。

実際、そのとき着ていたのは彼女の服ではなかった。突然気づくハンナの趣味、ハンナの淡い思い、夏を過ごすのだというハンナの鉄の意志、それが結局、こんなことになるなんて。

「チャーリーの行方は？」

「何も。ホテルには何人か新聞記者もいたわ」

「じゃあ死んだってことか」

「かもね。ハンナにはそんなことは言わないでね」

「もちろん言わないさ。言ったって意味はない」

シャワーを出ると、インゲボルクが僕のゲームの前で物思いに沈んでいた。その姿は僕には完璧に見えた。セックスしようと持ちかけると、振り返りもせず軽く頭を振って拒んだ。

「いったいこれのどこが面白いのかしらね」と地図を指しながら彼女が言った。

「白黒はっきりするところだ」と僕は服を着ながら答えた。

「わたしは大嫌いだと思う」

「プレイの仕方を知らないからそんなこと言うんだ。知れば気に入るさ」

「この種のゲームを好きになる女の人なんている？　誰か女の人とプレイしたことは？」

「いや、僕はないね。でもいるにはいる。確かに、数は少ない。これは特別女性好みのゲームというわけではないしね」

インゲボルクはひどく悲しそうな目で僕を見つめた。

「みんなハンナに触れたのよ」とやにわに言った。

「何だって？」

「みんな彼女に触れたの」彼女は恐ろしい形相になった。「だってそうだから。わたしにはわからないの、ウド」

「どういうことだ？　どいつもこいつも彼女と寝たってことか？　それにみんなってのは誰だ？〈狼〉と〈仔羊〉か？」どんなふうに、なぜそんなことになったのか、僕はよく飲み込めない。震え出した。まず膝が、そして手が。ごまかしようもなくなってきた。

少し迷ってからインゲボルクは勢いよく立ち上がり、麦わらのバッグにビキニとタオルを入れると、文字どおり逃げるように部屋を出た。入り口でこう言ってドアも閉めなかった。

「みんな彼女に触れたのに、あなたは部屋にこもって戦争ごっこにかまけてたの」

「それがどうした？」と僕は叫んだ。「僕に何の関係がある？　僕のせいなのか？」


午後の残りの時間は絵葉書を書き、ビールを飲んで過ごした。チャーリーがいなくなったことは、こうした事故の場合に予想されるほどには僕に動揺をもたらさなかった。彼のことを考えるたびに、確かに、頻繁に彼のことを考えたのだが、そのたびになんだかぽっかりと穴が開いたように感じただけだった。七時には〈コスタ・ブラーバ〉に様子を見に行った。インゲボルクとハンナはテレビのある部屋にいた。幅が狭く奥行きのある部屋で、壁は緑色、窓がひとつあって、それが枯れた植物の植わったパティオに面していた。息が詰まりそうな場所だったし、そう口に出して言った。可哀想なハンナは僕に共感の眼差しを送ってきた。サングラスをかけていたが、微笑みを浮かべ、だからこの部屋には誰もいないのよと言った。宿泊客はテレビを観たいときにはホテルのバーに行く。支配人はここは静かな場所だと請け合ったのだと。君たちはここで大丈夫なのかい？　と僕は言い淀みながら間抜けな質問をした。ええ、大丈夫よ、とハンナが二人を代表して答えた。インゲボルクは僕を見ようともしなかった。視線はテレビの画面に釘付けで、興味ありげを装っているのだが、そんなはずもない。というのもやっていたのはスペイン語吹き替えのアメリカ製ドラマだから、一言たりともわかるはずがないのだ。彼女たちの隣には玩具のようなひとり掛けソファがあって、そこでは老女が独り、船を漕いでいた。僕は身振りで誰なのかと訊ねた。誰かのお母さん、とハンナが言って笑った。一杯やろうと誘いをかけると二人はためらいは見せなかったけれども、ホテルからは出たくないと言った。ハンナによれば、思いがけないときに新たな知らせが入ってくるかもしれないからだ。僕らは十一時までホテルで飲み、語り合い、ウェイターも話に引き入れた。ハンナは間違いなくホテル内では有名人になっていた。誰もが彼女が巻き込まれた不幸を知っていて、少なくとも表向きは称賛の的になっている。痣のできた頬のおかげで別の悲劇が彼女の身にふりかかったのではと囁かれている。まるで彼女もまた遭難し、命拾いしたかのようだというのだ。

オーバーハウゼンでの日々の話にならないではいられなかった。ハンナが途切れることなくぼそぼそと呟いた思い出話は、ある男と女の子、ある女とある老女、二人の老女、ある男の子と女、いずれも目も覆うばかりの二人組が普段どんなかという内容だったけれども、彼らとチャーリーとの繋がりはよくわからないままだった。実際のところハンナは、彼らのうち半分についてはただ話に聞いたことがあるだけだった。彼らの仮面と並べてみると、チャーリーの表情は神々しく輝いている。彼は心優しく、常に真実と冒険を探し求め（どんな真実か、どんな冒険かは詮索しないことにした）、女を笑わせることが上手で、愚かな偏見など抱いておらず、適度に勇敢、そして子供好きだった。愚かな偏見を抱いていないとはどういうことかと訊ねると、ハンナは答えた。「何をどう言えば許されるか、ちゃんとわかっていたということ」

「彼のことを過去形で話し始めていることに気づいてる？」

しばしの間、ハンナは僕の言葉の意味を斟酌しているようだった。それからうつむいて泣き始めた。幸い、今回はヒステリーの情景は見られなかった。

「チャーリーが死んでるなんて思わない」とやっとのことで言った。「でもきっともう二度と彼には会えない」

僕たちが彼女を信じていない様子を見せたものだから、ハンナは何もかもがチャーリーの冗談だと思うと主張した。溺死したと信じられないのは単に彼は泳ぐのがうまいからだという。じゃあなぜ姿を現さないのか？　どういうつもりで彼は隠れたままなのか？　ハンナの答えは気がおかしくなったし、もう愛してはいないからだ、というものだった。彼女はアメリカの小説でこれと似た話を読んだことがあった。ただ小説では動機は憎しみだった。チャーリーは誰も恨んでいない。チャーリーは頭がおかしいのだ。それにもう彼女を愛していない（という確信を、どうやらハンナの性格が強固にしているようだ）。

食後、〈コスタ・ブラーバ〉のテラスに出て話をした。実際には話していたのはハンナで、僕たちはただ、まるで交代で病人の面倒を見るように彼女の迷走する話の道筋についていくだけだった。ハンナの声は優しくて、次から次へとよしなしごとを繰り出しているのに、聞いていると心が落ち着いた。ドイツ領事館の役人と電話で話したと語る様子は、まるで恋人たちの出会いを語っているみたいだった。「心の声」と「自然の声」について彼女はとうとうと論じた。息子についての笑い話のような出来事を語り、大きくなったら誰に似るだろうと自問した。今は彼女に瓜二つなのだという。一言で言うと、彼女は恐怖を前にして諦めてしまったのだ。あるいはひょっとしたら、もっと抜け目なく、恐怖を断絶と取り違えたのかもしれない。彼女が僕たちにおやすみなさいを言うころには、テラスにはもう誰もいず、ホテルのレストランの灯も消えていた。

インゲボルクによれば、ハンナはチャーリーのことをほとんど何も知らないという。

「領事館の人と話したとき、親類の住所とか、縁が遠い人でも近い人でも、彼がいなくなったことを伝えるべき相手の住所をひとつも知らなかった。ただ二人が働いている会社の名前を言っただけ。実際のところ、チャーリーの過去を何ひとつ知らないの。彼女の部屋のナイトテーブルの上に、チャーリーの身分証明書があったんだけど、開いていたので見えた彼の写真が部屋中を支配している感じだった。身分証明書の隣にはお金が山と積んであって、ハンナははっきり言ったの、それは彼のお金だって」

チャーリーがスペインに持ち込み、ハンナがスーツケースに入れたものの中身を、インゲボルクは見る勇気がなかった。

出発の日取り。ホテル代は九月一日まで、つまり明日の分まで払ってある。明日の十二時までに立ち去るか残るか決めなければならない。たぶん彼女は残るだろう。だが仕事は九月三日に始まる。チャーリーも九月三日が仕事始めだ。それで思い出した。インゲボルクと僕は五日に始まるのだった。

九月一日

正午十二時、ハンナはチャーリーの車でドイツに帰った。〈コスタ・ブラーバ〉の支配人はそれを知るなり、許しがたい愚行だと言った。ハンナはただ緊張に耐えられなくなっただけなのだ。いまや僕たちは、よくわからないけれどもどうしようもないほどに二人きりになった。ちょっと前まで僕はそれを望んでいたのだが、でも実際のところは、こんなふうに取り残されたかったわけではない。何もかも昨日と同じように見えるけれども、悲しみのせいでもう風景が見えなくなり始めている。出発する前にハンナは、僕にインゲボルクの面倒を見るようにと頼んだ。ああ、もちろん、と答えて安心させた。でも、僕の面倒は誰が見るんだろう？　あなたは彼女より強いんだから、と車の中からハンナが言った。これには驚いた。というのも、両方とも知っている人はたいてい、インゲボルクのほうが僕よりも強いと思っているからだ。彼女のサングラスの向こうに落ち着かない視線が見えた。インゲボルクには何も悪いことは起こらないさ、と約束した。僕たちの隣でインゲボルクがフンと皮肉に鼻を鳴らした。信じてる、と言ってハンナは僕の手を握った。その後〈コスタ・ブラーバ〉の支配人が電話をかけてきて、ハンナが出ていったのは僕たちの責任だと言わんばかりに非難を浴びせた。最初の電話は昼食の最中にかかってきた。ウェイターがテーブルまで僕を呼びに来て、考えてみればありえないとわかるのだが、僕は最初、ハンナがオーバーハウゼンに無事に着いたと知らせるために電話してきたのかと思った。支配人だった。怒りのあまり言葉がうまく出てこない。電話したのはハンナが本当にホテルを去ったのか確かめるためだ。そうだと答えると彼は、ハンナが「逃亡」したということは、彼女は確信犯的にスペインの法を犯したことになると言った。そんなわけで彼女はひどく微妙な立場に追いこまれたのだと。思い切って、たぶんハンナは法をひとつ犯すことになるとは思っていないんじゃないかと言ってみた。ひとつではない、いくつもだ！　と支配人は言った。お若いの、知らないからといって免罪される者はいないぞ。いや、宿泊代はちゃんと支払われている。問題はチャーリーにある。彼の遺体が出てきたら、出てくることに疑いはないが、そのときは誰かが身元確認をしなければならないのだ。もちろん、スペイン警察はチャーリーがホテルにチェックインする際に示した個人情報をドイツ警察に電報で伝えることはできる。そうすれば残りはドイツ側がコンピュータで処理してくれるだろう。無責任もはなはだしい、そう言って彼は電話を切った。数分後にかかってきた二度目の電話では、チャーリーの車にハンナが乗っていったとは呆れるばかりだと伝え、犯罪と見なされうる行為だと告げた。このときはインゲボルクが電話を受け、ハンナは泥棒などではなく、ドイツに帰るのに車を必要としていたのだと応じた。それ以外の理由があるはずがない、と。それから先、あのポンコツ車をどうしようが、それは彼女の問題で、あなた方には関係がない。支配人はそれでも泥棒だとの主張を繰り返し、会話はいささかぎくしゃくしたまま終わった。三度目の電話では宥和的な調子で、僕たちに、友だちとして「被害者」（たぶんこれは哀れなチャーリーのことだと思う）の代わりに捜索にまつわるさまざまな作業に協力してはくれまいかと訊ねてきた。僕たちは承諾した。僕の思いに反して、被害者に成り代わるということに大した意味はなかった。なるほど、捜索活動は続いていたけれども、もう誰もチャーリーが生きて見つかるとは期待していなかった。たちどころに僕たちはハンナの決断を理解した。こんなこと、耐えられたものではない。

何も変わったことがない。それが奇妙だ。今朝、ホテルの廊下は立ち去る人でいっぱいで、歩くのもままならなかったが、午後にはもう到着したばかりらしい人々の青白くて熱を帯びた新しい顔をテラスにいた僕は見ることになった。気温は一気に上昇してまるで七月のよう、日が暮れるころになると暑く焼けついた町の街路を涼しくしていたそよ風も吹かなくなった。べとべとした汗をかき、服が肌にまとわりつくので、外を歩いていると苦行のようだ。〈狼〉と〈仔羊〉の姿も見かけた。ハンナが発ってから三時間ほどしてからのことで、〈アンダルシア人の隠れ処〉にいた。最初、二人は僕を見なかったふりをした。やがて彼らのほうから僕のところにやってきて、沈痛な面持ちで、いくつか社交辞令と思われる質問をしてきた。新しいことは何もわかっていないし、ハンナはドイツへの帰路にあると答えた。そのことを聞いて二人の表情と態度ががらりと変わった。肩の力が抜け、なれなれしくなった。暑かった。数分もすると、この二人の豚野郎は僕から離れるつもりがないのだと理解した。話は堂々巡りしていた。いつもチャーリーとの話で用いていたような符号を巡る会話だ。今はチャーリーではなく代わりに僕が相手なだけだった。それからハンナやインゲボルクの代わりに！

あとでインゲボルクに、皆がハンナに触れたとはどういう意味だったのかと訊ねた。答えを聞くと、少なくとも部分的に、僕の憶測が間違いだったとわかった。一般論だった。ハンナは男たちの犠牲者であり、不運な女だということで、彼女はずっとバランスと幸福を探し求めているのだが、とか何とか……ハンナがスペイン人たちにレイプされたなどという可能性は考えられない。それどころか、インゲボルクは二人を何とも思っていなかった。彼らが透明人間であるかのような話しぶりだ。どこにでもいる若者二人、暮らしぶりを見るにあまり働き者でもなく、ただ楽しいことがしたいだけの存在だ。わたしだってディスコに行ったりたまに馬鹿をやったりするのは好きよ、と彼女は言う。馬鹿ってどんな？　と僕は興味を示す。徹夜したり、飲み過ぎたり、未明に町中で歌ったりすること。馬鹿といってもインゲボルクのそれは慎ましい。健全な馬鹿ね、と彼女は説明を加える。そんなわけで、スペイン人たちのことは敵だとも思わないし、用心が必要とも思わない。あるとすれば他人に対して当然抱く警戒心だけだ。そんなふうにしていると、夜の十時に〈狼〉と〈仔羊〉がまたその場に姿を現す。会話、とは現実には外出の誘いで、僕たちはそれを断ったのだが、そのやりとりはかなり卑俗な展開だ。僕たちはホテルのテラスに腰かけ（テーブルはどれも埋まっていて、アイスクリームや飲み物のカップがごちゃごちゃと載っている）、彼らは歩道に突っ立ったままだ。間には鉄の手すりがあって、それがテラスと、この時間には熱風を受けて息を詰まらせながら海岸通りを歩くことになる数多くの歩行者とを隔てる境界線になっている。最初はどちらの側の言葉も味気なさの域を出ない。一番よくしゃべっていたのは（そして身振り手振りを見せていたのは）〈仔羊〉だ。彼の言葉にインゲボルクが微笑むこともある。僕が訳しもしないうちに。逆に〈狼〉が口を挟むことは少なく、慎重で、英語で話しかけながら陣地を探っているという風情だ。彼の英語は教育水準のわりにはうまいけれども、ある鉄の意志、ただ直感しているだけの世界に首を突っこみたいという欲望に従うものだ。そのとき、その瞬間瞬間ほど〈狼〉がその名に似つかわしく見えたことはない。インゲボルクの日焼けしたつやのあるきれいな顔とそれに見入る彼は、月とそれに惹かれる古い恐怖映画の狼男そのものだった。僕たちがあまり外に出たがっていないのを見て取ると、何度も誘いの言葉をかけてきて、声も嗄れていった。行く価値のあるディスコだと請け合い、そういった巣窟に入れば、その瞬間に疲れも吹き飛ぶ……などと言った。何を言っても無駄だ。僕たちは頑として誘いに乗らないし、彼らの頭より四十センチほど高いところで拒んでいる。歩道はテラスよりも低いところにあるからだ。スペイン人たちは固執はしない。はっきりとはわからなかったけれども、暇乞いへの前置きとしてチャーリーの思い出話を始める。真の友だ。誰もがわかるだろうが、彼らは心の底から悲しんでいる。そう言って手を差し出すと、彼らは旧街区へと歩いていく。あっという間に歩行者に紛れてしまった彼らのシルエットはとてつもなく悲しいものに見えたので、僕はインゲボルクにそう言った。彼女は僕を数秒見つめ、理解できないと言った。

「ちょっと前にあなたは彼らがハンナをレイプしたと言ったのよ。それなのに今度は彼らを哀れむなんて。実際、あの馬鹿二人はただのつまらないラテン系の恋人なのよ」

二人でたがが外れたように笑ったが、そのうちインゲボルクが今夜だけは早くベッドに行こうと誘った。僕も賛成した。

セックスを終えてから僕は部屋で書き物に取りかかり、インゲボルクはまたフロリアン・リンデンの小説に読みふけった。彼女はまだ殺人犯が誰だかわかっていないので、その読み方を見ていると、きっと注意力が足りないのだろうと言いたくなる。疲れているみたいだった。この数日は彼女にとって快適なものではなかった。どういうわけかハンナを思い出してしまう。出発前、車の中から、声を詰まらせて僕に助言するハンナ……

「ハンナはもうオーバーハウゼンに着いたかな?」

「さあ。明日には電話してくるでしょう」とインゲボルクが言う。

「してこなかったらどうしよう?」

「わたしたちのことを忘れたらってこと?」

もちろんそうではない。インゲボルクのことは忘れないだろう。僕のことも。突然、怖くなった。怖いような興奮するような。でも何を怖がっているんだ? コンラートの言葉を思い出す。「自分の戦場で戦えば、いつだって勝てる」だが僕の戦場とはどこだ? と僕は訊ねた。コンラートは彼には珍しく視線を外さず、輝く目で僕をじっと見つめたまま笑った。お前の血が命じる側だ。それならばいつまでも勝てない、と僕は応じた。たとえば〈中央軍集団の壊滅〉でドイツ軍側を選んだとしたら、よくてもせいぜい三回に一回勝てるだけだ。よほどの馬鹿が相手なら話は別だが。そうじゃないんだ、とコンラートは言った。お前は〈とっておきの戦術〉を使わなきゃいけない。兎よりもすばしっこくなれ。これは夢だったのだろうか? 本当のことを言うと僕は〈中央軍集団の壊滅〉なんてゲームは知らないのだ!

それはともかく、今日は退屈で非生産的な一日だった。しばらくビーチに出て辛抱強く太陽光線を浴び、明晰かつ理性的に考え事をしようとしたがうまくいかなかった。頭の中には十年前の古いイメージが去来した。両親がホテルのバルコニーでカードゲームに興じ、兄が岸から二十メートルのところで腕を広げて浮かび、スペイン人(ジプシーだろうか?)の男の子たちが棒を手にビーチを走り回っている。二段ベッドが並んだ悪臭のする使用人部屋、ディスコが軒を連ねる通りが、いつの間にかビーチに変わる、ビーチには黒い砂が広がり、正面の海も黒く、そんな海の中に突然、色のあるものが現れ、それが〈火傷〉のツインボートの秘密基地だ……記事を書かなくては。読むことにした本を読まなくては。それなのに日々は、時間は刻々と過ぎていく。時間が坂を下っているみたいだ。でもそんなはずはない。

九月二日

警察……フラウ・エルゼに明日発つと伝えた。思いがけないことに、彼女はその知らせに驚いた。表情に苦悩のかすかな兆しが見えたけれども、それを彼女はいかにも経営者らしい陽気な調子で、慌てて隠した。いずれにしろ、一日の始まりは芳しいものではなかった。頭が痛み、アスピリンを三錠飲んで冷たい水でシャワーを浴びたというのに、ぐっしょり汗をかいた。フラウ・エルゼは結果には満足いったかと訊ねてきた。何の結果ですか？ 休暇の結果です。肩をすくめると彼女は僕の腕を取り、フロントの裏の隠れた小部屋に連れていった。チャーリーの失踪について洗いざらい話してほしいのだという。僕は単調な話し方でだいたいのあらましを伝えた。だいぶうまく言えた。時系列に沿ってだった。

「今日ペラさん、〈コスタ・ブラーバ〉の支配人と話しました。あなたのことを馬鹿者だと思っているようです」

「僕を？ 僕に何の関係があるんですか？」

「たぶん何も。でも心の準備をしておいたほうが……警察はあなたに事情聴取したがっています」

僕は青くなった。僕に事情聴取だって！　フラウ・エルゼの手が僕の膝を二、三度、軽く叩いた。

「心配することはありません。ただあの女の子がドイツに帰った理由を知りたいというだけです。少しばかり腑に落ちない反応ですから。そう思いませんか？」

「女の子って？」

「死んだ人のガールフレンドです」

「その話ならしました。彼女はこれだけのごたごたにうんざりしていたんです。個人的な問題もある。いろいろと抱えてるんです」

「ええ。でも、恋人ですよ。少なくとも捜索活動が終わるまで待つべきでした」

「僕に言われても……じゃあ僕も警察が来るまでここにいなきゃいけないのですか？」

「いいえ。お好きなようになさってください。わたしならビーチに行きますね。警察が来たらホテルの者を呼びにやります」

「インゲボルクもいる必要がありますか？」

「いいえ、おひとりで充分です」

フラウ・エルゼの忠告に従い、僕たちは六時までビーチにいた。すると使いの者が僕たちを呼びに来た。十二歳ばかりの少年で、乞食のようななりをして、当然のことながら、こんな子をよくぞホテルで働かせることができるものだと思わずにはいられなかった。インゲボルクは一緒に行くと言ってきかなかった。ビーチは暗い金色に輝き、時間が止まっているようだった。本当のことを言うと、そこから動きたくはなかった。制服姿の警官たちがバーのカウンターでウェイターと話をしながら待っていた。教えられるまでもなくわかったけれど、フロントからフラウ・エルゼが彼らの待っている場所を指し示した。記憶では、そこへ向かいながら僕は、彼らがこちらを振り返ることはあるまいと思った。だから仕方なく、ドアをノックするように相手の肩を叩くことになるのだろうと。しかし警官たちは、ウェイターの視線か、それとも僕の知らない何らかの理由で僕たちに気づいたようで、僕たちが彼らのそばに行く前に立ち上がり、手を帽子のつばに当てて敬礼した。その動作は僕の心に困惑をもたらした。離れたテーブルに腰かけると、警官たちは単刀直入に切り出した。ハンナはスペインを出国する際、自分が何をしているのかわかっていたのか？（ハンナに自覚があったかどうか、僕たちは知らない）彼女とチャーリーの関係は？（友人だ）なぜ国に帰ったのか？（知らない）彼女のドイツでの住所は？（僕たちは知らないと答えたけれども、それは嘘。インゲボルクはメモを持っていた。けれどもバルセローナのドイツ領事館に行けば調べられるだろう。僕たちの予測では、ハンナはそこに個人情報をすべて残していったのだから）ハンナは、あるいは僕たちは、チャーリーが自殺したと思うか？（僕たちはもちろんそうは思わない。ハンナがどう考えていたかは知らない）と、こんなふうに、あといくつか無益な質問をされて聴取は終わった。警官たちは終始礼儀正しく振る舞い、立ち去る際もまた軍隊式の敬礼をした。インゲボルクは彼らに微笑みを向けたけれども、二人きりになると一刻も早くシュトゥットガルトに帰りたいと言った。こんなうら寂しく堕落した町から遠く離れてしまいたいと。堕落したとはどういうことかと訊ねると立ち上がり、僕を独り食堂に残して立ち去った。ちょうど彼女が出ていこうとしたときにフラウ・エルゼがフロントを離れ、僕たちのところにやってきた。どちらも立ち止まりはしなかったが、フラウ・エルゼは擦れ違うときに微笑みかけた。きっとインゲボルクは微笑みを返しはしなかった。でもフラウ・エルゼは気にかける様子もなかった。僕のところにやってくると、事情聴取はどんな調子だったかと質問した。なるほどハンナが帰国したことで状況は悪化したのだとわかったと答えた。フラウ・エルゼによれば、スペインの警察は魅力的だそうだ。僕は反論しなかった。一瞬、どちらも言葉を付け足さなかったけれども、沈黙にはかなりの意味がこもっていた。それからフラウ・エルゼは以前そうしたように僕の腕を取り、一階の廊下をいくつか抜けてどこかへ連れていった。歩いている間に口を開いたのは一度だけだった。「落ち込んではいけません」僕は頷いたと思う。僕たちは厨房の隣の部屋の前で立ち止まった。その場所はホテルの洗濯場のようだった。窓から室内パティオが見えた。コンクリートづくりで木の籠がたくさん置いてあり、巨大な緑のビニールで覆われていて、午後の光がほとんど差してこなかった。エアコンのない厨房では、女の子と老人がまだ昼の皿を洗っていた。そのとき、何の前触れもなしに、フラウ・エルゼが僕にキスした。本当のところ、僕はびっくりはしなかった。僕はそれを望んでいたのだし、期待していたのだ。しかし、正直に言うなら、そんなことがありうるとは思わなかった。もちろん、彼女のキスにはその場にふさわしい激しさで応じた。でも特に常軌を逸したことをしたわけではない。厨房から皿洗いの二人に見られてしまったかもしれない。五分して僕たちは体を離した。どちらも昂ぶっていたが、一切口をきかずに食堂に戻った。そこでフラウ・エルゼが僕に手を差し出して別れを告げた。まだうまく信じられない。

午後の残りの時間は〈火傷〉と一緒に過ごした。最初、部屋に上がってみたが、インゲボルクはいなかった。買い物に行ったのだろうと思った。ビーチは半ば無人で〈火傷〉は所在なさげだった。珍しく海に向けて一列に並べられたツインボートの隣に座っているのを見つけた。視線は唯一貸し出し中のボート、そのときは岸からとても遠くに見えたボートにしっかりと向けられていた。僕は古くからの知り合いの風情で彼の隣に座り、しばらくしてから砂の上にアルデンヌの戦い（僕の専門のひとつ）、あるいはアメリカ人の言うバルジの戦いの地図を書いた。そして戦闘計画や部隊の出動順、使用する自動車道、川の分流点、橋の破壊と建設、第十五軍の攻撃参加、パイパー戦闘団の進駐演習と実際の進駐、等々について事細かに説明した。それから足で地図を消し、砂を均してからスモレンスク地方の地図を描いた。僕は言った。ここでグデーリアンの戦車部隊が四一年に重要な、決め手となる戦争を戦ったんだ。僕はこれまでずっとここでは勝ってきた。もちろん、ドイツ軍を率いてだとも。また地図を消して砂を均し、顔を描いた。そのときになってやっと遠くに見えなくなっているツインボートから長く注意を逸らすことなしに〈火傷〉が微笑んだ。寒気が走った。かすかにうまく嚙み合わない二つか三つのかさぶたに覆われた彼の頰の肉がくしゃっとなり、一瞬、視覚効果以外の何ものでもないこの効果で催眠術にかけられ、人生を永遠にずたずたにされてしまうのではないかと恐れを抱いた。〈火傷〉その人の声に救われた。まるで縮めることのできない遠距離から話しているかのように言った。俺たちはわかり合ってると思うか？　彼の異形の頰の魔法から逃れられたことが嬉しくて、何度も首を縦に振った。僕の描いた顔はまだそこにあった。下書きといった程度（ただし、僕は絵がひどく下手だというわけでもない）だが、突如、それがチャーリーの顔だとわかった。そのことに気づいて言葉を失った。まるで誰かが僕の手をそんなふうに動かしたかのようだった。慌てて絵を消し、すぐさまヨーロッパと北アフリカ、中東の地図を描き、そこにいくつもの矢印や丸をつけて〈第三帝国〉必勝の決定的戦略を図解した。〈火傷〉は何ひとつわからなかったのではないかと大いにいぶかしむ。

夜の目新しい出来事といえば、ハンナから電話がかかってきたことだ。その前に二度、電話をくれたらしいのだが、そのときはインゲボルクも僕も部屋にいなかった。ホテルに戻るとフロント係からメッセージを渡されてそのことを知り、少し気分が落ち込んだ。ハンナと話すのは気が引けたので、三度目の電話がかかってくる前にインゲボルクが戻ってきますようにと祈った。気が動転したまま部屋で待った。インゲボルクが戻ってくると、僕たちは予定を変更しようと話し合った。当初、港近くのレストランで食事しようと考えていたのだが、〈デル・マル〉で電話を待ちながら食べることにしたのだ。判断は正しかった。ハンナから電話がかかってきたのは、質素な夕食——クロックムッシュとフライドポテト——に取りかかろうとしたときだった。ウェイターが呼びに来たことを憶えている。立ち上がると、インゲボルクが二人で行く必要はないんじゃないかと主張した。僕は、かまうもんか、どうせ食事が冷めるわけでもないし、と言った。フロントにはフラウ・エルゼがいた。午後とは違う服を着て、シャワーを浴びたばかりのようだった。僕たちは笑顔を交わし、話をしようとしたが、電話線の届くかぎり離れた場所でこちらに背を向けたインゲボルクが、「どうして」とか「信じられない」、「むかつく」、「まあ大変」、「あの豚野郎」、「もっと早く言ってくれればよかったのに」などと囁いていたので、それを耳に入れないわけにはいかず、だんだん苛立ってきた。それに、そう叫ぶたびにインゲボルクの背中は丸まっていき、しまいにはカタツムリのようになったことにも気づいた。可哀想に、脅えているのだ。逆にフラウ・エルゼはカウンターにしっかり肘をついて顔を輝かせ、対照的に古典彫刻のような物腰になった。唇だけを動かし、数時間前に洗濯場で起こった出来事についてあけすけに話していた（たぶん変な期待をしないでねと頼んでいたのだが、本当にそう言ったのか、よくわからない)。フラウ・エルゼの話を聞きながら僕は微笑んでいたが、インゲボルクの言葉に全神経を集中していた。電話線が彼女の首に巻きついていきそうだった。

ハンナとの会話は際限なく続いた。電話を切ってからインゲボルクは言った。

「明日わたしたちも発つのがせめてもの救いね」

二人で食堂に戻ったけれども、食事には手をつけなかった。インゲボルクが意地悪そうに、フラウ・エルゼは化粧をしていないと魔女みたいに見えたと意見を述べた。それから、ハンナは頭がおかしい、何もわかってない、とも言った。彼女は僕の視線をかわし、フォークでテーブルを叩いた。遠くから知らない人が見れば、十六歳より上には見えないだろうと思った。どうしようもなく愛おしく思う気持ちが腹の底からせり上がってきた。すると彼女が金切り声を上げた。いったいどうすればこんなことになるの。僕は呆気にとられ、まだ食堂に残っている客たちの目を引いてしまうのではと心配したが、インゲボルクはまるで人の心が読めるかのように不意に微笑み、もうハンナに会うことはないと言った。僕はハンナが何を言ったのかと訊ねた。答えを聞く前に、ハンナが少しばかり気がおかしくなるのも仕方がないとも言った。インゲボルクは首を振った。僕は間違っているという。僕が思っているよりはるかにハンナは気は確かだ。彼女の声は氷のように冷たかった。僕たちは黙ってデザートを食べ終え、部屋に戻った。

九月三日

インゲボルクを駅まで送っていった。ベンチに座って半時間、セルベール行きの列車を待った。僕たちはほとんど一言も口を利かなかった。プラットフォームをうろつく大勢の観光客は、もう彼らの休暇は終わるというのに、まだ日の当たる場所に座ることに未練を見せている。日陰のベンチに座っているのは年寄りだけだ。彼ら立ち去る者たちと僕の間には深淵が横たわっている。それに対してインゲボルクはぎゅうぎゅう詰めの電車に乗っても場違いな感じはしなかった。それに僕たちは他の客に道を教えるのに忙しくて、別れを惜しむことすらできなかった。何番乗り場に行けばいいのか知らない人が多かったし、駅員たちはちゃんと乗り場を教えてくれなかったからだ。人々は羊の群れのように行き来していた。どこで列車に乗ればいいのか（自分で調べたって難しくはない。乗り場は四つしかないのだから）二人ばかりに教えたと思ったら、あっという間にドイツ人やイギリス人が寄ってきてどこに行けばいいかと訊ねてきた。列車の窓からインゲボルクは、すぐにシュトゥットガルトに戻ってくるわよね、と言った。すぐにね、と僕は答えた。インゲボルクは唇と鼻の頭をほんの少し動かしたけれども、それだけで僕の言うことを信じていないことが見て取れた。かまうものか！

最後の瞬間まで、僕は彼女がここに残るのではないかと考えていた。いや、そうじゃない。何者も彼女を止めることはできないと最初からわかっていた。何よりも彼女には仕事があるし、他人に依存はしない人間だし、それにもちろん、ハンナの電話を受けて以来、彼女が帰ることばかり考えていたことは言うまでもない。そんなわけで、見送りは嘆かわしいものになった。それに、フラウ・エルゼをはじめとして、幾人もが驚いたのだが、おそらく皆が驚いたのは僕だけが居残ると言い出したからだろう。包み隠さず言えば、誰よりもまずインゲボルクその人が驚いた。

彼女の帰国を知ったのはいつだっただろう？

昨日、彼女がハンナと話している間にすべてが決したのだ。すべてがはっきりと、決定的に（けれどもそのことに関して僕たちは一言たりとも意見はしなかった）。

今朝、僕は彼女の部屋代を支払った。彼女の分だけだ。それからスーツケースを部屋から下ろした。お涙ちょうだいはいやだったし、逃亡劇に見えるのも避けたかった。僕は間抜けだった。きっとフロント係はすぐにフラウ・エルゼに知らせに走っただろうと思う。まだ早い時間だったけれども、礼拝堂で昼食を摂った。展望台から見ると、ビーチに人気はなかった。人気がないというのは、前日までと比べてということだ。またしても兎の煮込みを食べ、リオハ産のワインを一本飲んだ。ホテルに戻りたくなかったのだと思う。レストランはほとんど空で、ただ真ん中の二つを寄せ合わせたテーブルでビジネスマンが二、三人で何かのお祝いをしているだけだった。ジローナからやってきたビジネスマンで、カタルーニャ語で冗談を言い、妻たちはそれに拍手も惜しむ始末だった。コンラートの言うとおりだ。集まりにガールフレンドを連れていくのは遠慮したほうがいい。陰々滅々たる空気で、実際、誰もが僕と同じくらい困惑していた。町の近くの入り江に車を停め、その中で昼寝したが、そこで両親と一緒に来た休暇のことを思い出したように思う。目が覚めると汗をびっしょりかき、酔いも醒めていた。

午後、〈コスタ・ブラーバ〉の支配人ペラ氏を訪ねた。そして自分は〈デル・マル〉にいるので、何かあればいつでもどうぞと伝えた。やさしい言葉を交わし、それから僕は立ち去った。それから海軍司令部に行ったが、チャーリーについての情報を提供できる者はいなかった。最初に応待してくれた女性は何の話かすらわからなかった。幸い、事件のことをよく知っている職員がやってきて、話が通じた。進展はないそうだ。捜索は進めている。焦らないように。パティオには人が何人か集まってきた。デル・マル赤十字の若者が、新たに水死者が出て、その家族なのだと教えてくれた。僕はまだしばらくそこに留まり、階段に座っていたが、やがてホテルに戻ることにした。頭がひどく痛かった。〈デル・マル〉でフラウ・エルゼの姿を探したけれども、無駄だった。誰も彼女がどこにいるのか知らなかった。洗濯場に向かう廊下に通じるドアは鍵が掛かっていた。他に行き方があることはわかっているのだが、見つからなかった。

部屋の中は散らかり放題だった。ベッドは乱れ、服が床に散らばっていた。〈第三帝国〉のカウンターもいくつも落ちていた。論理的に考えれば、荷造りしてとっとと立ち去るのがよかったのだろう。だが、僕はフロントに電話をかけ、部屋の掃除を頼んだ。しばらくして現れたのは馴染みの女の子だった。テーブルを探してくれたけれども見つけきれなかったあの彼女だ。いい兆しだ。僕は隅に腰を下ろすと、すっかり片づけてくれと頼んだ。あっという間に部屋は片づいてピカピカになった

〈ピカピカにするのは簡単だった。カーテンを開けさえすればよかったのだ〉。掃除を終えたと思ったら、彼女は天使のような微笑みを僕に向けてきた。満足した僕は彼女に千ペセータあげた。頭のいい女の子だ。床に落ちたカウンターを盤のそばに順番に並べてくれていた。ひとつとして欠落はなかった。

午後はその後、暗くなるまでビーチで過ごした。〈火傷〉の隣で、僕のゲームのことを語って聞かせていた。

九月四日

〈ロリータ〉という名のバルでバゲットサンドを、そしてスーパーマーケットでビールを買った。〈火傷〉がやってくるとベッドの脇に座るように言い、僕はテーブルの右側の席に陣取った。片手を盤の縁に載せてくつろいだ姿勢を取り、視野を広く取った。片側に〈火傷〉がいて、その後ろにはベッドとナイトテーブル——いまだにフロリアン・リンデンの本がある！——、もう一方の側、左側には扉の開いたバルコニー、白い椅子、海岸通り、ビーチ、ツインボートの秘密基地。最初は彼にしゃべらせようと思ったのだが、〈火傷〉はよくしゃべるタイプでもないので、結局僕がしゃべることになった。まずは彼にインゲボルクが帰国したことを手短に伝えた。列車で帰った。仕事がある。以上。彼が納得したかどうかは定かでない。ゲームがどんなものかという話に移った。正確には憶えていないが、いろいろと馬鹿なことを言った。中でも、人がゲームをしないではいられないのは、それが他ならぬ一種の歌だからだ、そしてゲーマーとは無限の音階を組み合わせながら作曲して歌う歌手なのだ、夢の組み合わせ、井戸の組み合わせ、欲望の組み合わせなどを、腐っていく食べ物同様、絶えず動き続ける地図の上に作っていくのだと語った。地図はそんなふうに変わるし、その中で動くゲームのユニットだってそうだ。ルールも、サイコロの一投一投も、最終的な勝ち負けも変わる。腐った料理だ。たぶんそのときにバゲットサンドとビールを取り出したと思う。そして〈火傷〉が食べ始めると僕はさっと彼の脚を跳び越え、フロリアン・リンデンの本を雲散霧消してしまいそうな宝石みたいに手に取った。本のページの間には手紙など見つからなかった。メモもないし、僕に希望を吹き込むようなかすかな兆しさえもなかった。ただ脈絡もつけずに言葉を拾い読みし、警察の訊問と供述を確認しただけだった。外では夜がゆっくりとビーチを占領しつつあり、何かが動いているような、ちょっとした砂丘がそこにあるような、砂に裂け目ができているような錯覚をもたらしていた。だんだん暗くなっていく場所にじっとしたまま、〈火傷〉は反芻動物のようにゆっくりと食べていた。下げた視線は床か、でなければ自分の大きな指に釘付けで、一定の間を置いてほとんど聞き取れないほどのうめき声を上げていた。白状すると、僕は吐き気に似た何かを感じた。息苦しくて、暑いという感覚だ。〈火傷〉はチーズとパンかハムとパンの塊――僕が彼のために買った二つのバゲットサンドのうちのどちらを食べていたかによる――を飲み込むたびにうめき声を上げ、それが僕の胸を締めつけ、胸が張り裂けそうになっていたのだ。ふらふらになりながらスイッチのところまで行き、明かりを点けた。たちどころに気分はよくなったけれども、こめかみのあたりがまだズキズキした。ズキズキはしたけれども、話を再開する妨げにはならなかった。座り直すことはせず、テーブルから浴室のドアまで歩いていき（そこの明かりも点け）ながら軍隊の配備について、限られた数の部隊しか持たないドイツ側のプレイヤーが二つ以上の前線を展開すると抱えることになるジレンマについて、歩兵部隊と装甲部隊の巨大な集団を西から東へ、ヨーロッパの北からアフリカの北へと移動させることの困難について、そしてまた並のプレイヤーが辿り着きがちな結果、つまりは全域をカバーするには決定的に駒が足りないということについて話した。こうした観測を述べたので、〈火傷〉が食べ物を口に入れたままいくつか質問したのだが、僕は答えてやらなかった。何を言ってるのかもわからなかったのだ。少しやりすぎたとは思う。内心いい気分ではなかった。だから答える代わりに地図の近くに寄って自分の目で確かめてみるといいと言った。〈火傷〉はおとなしくそうして、僕の言うとおりだと言った。黒い駒じゃ勝てないということは誰の目にも明らかだと。おっと待った！　僕の戦術をもってすれば、戦況は変わるんだな。そう言って比較的最近のシュトゥットガルトでの試合を引き合いに出しながら説明を始めたものの、心の中ではだんだんと、そんなことを言いたかったのではないと気づき始めた。では何が言いたかったのか？　わからない。でも大切なことだ。それからすっかり黙り込んでしまった。〈火傷〉はベッドの傍らにまた腰かけ、バゲットサンドをまるで婚約指輪みたいに二本の指でつまんだ。そして僕はスローモーションのようにゆっくりした足取りでバルコニーに出て、空の星とその下で這いずり回っている観光客たちを眺めた。そんなことしなければよかった。海岸通りの縁石に腰かけた〈狼〉と〈仔羊〉が僕の部屋の様子をうかがっていたのだ。彼らは僕を目にすると手を上げ、大声で話し始めた。最初は悪態をついているのかと思ったけれども、声には親しみがこもっていた。二人とも下りてきて（〈火傷〉がここにいるなんてどうやって知ったのだろう？　僕には謎だ）一緒に一杯やらないかと言っていた。だんだん急かすような身振りになっていく。やがて道行く人たちがいったいどの部屋に向かってこんな大騒ぎをしているのだろうと顔を上げて確かめるようになった。選択肢は二つ。何も言わずに後ろに下がってバルコニーの扉を閉めるか、約束だけして彼らを追い払い、下りていかないか。どちらを取るにしても気分が悪い。僕は顔を真っ赤にして

（とはいえ〈狼〉と〈仔羊〉は遠くにいたので、彼らにはそんな細かいことはわからなかったけれど）〈アンダルシア人の隠れ処〉に先に行っていてくれれば、すぐあとで僕も合流すると約束した。彼らの姿が見えなくなるまでバルコニーでじっとしていた。部屋に戻ってみると〈火傷〉が東部戦線に展開した駒を仔細に検討していた。すっかり集中している彼の姿を見ると、その国境線に沿って軍が配備されているのはなぜなのか、どのように展開されているのかといったことを理解しているようにも思えた。もちろん、そんなことをわかるはずがないのだが。僕は椅子に身を投げ出し、疲れたと言った。〈火傷〉はまばたきひとつしなかった。それから僕は、あの馬鹿野郎二人には放っておいてほしいものだと言った。何て言ってた？　遊ぼうってか？　と〈火傷〉が訊いた。唇に皮肉を込めようとしてうまくいかなかったように見えた。いや、と僕は答えた。飲みに行こうってさ、何かのお祝いだって。何かにつけて自分たちはミイラになんかなってないぞと言いたいんだな。

「単調な日々だってか？」とがらがら声で言った。

「もっとひどい。単調な休日だ」

「だがやつらは休暇中じゃない」

「似たようなもんさ。他人の休暇を生きているんだ。休暇と、それから他人の余暇を吸い取って生きている。そしてときには観光客の生活を台無しにする。やつらは旅行者に寄生してるんだ」

〈火傷〉は信用ならないといった目で僕を見た。〈狼〉と〈仔羊〉とは距離を置いているように見えても、友人には違いないのだ。でもまあ、言ってしまったことはどうでもよかった。僕はインゲボルクの顔を思い出した。いやむしろ、つややかで紅潮したその顔を見た。そういえば彼女は僕を幸せにしてくれていたのだということもはっきりと思い出した。何もかも壊れてしまった。ひどく不公平だと思うと僕の動きは加速した。ピンセットを取り上げると、レジ係が紙幣を扱うときのような素早さで駒を駒溜りに置き、マーカーをしかるべき枠内に置くと、芝居じみた調子にならないように気をつけながら一、二ターン勝負しようじゃないかと誘いをかけた。ただし、僕の心づもりとしては一試合まるごと、〈大破壊〉まで行ってしまいたかったけれども。〈火傷〉は肩をすくめて何度か微笑み、決心しかねていた。そんな仕草を見せると彼の表情はますます醜くなり、僕の耐えられる限界に達したので、彼が答えに窮する間、地図上のどこか一点を見つめていた。大会で初対面の二人が相対するときにはよくそうする。地図上の一点を見つめ、最初のターンが始まるまで対戦相手が現実にそこにいることを忘れようとするのだ。視線を上げると〈火傷〉と目が合った。邪気のないその目を見て僕は、彼が勝負を受け入れているのだとわかった。テーブルに椅子を寄せ、それぞれの軍を配備した。ポーランドとフランス、およびソ連の軍は初期配備が不利な状況ではあったけれども、〈火傷〉がずぶの素人だということを考慮に入れれば、まったく望みがないわけでもない。それに引き換えイギリス軍は、妥当な陣を張っていた。軍艦の配置も均等で、地中海ではフランス艦隊の援護も受けていた。数少ない戦闘軍団も戦略上重要なヘクスをカバーしていた。蓋を開けてみると〈火傷〉は初心者にしては目端が利いた。地図上での包括的な状況はどこかしら歴史的状況に似ていた。対戦者がいずれも老獪なプレイヤーの場合にはめったには起こらないことだ。彼らは決してポーランド軍を国境に沿って展開しないだろうし、フランス軍をマジノ線上のすべてのヘクスには置かないはずだ。一番現実的な路線を取るなら、ポーランド軍にとっては円形に配備してワルシャワを防衛するのがいいし、フランス軍の場合はマジノ線を一ヘクス短かくするべきだ。最初のターンは一手ごとに説明を加えながらやったので、〈火傷〉はゲームを理解し、僕の装甲部隊がポーランド軍の配備（空軍は優秀だし、機械化された設備もある）を突破する手並みの鮮やかさを正しく認識できるようになった。僕はさらにフランスやベルギー、オランダとの国境の兵力を増強し、イタリアの参戦を宣言し、リビアに宿営していた部隊を大挙して移動させ、チュニスに向かわせる！（正統派の連中はイタリアの戦争参加は三九年冬よりもあとのほうがいい、可能ならば四〇年春がいいと推奨するが、もちろん僕はそれを採用しない）ドイツ装甲部隊を二個、ジェノヴァに到着させ、トランポリン・ヘクス（エッセン）にはパラシュート部隊を置く、等々。これだけやってもＢＲＰは必要最小限しか使っていない。〈火傷〉の反応には、当然のことながらぶれが見られる。東部戦線ではバルト諸国とそこに通じるポーランドの一部に侵入しておきながらベッサラビアへの進駐を忘れ、西部戦線では消耗的な攻撃を仕掛け、英国遠征部隊（歩兵二個部隊）をフランスに上陸させ、地中海ではチュニスとビゼルトを補強する。主導権はまだ僕の手中にある。三九年冬のターンでは西部戦線に全面攻撃を仕掛ける。オランダとベルギー、ルクセンブルク、デンマークを制圧し、フランス南部ではマルセイユまで到達、北はセダンとＮ24のヘクスまで達する。東部軍団を立てなおす。ＳＲ（戦略的再配備）の間にドイツ装甲部隊をトリポリに上陸させる。地中海のオプションは〈消耗戦〉で、結果もはかばかしくないが、おかげで脅威が目に見えるようになる。チュニスとビゼルトが包囲され、イタリアの第一可動部隊がすっかり無防備なアルジェリアに侵攻する。エジプトとの国境では兵力は均衡している。連合国軍にとって問題は、他でもない、どこに兵力を重点的につぎ込むかということだ。〈火傷〉は、かなり力を発揮しなければならない状況なのに、そこまでの反応は見せられない。西部戦線と地中海では〈消耗戦〉オプションを選択し、どこでも手当たり次第に突撃を仕掛けるが、戦力は低く、あげくの果てにサイコロまでが味方してくれない。東部戦線ではベッサラビアを占拠し、ルーマニアとの国境から東プロイセンまでの戦線の構想を立てる。次のターンは決定的になるはずだったけれども、もう遅い時間だったので、ゲームを延期することになる。ホテルを出る。〈アンダルシア人の隠れ処〉には〈狼〉と〈仔羊〉が、三人のオランダ人の女の子と一緒にいる。彼女たちは僕と知り合って喜んでいるようで、僕がドイツ人であることがすごいと言う。最初はからかっているのかと思ったが、実際彼女たちはこんなおかしな連中と仲良くできるドイツ人がいることに驚いていた。午前三時に〈デル・マル〉に戻ったときは実に久しぶりに嬉しい気持ちになっていた。つまりここに居残ったことは無駄ではなかったとやっとわかったということだろうか？　そうかもしれない。夜何時ごろだっただろうか、打ちのめされて（西部戦線での僕の攻撃の話をしていただろうか？）〈火傷〉がいつまでスペインにいるつもりかと訊いてきた。声の調子には恐怖のようなものが感じ取れた。

「チャーリーの死体が出てくるまでさ」と僕は言った。

九月五日

朝食の後、〈コスタ・ブラーバ〉に向かった。支配人はフロントにいた。僕の姿を認めるとやりかけの仕事を二つ三つ片づけ、僕に事務所に来るようにと合図した。インゲボルクが立ち去ったことをどうやって知ったのかはわからない。どちらかと言えば場違いな仕草で、彼は僕の立場をわかっていると告げた。僕に返答する暇も与えず、すぐさま彼は捜索の現況をまとめにかかった。何ひとつ進展はない。もうあきらめた者も多く、捜索活動、つまり警察の一、二台のモーターボートの仕事をそう呼ぶことができればの話だが、活動はのろのろとしたお役所仕事そのものになっている。僕は自ら海軍司令部に出向いて話を聞き、必要とあらば右へ左へ足蹴を喰らわせる覚悟はできていると伝えた。ペラ氏は偉そうに首を振った。その必要はない。まあそうカッカするんじゃない。失踪に伴う書類手続きはドイツ領事館が一切やってくれた。正直なところ、貴殿は都合のいいと思われるときにいつでも帰国することができる。もちろん、彼らはチャーリーが僕の友人だったことを重々承知しているとのこと。友情の絆は周知のことだ、だが……スペイン警察というのは通常は猜疑心が強いのだが、その彼らですら、もうこの件は一件落着としそうな勢いである。あとは遺体が見つかるのを待つのみだ。ペラ氏は僕たちが前に会ったときよりずっと気を許しているようだった。どうしたことか今回は、この件では彼と僕だけが、説明はつかないけれども自然な死（つまり死は常に自然だということか？　常に秩序の本質的な一部なのか？　ウィンドサーフィンのボードの上で死んでもそうなのか？）に仕方なしに関わることになった者であるかのようだった。貴殿のお友だちは、おそらく事故に遭ったのだろう、と彼は断言した。夏の間にはよくある事故だ。自殺の可能性をほのめかしてみたが、ペラ氏は首を横に振り、微笑んだ。ホテルマンとして生涯を送ってきた彼のこと、観光客の魂は承知だ。不幸なチャーリーは自殺するタイプに当てはまる人間ではなかった。いずれにしろ、よくよく考えれば、休暇中に死ぬのはいつだって苦々しく、皮肉なものだ。ペラ氏は彼の長いキャリアの中でこれまで何度も似たような事例に立ち会ってきた。八月に心臓発作を起こした老人や、衆人環視のもとプールで溺れた子供、高速道路で全員死亡した家族、どれも休暇中の話だ！……人生とはそうしたものだ、と彼は結論づける。きっと貴殿のお友だちもお国を遠く離れたこの地で死ぬなどと考えてもみなかったのだろう。〈死〉と〈祖国〉と彼は呟く。何という悲劇だ。午前十一時にペラ氏はよくわからない用があるのだとか。幸せな御仁だ、と僕は独り言を言った。そこにいて彼と話しているのは気分のいいことだった。フロントでは観光客たちがフロント係と何やら言い合い、僕にとって気がかりなこととはまったく無縁な彼らの声は事務所まで入りこんできたけれども、何ら不快ではなかった。会話の最中、僕はそのホテルで自分が快適に座っていることに気づいたし、見渡せばペラ氏がいて、廊下やサロンに人がいて、どの人物の顔も虚ろだったり濃密だったりする会話にのめり込み、もしくはのめり込むふりをしていたし、手に手を取って日光浴するカップルや、男だけで孤独に働く者、他の誰かと一緒になって仕事をする愛想のいい男たちなどがいて、誰も彼もが楽しそうで、そうでなかったとしても、自分自身に満足していた。満足なんかしているものか！　しかし彼らは自分が宇宙の中心にいることを知っている。チャーリーが生きている否かなど知ったことではない。僕が生きているか否かなど関係ない。すべてはゆっくりと坂を下って、それぞれの死へと向かうのだ。誰もが宇宙の中心だ！　愚か者どもの集団だ！　彼らの支配下を免れるものなどない！　眠っているときですら、あらゆるものを統制しているのだ！　無関心に！　そのとき僕は〈火傷〉のことを考えた。彼は外にいた。まるで水中にいるように彼の姿が見えた。つまり敵なのだ。

その日の残りの時間は何か生産的なことをしようとしたけれども、できなかった。水着に着替えてビーチに下りることはできなかったので、ホテルのバーに腰を据え、絵葉書を書いた。一枚は両親に送るつもりだったけれども、結局コンラート宛ての分だけ書いた。長い間座って、観光客や、飲み物を載せた盆を手にテーブルの間を縫って歩くウェイターをただ眺めて過ごした。どうしたわけか、もうすぐ僕の熱い日々が終わってしまうと思った。どうでもいいや、と思った。何かしなければと、サラダとトマトジュースを頼んだ。これがよくなかったのだと思う。汗をかき、吐き気がしてきた。それで部屋に上がって冷たい水でシャワーを浴びた。それからまた外出して、車には乗らずに海軍司令部へ向かった。けれども着いてみると、くどくどと言い訳を聞いても意味はないと思い直し、そのまま前を通り過ぎた。

町中が水晶玉の中にあるみたいだった。誰もが眠りこけているようだった（超越論的に眠っている！）。歩いている者も、テラスに腰かけている者であったとしてもだ。午後五時ごろに空が曇り、六時には雨が降り始めた。通りからは蜘蛛の子を散らすように人がいなくなった。まるで秋が爪を出して引っ掻いているみたいだと思った。すべてがだめになっていく。観光客たちは歩道を走って雨宿りできる場所を探している。露天商たちは通りに並べた商品にテントをかけている。窓がひとつひとつと閉まっていって、そのまま次の夏まで閉ざされる。僕はそれを残念だと思ったのか、それとも蔑む思いだったのか。外から僕を条件づけるものからすっかりはぐれてしまった僕には、ただ自分だけがはっきりと見え、感じられた。自分以外はすべて、何かよくわからないものの爆撃を受けたようだ。映画スタジオのセット。やがて埃まみれになって忘れられることは避けられないと思った。

であれば設問はこうだ。こんな惨めなものに囲まれて、いったい僕は何をしているのか？

午後の残りの時間はベッドに身を投げ出し、〈火傷〉がホテルにやってくるのを待って過ごした。部屋に戻ると、ドイツから僕に電話がなかったか訊ねた。答えは否だった。僕へのメッセージはないそうだ。

バルコニーから〈火傷〉がビーチを後にして海岸通りを渡り、ホテルに向かってくるのが見えた。慌てて下りた。彼が入口に着くころに出迎えるためだ。僕と一緒でないと入れないのではないかと思っているだろうと予想したのだ。フロントの前を通るとき、フラウ・エルゼの声が僕を呼び止めた。囁き声より少し大きいという程度だったけれども、ぼんやりしていた僕の頭の中ではラッパのように鳴り響いた。

「ウド、いらしたんですね」まるで知らなかったと言いたげに彼女は言った。

僕はメイン・ホールで立ち止まり、控えめに言って困惑しているという仕草をした。ホールの端、ドアの向こうでは〈火傷〉が待っていた。一瞬、彼がドアに投影された映画の一部のように見えた。〈火傷〉がいて、深い青色の水平線を背景に、反対側の歩道に停めた車や歩行者の頭、テラスのテーブルのぼんやりとした形が浮かび上がっている。完璧にリアルなのはフラウ・エルゼただひとり、カウンターの向こうで美しく独り佇む彼女だけだった。

「もちろん、当然……知ってるはずだよね」と親しげに話しかけると、フラウ・エルゼは顔を赤らめた。そんな彼女を見たのは過去に一度しかないと思う。人前で自己弁護しているときだ。僕がそれを気に入ったのかどうかはわからない。

「顔を見なかった……からよ。何でもない。別にわたしはいちいちあなたの動向を監視しているわけじゃないし」と大きくない声で彼女は言った。

「友だちの死体が見つかるまで僕はここにいるよ。特に反対はされないと思うけど」

不機嫌そうなしかめ面をして、彼女は視線を外した。〈火傷〉の姿を見られたんじゃないかと、そしてそれを口実に彼女が話題を変えるんじゃないかという気がした。

「夫は病気でわたしを必要としているの。ここ数日はずっとつきっきりで、何もできなかった。そのことはあなたは知らないわよね」

「残念ながら」

「でもまあ、そういうわけだから。邪魔するつもりじゃなかったのよ。さようなら」

けれども彼女も僕も動かなかった。

ドアの向こうから〈火傷〉が僕をじっと見ていた。彼もまた、テラスに座ったホテルの客や歩道を歩く人たちから見られていることに想像が及ばないではいられない。今にも誰かが彼のところにやってきて立ち去るように言うのではないかと思った。すると〈火傷〉が右手だけでその人の首を絞め、何もかも台無しにしてしまうのではないかと。

「ご主人……旦那は具合はよくなった？　心の底からそう願うよ。馬鹿みたいな振る舞いをしたかもしれないけれど、許して」

フラウ・エルゼは頷いて言った。

「ええ……ありがとう……」

「今夜話せるといいんだけど……二人きりで会えると……でも後々不利になるようなことをさせるつもりはなくて……」

フラウ・エルゼの唇が永遠の長い時間をかけて微笑んだ。どうしたわけだろう、僕は震えていた。

「今は人を待たせているからだめなのね？」

ああ、戦友なんだ、と考えたけれども、約束だから仕方がないという表情で何も言わずに頷いた。戦友だって？　対戦相手だとも！

「言っておきますけど、ホテルのオーナー夫人と仲がいいからといってあまり規則をないがしろにしないでね」

「規則って？」

「いろいろあるけど、特に客室にある種の訪問客を入れちゃいけないというもの」彼女の声はいつもの調子に戻っていた。皮肉なような居丈高な調子だ。なるほど、ここはフラウ・エルゼの王国なのだ。

口答えしようとしたけれども、彼女の手が上がり、僕を黙らせた。

「わたしは何もほのめかすつもりはないし、口に出して言いもしない。追求しようというつもりもないわ。可哀想なあの子を見てると」というのは〈火傷〉のことだ。「わたしだって胸が痛む。でもわたしは〈デル・マル〉のことを、お客様のことを考えなきゃいけないの。あなたのことも心配。何も悪いことが起きなきゃいいけど」

「悪いことなんて起きないさ。ただゲームをしているだけだ」

「何のゲーム？」

「ご存じのやつさ」

「ああ、あなたがチャンピオンだというゲームね」笑顔を見せると彼女の歯が危険なほどに光った。「ウィンタースポーツね。今の時期は泳いだりテニスをしたりしたほうがいいわ」

「笑いたければどうぞ。笑われて当然の人間さ」

「わかった。じゃあ今夜会いましょう。一時に、教会広場で。行き方は知ってる？」

「ああ」

フラウ・エルゼから笑顔が消えた。彼女に歩み寄ろうとしたけれども、今はそういうときではないと理解した。それじゃあまたと言って外に出た。テラスは何もかもいつもどおりだった。〈火傷〉の二段下では女の子が二人、連れを待ちながら天気の話をしていた。毎晩のことだが、人々は笑い合い、これからの予定を話し合っていた。

二言三言〈火傷〉と挨拶を交わすと、僕たちは中に入った。

フロントの前を通るとき、カウンターの向こうには誰もいなかったが、フラウ・エルゼが下に隠れているのだろうと思った。そばまで行って覗きたい衝動をこらえるのに努力を要した。

そうしなかったのはたぶん、そんなことをすれば〈火傷〉にあれこれ説明せざるをえなくなるからだ。

ともかく、僕らの勝負はお決まりのコースを辿った。四〇年春には僕が地中海で〈攻撃〉オプションを仕掛けてチュニスとアルジェリアを攻略した。西部戦線ではフランス攻略の際に25BRPを取られて失った。SRの間、スペインとの国境に（！）装甲部隊四個に加えて歩兵部隊と航空部隊の援助隊を配備した。東部戦線では戦力を補強した。

〈火傷〉は防戦に終始した。動かせる駒はわずかだったが、それらを動かした。いくつかの防衛を強化した。とりわけ、いくつかの疑問を投げかけてきた。彼の動きにはいまだにいかにも初心者らしさが透けて見えた。彼は駒の溜め方も知らないし、無秩序な手を打つし、包括的な戦略もないか、あってもあまりにも硬直した図式に則って考えられたものだ。運に頼り、BRPの計算を間違え、〈ユニットの創出〉フェイズとSRを混同する。

それでも努力を重ねる彼は、ゲームの精神の中に侵入しつつあるといえるだろう。そう考えたくなるのはある種の兆しが見て取れたからだ。彼は盤を睨みつけ、決して視線を上げようとしなかったし、撤退や必要な手間を見積もろうとして考えているときは、顔の火傷痕が歪む。

全体として見ていると、僕は共感も覚えたし、悲しくもなった。念のために言っておくと、悲しみというのは濃密で、色に乏しく、しゃっちょこばったものだ。

教会広場はひっそりとして明かりも暗かった。脇道に車を停め、石のベンチに腰かけて待った。気分はよかったけれども、フラウ・エルゼが姿を現した――広場に一本だけある木の陰の巨大な暗がりから、文字どおり姿かたちを取って現れた――ときには驚き、身構えることになった。町を出て、森の中か海の前に車を停めて話さないかと提案したが、彼女は受け入れなかった。彼女が話をした。慌てることなく、休みなしに話した。まるで何日も口を利いていなかった人みたいだった。締めくくりには夫の病気について曖昧模糊とした、象徴に満ちた説明をした。そこまで話してやっと彼女はキスを許した。とはいえ、僕たちの手は最初から自然に絡み合っていたのだ。そんなふうに手を握り合ったまま、午前二時半までそこにいた。座るのに疲れると広場をぐるりと歩いて回り、それからまたベンチに戻り、話し続けた。

僕もいろいろと言ったと思う。

ときどき広場の静寂を破って、遠くで短い叫び声が聞こえ（歓喜の叫びか、それとも絶望の叫びか?）、それからオートバイの排気音が聞こえた。

たぶん僕たちは五回キスをした。

ホテルに戻ると、車を建物から遠い場所に停めようかと提案してみた。彼女の評判を気にしてのことだ。彼女は一笑して拒んだ。何を言われるかなんて気にしていないのだ（ありていに言って、彼女は何も気にしていなかった）。

教会広場はどちらかというと物悲しく、狭くて暗く、静かだった。中央には中世に起源を発する泉があって、噴水の水が二筋流れていた。立ち去る前にその水を二人で飲んだ。

「ウド、あなたは死ぬときに『生まれ来た場所に帰るのだ、つまり〈無〉に』って言える?」

「死ぬときには人は何だって言うさ」と僕は答えた。

フラウ・エルゼの顔は、自分の質問を耳にして、僕の答えも聞いたあとでは輝いて見えた。まるでキスしたばかりみたいだった。その直後に僕がしたことはまさにそれだった。つまり彼女にキスをしたのだ。でも唇の間に舌を入れようとしたら、彼女は顔を引き離した。

九月六日

〈狼〉は職を失ってしまったのか、それとも〈仔羊〉が失ったのか、またはその両方だろうか、僕にはわからない。彼らは抗議の声を上げ、不平を言っているけれども、僕は聞く耳を持たない。確かなことは、おかげで彼らが抱き始めた恐怖とわずかな怒りは感じ取れるということだ。〈アンダルシア人の隠れ処〉の店主は彼らをからかい、まったく気がきかないものだから不興を被るのだと言っていた。彼らのことを「哀れな不幸者」だの「くさい」だの、「エイズ持ち」、「ビーチのおかま」、「役立たず」呼ばわりしている。店主は僕だけ離れた場所に連れていき、笑いながら何かのレイプの話をするのだが、僕がついぞ理解することができないその一件に、彼ら二人が何らかの仕方で関わっているとのことだ。実際のところ、店主はかなり大声でしゃべっていて、店中に響いていたのだが、それでも興味などないふりをしながら、〈狼〉と〈仔羊〉はテレビのスポーツ番組を注視していた。こいつらはがんばってたんだ！　このゾンビ軍団がスペインを立派な国にするところだったんだよ、ちくしょうめ！　店主は演説をそう結んだ。他に仕方がないので僕は頷き、スペイン人たちのテーブルに戻り、ビールのお代わりを頼んだ。その後、半開きになったトイレのドア越しに〈仔羊〉がズボンを下ろす姿を見た。

食後、〈コスタ・ブラーバ〉に出向いた。ペラ氏はまるで最後に会ったのが何年も前だと言わんばかりの様子で僕を迎えた。大した話はしなかったけれども、今回の会話は〈コスタ・ブラーバ〉のフロントで交わされ、そこで僕は支配人仲間の何人かと知り合うことになった。誰もが尊敬を集めているという雰囲気と退屈そうな様子を併せ持っていて、もちろん全員が四十歳を超えていた。紹介されたとき、彼らは等し並みに僕に対してある種の繊細な態度を見せた。言ってみれば彼らは有名人の前に、あるいはもっと言えば、将来の約束の前に出たかのようだったのだ。明らかにペラ氏と僕は喜んでいた。

その後、海軍司令部（〈コスタ・ブラーバ〉に行ったおかげで足を向けざるをえなくなった）でチャーリーに関して新しいことはないとの知らせを受け取った。事を荒立てるつもりもなかったのだが、いくつかの仮説を述べてみた。いまだに死体が上がらないのは奇妙ではないか？　生きている可能性があるのでは？　生きて記憶を失い、海岸沿いのどこかの町をさまよっているのでは？　退屈そうな秘書二人までもが、残念だという表情で僕を見つめたと思う。

散歩がてら〈デル・マル〉に戻る際に、それまでの直感を確認することができた。つまり、この町からは人がいなくなりつつあったのだ。観光客は日々少なくなるばかり、地元の人たちの表情は毎年この時期お決まりの疲労を色濃く滲ませていた。それでも空気と空と海は透明で澄んでいた。吸い込む空気が美味しい。それに今では道行く人も、何かがふと目に留まったからといって立ち止まって眺めても、後ろから押されることもないし、酔っ払いだと思われることもない。

〈アンダルシア人の隠れ処〉の店主が店の奥に消えると、レイプとは何の話だと切り出した。〈狼〉と〈仔羊〉は大笑いし、年寄りの戯れ言だと言った。彼らは僕のことを笑っているのだと深読みした。

店を出るときには自分が飲み食いした分だけ払った。するとスペイン人二人の顔に石の仮面が貼りついた。別れの言葉を交わすときには、実に意味深長だが、僕がいつ出発するのかという話になった（誰も彼もがやきもきして僕の出立を待っている）。最後の最後になって、歩み寄りを見せるように、二人は海軍司令部まで一緒についていこうかと言い出したけれども、僕は断った。

四〇年夏。勝負は白熱してきた。予想に反し、〈火傷〉は僕の打撃を緩和するのに充分な部隊を地中海に移動させることができるようになった。もっと重要なことがある。脅威がアレクサンドリア方面ではなくマルタ島方面を襲っているのだと予測をつけられるようになったことで、その結果、彼はマルタに歩兵部隊と航空部隊、海兵部隊を補強した。西部戦線の状況は硬直していた（フランス制圧後の西部軍を再編成し移動したり補強したりするには一回のターンを要する）。そこでは僕の部隊がイングランドを目指していて、そこを侵略するには兵站のかなりの努力を要するのだが、そのことを〈火傷〉は知らない。スペインも射程に入れており、ここは断念してもかまわない攻撃目標ではあるのだが、ジブラルタルへの道だけは別で、なにしろここの所有権を失えば、イギリスは地中海を制圧できなくなってしまうからだ（「将軍」誌でテリー・ブッチャーが推奨した手はイタリア艦隊を大西洋におびき出すというものだ）。いずれにしろ〈火傷〉はジブラルタルに陸上から攻撃が仕掛けられるとは思っていない。一方で、東部戦線とバルカン半島での僕の動向（ユーゴスラヴィアとギリシアをなぎ倒すという古典的な一手のあとの〉を見て彼は、すぐにもソヴィエト連邦に侵攻してくるのではと恐れている。どうやらこいつはアカどものシンパらしい。おかげで他の戦線が手薄になる。疑いなど抱きようもない。僕の立場は人も羨むものだ。〈赤ヒゲ作戦〉に、たぶんトルコ戦術のヴァリアントを加えれば、間違いなく感動的なものになる。〈火傷〉の気力が萎えることはない。彼はきらりと光るプレイヤーではないが、カッとなって馬鹿なことをするタイプでもない。冷静かつ組織的に駒を動かす。沈黙のうちに時間が過ぎた。僕らが口を開くとすれば、厳密に必要なときだけだ。ルールについての質問があり、それに対して明確にして正直な答えが与えられた。人も羨む調和を保ったやりとりだった。今これを書いている間、〈火傷〉はプレイしている。奇妙なものだ。僕と対戦していると彼はリラックスできる。彼の腕や胸の筋肉を見るにそれは感じ取れる。まるでついに、自分だけを見て他には何も見えないという境地に達したかのようだ。あるいはただヨーロッパのさんざん使われた地図と、それから大いなる手とそれに対抗する手のみが見える状態。

勝負の間は霧の中にいたみたいだった。部屋から廊下へ出ると客室係がひとりいて、彼女は僕たちを見ると叫び声を上げて走り去った。僕は何も言えないまま〈火傷〉を見つめた。見ず知らずの人間の言動に対する恥ずかしさに心を痛めながら、エレベーターに乗った。そのときふと、客室係が驚いたのは〈火傷〉の顔にではないのかもしれないと思った。自分が間違っているのではないかという疑いは強まった。

僕たちはホテルのテラスで別れを告げた。握手し、微笑み、そして〈火傷〉はふらふらと海岸通りを歩いていき、見えなくなった。

テラスには人気がなかった。レストランのほうには人が大勢いて、そこにフラウ・エルゼの姿を認めた。カウンター近くのテーブルに腰かけた彼女にはスーツにネクタイ姿の男が二人ついていた。どういうわけか、そのうちのひとりは彼女の夫だろうと思ったが、僕が憶えている彼のイメージとは似ても似つかなかった。きっと商談だろうから、邪魔はしないことにした。かといって尻込みしていると思われるのもいやだったので、カウンターに行き、ビールを頼んだ。ウェイターは五分以上も経ってから出した。そんなにぐずぐずしていたのは、やることが多すぎたからではない。むしろ暇だった。ただ僕の堪忍袋の緒が切れるまでだらだらとサボっていようとしただけだ。もうこれ以上我慢がならないというときになってやっと彼はビールを運んできたし、そこには悪意が見て取れた。表情は挑発的で、僕が少しでも文句を言ったら喧嘩を売ってやろうと機を窺っているようだった。しかしすぐそばにフラウ・エルゼがいるのにやり合うことなど考えられなかったので、僕はカウンターに小銭を何枚か投げ、様子を見た。彼は特に何の反応も示さなかった。哀れなやつだ。酒のボトルの陳列棚に貼りついたまま、じっと床を見つめている。誰に対しても恨みを抱いているのだろう。誰よりもまず自分自身を恨んでいる。

僕は静かにビールを飲んだ。残念ながらフラウ・エルゼは商談相手との会話に没頭したままで、僕に気づかないふりを続けることにしているようだ。きっとそれだけ大切な打ち合わせなのだろう。僕は立ち去ることにした。

部屋の中の煙草のにおいと風通しの悪い空気の淀みにぎょっとした。明かりは点いたままで、一瞬、インゲボルクが戻ってきたのかと思った。でもこのにおいだと、女などいないことはほとんどはっきりしている（不思議だ。これまでにおいなんて気にしたことは一度もなかったのに）。たぶんそれで気が滅入ったのだと思う。車で一回りすることにした。

町中の人気のない通りをゆっくりと流した。生暖かい風が歩道を舐め、紙の容器や広告のチラシを引きずっていった。

ごくたまに影の中から酔った観光客が姿を現し、手探りでホテルまでの道を経巡っていった。

何を思ってそうしたのかわからないが、海岸通りに車を停めた。ともかく僕は車を停め、ごく自然にビーチに出、暗がりの中を〈火傷〉のねぐらに向かった。

そこに何があると期待したのだろう？

声がして立ち止まったときには、もう砂の中に屹立するツインボートの秘密基地が見えていた。

〈火傷〉には先客がいた。

細心の注意を払い、ほとんど這うようにして近づいた。そこに誰がいるのかわからなかったが、ともかく外で会話を続けたがっているようだ。やがて二つの黒い影が見えた。〈火傷〉と客は僕に背を向ける格好で砂浜に座り、海を眺めていた。

会話を主導しているのはもうひとりのほうだった。早口なうめき声の連なりのうち、僕が単語としてバラバラに聞き取ることができたのは「必要性」とか「勇気」といった言葉だけだった。

それ以上近づくことは躊躇われた。

すると、長い沈黙のあとで風がやみ、ビーチには生暖かい重石が落ちたようになった。

二人のうちどちらかはわからないが、一方が気を許したような様子で曖昧に「賭け」、「忘れられた問題」などと口にした。それから笑った……そして立ち上がると波打ち際に向かい……そして振り返り、何か言ったが、僕には聞き取れなかった。

一瞬、ぞっと総毛立つほどの狂気の一瞬、僕はそれがチャーリーだと思った。その横顔、まるで首の骨が折れたみたいにがくりと頭を下げるその仕方、突然黙り込むその癖。あのチャーリーのやつが地中海の汚れた海水から上がってきて、何のために……〈火傷〉に託宣のような忠告を与えに来たんだ？　腕から全身にかけて硬直したようになって、僕の理性はどうにか統率を取り戻そうともがいた。なによりもその場を立ち去ってしまいたかった。そのとき、まるで僕の狂った思いつきを裏づけるような話が聞こえてきた。客が〈火傷〉にアドバイスのようなものを与えていたのだ。「急襲の止め方？」「攻撃のことは気にするな。包囲された地帯の心配をしろ」「包囲の回避の仕方か？」「二重の戦線を維持すること。装甲部隊の侵入を粉砕すること。常に控えの作戦を用意しておくこと」

〈第三帝国〉で僕に勝つためのアドバイスだ！

もっと具体的に言うと、〈火傷〉は彼にとって喫緊と思えるものにどう立ち向かうかの指示を仰いでいた。ロシアへの侵攻をどう防ぐかだ！

目を閉じて祈ろうとした。できなかった。狂気はいつまで経っても僕の頭から離れはすまいと思った。汗をかき、砂がすぐに顔にくっついた。全身がちくちくしたし、こう言っていいなら、突然、頭上にチャーリーの輝く顔が現れるのが見えた。この裏切り者め。そう考えたおかげで僕はすっきりして、目を開けることができた。ツインボートの小屋のそばには誰もいなかった。二人とも中に入ったのだろうと想像した。そうではなかった。二つの影はくるぶしまで水に浸して波打ち際に立っていた。僕に背を向けていた。空では一瞬、雲が散り、月がほのかに光った。〈火傷〉と客は、今度はまるでとても楽しい会話をするかのように誰かのレイプについて話していた。いささか無理をしてひざまずくと、少しばかり気が鎮まった。あれはチャーリーじゃない、と僕は二度、自分に言い聞かせた。基本的なことだ。〈火傷〉と客はスペイン語で会話していたが、チャーリーはスペイン語ではビール一杯頼むことができないのだから。

まだ感覚がおかしかったし震えてはいたものの、少し楽になった気がして、僕はきっぱりと立ち上がり、ビーチを立ち去った。

〈デル・マル〉ではフラウ・エルゼがエレベーターに続く廊下の奥の籐椅子に座っていた。レストランの照明はただひとつ、間接照明を除いて消えていた。光が当たっているのはボトルの棚とカウンターの一部だけで、そこではウェイターがよくわからない何かを一所懸命に取り扱っていた。フロントを通ったときには夜警がスポーツ新聞を熱心に読んでいた。ホテル中の皆が眠りについたわけではなかった。

僕はフラウ・エルゼの隣に腰かけた。

彼女は僕の顔つきがどうとか言った。やつれていると！

「きっとよく眠れないのね。ホテルの宣伝にも悪いわね。あなたの健康が心配」

僕は頷いた。彼女も頷いた。誰を待っているのかと訊ねた。フラウ・エルゼは肩をすくめて笑った。彼女は言った。あなたを。もちろん嘘だ。何時かと訊ねた。朝の四時だった。

「ウド、ドイツに帰るべきね」と彼女は言った。

僕の部屋に行こうと誘った。断られた。言ったのだ。だめ、できない、と。僕の目を見つめながらそう言った。その美しさときたら！

僕たちは長いこと黙っていた。でも本当は言ってやりたかった。僕のことなら心配しないで、本当に心配する必要はないから、と。でも馬鹿みたいだった、当然ながら。廊下の向こうで夜警の顔がこちらを覗いてまた引っ込むのが見えた。ホテルの従業員たちはフラウ・エルゼを心の底から慕っているのだと結論づけた。

疲れたふりをして立ち上がった。フラウ・エルゼの待っている人物が現れたときに、そこにいるのはいやだった。

椅子に腰かけたまま、彼女が僕に手を差し出し、僕たちはおやすみなさいと言った。

エレベーターまで歩いていった。幸い、一階に停まっていたので待つ必要はなかった。中に入ってまた手を振った。声に出さずに、唇だけ動かしてさようならと言った。フラウ・エルゼは僕を見つめ返し、微笑み返していたが、やがてコンプレッサーの音とともにドアが閉まり、上昇し始めた。

頭の中で何か重いものがぐるぐると回っている気がした。

熱い湯でシャワーを浴びてからベッドに入った。洗い髪のままで、どう頑張っても夢は見られなかった。

どういうわけか、あるいは一番手近にあったからだろうか、フロリアン・リンデンの本を手に取り、当てずっぽうに開いてみた。

「殺人犯はホテルのオーナーだ」

「本当ですか?」

本を閉じた。

九月七日

電話の呼び出し音に起こされる夢を見た。ペラ氏からで、自分が同行するから治安警備隊本部に出向くようにと僕に伝えてきた。そこに遺体があるので身元確認をしてほしいという。それでシャワーを浴び、朝食も食べずに出かけた。ホテルの廊下は荒廃いちじるしく、胸が締めつけられた。夜明け時だったに違いない。ペラ氏の車は正面入口の前で待っていた。町外れの、ほうぼうの近隣市町村まで何キロという標示板がいくつも掲げられた分かれ道に位置する治安警備隊本部までの道々、ペラ氏はしゃべりまくり、夏、というか夏のシーズンが終わるころになると地元民の間にある変化が生じるのだと言った。誰も彼もがふさぎ込む！　基本的に、我々は観光客なしには生きていけない！　そのことにすっかり慣れっこになっているのだ！　青白い顔をした若い治安警備隊員に導かれ、ガレージのような場所に行った。テーブルがいくつか並べられ、壁には車のアクセサリーがたくさん束ねられてかかっていた。遺体を運搬する手はずの霊柩車が待ちかまえる入口の金属のドア脇の、白い縞の入った黒い石の上に、見たところ腐敗の始まりそうな生命反応のない肉体が横たわっていた。ペラ氏が僕の背後で手を鼻に当てた。チャーリーではなかった。年齢は同じくらいに違いなく、そしておそらくドイツ人だったけれども、チャーリーではなかった。僕は知らない人だと答えて立ち去った。出ていくときには治安警備隊員が気をつけの姿勢を取った。町に戻る道すがら、僕らは笑いながら次のシーズンの計画を立てた。〈デル・マル〉は相変わらず寝静まった様子だったが、今度はガラス越しにフラウ・エルゼがフロントにいるのが見えた。ペラ氏にフラウ・エルゼの夫とどれくらい会っていないかと訊ねた。

「もう長いことお目にかかっていません」とペラ氏は答えた。

「病気のようですが」

「そのようですな」と応じたペラ氏は顔を曇らせ、どんな意味にも取れそうな表情を見せた。

この瞬間から夢はひとっ飛びに進む（あるいは進んだと記憶する）。テラスで目玉焼きとトマトジュースの朝食を摂った。階段を上った。イギリス人の子供たちが下りてきてぶつかりそうになった。バルコニーから〈火傷〉を観察すると、ツインボートの前で貧しさと夏の終わりを噛みしめていた。いろいろと考えたり読み直したりしながら時間をかけて手紙を書いた。最終的にベッドに入って眠った。また電話が鳴った。今度は本物で、そのとき僕は夢から引き離されたのだった。時計を見ると午後の二時だった。電話の主はコンラートで、彼の声は僕が返事をしそうにないと思っているように何度も僕の名前を呼んだ。

想像していたとおりにいかなかったのは、たぶんコンラートが内気な性格だからだろうし、僕がまだ寝ぼけていたからでもあるだろう。今から思い返すに、会話はぞっとするほど冷たい調子で繰り広げられた。質問、返答、声の抑揚、話を終わらせて通話料を節約したいという思いを隠しもしないし、いつもの皮肉な言葉の数々など、どれを取ってもまったく気のない調子だった。二人だけの話があったわけでもない。ひとつだけあるにはあったが、馬鹿げた話で、最後に持ち出された。その代わり、町に、ホテルに、僕の部屋についての凝り固まった彼のイメージは聞かされた。友人はそもそもリゾート地なんてどんな様子かといった話にしつこく上乗せしてこれらのイメージを話したのであり、その口ぶりはまるで僕が別世界の住人になったと、電話線を通じて彼が伝える計画があまり意味をなさないような世界の住人になったと警告したがっているみたいだった。何をやってるんだ？　なぜ戻ってこない？　何がお前を引き留める？　職場では皆びっくりしているぞ。Xさんなど毎日お前はどうしたと訊ねてくるし、もうじき戻るはずだと伝えてもまったくの無駄だ。すっかりXさんの心の中には暗い影ができて、良からぬことを予感している。良からぬことってどんな？　知るかよ。続いてクラブのこと、仕事のこと、ゲームのこと、雑誌のことなど、のべつまくなしに、容赦なく教えてくる。

「インゲボルクには会ったかい？」と僕は訊いた。

「いや、もちろん会ってない」

しばらくの間、二人とも黙り込んだが、それからまた質問やら嘆願やらの雪崩が訪れた。職場では気を揉んでいると言うよりも少しばかり騒がしい。グループ内では僕が十二月にパリに行ってレックス・ダグラスに会うかどうか確かめたがっている。仕事はクビになるのか？　警察との間にトラブルがあったのか？　僕をスペインに留めている不可解な謎はいったい何なのか、皆が知りたがっている。女か？　死者への忠誠心？　死者って誰だ？　それに、ところで、記事はどうなってる？　僕が新たな戦術の土台を打ち立てようとしているあの記事だ。まるでコンラートは僕をからかっているみたいだった。一瞬、彼が会話を録音している姿を想像した。あくどい笑みを浮かべ、唇を歪めている姿だ。追放されたチャンピオン！　仲間外れだ！

「いいかい、コンラート、インゲボルクの住所を教えよう。会いに行ってくれ。会ったら電話してくれ」

「ああ、わかった。そうしよう」

「完璧だ。今日中に会ってくれ。会ったら電話をくれ」

「わかった、わかったとも。ただし、さっぱり理解できないなりに、俺のできる範囲でお前のためにやってみるよ。わかるな、ウド、聞いてるか？」

「ああ。僕の言ったとおりにすると言ってくれ」

「ああ、もちろんだとも」

「わかった。僕からの手紙は何か届いたかい？　その手紙の中で何もかも説明したはずだけど。ひょっとしたらまだ着いていないかも」

「受け取ったのは絵葉書が二通だけだ、ウド。ビーチの前のホテルの輪郭が見えるやつと、山の映ったやつだ」

「山？」

「ああ」

「海に迫る山かい？」

「知るか！　山だけのやつだ。それに壊れた修道院みたいなものも」

「まあいいや。じきに着くよ。この国の郵便事情はひどいんだ」

突然、コンラートには手紙なんて一通も書いていなかったと思い当たった。あまり気にしないことにした。

「でも少なくとも天気はいいんだろ？　こっちは雨だ」

質問に答える代わりに、口述の続きのように言った。

「僕はゲームをしている……」

たぶんこのことはコンラートに知らせておいたほうがいいと思ったのだろう。後々役に立つかもしれない。受話器の向こうから大袈裟な溜め息のようなものが聞こえた。

「〈第三帝国〉か？」

「ああ……」

「本当か？　どんな調子だ？　お前すごいな、ウド、今あれをやろうと思うなんて、お前くらいだよ」

「ああ、わかるよ。インゲボルクとは離れているし、何もかもはっきりしなくて不安な状況だし」

僕は欠伸をした。

「そんなことを言いたいんじゃない。危険だってことだ。他人にはわからない何かに急き立てられているってことだ。まったくお前ってやつは変わってる。ゲーム・マニアの中のマニアだ！」

「そこまでじゃないさ。叫ばないでくれよ。鼓膜が破れるじゃないか」

「で、相手は誰なんだ？　ドイツ人か？　俺の知ってるやつ？」

可哀想なコンラート。コスタ・ブラーバのような小さな町で、ウォーゲームのプレイヤーでありかつドイツ人でもある人物が二人も居合わせることがあって当然と思っている。明らかに彼は休暇になんか出たことがない。地中海での、いや、どこでもいいが、夏がどんなものだと彼が思っているのか、誰にもわかりようがない。

「そうだな、僕の対戦相手は少しばかり奇妙なやつなんだ」と言うなり僕は、〈火傷〉がどういう人物か大まかに説明した。

しばし黙り込んだあとでコンラートは言った。

「何やら臭うな。どうも怪しい話だ。お前たちは何語で話してる?」

「スペイン語」

「やつはルールを読めたのか?」

「読んでない。僕が説明したんだ。ある日の午後にね。賢いやつなんだ。びっくりするぜ。一度言えばすぐに理解する」

「それで、ゲームの手並みもいいのか?」

「イギリスの防衛はまあまあだ。フランスの陥落は免れなかったが、それは誰だってそうだろう? 悪くはないよ。もちろん、君のほうが強い。それにフランツも。でもスパーリング相手としては嘆くほどではない」

「外見の話からすると……ぞっとするやつだな。俺ならそんなやつと対戦なんてできない。ぬっと現れただけで背筋が寒くなりそうだ……三人以上での試合ならありかもしれないが、一対一じゃあな……それで、そいつはビーチに住んでるって言ったっけ?」

「そのとおりだ」

「デーモンじゃないのか?」

「真面目に言ってるのか?」

「ああ。デーモンだ、サターン、悪魔、ルスベル、ベルゼブブ、ルシフェル、魔物……」

「魔物……違うな。むしろ農耕牛みたいだ……強くて、思慮深い。典型的な咀嚼動物だ。憂鬱質だし。ああ、それにスペイン人じゃない」

「そんなこと、なんでわかるんだ?」

「スペイン人の連中に教えられたんだ。もちろん、最初はスペイン人かと思ったけど、そうじゃなかった」

「どこのやつだい?」

「知らない」

シュトゥットガルトでコンラートが弱々しい嘆きの声をあげた。

「確かめたほうがいいぜ。何よりもまず確かめるべきだ。お前自身の身の安全のためにな……」

大袈裟な話にも思えたけれども、訊ねてみると約束した。少しして電話を切り、シャワーを浴びてから外出した。しばらく歩いてホテルに戻って食事をした。気分が良く、やる気に満ちていたので時間が過ぎるのも気づかなかったし、体はこの場所にいられること、ただそれだけの幸福にためらいもなく委ねられていた。


四〇年秋。東部戦線で〈攻撃〉オプションをプレイした。僕の装甲部隊の数々がロシアの中心セクターの側面を打ち破ってロシアの深部に侵攻、巨大な空白地帯を封鎖する。スモレンスクよりひとつ東のヘクスだ。僕の背後では、ブレスト=リトフスクとリガの間に十以上のロシア軍部隊が立ち往生している。僕の損失は最小限だ。地中海戦線ではもう一度〈攻撃〉オプションを選んでBRPを大量に投入、スペインに侵攻した。〈火傷〉はすっかり気が動転し、眉をつり上げ、立ち上がり、かさぶたを震わせ、まるで僕の機甲師団が海岸通りを通過するのを耳をそば立てて聞いているみたいに、平静を失って防戦もままならない様子だ（もちろん知らず知らずにだが、デイヴィッド・ハブラニアンの〈国境警備ヴァリアント〉のような手に出る。ピレネーからの攻撃に対しては間違いなく最悪の手段だ）。そんなわけで僕は、装甲部隊二個、歩兵部隊四個に空からの援護をつけただけでマドリードを制圧し、スペインは降伏する。〈戦略的再配備〉の間、僕は歩兵部隊三個をセビーリャとカディス、グラナダに置き、コルドバには装甲部隊を置く。マドリードにはドイツの航空部隊二個とイタリアの航空部隊一個を留め置く。ここで〈火傷〉が僕の意図に気づいて……にやりとする。僕を祝福しやがった！「俺には思いつきもしなかった手だ」だと。これだけ負けっぷりがよければ、コンラートはよくもあれだけの偏見と恐れを示したものだと思ってしまう。自分の持ち時間には地図の上に身を屈め、〈火傷〉は話しながら修復不能な点を修復しようとする。ソ連邦内で、これまでほとんど衝突のなかった南と、それから北および中央に部隊を移動する。しかし各部隊の移動能力はわずかだ。地中海ではエジプトを維持し、ジブラルタルを補強するも、さしていい手とも思えない。まるで自分自身の努力を信じていないみたいだ。筋骨隆々で火傷痕のついた彼の上半身がヨーロッパの上空に覆い被さるさまは悪夢のようだ。そしてこちらを見もせずに自分の仕事の話をする。観光客は少なく、天気も気まぐれ、ある種のホテルには引退した老人たちが大挙して訪れる、と。興味のないふりを装って探りを入れてみた。実際、書き物をしながら訊いたのだ。それで彼がフラウ・エルゼのことを知っているとわかる。界隈では「ドイツ女」と呼ばれているそうだ。意見を求められ、〈火傷〉は彼女が美しいと認める。それから夫のことに探りを入れてみる。〈火傷〉は、夫は病気なのだと答える。

「なぜわかる？」と僕はノートを脇に置いて言う。

「皆知ってるさ。長いこと、もう何年も前から病気だ。容体は悪いが死んではいない」

「延命措置か！」僕はにやりと笑った。

「それは絶対にない」と〈火傷〉は言うと、壊滅した兵站網のせいで生じたゲームの厄介な問題に戻る。

最後に別れるときにはいつもの儀式を踏襲する。このために買って水をいっぱいに張った洗面器に入れて冷やしておいたビールの最後の一缶を飲み、ゲームについてコメントする（〈火傷〉は僕を褒めちぎるが、まだ負けは認めない）。ふたりでエレベーターに乗って下り、ホテルの入口でおやすみを言う……

ちょうどそのとき、〈火傷〉が海岸通りに消えたと思ったら、隣で声がしたので僕はびっくりして飛び上がる。

フラウ・エルゼだ。人のいないテラスの、ホテル内の照明も通りの灯りも届かない隅で、闇の中に座っている。

彼女のほうに進んでいくとき、驚いたばかりだったせいで怒っていた（とりわけ自分自身に）ことは認める。正面に腰を下ろすと彼女が泣いていることに気づいた。普段は色鮮やかで生気に満ちた彼女の顔は幽霊のように青白く、夜風に吹かれて一定のリズムで揺れるパラソルの作る巨大な影に半ば隠れるように見えると、いっそうひどく感じられた。僕は躊躇うことなく彼女の手を取り、なぜ悲しんでいるのかと訊ねた。それが魔法の言葉になったらしく、フラウ・エルゼの顔には微笑みが浮かんだ。あなたはいつも気にかけてくださいますね。気が昂ぶったせいでふたりが親称で話すようになっていたことを忘れ、彼女はそう言った。僕はよそよそしく話さないでくれと主張した。フラウ・エルゼの精神状態の転換の速さには驚かされた。一分としないうちに、苦しむ幽霊からやさしく心配してくれる姉のようになったのだから。彼女は僕が部屋で〈火傷〉と何をしているのか知りたいと言った。「他意はないのよ、本当に知りたいの」早くドイツに戻ると約束してほしいとも言った。あるいはそれができないのなら職場の上司とインゲボルクに電話して話してほしいと。あまり夜更かししないで、朝のうちにビーチで「もう残りわずかな」陽の光を浴びるようにとも。そんなに青白い顔で、もう何か月も鏡を見てないいんじゃないかと心配、と囁いた。つまり彼女の望みは僕が泳ぎ、ちゃんと食事を摂ることだ。食事をちゃんとするようにとの忠告は、僕が彼女のホテルで食事する以上は彼女の利害にも差し障りがあるからだ。ここに至って彼女はまた泣き始めたが、さっきのような大泣きではなく、まるでこうして説教したことによって沐浴し、自分の悲しみをきれいに洗い流したといった風情だった。そして少しずつ悲しみは和らぎ、心が落ち着いていくみたいだった。

状況は理想的、これ以上望むべくもないほどの好機で、いつの間にか時間も経っていた。このままこうして、相手の目も覗きこめないほどの近さで顔と顔を突き合わせて座り、僕の手で彼女の手を包んだ姿勢で一晩中過ごすことだってできただろうが、何にでも終わりは来るのであり、その終わりは夜警の出現と共に訪れたのだった。夜警は僕を探してホテル中を歩き回り、ついにはテラスにやってきて長距離電話だと伝えたのだ。

フラウ・エルゼは物憂げに立ち上がり、僕の後について人気のない通路を横切り、フロントまでやってきた。そこで夜警に厨房に残ったゴミ袋を捨てるように命じ、僕らは二人きりになった。すぐに感じたことは、無人島に彼女と二人で取り残されたみたいだということで、僕らの他には受話器の外れた電話もあったが、まるで癌にかかった盲腸みたいで、こんなもの、何なら引き抜いてしまって、夜警にこれもゴミだから捨てるようにと渡してしまいたいくらいだった。

コンラートだった。彼の声を聞いた瞬間、ひどくがっかりしたが、自分が彼に電話をするように頼んだのだったとすぐに思い出した。

フラウ・エルゼはカウンターの向こう側に腰かけ、たぶん夜警が忘れていった雑誌を読もうとした。できなかった。それに読むべきところも大してなかった。写真だらけだったのだ。機械的な動きで彼女は雑誌を机の縁に落ちそうなほどのバランスで置き、僕をじっと見つめてきた。彼女の青い目は子供の色鉛筆のような色調だった。安く、忘れがたいファーバー＝カステル。

電話を切ってその場で彼女と愛し合いたいという欲望を感じた。僕はそんな自分を想像した。というか、おそらく最悪なことだが、今でも想像する。彼女を個人オフィスまで引きずっていき、テーブルの上に座らせて、服を剝ぎ取るとキスをするのだ。彼女の上に乗ってキスをする。明かりをすべて消してまたキスをする……

「インゲボルクは元気だ。仕事に行っている。お前に電話する気はないそうだが、戻ってきたら話をしたいそうだ。よろしくって」とコンラートは言った。

「わかった。ありがとう。それが知りたかったんだよ」

フラウ・エルゼは脚を組み、今度は靴の爪先を眺め、込み入った考え事に耽っているみたいだった。

「なあ、お前からの手紙なんか一通も届いていないいんだが、インゲボルクが今日すっかり説明してくれたおかげでわかった。俺の見るかぎり、お前がそこにいる義務はない」

「コンラート、いいかい、手紙が着けば君もわかってくれるよ。今は何も説明できないけれど」

「試合はどんな調子だ？」

「なぶり者にしてやってる」と僕は言ったけれども、正確な表現は「やつは俺のミルクを飲むはめになってる」だったか、「たっぷりやつのカマを掘ってやってる」だったか、それとも「やつとやつの家族をことごとくやってる」だったか。誓って憶えていないのだ。

あるいはこう言ったのかもしれない。やつを火傷させてるんだ。

フラウ・エルゼが目を上げて、僕がこれまでどんな女性にも見出したことのなかったやさしい視線を投げかけ、微笑んだ。

背筋がぞくっとした。

「賭けてはいないのか？」

声が聞こえた。確実ではないけれども、たぶんドイツ語で、よく聞き取れない会話だった。それから遠く、とても遠くからコンピュータの音も聞こえた。

「全然」

「それはよかった。昼間ずっとお前たちが賭けをしてるんじゃないかと恐れてたんだ。ちょっと前にした話を憶えてるか？」

「ああ、やつがデーモンじゃないかと君は言った。まだ物忘れはひどくないんだ」

「まあそうカッカするな。わかってるだろうが、お前のためを思ってのことだ」

「もちろん」

「ゲーム中、何かがいると思わなかったか？　俺の魂とか？」

僕は笑った。フラウ・エルゼが日焼けした完璧なその腕の動きを空中で止めた。その先の手の、ほっそりとした長い指が夜警の雑誌の上で閉じられていた。そのときになってやっと、僕はそれがポルノ雑誌だと気づいた。彼女は引き出しを開け、それをしまった。

「ウォーゲームのファウストだ」とコンラートが笑うと、僕自身の笑い声のこだまがシュトゥットガルトから返ってきたみたいな気がした。

冷たい怒りのようなものを感じた。かかとから背中伝いに盆の窪までそれがこみ上げてきて、そこからフロントの四方八方へと飛び散った。

「ちっともおかしくない」と僕は言ったが、コンラートは聞いてはいなかった。かすかな声にすらならなかったのだ。

「何だって？　何て言った？」

フラウ・エルゼは立ち上がり、僕のところまでやってきた。そんなに近くまで寄ってこられたら、誘ってもいないのにコンラートが呵々と笑う声が彼女にも聞かれてしまいそうだった。彼女は片手を僕の頭に置くとたちまち、僕の頭の中で煮えくり返る怒りを感じ取った。可哀想なウド、と囁いた。それから、スローモーションのようなとてもやわらかい仕草で時計を指差し、もう行かなきゃとほのめかした。でも立ち去らなかった。たぶん僕ががっかりした表情を見せたので、引き留められたのだろう。

「コンラート、冗談言ってる場合じゃないんだ。笑う気にもなれない。もう遅い時間だ。君だっていつもならベッドにいて、僕のことなど思い出さない時間帯だ」

「お前は友だちだからさ」

「いいかい、やがてチャーリーの遺体の残骸や何かが海から一挙に吐き出されるだろう。そうしたら僕は荷物をまとめて帰るつもりだ。それを待つ間の暇つぶし、本当にただの時間つぶしに、それから自分の記事のための事例をいろいろ引き出すためだけに〈第三帝国〉のゲームをしている。君だって僕の立場だったらそうしたろう？　いずれにしろ、このせいで危機にさらしているのは職場の仕事だけだが、それは知ってのとおりクズだ。クビになったらなったで、ひと月も仕事を探せばもっといいのが見つかるさ。そうだろう、違うかい？　評論を書くためだけに時間を使えるかもしれない。僕の勝ちかもしれないし、運の尽きかもしれない。どうでもいいや、きっとクビになるのが一番なんだ」

「でも会社はクビにはしないさ。それに会社は大切な問題だ。少なくともお前の仕事仲間はな。会社に行ったらお前が送った絵葉書を見せてもらった」

「それは違うな。僕は連中にはまったく興味がない」

コンラートは絞り出すようなうめき声を上げた。あるいはそれが聞こえたように思った。

「まったく違うな」自信たっぷりに彼は反論してきた。

「いったい何が望みなんだ？　コンラート、正直言って、ときどき君には付き合いきれなくなるよ」

「正気を取り戻してほしいんだよ」

フラウ・エルゼが唇で僕の頬に軽く触れて言った。もう時間がない。行かなきゃ。耳と首に彼女の温かい吐息を感じた。蜘蛛の抱擁だ。ほんのわずかでも心が騒ぐ。視界の端に廊下の奥でおとなしく待機している夜警が見えた。

「もう切らなきゃ」と僕は言った。

「明日また電話していいか？」

「いや、電話代を無駄にすることはないさ」

「夫が待っているの」とフラウ・エルゼが言った。

「問題ないさ」

「問題だよ」

「わたしがいないと彼は眠れないの」とフラウ・エルゼが言った。

「試合はどんな調子なんだ？　もう四〇年秋だって言ってたよな？　ソ連侵攻は終わったか？」

「ああ！　すべての前線で電撃戦を繰り広げているとも！　やつは僕の敵じゃない！　当たり前じゃないか。僕は伊達にチャンピオンじゃないんだぜ。だろう？」

「ああ、そのとおりだ……本当に、心の底からお前の勝利を願ってるよ……イギリス人たちはどうだい？」

「手を放して」とフラウ・エルゼが言った。

「コンラート、もう切らなきゃ。イギリス人たちは相変わらず焦ってる」

「で、お前の記事はどうなんだ？　うまくいってるんだろうよ。レックス・ダグラスが来る前に記事になっているのが理想だからな、忘れるな」

「少なくとも書き終えてるさ。レックスはきっと喜ぶ」

フラウ・エルゼは自分の手を引っ張って僕から逃れようとした。

「子供みたいなことしないで、ウド。こんなときに夫が現れでもしたらどうするの？」

コンラートに聞こえないように電話を手で覆い、言った。

「旦那はベッドの中だ。そこがお気に入りの場所だろう。ベッドの中でなければビーチにいるはずだ。そこもお気に入りなんだから。特に夜になったらね。客室もお気に入りだって話は今はしないけどね。実際の話、旦那は用意周到に準備してあらゆるところに姿を現す。今だって夜警の後ろから僕らの様子を覗っていたとしても不思議はないね。夜警も肩幅は広くないけど、あなたのご主人は痩せているはずだから」

フラウ・エルゼの視線がすぐに廊下の奥に向けられた。夜警が片方の肩を壁にもたれて待機していた。フラウ・エルゼの目の中に、僕は希望の光のようなものを見た。

「どうかしてるわ」後ろに誰もいないことを確認して彼女は言ったが、僕は彼女を抱き寄せてキスした。

最初は乱暴に、でもやがて力を抜いて、僕たちはどれだけキスしていただろうか。そのまま続けてもいられたのだけど、コンラートが電話の向こうにいることと、時間が流れれば彼のお金が飛んでいくのだということを思い出した。受話器を耳に当てると、混線したようなザーザーという雑音が聞こえ、その後、何も聞こえなくなった。コンラートは電話を切っていた。

「もういない」と僕は言い、フラウ・エルゼをエレベーターに引っ張っていこうとした。

「だめよ、ウド、おやすみなさい」彼女は作り笑いを浮かべて僕を拒んだ。

何度も一緒に行こうと言ったけれども、実はそれほど自信があったわけではない。僕にはすぐには理解できなかった仕草、感情のこもらない偉ぶった仕草を見せると、フラウ・エルゼは夜警に止めに入るようにと指示した。それから声の調子を変え、またおやすみなさいと言うと、去っていった……

厨房のほうへ！

「何て女だ」と僕は夜警に言った。

夜警はカウンターの向こうに行き、机の引き出しを開けてポルノ雑誌があるのを確認した。何も言わずに観察していると、彼は雑誌を手に取り、それからフロントの革の椅子に腰かけた。カウンターに肘をついて溜め息をつくと、僕は〈デル・マル〉にはまだ観光客がたくさんいるのかと訊ねたが、彼は僕には目もくれず、たくさん、と答えた。鍵棚の上には大きく縦長で、分厚い金の縁がついた、骨董品店から持ってきたような鏡があった。水銀は廊下の照明に照らされてきらめき、鏡面の内側には夜警のうなじが映っていた。胃に何か具合の悪いものを感じたのは、夜警と違い僕自身の姿が鏡に映っていないのに気づいた瞬間だった。少しびくびくしながら、カウンターを離れずにゆっくりと左側に移動した。夜警は僕を見つめ、しばらく躊躇ってから、なぜフラウ・エルゼに「あんなこと」を言ったのかと訊ねた。

「あんたには関係ないさ」と僕は言った。

「そのとおりです」と彼は笑顔で言った。「けれども彼女が悲しむのを見たくはないのです。彼女は私たちにとてもやさしくしてくれます」

「なぜ彼女が悲しんでると思う？」左に移動し続けながら僕は言った。手のひらには汗をかいていた。

「なぜでしょう……お客様がひどいことをなさるので……」

「僕は彼女のことをとても愛おしく思うし、尊敬している」と請け合っているうちに少しずつ鏡に自分の姿が現れてきた。そこに見えた僕の姿は不快なものだったけれども（服は皺くちゃ、頬は赤く、髪はぼさぼさ）、だからといって僕でないわけではなく、生きていて、触れることができた。馬鹿な心配をしたものだと自分でも思う。

夜警は肩をすくめ、また雑誌に集中しようという表情を見せた。僕はほっとしながら、心底疲れていた。

「その鏡には……何か仕掛けでもあるの？」

「何ですって？」

「鏡だよ。さっき僕はその正面にいたのに、自分の姿が見えなかった。横にずれてみてやっと映ったんだ。一方であんたは下にいるのに映ってる」

夜警は立ち上がりもせず首をひねり、鏡で自分の姿を見た。猿みたいなしかめっ面だ。自分の姿を見たけれども気に入らなかったのだろう、それがおかしくもあるようだ。

「少し傾いているんです。でも偽物の鏡ではありません。ほら、ここの壁です。見えますか？」にこりとしながら鏡を持ち上げ、人の体を撫で回すように壁に触れた。

僕はしばらく黙ってその問題についてじっくり考えた。そして、少し迷ってから言った。

「確かめてみよう。ここに立ってみて」とさっき僕がいたのに映らなかった場所を指差した。

夜警はカウンターの外に出て言われた場所に身を置いた。

「見えませんね」と認めた。「でもそれは正面にいないからです」

「何言ってるんだ、正面じゃないか」と言って僕は彼の背後に回り、顔を鏡に向けさせた。

肩越しに見た光景に僕の鼓動は速まった。僕たちの声は聞こえるのに、肉体は見えないのだ。廊下にあるもの、肘掛け椅子一脚に花瓶、天井と壁の間接照明などは鏡に映り、僕の背後にある実際の廊下よりもずっと明るく鮮やかに輝いていた。夜警は無理して笑った。

「放してください。放して。証明してみせます」

そのつもりはなかったのだけど、プロレスの決め技をかけたように彼の動きをブロックする格好になった。夜警は弱々しく、怯えているようだった。僕は彼を放した。慌ててカウンターの向こうに身を隠すと、彼は鏡のかかった壁を指差した。

「歪んでるんです。ゆ・が・ん・で。まっすぐじゃないんです。さあ、前に出てよく見てください」

カウンターの隙間から中に入ったときには、冷静さと思慮深さが狂った風車の羽のようにぐるぐると回っていた。僕はあの哀れなやつの首をひねる覚悟さえできていたように思う。そのとき、まるでもうひとつの現実をすぐさま目覚めさせようとするかのように、フラウ・エルゼの芳香が僕を包んだ。何もかもが違うものになった。物理の法則すらも超えていたと言いたくなるほどで、そこで彼女のにおいを嗅いだとはいっても、フロント内の四角い空間は、広くて日中は人も多く行き交うロビーから隔てられているわけでもなかった。フラウ・エルゼがゆったりとそこを通った痕跡が残っていると思っただけで僕の心は落ち着いた。

ざっと眺め回してみて、夜警の言っていることは正しいとわかった。鏡のかかった壁はカウンターと平行になっていない。

僕は溜め息をつき、革の肘掛け椅子にへたり込んだ。

「真っ青ですよ」と夜警が言った。きっと僕の顔色が青白いと言っているのだ。そして彼はポルノ雑誌で僕をゆっくりと扇ぎ出した。

「ありがとう」と僕は言った。

しばらく、永遠に続くかと思われるほどの時間が経ってから、僕は立ち上がって部屋に戻った。寒かったのでセーターを着て、それから窓を開けた。バルコニーからは港の灯りが見えた。眺めていると心が鎮まった。どちらも、港も僕も同時に震えていた。星はなかった。ビーチは狼の口のように見えた。僕は疲れていて、いつになっても眠れそうにない。

九月八日

四〇年冬。〈ロシア最初の冬〉ルールでゲームしなければならないのは、ドイツ軍がソヴィエト連邦内部に侵攻、深入りが過ぎ、気候の不利も重なって、決定的な反撃を招き、そのことによって前線のバランスが崩れ、翼包囲や孤立地帯が生じかねないときだ。一言で言えば、ドイツ軍が撤退を余儀なくされるような反撃が可能なとき。しかしそのためにはソヴィエト軍がそんな反撃を実行に移すのに充分な予備兵力（必ずしも予備装甲軍でなくてもいい）を確保しておくことが必要不可欠になる。つまり、ソヴィエト軍に話を絞れば、〈ロシア最初の冬〉ルールで戦ってうまくいく見込みがあるということは、〈秋の新部隊創設〉のセグメントで少なくとも前線沿いに十二の軍事力要素を予備兵力として確保できたということだ。ドイツ軍の観点から見れば、〈ロシア最初の冬〉ルールで戦ってもなお確実性が高いということは、ロシアの警戒をことごとく無効にしてしまうような決定的な何かが、東部での戦闘で起きたということだ。それ以前のひとつひとつのターンにおいてソヴィエト軍の軍事力要素の最大数を破壊していたというようなことが。そうなると〈ロシア最初の冬〉ルールはいささかつまらないものと化し、最悪の場合、ドイツ軍にとってこれはロシア国内への侵攻の停滞になるし、ソヴィエト軍にとっては、優先順位が瞬時に変わるという意味だ。衝突を模索するのではなく、後退し、前線の建て直しという絶望的な意図のために敵軍に広大なスペースを明け渡すことになるからだ。

それはともかく、〈火傷〉はこのルールでの戦い方を知らないし（きっと知らない。だって説明していないのだから）、彼の動きについてかろうじて言えるのは混乱しているということだけだ。北で反撃し（僕の部隊にはほとんど損害はない）、南で後退する。このターンの終わりには、僕は可能なかぎり最も有利なラインに前線を張ることができる。E42、F41、H42、ヴィテプスク、スモレンスク、K43、ブリャンスク、オリョール、クルスク、M45、N45、O45、P44、Q44、ロストフのヘクスと、クリミアへの経路だ。

地中海戦線ではイギリスがまったく惨憺たるありさまになる。ジブラルタルが陥落する（自軍の損失はそれほどではない）とエジプト駐留のイギリス軍が罠にはまる。攻撃すらしなくてもいい。補給が足りないのだ。あるいは、補給経路、イギリスの港から南アフリカそしてスエズ湾と辿ることになる旅程が長すぎて、これでは無効は保証済みだ。実際、地中海はエジプト軍とマルタ島に駐留する歩兵部隊を除けば、もう僕のものだ。今ではイタリア艦隊は自由に大西洋へと出て、そこでドイツ戦艦隊と合流することができる。この艦隊とフランスに駐留するわずかな歩兵部隊をもってすれば、そろそろグレートブリテン島への上陸も視野に入れていい。

参謀本部ではさまざまな計画が次々と取り沙汰される。トルコに侵攻、南（そのときまでに制圧されていなければだが）からカフカスに入り込んで後衛からロシアを攻める、他にはマイコープとグロズヌイを確保するなど。短期計画もある。〈戦略的再配備〉の間、ロシアで目覚ましい戦績のあった航空部隊の多数の要素を移動させ、グレートブリテン島上陸の際に援護させる。長期計画は、たとえば、四二年春ごろまでにドイツ軍がロシアで張っているはずの戦線を見積もることだ。

完膚なきまでの僕の軍の勝利だ。そのときまで僕はほとんど口を利いていなかった。次のターンには壊滅させてやろう、と僕は言った。

「かもな」と〈火傷〉は応える。

にやりとしたところを見るに、彼は逆のことを考えている。テーブルの周りをうろつき、部屋の照明が当たっている場所に入ったりそこから出たりする動きは、まるでゴリラみたいだ。ゆったりとして自信たっぷり、誰かが自分を敗北から救ってくれると期待しているのだろうか？　アメリカ軍か？　アメリカが参戦するころには、おそらくヨーロッパ全土がドイツの支配下に入っているだろう。ひょっとしたら東部戦線では赤軍の残党がまだウラル地方で戦っているかもしれないが、いずれにしろそれはまったく問題ではない。

〈火傷〉は最後まで戦うつもりだろうか？　そのつもりだろうな。僕らがうすのろゲーマーと呼ぶやつだ。僕は一度、この種の典型的な相手と対戦したことがある。ゲームは〈NATO　ヨーロッパ次期大戦〉で、相手はワルシャワ条約の部隊を操っていた。最初のうち、相手側の形勢は有利だったのだが、ルール川流域に達する前にブレーキがかかった。その瞬間から僕の航空部隊と連邦軍に徹底して叩き潰され、彼に勝ち目はないことが誰の目にも明らかになった。周囲に集まった彼の友人たちは棄権するように勧めたのだが、彼はプレイを続けた。試合はすっかり熱を欠いたものになってしまった。最後に勝者となった僕が、彼自身（愚か者）にさえ負けはわかっていたのになぜ棄権しなかったのかと訊ねた。彼が冷然と白状するには、そいつのしつこさにうんざりした僕が〈核攻撃〉でとどめを刺しにくるのを期待していたのだそうだ。そうすれば原子力兵器による大量虐殺を始めた者は五〇パーセントの確率で負けるので、それに期待をかけていたと。

馬鹿な期待だ。僕は伊達にチャンピオンなんじゃない。待ち、忍耐力で武装するすべを知っているのだ。

〈火傷〉が降参せずにじっと待っているのもそういうことだろうか？　〈第三帝国〉には原子力兵器はない。じゃあ何を待ってる？　彼の秘密兵器は何だ？

九月九日

フラウ・エルゼと食堂で。

「昨日は何してた?」

「別に何も」

「何もってどういうこと? 一心不乱に探し回ったのに、とうとう丸一日見つからなかったんだから。どこに隠れてたの?」

「部屋の中さ」

「部屋にも行ったわよ」

「何時に?」

「憶えてない。午後の五時と、それから夜の八時か九時にも」

「おかしいな。もう戻ってたと思うけど!」

「嘘言わないで」

「わかった、ちょっとあとに戻ったんだ。ドライヴに行ってた。隣の町で食事した。郊外型レストランで。独りになって考え事をしたかった。あの辺にはいいレストランがあるんだね」

「それから？」

「車で戻ってきた。ゆっくり運転してね」

「それだけ？」

「どういう意味？」

「質問よ。どういう意味かというと、ドライヴして外で食事する以外に何かしたかってこと」

「してない。ホテルに着いたら部屋に閉じこもっていた」

「フロント係はあなたが戻った姿を見てないってよ。あなたのことが心配なの。わたしに責任があるような気がして。あなたの身に何か悪いことでも起こったらと気が気でない」

「独りでも大丈夫さ。それに、何が起こるっていうんだい？」

「何か悪いこと……ときどき予感がするのよね……悪夢というか……」

「チャーリーのような目に遭うってこと？　そのためにはまずウィンドサーフィンをやらなきゃ。ここだけの話、あれは脳たりんのスポーツだと思うんだ。チャーリーには悪いけど、心の底では僕は彼に感謝してるんだ。あんな馬鹿な死に方をしなかったら、僕は今ごろここにはいないものね」

「わたしがあなただったらシュトゥットガルトに戻って和解するな……あの子と、あなたの恋人と。今！　今すぐによ！」

「でもいてほしいとも思ってるでしょ。わかってるよ」

「あなたに会うたびにびっくりさせられる。あなたが無責任な子供みたいに振る舞うから。ものが見えているのかしら、それともまったく見えてないのかしらって。でも気にしないで。ちょっと苛立っているだけ。夏の終わりだものね。いつもならちゃんとバランスを保っていられるのだけど」

「知ってる。それにとてもきれいだ」

「そんなこと言わないで」

「昨日もできれば僕だってあなたと一緒にいたかった。でも僕も見つけられなかったよ。ホテルの中だと息が詰まるんだ。引退した年寄りばかりで。それに考え事もしたかった」

「それから〈火傷〉と一緒だったのね」

「昨日はね。そうだ」

「彼は部屋まで上がったでしょう。あなたの部屋の中でゲームを見たら、準備が整っていた」

「僕が連れて上がったんだ。いつもホテルの入口で迎え入れる。安全のためにね」

「それだけ？　彼はあなたについて部屋に上がって、ずっと真夜中過ぎまでそこにいたの？」

「だいたいね。ひょっとしたらもう少し遅かったかも」

「そんなに長い間、何をしてたの？　ゲームだなんて言わないでよ」

「だってゲームだもの」

「にわかには信じられない」

「本当に僕の部屋に行ったのなら、ゲーム盤を見たでしょう。ゲームは展開中だ」

「見たわよ。変な地図。好きになれないわ。いやなにおいがする」

「地図が、それとも部屋が？」

「地図。それから駒も。本当のところ、あなたの部屋は何もかも臭う。中に入ってきれいにしようなんて誰も思わないのかしらね。ううん。たぶんお友だちが悪いのね。ひょっとしたら火傷痕が悪臭を発散するのかも」

「馬鹿なこと言わないでくれよ。悪臭は外から入ってくるんだ。スペインの下水道って夏向きじゃないからさ。インゲボルクもそう言ってた。七時を回ると通りがくさいって。いっぱいになった下水道からいいにおいがしてくるんだ！」

「町の下水処理場ね。ええ、ありうる。でもとにかく、〈火傷〉を部屋に上げることは好ましくないわね。あなたがあの火傷痕だらけの大男とロビーをこそこそ歩く姿を観光客に見られたら、わたしのホテルが何を言われるかわかる？ 従業員たちが何か噂するのはかまわない。でもお客は別。お客様のことは気にかけなきゃいけない。あなたが退屈だというだけの理由でホテルの評判を危機にさらすわけにはいかない」

「退屈なんじゃないさ。逆だ。お望みとあらば盤を持って下りて、レストランに腰を据えてもいい。もちろん〈火傷〉は皆に姿を見られるし、そうなったらやはりいい宣伝とは言えないだろうけど。それに少しばかり集中力も落ちるだろうな。大勢の人前でプレイするのは好きじゃないんだ」

「気が変になったと思われたいの？」

「だって、客たちだってカードゲームをしてるじゃないか。もちろん、こっちのゲームのほうが複雑だけど。冷静にならなきゃいけないし、熟考して賭けに出なきゃいけない。マスターするのが難しい。ちょっと経ったらすぐに新しいルールとヴァリアントができる。記事が出るからね。と言ってもあなたにはわからないだろうな。つまり、身も心も捧げるってことがわからないだろうな」

「〈火傷〉もそんな人なの？」

「そうだと思うよ。冷淡かつ大胆だ。思慮深さはそれほどでもないけど」

「そうじゃないかと思った。内面はあなたに似てるんじゃないかしら」

「そうは思わないね。僕はもっと陽気だ」

「何時間も部屋にこもっている人が陽気だなんて思わないけど。ディスコに行ったり、テラスで読書したり、テレビを見たり、何でもできるでしょうに。あなたと〈火傷〉がわたしのホテルの周囲をうろつき回っているって考えたら、気になって仕方がないの。あなたたちが部屋でじっとしてるところが想像できない。いつも動き回っているでしょう！」

「駒を動かしてるよ。それから計算も……」

「そうこうしている間にわたしのホテルの評判はお友だちの体みたいに腐っていくのよ」

「体が腐るって、どの友だちの？」

「溺れた人、チャーリー」

「ああ、チャーリーか。旦那さんは何て言ってる？」

「夫は病気。もしわかったらあなたをホテルから強制的に追い出すでしょうね」

「もう知ってると思うよ。いや、きっと知ってるさ。実行しないだけだ」

「そんなことしたら夫は死んでしまう」

「具体的には何の病気なの？　あなたよりだいぶ年上でしょう？　それに痩せて背が高い。さらに髪は薄い、違う？」

「そんな言い方は好きじゃない」

「旦那さんを見かけたことがあると思うんだよね」

「あなたのご両親にはよくしていただいたわ」

「そうじゃなくて、今年のこと。ちょっと前。熱を出したりなんかして寝ているかと思われていたころの話」

「夜？」

「ああ」

「パジャマだった？」

「ガウンだったんじゃないかな」

「そんなはずないわ。何色のガウン？」

「黒。あるいは暗い赤」

「ときどきベッドを出てホテルを一回りするのよね。厨房とかトイレとか。いつも質を保っているか気にかけているし、何もかもきれいになっているか気を遣っている」

「ホテルで見たんじゃない」

「じゃあそれは夫じゃないわね」

「彼は僕たちのことを……？」

「もちろん知ってる。お互い何でも話すことにしているから……わたしたちのことは単なるお遊びなのよ、ウド、それもそろそろ終わるころみたい。あなたが〈火傷〉とやっているゲームみたいにずるずるとひきずることになるかもしれないけど。ところで、名前は？」

「〈火傷〉の？」

「ううん。ゲームの」

「〈第三帝国〉」

「怖い名前」

「考えようによってはね……」

「で、勝ってるのはどっち？　あなたなの？」

「ドイツだ」

「あなたはどの国？　ドイツなのね、なるほど」

「ドイツに決まってるじゃないか、馬鹿だな」


四一年春。〈火傷〉の名は知らない。どうでもいい。国籍も気にならない。どこの出身だろうが、同じことだ。彼はフラウ・エルゼの夫の知り合いだ。そのことはとても気になる。〈火傷〉には思いがけない機動力が備わっていることになる。〈狼〉や〈仔羊〉と仲良くつるんでいるだけでなく、フラウ・エルゼの夫とのもっと込み入った（と予想される）会話だってできるということだ。けれども真夜中に、まるで二人の共犯者のようにビーチで話すのはどうしたわけだろう？　ホテルで話せばいいのに。あの光景は談笑しているというよりは陰謀を企んでいる図のようだ。いったい何の話をしているのだろう？　会談のテーマは、間違いなく僕だった。つまりフラウ・エルゼの夫は、二つの回路を通じて僕のことを知っていることになる。〈火傷〉はゲームの話をし、妻は二人の恋愛ごっこの話をしている。彼に比して、僕の状況は不利だ。病気だという以外、僕は彼のことを何も知らない。でも直感的にわかることはある。彼は僕を追い出したがっている。勝負に負ければいいと思っている。妻と寝てほしくないと思っている。東部戦線での攻撃は続く。装甲先遣部隊（四個）がスモレンスクでロシア戦線と衝突し、突破。モスクワを痛めつけ、〈壊滅戦〉で陥落させる。南ではむごたらしい戦闘の末にセヴァストポリを制圧、ロストフ＝ハリコフ戦線からエリスタ＝ドン戦線まで進軍。赤軍がカリーニン＝モスクワ＝トゥーラ戦線全域で反撃するが、ついには退ける。モスクワの陥落によってドイツ側からすれば10ＢＲＰ獲得する。ただしこれはベイマのヴァリアントの場合であって、古いルールだと15ポイントになる。そして〈火傷〉は崩壊寸前どころか、すっかり崩壊した。いずれにしろロシアの損失は甚だしい。モスクワを取り戻そうとすれば、〈攻撃〉オプションのＢＲＰに加え、除去された軍隊を加える必要があり、そのためには素早い再配置を保証するだけの使用可能ＢＲＰが足りない。合計すると、前線の中央部だけでも〈火傷〉は50ＢＲＰ以上を失った。レニングラードの指揮状況には変化なし。前線はタリンとＧ42、Ｇ43、Ｇ44のヘクスにしっかり張られている。（〈火傷〉に質問したいのだけれどもしていないことはこうだ。フラウ・エルゼの夫は毎晩訪ねてくるのか？　彼はウォーゲームのことをどれくらい知っているのか？　フラウ・エルゼの夫はマスターキーを使って僕の部屋に入り、あれこれ詮索したのか？　気をつけろ。タルカムパウダーを部屋の入口に少しばかり撒いてやる――持ってないけど。誰かが侵入したらわかるような何かを置こう。フラウ・エルゼの夫は、ひょっとしてゲーム好きなのか？　それで、いったい何の病気なんだ？　エイズ？）西部戦線では〈アシカ作戦〉が成功裡に実施される。次のフェイズ、島への侵攻と制圧は夏になされるだろう。とりあえず一番の難局は乗り切った。イギリスに橋頭堡を築き、ノルマンディーに駐留する強力な航空部隊に警護させることだ。予想どおり、イギリス艦隊が英仏海峡で僕を封じた。全ドイツ艦隊とイタリア艦隊の一部、手持ちの半数以上の航空部隊をつぎ込んで必死に戦った長い戦闘の末、Ｌ21ヘクスに上陸を果たした。おそらく慎重になりすぎたのだが、僕はパラシュート部隊を使わずに取っておいたために橋頭堡が思ったほど円滑に機能しなかった（そこへ向けたSRを作ることができなかった）けれども、それでもまだ有利な位置にある。ターン終了時、英国軍の占拠するヘクスは次のとおり。第五および第十二歩兵部隊がロンドンに。第十三装甲部隊がサザンプトン＝ポーツマス戦線に。第二歩兵部隊がバーミンガムに。航空部隊の五部門がマンチェスター＝シェフィールド戦線に。予備隊がロサイスとJ25、L23、プリマスに。哀れなイギリス部隊は、砂丘ヘクスや塹壕ヘクスから僕の部隊（第四および第十歩兵部隊）を覗っているのだが、身動きひとつ取れない。これまで何度も期待していたことが起こった。ひとつまたひとつと駒が動かなくなり、ついには〈火傷〉の指も止まったのだ。第七軍はイギリス上陸！　僕は笑いをこらえようとしたがこらえきれなかった。〈火傷〉はそのことに傷つきはしなかった。実にうまく考えた手だ！　と認めるが、声の調子にはまだ少し馬鹿にしたようなところがあった。真実にもとりたくないので正直に言うが、彼は平静を失わない対戦相手だ。プレイに熱中していると、まるで本当の戦争の悲しみにとらわれているみたいだ。最後になって実に興味深く、考えたくなる出来事があった。〈火傷〉が立ち去る前に僕はバルコニーに出て新鮮な空気を吸ったのだが、そのとき海岸通りで〈狼〉や〈仔羊〉と話していたのは誰だったか？　そう、ホテルの夜警に連れ添われたその人は、フラウ・エルゼだったのだ。

九月十日

今朝十時、電話の音に起こされ、知らされた。チャーリーの遺体が見つかったので警察署に行って身元確認をしてほしいとのことだった。しばらくして朝食を摂っていると、〈コスタ・ブラーバ〉の支配人が欣喜雀躍、現れた。

「やっとですよ！　時間内に行かなければいけません。遺体は今日にもドイツに送られます。お国の領事と今し方話したところです。テキパキとした有能な方ですね」

十二時に町外れにある警察署に着いた。以前夢で見たのとは似ても似つかない建物で待ちかまえていたのは赤十字の若者と僕も会ったことのある海軍司令部の代表だった。中に入ると汚くて悪臭の漂う待合室があり、そこでドイツ大使館の役人がスペイン語の新聞を読んでいた。

「ウド・ベルガーさんです。故人のお友だちの」と〈コスタ・ブラーバ〉の支配人が紹介した。

役人は立ち上がって僕と握手し、さっそく身元を確認してもらえないかと訊ねた。

「警察の方を待たなければ」とペラ氏が説明した。

「でもここは警察署では？」と役人は言った。

ペラ氏はそうだという仕草を見せてから肩をすくめた。役人はまた腰を下ろした。輪になってひそひそとしゃべっていた他の連中も彼に倣った。

半時間後に警官が現れた。警官は三人で、なぜ僕たちが待っているのかさっぱりわからない様子だった。またしても〈コスタ・ブラーバ〉の支配人がとうとうと説明を始め、それを聞いてやっと警官は我々についてくるようにと言い、廊下の奥の階段を下り、白い長方形の地下室、あるいは僕には地下室に思えたものに案内した。そこにチャーリーの遺体があった。

「本人ですか？」

「本人です」僕とペラ氏と、全員がそう言った。


フラウ・エルゼと屋上で。

「ここが隠れ家なんだね？　きれいな眺めだ。この町の女王気分に浸れるね」

「そんな気分にはならない」

「実際、八月より今のほうがいい。暑さがそれほど厳しくないから。ここが僕の場所なら鉢植えの植物を持ち込むな。緑があったほう」がいい。そうすればもっと居心地がよくなる」

「居心地よくしようなんて思わないわ。このままでいい。それにここは隠れ家でもなんでもない」

「わかってるよ。独りになれる唯一の場所だね」

「そんなのでもない」

「まあいいや。つけてきたのは話がしたかったからだ」

「わたしは話したくないのよ、ウド。よかったらあとであなたの部屋に行ってもいい」

「で、セックスする?」

「そんなことわかるわけがないでしょう」

「でも僕らはまだやってない。キスはした、何度もキスした、それでもまだ寝る覚悟はできていない。子供の恋愛ごっこみたいじゃないか!」

「そんな心配はしなくていいのよ。条件が整えばそんなことも起きるでしょう」

「条件って何だい?」

「魅力、友愛、忘れられない何かを残したいという欲望。何もかもが自然と湧き起こってくるの」

「僕ならさっさと寝るね。時間なんてあっという間だ。そうは思わないかい?」

「今は独りでいたいのよ、ウド。それにあなたのような人に感情をゆだねるのが少し怖いの。あなたはひどく無責任に思えたり、まったく正反対に思えたりするの。悲劇の人物みたい。根本的にはあなたはだいぶ不安定な人よね」

「僕がまだ子供だと……」

「馬鹿ね。あなたが子供だったころのことなんて憶えてもいないんだから。あなたも子供だったころがあるの?」

「本当に憶えてないの?」

「もちろん。お父様とお母様のこともぼんやりとしか憶えてない。観光客と普通の人では憶えていることが違うものなのよ。映画みたいなもの、ううん、映画じゃなくて、写真、ポートレイトみたいなもの。何千枚ものポートレイト。でも中身は空っぽ」

「ずいぶん格好つけたこと言って、それが僕をほっとさせるのかぎょっとさせるのかわからないけど……昨日の晩、〈火傷〉とゲーム中にあなたを見かけたよ。〈狼〉や〈仔羊〉と一緒だった。あなたに言わせればやつらも普通の人で、やつらのことは普通に憶えていて、空っぽじゃないってことだね？」

「あなたはいるかと訊いてきたのよ。出ていってって言った」

「それでいい。でもなんでそんなに時間がかかった？」

「別の話もしたから」

「どんな話？　僕のこと？　僕が何をしてるかって？」

「あなたが気にするような話ではないわ。あなたの話でもない」

「信じていいかわからないけど、ともかく、ありがとう。やつらに部屋に上がられて邪魔されたくなかったからね」

「あなたは何者なの？　ただのウォーゲームのプレイヤー？」

「もちろん違う。僕は若くて楽しみを求めている……健全な仕方でね。それにドイツ人だ」

「ドイツ人って何？」

「正確にはわからない。言うまでもなく、少しばかり難しいんだ。僕たちは少しずつそのことを忘れてきたんだ」

「わたしも忘れた？」

「皆だよ。あなたはまだ少し忘れてないことがあるかも」

「だとすれば喜んでいいんでしょうね、たぶん」

午後は〈アンダルシア人の隠れ処〉に行った。観光客がいなくなり、このバルは少しずつ本来の禍々しい雰囲気を取り戻しつつある。床は汚くべとついていて、吸い殻や紙ナプキンが散乱しているし、カウンターの上には皿やカップ、ボトル、バゲットサンドの残り物が積み上げられていて、それらが入り混じった様子が、すさみ、かつ落ち着いたような独特な雰囲気を醸し出している。スペインの若者たちは相変わらずビデオにかじりつき、隣に腰かけた店主はスポーツ新聞を読んでいる。彼らはもちろん、チャーリーの遺体が見つかったことを知っていて、最初のうちは僕を気遣ってある程度距離を取っているのだが、店主が突然、前触れもなくこちらにやってきてお悔やみの言葉を述べる。「人生は短い」と言いながらカフェオレを注ぎ、僕の隣に腰を下ろす。僕は驚いて曖昧な返事をする。「これでお前さんは帰国して、また何もかもが新しく始まるんだな」僕は頷いた。他の客はビデオを見ているふりをしたが、実際には僕が何を言うかと耳をそばだてていた。カウンターの向こう側で肘をつき、片手を額に当てた年配の女性が、僕をじっと見つめていた。「恋人が待ってるんだろうな。人生は続くんだし、できるだけいい人生を送らないとな」あの女は誰なのかと訊ねた。店主は微笑んだ。「おふくろだ。何もわかっちゃいないさ。夏が終わるのをいやがってるんだ」僕はずいぶん若く見えると言った。「ああ。十五のときに俺を産んだ。俺は十人兄弟の長男でね。もうぼろぼろさ」体型だって若い、と言ってみた。「厨房で働いてるからな。日がなバゲットサンドやらインゲン豆とソーセージの煮込みやら、パエーリャ、フライドポテトと目玉焼き、ピッツァなんかを作っているんだ」パエーリャを味見に来ないといけませんね、と僕は言った。店主はまばたきした。目は涙に濡れていた。来年の夏ですね、と付け加えた。「もう同じじゃなくなってるさ」と彼は陰気に言った。「前と同じ味なんて、夢にも言えない」前っていつより前?「時が流れる前さ」ああ、と僕は言った。

よくあることですよ。あなたは慣れすぎて同じ味だと思わないんです。「そうかもしれんな」女は同じ姿勢のまま顔をくしゃりと歪めた。その表情は僕に向けられているようにも思えたし、時間と人生についての意見を表明したとも思えた。皺くちゃの悲しげなその微笑みの向こうに、獰猛な情熱のようなものを垣間見たように思った。店主は一瞬、物思いに沈んだように見えたが、やがて見るからに無理して立ち上がり、一杯どうだと持ちかけてきた。「店のおごりだよ」僕は断った。まだカフェオレを飲み終えていなかったのだ。カウンターまで行くと店主は振り向き、僕を見つめたまま母親の額にキスした。コニャックのカップを手に戻ってきたときには目に見えて元気になっていた。〈狼〉と〈仔羊〉はどうしているかと訊ねた。仕事を探しているそうだ。何の？　知らない、何でもさ、建築現場とか、どこでも。この話題は店主のお気に召さなかった。気に入った仕事が見つかるといいなと僕は言った。見つかるとは思わないな。店主は一度、二シーズンほど前に〈狼〉を雇ったことがあったが、記憶にあるかぎり最悪のウェイターだった。一か月しか続かなかった。「いずれにしろ仕事を探すのはいいことだ。誰も仕事をやりたがらなかったとしても、豚みたいに退屈するよりはましだ」僕は賛成した。仕事を探したほうがいい。少なくともそのほうが積極的な態度だ。「あんたが帰国したら今度は〈火傷〉が犬みたいに退屈しちまうな」（なぜ今度は豚でなく犬なのだろう？　店主は言い分けるのがうまい）。僕らは仲がいいんです、と僕は言ったが、そこまでとは思っていなかった。「そういうことではなくて」店主の目が光った。「ゲームのことだ」僕は何も言わずに彼を観察した。手をテーブルの下に入れて、まるでマスターベーションをしているみたいな動きを見せていた。いずれにしろ、この状況を楽しんでいた。「お前さんのゲームだよ。〈火傷〉はたいそう入れ込んでいてね。やつが何かに対してあんなに興味を示す姿は見たことがない」僕は咳払いをしてから、ええ、と言った。実際のところは、〈火傷〉がこんな場所でもゲームの話をしていることに驚いていたのだ。ビデオの前にいる若者たちがだんだんあからさまに横目で僕のテーブルのほうを覗うようになっていた。彼らは今にも何かが起こるのではないかと期待し、起これと脅しをかけているような気がした。「〈火傷〉は内気だが頭のいいやつだ。内気なのはもちろん、火傷のせいだ」店主の声はほとんど聞き取れないほどの囁き声になった。向こうの端から彼の母親だか何だかが、また僕に獰猛な情熱の微笑みを向けてきた。それは当然だ、と僕は言った。「お前さんのゲームってのはチェスみたいなやつ、スポーツなんだろう？」似たようなものだ。「戦争の、第二次世界大戦のやつなんだね？」ええ、そのとおり。「それで、〈火傷〉は形勢不利で、というか少なくとも自分ではそう思っているんだろう？なにしろ何から何まで混乱している」まったくです。「なるほど。試合は終わらないだろうが、そのほうがいいやね」なぜ試合が終わらないほうがいいと思うのか訊ねた。「人類のためさね！」店主は驚いたような表情をし、それからすぐになだめるような笑顔になった。「俺がお前さんならやつの相手はしない」僕は黙って次の言葉を待つことにした。「やつはドイツ人が嫌いだと思う」チャーリーは〈火傷〉が気に入っていた、と僕は思い出して言った。お互いに気に入っていたと請け合った。ひょっとしたらハンナがそう言ったのかもしれない。突然、僕は体が重くなったような気がした。〈デル・マル〉に戻って荷造りをし、今すぐ出ていきたくなった。「知ってるかい？　あの火傷は意図的に負わされたものなんだ。事故なんかじゃないんだぜ」ドイツ人がやったんですか？　だからドイツ人が嫌いなんですか？　店主はテーブルの赤いプラスチックの表面に顎がつきそうなほどに身を屈め、「ドイツ側」と言ったので、ゲームの話だと、〈第三帝国〉のことなのだとわかった。〈火傷〉はきっと頭がどうかしているんですよ、と僕は叫んだ。返答代わりに受け取ったのは、ビデオの前にいた連中全員の憎しみの視線が体に突き刺さるような感覚だった。単なるゲームであって、それ以上でもそれ以下でもない。それなのにやつはまるでゲシュタポの駒が連合国側のプレイヤーの顔に飛びかからんばかりだなどと語るなんて（ハハハ）。「やつが苦しむのを見たくないんだ」苦しんでなんかいない、と僕は言った。楽しんでいる。それに考えてもいる！「それが一番よくない。あいつは考えすぎる」カウンターの女は首を横に振り、それから指を耳に突っ込んだ。僕はインゲボルクに思いを巡らせた。この汚く臭い場所で僕たちは酒を飲み、愛を語っていたのだろうか？　僕にうんざりしてしまうのも無理はない。はるか遠くにいる可哀想なインゲボルク。災難は、手の施しようのなさは、バルの隅々にまで浸透していた。店主は顔の左側だけしかめ面をした。頬がせり上がり、目を覆うまでになった。ずいぶん器用なことをするものだと褒めたりはしなかった。店主は怒っているようには見えなかった。基本的には優れて気分がいいようだ。「ナチの連中」と彼は言った。「本物のナチの軍人たちが世界中をまだ逃げ回っているんだ」ははん、と僕は言った。煙草に火を点けた。場が少しずつ決定的に超自然的な雰囲気をまといつつあった。するとやつに火傷を負わせたのはナチだという話になろうとしているのだろうか？　それで、それはどこで起こったのだろう、いつ、なぜ？　店主は優越感を漂わせて僕を見つめ、それから〈火傷〉は、いつのことだかはっきりしないが遠い昔、兵士の職務にあったと言った。「死に物狂いで戦う兵士だ」歩兵隊ですね、と僕は言葉を足した。それからすぐに、唇に薄ら笑いを浮かべて、〈火傷〉はユダヤ人か、それともロシア人かと訊ねたが、店主はそんな細かい問題には対応できないようだ。彼は言う。「誰もやつとやり合おうとは思わない。そんなこと考えただけで魂が縮み上がっちまう〈アンダルシア人の隠れ処〉のならず者どものことを言っているに違いない）。たとえばお前さんはやつの腕に触ったことがあるか？」いや、ない。「俺はある」店主は薄気味悪い声で言う。それから付け加える。「去年の夏、やつはここで働いてたんだ。厨房で、自分から言い出してそこで働いた。客を失っちゃ困るだろうって言ってな。当然、あの顔じゃあ観光客たちは嫌がる。酒でも飲んでないかぎりはな」それに関してはいろいろ言うことがあるだろう、と僕は言った。知ってのとおり、人は好き好きだ。店主はかぶりを振った。目に悪辣な光が宿っていた。もうこの魔窟に来るのはこれきりにしよう、と僕は思った。「俺の跡を継いでほしいくらいだった。本当に俺はやつに一目置いてるんだ。だからこそゲームがゲーム盤の上だけで終わってくれれば嬉しい。やつが現実の問題に悩まされる姿を見たくないんだ」どんな問題のことかと訊いてみた。店主はまるで風景を愛でるかのように長いこと自分の母親を、カウンターを、埃だらけのボトルの詰まった棚を、サッカー・クラブのポスターを眺めた。「最悪の問題は約束を守れないときに起こる」と思慮深げに言った。どんな約束？　それまで店主の瞳に宿っていた光が突然消えた。本当は、一瞬、泣き出すんじゃないかと思った。間違っていた。腹黒店主は笑い出しやがった。そして待った。年寄りで太った意地悪な猫のように。死んだ友人に関係しているのか？　手探りで前に進んだ。死んだ友人の妻のこと？　店主は片手を腹に当てて叫んだ。「何をそんな、わかるわけないじゃないか。本当に知らない。だが俺はもうすぐ出発する」彼が何を言おうとしていたのか理解できなくて、黙りこんだ。僕はすぐにも〈火傷〉とホテルの入口で合流することになるのだが、そのとき初めて、その見通しに心がざわついた。天井から吊り下げられた黄色いランプにぼんやりと照らされたカウンターには、もう女はいなかった。〈火傷〉のことをよくご存じなら、やつがどういう人間か教えてほしい。「無理だ、無理」店主は呟いた。半開きの窓から夜と湿気が入り込んできた。外のテラスには、海岸通りを出て町中に入っていく車のライトに照らされてときどきできる影だけがあった。町外れの、休暇から遠ざかる場所でフランスに続く高速道路の入口がわからず、探し回っている自分を想像して憂鬱な気分になった。「無理だ、無理」店主は悲しげに、突然の寒さを感じたと言わんばかりに身を縮こませて呟いた。少なくとも〈火傷〉がどこの出身かくらいは教えてください。ビデオの前の男の子のひとりが僕たちのテーブルのほうに首を伸ばし、やつは幽霊だと言った。店主は残念そうに彼を見た。「今に空虚に感じるだろうよ、でもほっとするはずさ」どこの出身？　僕はもう一度言った。ビデオの前の男の子が淫らに笑いながら僕を見た。この町の出身さ。

四一年夏。イングランドにおけるドイツ軍の戦況は満足のいくものだ。以下の部隊がある。第四歩兵部隊がポーツマスにあり、SRと第四十八装甲部隊による補強を受けている。橋頭堡に駐留を続ける第十歩兵部隊の補強には、第二十および第二十九歩兵部隊が当たっている。イギリス軍は兵力をロンドンに集中させ、航空部隊を空中戦に備えて後退させる（直接ロンドンに飛んでいくべきだったのだろうか？　そうは思わない）。ロシアにおけるドイツ軍の戦況はこのうえない。レニングラードの包囲。フィンランドとドイツの部隊がC46ヘクスで合流する。ヤロスラヴリから圧力をかけ始めてヴォログダに向かう。モスクワからゴーリキーに向かう。I49からL48までを含むヘクスでは戦線は揺るぎない。南はスターリングラードまで進軍する。〈火傷〉はヴォルガ川の対岸、アストラハンとマイコープの間に必死で留まっている。ロシア北部地帯に関与する部隊は歩兵部隊五個に装甲部隊二個、フィンランド歩兵部隊四個。中央地帯に関与する部隊は歩兵部隊七個に装甲部隊四個。南部地帯に関与する部隊は歩兵部隊六個、装甲部隊三個、イタリア歩兵部隊一個、ルーマニア歩兵部隊四個、ハンガリー歩兵部隊三個。地中海における枢軸国軍の戦況は特に変化なし。〈壊滅戦〉オプション。

九月十一日

びっくりした。起きると、まだ十二時にはなっていなかったと思うが、バルコニーを開けて最初に目に飛び込んできたのは〈火傷〉の姿だった。砂浜を歩いていた。後ろ手を組んで視線を落とし、まるで砂の中に捜し物をしているようだった。肌、日に焼け、火に焼かれた肌がてかり、金色の砂浜に歩行の跡を残しているみたいだった。

今日は祭日だ。引退した老人たちとスリナム人の最後の一行が昼食後に立ち去り、ホテルの宿泊客は収容可能人数のわずか四分の一になった。一方で従業員の半数は休暇を取った。朝食に行くときには廊下に響く足音がくぐもり、悲しげに響いた（壊れた配管か何かの音が階段に鳴り響いたが、誰もそのことには気づかなかった）。

空ではセスナ社の小型機がどうにか文字を書こうと頑張っていたのだが、判読可能な単語が完成する前に強い風に吹き消されてしまうのだった。そのとき、とてつもない憂鬱に腹を、脊椎を、一番下の肋骨を締めつけられ、僕はパラソルの下にしゃがみ込んでしまった！

夢を見るように漠然と理解したところでは、九月十一日の朝はホテルの上空、セスナ機の尾翼の高さで流れていて、その朝の下にいる者たち、ホテルを去ろうとしている隠居老人やテラスに座って飛行機の飛ぶさまを眺めているウェイターたち、忙しく立ち働くフラウ・エルゼ、ビーチで暇つぶしをしている〈火傷〉などは、ある意味、暗がりの中で動かざるをえなかった。

理性的な都市と理性的な仕事の秩序に守られたインゲボルクもそうなのか？　理解し、疑い、待っている僕の職場の上司や仲間たちも？　忠実にして裏表がなく、これ以上望みようがないほどの最良の友コンラートも？　皆、下の世界にいるのか？

朝食の間、巨大な太陽がその触手を海岸通りいっぱいに、テラス全体に伸ばしてきたが、現実には何も温めるにはいたらないのだった。プラスチックの椅子さえも熱くならない。フロントにちらりとフラウ・エルゼの姿が見えた。話はしなかったけれども、その眼差しには愛情の痕跡が見て取れたように思った。食事を運んできたウェイターに上空の飛行機はいったい何を書こうとしているのだろうかと訊ねた。九月十一日を記念しているんですよ、と彼は言った。でも何を記念することがあるんだい？　今日はカタルーニャの日です、とウェイターは言った。〈火傷〉がビーチをあっちへ行ったりこっちへ来たりしていた。手を上げて挨拶したが、僕には気づかなかった。

ホテル街やキャンプ場地区ではあまりわからなかったことも、町の旧街区に出てみればこれ見よがしなまでによくわかった。通りは飾られ、窓やバルコニーからは旗が下がっていた。商店の大半は閉まり、バルには人が溢れているので、その日が祝日なのだとわかる。映画館の前では数人の若者がテーブルを二脚据え、本やパンフレット、ペナントなどを売っている。それは何の本かと訊ねると、十五歳にもなっていない痩せぎすな男の子が「愛国本」だと答えた。それはどういう意味？　仲間のひとりが笑いながら僕の理解できないことを叫んだ。カタルーニャ語の本だよ！　と痩せぎすな子が言った。一冊買ってその場を離れた。教会広場では老女が二人、ベンチに座って囁き合っているだけだった。そこで僕は本をぱらぱらめくり、それから最初に目についたゴミ箱に捨てた。

散歩がてらホテルに戻った。

午後、インゲボルクに電話した。その前に部屋を片づけた。書類をナイトテーブルの上に置き、汚れた服はベッドの下に入れ、空と海が見えるように窓をすべて開け放ち、ビーチから港まですっかり見えるようにバルコニーの扉も開けた。会話は期待したよりずっと冷淡なものになった。ビーチには海水浴客がいて、空には飛行機の跡形も見えなかった。チャーリーが姿を現したと伝えた。黙りこんで僕を対応に困らせた後で、インゲボルクはそれは早晩起こるべきことだったと応じた。ハンナに電話して伝えな、と僕は言った。その必要はないというのがインゲボルクの見解だった。ドイツ領事館がチャーリーの両親に伝えるだろうから、そうするとハンナも彼らから知らされることになるだろう。しばらく経つと、僕たちの間には話すべきことなど何もないと気づいた。それでも僕からは電話を切らなかった。天気はどうか、ホテルとビーチはどんな佇まいかを伝え、ディスコもどうなっているか伝えたが、彼女が立ち去ってからというもの、一度も足を向けていないのだった。もちろん、そんなことは言わなかった。結局、すぐそばで眠っている誰かを起こさないよう気遣うかのようにして電話を切った。それからコンラートに電話をかけ、だいたい同じようなことを伝えた。それからもう決して電話はすまいと決心した。

八月三十一日を読み返す。インゲボルクが何を考えているか話すところで、彼女は僕がいなくなったのではないかと思ったという。もちろん、僕がいなくなるなんて、どこに行くというのかと訊ねなかった僕は、馬鹿だったと言うしかない。シュトゥットガルトにか？　つまり僕がシュトゥットガルトに戻ってしまったかもしれないと考えるきっかけでもあったということか？　と訊ねるべきだった。さらにこんなこともあった。僕が目覚めたとき、二人の目が合ったけれども、互いのことがわからなかった。僕は気づいたし、彼女も気づいたけれども、僕に背を向けた。僕に見られたくなかったのだ！　僕が彼女を彼女だと気づかなかったことは、寝起きだということもあって、よくあることだと言っていい。受け入れがたいのは、彼女も同じくらい僕を僕とわからなかったということだ。あの瞬間に僕たちの愛は壊れてしまったのだろうか？　かもしれない。いずれにしろ、そのとき何かが壊れた。それが何なのかはわからないが、大切なものであることは直感でわかる。彼女は僕に言ったのだ。怖いの。〈デル・マル〉が怖い。町中が怖い、と。つまり彼女はそのとき僕が気づかなかったこと、たったひとつのことに勘づいていたということなのか？

午後七時。フラウ・エルゼと丘の露台で。

「旦那はどこにいるんだい？」

「部屋よ」

「で、その部屋はどこにある？」

「二階、厨房の上。お客が入ってこれない角の部屋。部外者立ち入り禁止なの」

「今日は具合はいい？」

「いいえ、あまりよくない。お見舞いに行きたいの？　まさかね、もちろんいやよね」

「できればお目にかかりたいものだね」

「なるほど、でもあなたには時間がない。二人に面識ができればわたしだってうれしかったかもね。でも彼が今のあんな状態ではいや。わかるわね？　平等の立場で、二人とも自分の足で立った姿勢で会ってほしいの」

「僕にもう時間がないなんて、なぜそう思うの？　僕がシュトゥットガルトに発つから？」

「だってもう帰国するでしょう」

「違うね。まだ帰国の決心はついてないんだ。だから旦那がよくなって、たとえば夕食の後にでも食堂に連れてきてくれたら、喜んでお顔を拝見するし、話だってしたい。とりわけ話したいな。平等の立場で」

「帰国しないの……」

「なぜ？　まさか僕がチャーリーの遺体が上がるのを待つためだけにあなたのホテルに残っているだなんて思っていないよね。しかも最悪の状態でさ。ってつまり、死体のことだけど。誰も行って確認してこようなんて思わないよ」

「わたしがいるから残っているの？　わたしたちがまだ寝てないから？」

「顔がずたずただった。耳から顎にかけて、すっかり魚に食い荒らされちゃって。目は残ってなかった。顔と首の皮膚はすっかり白味がかった灰褐色になっていた。ときどき、あの哀れな死体はチャーリーじゃなかったんじゃないかと思うよ。チャーリーだったかもしれないし、チャーリーじゃなかったかもしれない。だいたい同じ時期に溺れたイギリス人の遺体は上がってないという話だった。誰もわかりようがないじゃないか。領事館の人には何も意見を言いたくなかった。狂ってるって思われたくなかったからだ。でもともかく、そう思ったんだ。二人はよく厨房の上で寝られるね」

「ホテルで一番大きな部屋なの。素敵な部屋よ。女の子なら誰もが憧れる部屋。それに伝統的にホテルのオーナーが住むのにふさわしい場所。わたしたちの前には夫の両親が住んでいた。その前はないけどね。伝統といっても短いの。義父母が建てたホテルだから。知ってる？　あなたが出ていかないとなったら皆ががっかりするわ」

「皆って誰だい？」

「そうね、いい、三、四人だから、そうカッカしないで、お願いだから」

「旦那かい？」

「ううん、具体的に言うと彼じゃない」

「誰？」

「〈コスタ・ブラーバ〉の支配人に、このホテルの夜警、最近とても猜疑心を抱いてる。それからクラリータ、客室係ね……」

「どの客室係？　若くて痩せっぽちの？」

「その子」

「僕を怖がってるんだ。きっと自分をレイプしようと狙ってると思われてるんじゃないかな」

「知らない、どうかしら。あなたは女を知らないのね」

「他に誰が出ていってほしがってる？」

「もういない」

「僕が出ていったらペラ氏はどんな得をするというの？」

「さあ。たぶん彼にとってみればそれで一件落着ってことでしょう」

「チャーリーの一件がってこと？」

「そう」

「馬鹿野郎だ。で、夜警は？　何の得をする？」

「あなたにうんざりしているのよ。夜、夢遊病者みたいにうろつくあなたを見るのにうんざりしている。あなたがいると苛立つんだと思う」

「夢遊病者みたいにって？」

「彼がそう言ったのよ」

「だって二度くらいしか話したことないんだぜ！」

「それは問題じゃないのよ。彼はあらゆる種類の人と話をする。特に酔っ払いとね。話をするのが好きなの。でもあなたの場合はそうではなくて、夜、観察しているの。帰ってきたときとか出ていく……〈火傷〉と出ていくときとか。それに、通りから見て最後まで明かりのついてる部屋はあなたのところだってことも知ってる」

「僕を気に入ってくれてると思ったんだけどな」

「夜警はどんなお客も気に入ったりはしないのよ。ましてやオーナー夫人にキスする姿を見たとあってはね」

「実に変わった人物だ。今どこにいる？」

「彼と話すのは禁止よ。ますます話がややこしくなると困るの。わかった？　今ごろは寝てるはず」

「僕が言うべきことを洗いざらい言ったら信じてくれるかな？」

「うーん、そうね」

「あなたの旦那を、夜、ビーチで〈火傷〉と一緒にいるところを見たと言ったら信じる？」

「夫の話を持ち出すのは卑怯よ。わたしからはできない」

「だって向こうから現れたんだぜ！」

「……」

「警察が見せた遺体がチャーリーのものじゃないかもしれないと言ったら、信じる？」

「ええ」

「彼らがそのことをわかってると言いたいんじゃないんだ。僕たちみんなが間違ってると言いたいんだ」

「ええ。間違ってたとしても初めてのことじゃないものね」

「じゃあ僕を信じてくれるかい？」

「ええ」

「それで何か触れられないもの、奇妙なものが僕の周りをぐるぐると回って、脅しをかけてくるような気がすると言ったら信じてくれる？　ある大きな力が僕を観察しているんだ。もちろん、夜警のことじゃないよ。彼も無意識に気づいているけどね。だから僕を拒絶するんだ。夜に働いているとある種の感覚が研ぎ澄まされる」

「その点に関しては信じない。わたしにまで戯言に付き合えなんて言わないでね」

「残念だ。あなただけが僕の頼りなのに。僕が信頼する唯一の人なのに」

「ドイツに帰ったほうがいい」

「尻尾を巻いてか」

「そうじゃなくて、心を落ち着けて、あなたが何を感じたかゆっくり考え直してみるつもりでね」

「誰にも気づかれないように、これじゃあまるで〈火傷〉が自分について望んでいることじゃないか」

「可哀想に、あの子。永遠の牢獄に住んでいるのね」

「あるとき、何もかもがまるで地獄の音楽のように鳴り響いたことを忘れるために」

「何をそんなに怖がってるの？」

「何も怖がってないさ。今にあなたもその目ではっきりと見ることになるさ」


僕たちはゆっくりと丘の頂上まで登った。展望台では、大人も子供も合わせて百人ばかりの人が、息を殺して町の灯りを眺め、今にも奇跡が起きて時間はずれな太陽がそこから昇ってくるのを待っているみたいに海と空を分かつ水平線上の一点を指差していた。カタルーニャ祭よ、と耳元で誰かが囁いた。知ってる、と僕は言った。これから何が起こるっていうんだい？　フラウ・エルゼは微笑み、そのあまりにも長くてほとんど透き通って見える人差し指で皆が視線を向けている先を差した。すると突然、それまで誰にも見えなかった、あるいは少なくとも僕には見えなかった一隻、二隻、それ以上の漁船から、黒板をチョークで引っ掻いたような音に続いて、花火が飛び出し、その形も色もとりどりの花が、フラウ・エルゼが教えてくれたところによれば、カタルーニャの旗を象った。それもわずか後には煙の触手を残すだけになり、人々は車に戻り、夏の終わりの遅い午後が待ちかまえる町に下っていった。

四一年秋。イングランドの戦い。ドイツ軍がロンドンを陥落することもできないし、英国軍が僕を海に押し返すこともできない。おびただしい損失。英国軍側の回復力が増す。ソ連邦では〈壊滅戦〉オプション。〈火傷〉は四二年に希望を抱く。それまではじっと我慢だ。

僕の将軍たちは以下のとおり。

――グレートブリテン島には、ライヒェナウ、ザルムート、ホート。

――ソ連邦には、グデーリアン、クライスト、ゾッシュ、クルーゲ、フォン・ヴァイクス、キュヒラー、マンシュタイン、モーデル、ロンメル、ハインリッツィ、そしてガイヤー。

――アフリカには、ラインハルトとヘップナー。

僕のＢＲＰは低い。そのため東部戦線や西部戦線、地中海の戦線では〈攻撃〉オプションを選ぶことができない。勢力を立て直すには充分だ。（〈火傷〉は気づいていないのか？　何を待ってるんだ？）

九月十二日

日中は曇に覆われる。朝四時から雨が降り、ニュースではもっと激しくなるという。けれども寒くはなく、バルコニーからは水着姿の子供たちが、なるほど長時間ではないものの、ビーチで波と戯れているのが見える。食堂の雰囲気は、カードゲームをしたり曇った窓を憂鬱に眺めたりしている客から見れば、ピリピリとして落ち着かないものだった。席に着いて朝食を注文すると、昼十二時を過ぎてから起きる者がいるなんてほとんど理解できない人々が、話がしたいという表情で僕をじろじろと見てくる。ホテルの入口の前に何時間も前から停まっている長距離バス（運転手はどこかへ行った）はバルセローナに行く観光客のグループを待っている。バスはパールグレイで、同じ色をした水平線には爆発したような、あるいは嵐の雲の下に裂け目が開いたような乳白色の竜巻がかすかに浮き上がって見える（といってもこれは目の錯覚に違いない）。朝食後、テラスに出る。するとたちまち冷たい水滴に顔を殴られ、後ずさりする。ひどい天気だ。テレビのある部屋に座り、短パン姿で葉巻をくゆらすドイツ人の老人が言う。バスはとりわけ彼を待っているのだが、慌てる素振りも見せない。僕の部屋のバルコニーから、ビーチにはもう寄る辺なく、いつにも増してみすぼらしい〈火傷〉のツインボートしか残っていないのが見て取れた。他の貸しボート屋にとって、夏のシーズンはすっかり終わってしまっていたのだ。バルコニーの扉を閉め、また外出した。フロントでは、フラウ・エルゼは朝一番にホテルを発ち夜まで戻らないと言われた。独りで外出したのかと訊ねた。そうではなく、夫と一緒だった。〈コスタ・ブラーバ〉と〈デル・マル〉の間を車で飛んでいった。車から下りたときには汗をかいていた。〈コスタ・ブラーバ〉ではペラ氏が新聞を読んでいた。「やあ、ウド君、拝顔叶い、光栄至極ですぞ！」きっと本当に光栄に思っているのだろうと思った。おかげで油断した。しばらくは天気についてのつまらない言葉を交わした。それからペラ氏は僕に知り合いの医者を紹介しようと言った。僕はびっくりして断った。「せめて二、三錠、薬を飲んでくださいよ！」僕はコニャックを頼み、それを一息で飲み干した。そしてもう一杯。代金を払おうとすると、ペラ氏がホテルのおごりだと言った。「あなたは待つ辛さという代償を払っていらっしゃるのだから、それで充分でしょう」僕は礼を言い、それからしばらくして立ち上がった。ペラ氏が入口まで見送ってくれた。別れの言葉を言う前に、僕は自分が日記をつけているのだと言った。日記ですか？　旅行記、半生記、などというやつです。ああ、なるほど、とペラさんが言った。私の若い時代にはそれは女の子たちがやることでした……それから詩人の。馬鹿にされていると気づいた。やんわりと、うんざりとした言い方だが、心の底からの悪意に満ちた愚弄の言葉だ。僕たちの目の前の海は、いつでも海岸通りに襲いかかってきそうだった。僕は詩人じゃありません、と言って微笑んだ。日常のことに興味があるんです。不快なことにさえも。たとえば僕は、レイプがあったとしてもそれについて何か書き残そうとするでしょう。ペラ氏は青くなった。レイプですって？　僕の友だちが溺死するちょっと前に起きたようなやつです（その瞬間、たぶんチャーリーのことを友だちと呼んだからだと思うが、僕は吐き気がし、背筋がぞくっとした）。それは違いますよ、とペラ氏は言い淀んだ。ここではレイプ事件など起こっていません。ただし、もちろん、過去にあったそんな恥ずべき出来事までなかったことにはできませんが。過去のものは大抵、私たちの町とは関係ない人が起こしたものです。ご存じのように、近ごろの大きな問題といえば、観光客の質の低下ですからな、等々。それなら僕の勘違いでしょう、と認めた。間違いありません、きっとそうです。ペラ氏と握手すると、僕は雨粒をよけて車まで走っていった。

四一年冬。フラウ・エルゼと話したかったし、せめて少しの間でも会いたかったのだが、彼女より先に〈火傷〉が現れた。バルコニーから彼の姿を認めた瞬間、迎えに下りるのをやめようかとも思った。ホテルの正面入口に姿を現さなければいいだけのことだ。僕がそこに迎えに行かなければ、〈火傷〉はそこから先には入ってこない。しかし彼はビーチからバルコニーにいる僕の姿を見たはずで、そうなると僕はそれこそ〈火傷〉に見られるために、あるいは姿を見られても怖くはないということを自分に言い聞かせるためにバルコニーに出たのではあるまいかとも思う。簡単に当たる的だ。濡れたガラス窓の後ろに立ち、〈火傷〉や〈狼〉、〈仔羊〉にどうぞ見てくださいと言わんばかりだ。

雨は降り続いている。午後の間、徐々にホテルから客が捌けていった。オランダの長距離バスが彼らを乗せていったのだ。フラウ・エルゼは何をしているのだろう？　自分のホテルから客がいなくなりつつあるというのに、彼女は病院の待合室にいるのだろうか？　夫と腕を組んでバルセローナの中心街を歩いているのだろうか？　木々に隠れた小さな映画館に向かうのだろうか？　予想に反して

〈火傷〉はイギリスで攻勢を仕掛けてくる。失敗する。ＢＲＰが足りないために僕の反応は限られたものとなる。他の前線では変化はないが、ソヴィエト戦線は強化される。正直言って、僕はゲームに集中できていない（〈火傷〉はそうではない。彼は一晩中テーブルの周囲をぐるぐると歩き回り、今日初めて持ってきたメモ帳で計算までしている！）。雨は降っているし、冷たいフラウ・エルゼの思い出に囚われ、ぼんやりとしてかすかなノスタルジーにも囚われ、僕はベッドに横たわり、煙草を吸いながらシュトゥットガルトから持ってきたコピー、きっとこのホテルに、どこかのゴミ箱に置いていくことになるコピーをめくっている。これらの記事を書いた連中のうち、いったいどれだけが本当に自分の書いたことを信じているのだろうか？　どれだけが実感しているのだろうか？　その気になれば僕も「将軍」誌に寄稿したっていい。眠っていても――夢遊病者、フラウ・エルゼの夜警はそう言った――連中を論破することはできる。どれだけが深淵を見つめたことがあるだろうか？　このことをわずかでも知っているのはレックス・ダグラスだけだ！（ベイマはたぶん、歴史には厳密だ。それにマイケル・アンカーズはオリジナルで情熱たっぷり、アメリカのコンラートみたいなものだ）その他は死ぬほど退屈で首尾一貫しない連中だ。〈火傷〉に、今読んでいる書類には彼に勝つための計画が書いてあるのだと、あらゆる手と予想される反撃、予想される損失、細かく注釈のついた戦術の数々が書いてあるのだと伝えたところ、彼の顔に残忍な笑みが浮かび（笑うつもりなどなかったに違いない）、以後、反応が途絶えた。締めくくりとして彼は立ち上がって数歩歩き、背中を屈め、ピンセットを手にし、部隊を動かしてみせる。僕は彼の様子を見張ることはしない。罠を仕掛けたりしないことはわかっている。彼のＢＲＰも下がって最低レベルにまで達している。彼の軍がどうにか生き延びられる程度だ。雨のせいで商売あがったりだろうか？　驚いたことに〈火傷〉はそんなことはないと答える。じきにまた日が出ると。でもそれまではどうする？　ボートの秘密基地の中に泊まり続けるのか？　こちらに背中を向け、駒を動かしながら、彼は機械的に、それはお前の問題ではないと答える。濡れた砂の上で寝るのは問題じゃないのか？　〈火傷〉は何かの歌を口笛で吹く。

四二年春

〈火傷〉は今日、いつもより早く姿を現す。そして僕が迎えに行くのを待つことなく独りで上がってくる。ドアを開けると消しゴムで消された姿のようにそこに立っている（恋人みたいにそこに立っているが、胸に抱えているのは花ではなくコピーだ）。僕はすぐにこの変化の理由を理解する。今では主導権は彼にあるのだ。ソヴィエト軍の仕掛ける攻撃がオネガ湖からヤロスラヴリまでの地帯に展開される。彼の装甲部隊が僕の前線をE48ヘクスで突破、余勢を駆って北に、カレリア方面に進軍するとドイツの歩兵部隊四個と装甲部隊一個はヴォログダの入口付近で立ち往生する。この動きによってクイビシェフとカザンに向けて圧力をかける軍の左側面がすっかりがら空きになる。唯一可能な応急処置は、SRフェイズの際にその方面にヴォルガ戦線とカフカス戦線に展開している南方軍集団を持ってくることだが、そうなると対抗的にバトゥミおよびアストラハンへの圧力が弱くなる。〈火傷〉はそれを知り、つけ入ってくる。表情はいつもと変わらず、いったいどんな地獄に沈んでいるのかといった様子だけれども、僕はそこに、その頬のかさぶたに（！）、一手ごとに臨機応変になっていく動きに打って出ることの悦びが浮かんでいるのを読み取る。細部にいたるまで計算された攻撃は一つ前のターンに用意されていた（たとえば、攻撃区域で飛行場として使えたのはヴォログダだけだった。一番近いキーロフでも、あまりにも遠すぎた。それを補うために、そして航空部隊のかなり集中的な援護が必要だったので、四一年冬のターンで彼は航空基地をC51ヘクスに持っていったのだった……）。彼は思いつきで動いてはいない。絶対に違う。西部戦線で唯一実質的な変化はアメリカ合衆国の参戦だ。ID（初期配置）の制限のために緩やかな参戦で、そのため英国軍は物質戦特有の条件に達するまで待機したままとなる（西部連合軍のBRPの使い途は、大半がソ連の援護に向けられている）。グレートブリテン島に移送されたアメリカ軍の最終的な戦況は以下のとおり。第五および第十歩兵部隊がロサイスに。戦闘機五機がリヴァプールに。戦艦九隻がベルファストに。西部戦線で選んだオプションは〈消耗戦〉で、サイコロのツキにも見放される。僕のオプションも〈消耗戦〉で、イングランド南西部のヘクスひとつをやっと占拠できる。次のターンでの計画にとっては、これがとてつもなく重要だ。四二年夏には、僕はロンドンを陥落し、英国軍を降参させるだろうし、アメリカ軍は彼らにとってのダンケルクの戦いをすることになるだろう。その間僕は〈火傷〉のコピーを見て無聊を慰める。そのコピーを彼はしばらく経ってからやっと、僕のために持ってきたのだと認める。プレゼントだ。中身は驚くべきものだった。しかしそこで怒り出す気もなかったのでおかしな側面だけを見ることにして、これをどこから持ってきたのか訊ねた。僕の質問もだんだんとそのリズムに合ったものになっているのだが、〈火傷〉の答えは、やっと立ち上がって歩き出したばかりの子供のようにゆっくり、おどおどしている。お前にやるよ、と彼は言う。ある本から取ったコピーだそうだ。彼の本だろうか？　ツインボートの基地にしまっていたのか？　そうではない。カタルーニャ年金基金図書館から借りた本だ。彼は僕に会員証を見せる。まったく、何てことをするのか。彼はある銀行の図書館を探し回って、ただ僕の顔になすりつけるためだけにこのクソを引っぱり出してきたのだ。今、〈火傷〉は僕を横目で眺め、部屋中に恐怖が充満するのを期待している。扉のそばの壁に映る彼の影は、輪郭がぼんやりとして震えが走っている。彼の望むようになどしてやるものか。無関心を装いつつも注意深くコピーをナイトテーブルの上に置く。その後、彼を見送ってホテルの入口まで下りたとき、フロントでしばらく立ち止まるように頼んだ。夜警が雑誌を読んでいる。自分の領土に僕たちが侵入してきて苛立っているようだけれども、恐怖のほうが勝っている。僕は画鋲をくれないかと頼む。画鋲ですか？　夜警は疑り深い目をまずは〈火傷〉へ、そして僕へと飛ばす。これは悪い冗談なのか、だとすれば笑ったほうがいいのかと考えているようだ。ああ、もたもたするんじゃない、引き出しの中にあるだろう、何個かくれ、と僕は叫ぶ（夜警が臆病で気の弱いやつだということはわかっている。こんな手合いには強く出るのがいい）。彼が机の引き出しを引っかき回すと、ポルノ雑誌が二冊見える。とうとう、勝ち誇ったような躊躇ったような表情で、彼は画鋲の詰まった透明なプラスチックのケースを高々と掲げる。全部要りますか？　悪夢に終止符を打ちたいと言いたげに彼は囁く。僕は肩をすくめて、〈火傷〉にコピーは何枚あるかと訊ねる。四枚だ、居心地悪そうに床に目を落として彼は言う。僕が強気に出ることを喜んではいない。画鋲四個だ、と僕は繰り返し、手を差し出すと、夜警は頭が緑のやつを二個、赤いやつを二個、そっと僕の手のひらに載せる。それから後ろを振り返らず、僕は〈火傷〉を送って入口まで行き、別れを告げる。海岸通りは人気がなく、照明も薄暗かった（街灯が壊されたのだ）が、僕は〈火傷〉がビーチに飛び降り、ツインボートのあるほうに消えるまでガラス戸の背後に留まって見送る。それを見届けてからやっと部屋に戻る。部屋では落ち着いて壁をひとつ選び（ベッドの枕元の壁だ）、そこにコピーを画鋲で留める。それから手を洗って入念にゲームを点検する。〈火傷〉は急速に上達しているけれども、次のターンは僕がいただきだ。

九月十四日

午後二時に起床。体の具合が悪く、内なる声が一刻も早くこのホテルを出ていくように努めるべきだと言ってきた。シャワーも浴びずに外出した。近くのバルでカフェオレを飲み、ドイツ語新聞を少し読んでから〈デル・マル〉に戻り、フラウ・エルゼはどこにいるかと訊ねた。まだバルセローナから戻っていなかった。当然のことながら、夫もまだだ。フロントの雰囲気は敵意に満ちている。バーでも同じだ。ウェイターたちの恨みのこもった視線のようなものを感じるが、なんら深刻なものではない。水平線上にはまだ雨を含んだ黒い雲がかかっているものの、日が照っていたので、水着を着て〈火傷〉の相手をしに行った。ツインボートの秘密基地は解体されていたけれども、〈火傷〉の姿はどこにも見当たらなかった。僕は待つことにして砂の上に寝そべった。読む本を持ってこなかったので、できることと言ったら深い青色をした空を眺め、すてきなことなどを思い出しながら時間が早く過ぎるのを待つことくらいだった。当然のことながら、いつしか寝入ってしまった。ビーチは眠るのにうってつけだったのだ。温かく、海水浴客も少なくて、八月の喧噪はもはや遠い過去のことだった。

するとフロリアン・リンデンの夢を見た。インゲボルクと僕が今の僕たちの部屋によく似たホテルの部屋にいると、誰かがドアをノックした。インゲボルクは開けてほしくないようだった。開けないで、と彼女は言っていた。わたしを愛してるならやめて。言葉を発したとき、唇が震えていた。緊急事態かもしれないじゃないか、と僕は決然として言ったけれども、ドアに向かおうとするとインゲボルクが両手でしがみついてきて、僕は一歩も動けなくなった。放せ、と僕は叫んだ。放してくれ。ノックの音はだんだん強くなっていき、僕はインゲボルクの言っていることは正しいのではないかと、じっとしているほうがいいのではないかと考え始めた。もみ合っているうちにインゲボルクは床に倒れた。彼女を見下ろすと気を失いかけていて、脚をいっぱいに広げていた。そんなんじゃ誰にでもレイプされちゃいそうだ、と僕は言った。すると彼女が目を、片目だけを開けた。左目だったと思うが、とても大きく超青いその目で僕をじっと見つめ、僕が動いてもその先に視線を送ってきた。その目にはある種の表情があって、何というのだろう、僕を見張ったり追いかけたりというのではなく、むしろ気にかけているというか、何か起こるのではないかと気にかけ、そして怖れているような目つきだった。それから我慢できなくなった僕はドアに耳を押しつけた。ノックの音ではなかった。ドアの向こうから引っ掻いているのだ！　誰？　と僕は訊ねた。私立探偵フロリアン・リンデンだ、とか細い声が答えた。入る？　と僕は訊ねた。いや、絶対にドアは開けないでくれ！　さっきより強く、といっても、どうやら彼は傷を負っているらしく、そんなに強くはなかったのだが、フロリアン・リンデンの声が主張した。しばらくの間、二人とも黙って耳を澄ませていたが、実際には何も聞こえなかった。ホテルはまるで海底に沈んでしまったかのようだった。温度までが違っていて、今では寒くなっていた。夏服を着た僕たちにとっては余計に寒かった。あっという間に耐えがたい寒さになり、立ち上がってクローゼットから毛布を取り出し、インゲボルクと僕はそれにくるまらなくてはならなかった。そんなことをしてもまったく役には立たなかった。インゲボルクはすすり泣きを始めた。もう脚の感覚がなくなってきちゃった、このままわたしたちは凍え死にしちゃうと言った。眠ったら死んじゃうぞ、彼女を見ないようにしながら請け合った。ドアの向こうからついに何かが聞こえてきた。足音だ。誰かが忍び足で歩くように近づいてきて、それから立ち去った。同じことが三度繰り返された。フロリアン、そこにいるの？ ああ、いるとも。だがもう行かなくては、とフロリアン・リンデンは答えた。何があったんだ？ ややこしいことだ。説明している暇はない。とりあえずは君たちは救われたが、頭を働かせて現実的に考えることができるなら、明日の朝にも家に帰りたまえ。家に？探偵の声にはキーキーとかギギギとかいう音が混じっていた。やつは解体されているんだ！ と僕は思った。それからドアを開けに行こうとしたのだが、立ち上がれなかった。脚と手には感覚がなかった。凍りついていた。恐怖に包まれ、僕たちはホテルから出ていくこともできずにここで死んでしまうのだろうと悟った。インゲボルクはもう動いていなかった。僕の足下に身を投げだしていて、毛布の下からはわずかに黒いタイルの上に栄える長い金髪が覗くのみだった。できることならば彼女を抱きしめ、これだけ寄る辺ない気持ちになっていることを嘆いて泣きたかったのだけれども、ちょうどそのとき、僕は何もしていないのにドアが開いた。フロリアン・リンデンがいたはずの場所には誰もおらず、ただ影が、巨大な影が廊下の奥にあるだけだった。そこで震えながら目を開けると、町全体を覆う大きな黒い雲が丘へ向けて航空母艦のように動いていくのが見えた。寒かった。ビーチからは人がいなくなっていて、〈火傷〉が来る気配もなかった。どれだけの間かわからないが、寝そべってじっとしたまま空を眺めていた。何ら急ぐことはなかった。何時間でもそこにそうしていようと思えばいられただろう。最終的に立ち上がる気になったときにもホテルではなく海へ向かった。海水は生暖かく汚かった。少し泳いだ。黒い雲がまだ僕の上空で動いていた。それから僕は腕で水を切るのをやめ、潜って海底に触れようとした。うまくいったかどうかわからない。潜っている間、目をしっかり開けていたと思うのだが、何も見えなかったのだ。海が僕を沖へと引っ張っていった。海面に出ると、思ったほどは海岸から離れていなかった。ツインボートのところに戻ってタオルを拾い上げると丁寧に体を拭き始めた。〈火傷〉が仕事に来ないのは初めてだった。突然、ちょっとした寒気が全身を走った。少し運動をした。屈伸し、腹筋し、少し走った。体を拭くとタオルを腰に巻きつけ、〈アンダルシア人の隠れ処〉に足を向けた。そこでコニャックを一杯注文し、店主にあとで払いに来ると告げた。それから〈火傷〉はどこにいるかと訊ねた。彼を見た者はひとりもいなかった。

午後はだらだらと過ぎた。フラウ・エルゼもホテルに姿を見せなかったし、〈火傷〉の姿もビーチになかったのだが、六時ごろに日が出て、キャンプ場の端にツインボートが一艘と開いたパラソル、波と戯れる人々の姿が見えた。ビーチの僕のいる側では賑わいは少なかった。ホテルの客たちはある遠足に集団で参加していた。ワインの酒蔵だか有名な修道院だかへの遠足だったはずだ。そんなわけでテラスにはわずかな老人とウェイターだけが残っていた。暗くなり始めたころには自分が何をしたいかはっきりしていて、少ししてからフロントに頼んでドイツに電話をつないでもらった。その前に僕の財政状況を点検してみたところ、全部合わせても宿の勘定を支払い、〈デル・マル〉にもう一泊し、車に少しガソリンを入れるだけの額しかなかった。五回目か六回目にかけてやっとコンラートにつながった。寝ぼけたような声だった。それから別の声も聞こえた。僕は単刀直入に切り出した。金が要ると言ったのだ。もう二、三日ここにいるつもりだと。

「何日だ？」

「わからない、場合による」

「どういうわけだい？」

「それは僕の問題だ。金は戻ったらすぐに返すから」

「だがお前の行動を見てると、誰だって帰る気がないのだろうと思うが」

「そんな馬鹿なこと考えるもんか。一生ここにいて何をするっていうんだ？」

「別に、俺の知ったこっちゃないさ。お前ならわかるだろうよ」

「なるほど、まったくないわけじゃない。観光ガイドの仕事だって探せばあるだろうし、自分で商売を始めるのもいい。ここは観光客だらけだから、三言語以上話せる人間は食うに困らない」

「お前の居場所はここだ。お前の仕事はここにある」

「何の仕事のこと？　会社かい？」

「書く仕事だよ、ウド。レックス・ダグラス向けの記事、それから小説だってそうだ。そうだよ、言わせてくれ、お前はそこまでイカレなければ小説だって書けるはずだ。それから一緒に立てた計画も……大聖堂の……憶えてるか？」

「ありがとう、コンラート、もちろん、確かにできるだろうよ……」

「だったらなるべく早く帰ってこい。明日の朝一番で金は送る。友だちの遺体は今ごろもうドイツにあるはずだ。ここで打ち止めだ。そこでそれ以上何をすることがあるんだ？」

「チャーリーが見つかったって誰に聞いた？……インゲボルクか？」

「もちろん。彼女はお前のことを心配している。俺たちはほとんど毎日会ってるんだ。そうして話をしている。彼女にはいろいろとお前の話をしているよ。お前たちが知り合う以前のことだ。おとといは彼女をお前のアパートに連れていった。彼女が見たいと言ったんだ」

「僕の家にだって？　クソ！　それで中に入ったのか？」

「もちろん。彼女は合い鍵を持ってたんだが、独りでは行きたがらなかったんだ。二人で部屋を掃除した。汚れてたから。それから彼女は自分のものを持ち出した。セーターとか、レコードとか……。お前がもう少しいたいから金の無心をしてきたなんてことは、彼女は知りたがらないと思う。いい子だが、彼女にも我慢の限界がある」

「彼女は家で他に何をした？」

「何も。言ったろう、掃き掃除して、冷蔵庫の中の腐ったものを捨てて……」

「僕の書類は見なかったのか」

「もちろん見なかったさ」

「で、君は何をした？」

「頼むよ、ウド、彼女と同じことさ」

「わかった……ありがとう……つまりふたりはよく会ってるんだな？」

「毎日だ。たぶん彼女にはお前の話をする相手が他にいないんだろうな。お前の両親に電話すると言い出したけど、どうにか説き伏せてやめさせた。あまりいい考えだとは思えないからな。ご両親を心配させてしまう」

「僕の両親は心配なんかしないさ。この町に来たことがあるし……ホテルも馴染みだ」

「そんなこと知らない。俺はお前の両親のことはほとんど知らないんだから、どんな反応を見せるかなんてわからない」

「インゲボルクのことだってほとんど知らないだろう」

「確かに。お前でつながってるんだから。ただしどうやら俺たちの間にも友情みたいなものが芽生えてきたらしい。このところ彼女の人となりがよくわかるようになったし、とてもいい子だと思えるな。頭もいいし、現実的だ。それにきれいだ」

「なるほど、いつものことだ、君はすっかり……」

「誘惑されたとでも?」

「いや、誘惑っていうんじゃない。彼女は氷の女だ。君の心が騒ぐことはない。君だろうが誰だろうが彼女には惑わされない。まるで独りでいるみたいなものだ。自分のことだけ考えて、静かにしていられる」

「そんな言い方するなよ。インゲボルクはお前を愛してるんだ。明日には必ず金を送るからな。お前は戻ってくるんだろう?」

「今すぐには戻らない」

「わからないな。そこを立ち去らないのはどういうわけだ。本当にすっかりありのままを教えてくれたのか?　俺はお前の親友なんだぞ……」

「もう二、三日いたいだけだ、それだけだよ。謎なんて何もない。考えたいんだ。そして書いて、それから、せっかく人が少なくなったんだから、ゆっくり観光したい」

「本当にそれだけか?　インゲボルクとは関係ないのか?」

「馬鹿なこと言うなよ。もちろんないさ」

「それを聞いて安心したよ。試合はどんな調子だ？」

「四二年夏だ。勝っている」

「だと思ったよ。マティアス・ミューラーとのあの一戦を憶えてるか？　一年前に〈チェス・クラブ〉でやったやつだ」

「どの試合？」

「〈第三帝国〉だ。フランツとお前と俺対〈強行軍〉チームだ」

「ああ。で、何があったんだっけ？」

「憶えてないのか？　俺たちが勝ったが、だいぶ頭に血の上ったマティアスが、負けを認めたがらなくて、でもそれは事実なものだから、ベアント・ラーンのガキを椅子で殴りつけて壊したじゃないか」

「椅子をか？」

「当然だ。〈チェス・クラブ〉の連中がやつを足蹴にして追い出し、やつはそれ以来姿を見せていない。あの晩あれだけ笑ったのを憶えてないのか？」

「ああ、なるほど。まだ記憶力は衰えちゃいないさ。ただ今ではたいして面白いと思えなくなったことだってあるんだ。でもすっかり憶えてるよ」

「ああ、わかるとも。わかるさ……」

「何か質問してみなよ。何でもいい。そしたらわかるさ……」

「信じるよ、信じるとも……」

「質問してみなってば。アンツィオのパラシュート師団について憶えてるか訊いてみなよ」

「きっと憶えてるだろうよ……」

「さあ、訊いてくれ」

「わかった。どんなだった……」

「第一師団は第一、第三、および第四連隊からなる。第二師団は第二、第五、および第六連隊だ。そして第四師団が第十、第十一、および第十二連隊」

「そのとおりだ……」

「じゃあ今度は〈ヨーロッパ要塞〉でのSS装甲師団について訊いてくれ」

「わかった。何だい？」

「第一〈アドルフ・ヒトラー〉隊。第二〈ダス・ライヒ〉隊、第九〈ホーエンシュタウフェン〉隊、第十〈フルンツベルク〉隊、第十二〈ヒトラーユーゲント〉隊」

「完璧だ。お前の記憶力は完璧に働いてるとも」

「君のはどうなんだ？　第三五二師団、ハイミト・ゲルハルトのいた歩兵師団の指揮官を憶えてるかい？」

「まあ、もういいじゃないか」

「言ってくれよ。憶えてるのか、いないのか？」

「憶えてないな……」

「実に単純なことだよ。今夜にでも〈オマハ・ビーチ〉で、あるいは軍事史の本なら何でもいいが、そんなので調べてみればいい。ディートリヒ・クライス将軍が師団の指揮官で、マイヤー大佐がハイミトの連隊、第九一五連隊の連隊長だ」

「わかった。調べてみよう。それだけか？」

「僕はハイミトのことが念頭にある。彼はこうしたことを実によく知っている。〈史上最大の作戦〉の編隊を大隊のレベルまで完璧に暗記している」

「もちろんだとも。なにしろそこで捕虜になったんだからな」

「茶化さないでくれ。ハイミトは特別だ。今ごろどうしてるだろうね？」

「元気さ。悪くなりようがないだろう？」

「いや、なにしろ年寄りだし、いろいろと変化もある。孤独になりかけているし。コンラート、まさか君が気づいていないなんて」

「頑固で幸福な老人さ。それに彼は孤独じゃない。七月には奥さんを連れて休暇でスペインに行った。セビーリャから絵葉書をもらったぜ」

「ああ、僕にも送られてきた。本当のことを言うと文字が判読できなかった。僕も本当は七月に休暇を取るべきだったのだけど」

「ハイミトと旅行に行くためにか？」

「たぶん」

「まだ十二月にもそうするチャンスはある。パリ大会のためだ。ちょっと前にプログラムを受け取ったが、これは話題になるぞ」

「それは別問題だ。僕はそんなことを言っているんじゃない、、、……」

「俺たちの発表の場だってある。レックス・ダグラスと直々に知り合う機会だってある。地元戦で

〈燃え盛る世界《ワールド・イン・フレイム》〉を戦うこともできる。お前も少しは元気出さないと。素晴らしいことになるぜ……」

「地元戦で〈燃え盛る世界〉をってどういうことだい?」

「つまりドイツのチームはドイツ軍としてプレイし、英国のチームが英国軍を、フランスのチームがフランス軍を、それぞれのグループが自分の国の大隊を指揮するんだ」

「そんなこと考えたこともなかったな。ソヴィエト連邦は誰がやる?」

「たぶんそこに問題があるんだろうな。フランスのチームじゃないかと俺は思うが、はっきりとはわからない。驚きの発表があるかもな」

「それに日本は? 日本人も参加するのか?」

「さあな。するんじゃないか。レックス・ダグラスが来るんだから、日本人だって来ないってことはない……ただし、俺たち、あるいはベルギー代表団が日本軍を指揮することがあるかもな。フランスの主権者はきっともう決定している」

「日本人にしてもベルギー人にしても物笑いの種になるだろう」

「実際に始める前にあれこれ言いたくはないな」

「ことごとく茶番のにおいがするな。真に受けることはできない。つまり大会の目玉は〈燃え盛る世界〉ということなのか? 誰がそんなこと思いついたんだ?」

「正確に言うと目玉ではない。プログラムに載っていて、それがいいねと評判なだけだ」

「〈第三帝国〉にメインの展示スペースが与えられると思ったんだが」

「与えられるとも、ウド。そこで発表するんだ」

「なるほど、僕がいろいろな戦略について一席ぶっている間にも、人は〈燃え盛る世界〉の試合状況を見ているわけだな」

「そうじゃない。俺たちの発表は二十一日の午後で、試合は二十日に始まって二十三日に終わる。毎日発表の後だ。それにこのゲームが選ばれたのは多くのチームが参加できるからだ、それだけの理由だよ」

「行く気が失せてきたな……もちろんフランス人どもはソヴィエト連邦軍を指揮したがるだろうけれども、それも初日の午後に僕らがやつらをやっつけて予選落ちさせるとわかってるからだ……やつらが日本軍でプレイしたらどうだろう？……昔の連合関係に忠実にいけば、当然……きっとやつらはレックス・ダグラスが着いた直後から彼を独り占めにするんだろうな……」

「その種の推論はしないほうがいいな。不毛だ」

「それでケルンの連中は、当然、参加するんだろうな……」

「ああ」

「わかった。以上だ。インゲボルクによろしく」

「早く戻ってこい」

「ああ、すぐに戻る」

「がっかりするな」

「がっかりはしていない。僕はここにいて元気だ。幸せだ」

「また電話しろよ。コンラートはお前の親友だってことを忘れるな」

「わかってるよ。コンラートは僕の親友だ。じゃあな……」

四二年夏。〈火傷〉は夜の十一時に姿を現した。ベッドに寝そべってフロリアン・リンデンの小説を読んでいると彼の叫び声が聞こえてくる。ウド、ウド・ベルガー、人気のない海岸通りに彼の声がこだまする。最初に思ったのは、このまま静かにしていて時間の過ぎるのに任せようかということだった。〈火傷〉の呼び声は嗄れ、掠れていて、まるで喉までが炎に焼かれてしまったみたいだ。バルコニーの扉を開けてみると、彼は海岸通りの反対側の歩道で護岸に腰かけ、時間ならばたっぷりあると言いたげな様子で僕を待っている。足下には大きなポリ袋が置いてある。僕らは互いの姿を認め、親しげに挨拶したけれども、とりあえずは静かで絶対的な手の上げ方には本質的に恐怖が宿っているのだった。僕たち二人の間には、口には出さなくてもしっかりと通じ合う何かがある。しかし、そうした印象も長続きせず、〈火傷〉が部屋に上がって袋の中身をあけると消えてしまった。袋からはビールとバゲットサンドが大量に出てきた。惨めだけれども誠実な豊穣の角みたいだ！（その前に、フロントを通ったときにフラウ・エルゼはどこにいるかともう一度訊ねてみた。まだ戻っていない、と夜警は僕の目を見ずに言う。彼の隣では、白く大きな肘掛け椅子に腰かけドイツ語の新聞を膝に置いて読む老人が、肉薄の唇に浮かぶ笑みをほとんど隠そうともせずに僕を眺めている。その外見から計算するに、余命一年とはあるまい。ひどく痩せこけていて、おかげで特に頬骨とこめかみが浮き出て見えるほどなのだが、それでも老人はまるで僕が誰だか知っているみたいにえも言われぬ力を込めて僕を見つめる。戦争はどんな具合ですか？　と夜警が訊ねると、その瞬間、老人の笑みが際立つ。カウンター越しに手を延ばして夜警のシャツをわしづかみにして振り回してやろうかと思ったけれども、彼は何かを直感して少し後ろに退く。私はロンメル将軍の大ファンなんですよ、と夜警は説明する。老人が頷く。違うね、あんたはあわれな悪魔だ、と僕は反論する。老人は唇で小文字のoを作り、また頷く。そうかもしれません、と夜警は言う。僕たちは憎しみのこもった視線をあからさまに交わし、ピリピリとした空気が流れる。それにあんたは薄汚い、と付け加える。彼の堪忍袋の緒を切ってやろうと思うのだ。あるいは少なくともあと数センチだけでもカウンターに近づかせてやろうと。なるほど、これで一件落着だ、と老人がドイツ語で呟き、立ち上がる。とても背が高く、穴居人のように腕が長く、ほとんど膝まで届かんばかりだ。そう思ったのは本当は錯覚で、それは老人が猫背なせいだ。いずれにしろ、目立って背が高い。背筋を伸ばせば二メートル以上か、かつてはそうだったに違いない。しかし、何と言ってもその声、いまわの際にあっても意志を変えない者のようなその声にこそ、彼の威厳は宿っている。ほんの一瞬、まるで自分がどれだけ大きいか見せようとしただけだとでも言いたげに、彼はまた椅子にへたり込んで質問する。まだ何か問題でも？　いいえ、もちろん、ございません、と夜警は慌てて言う。別に、何も、と僕は答える。完璧だ、その単語に悪意と悪辣さをたっぷり込めて老人は言う。か・ん・ぺ・き・だ。そして目を閉じる。）

〈火傷〉と僕はベッドに腰かけてバゲットサンドを食べる。視線の先には僕がコピーを貼った壁がある。何も言う必要はないけれども、彼は僕の行為にどれだけの挑戦が隠されているか理解する。どれだけ受け入れているかを。いずれにしても僕らは沈黙に包まれて食べる。沈黙が破られるとすれば、それはつまらない感想を言うときくらいだが、それも実際には、一時間ほど前からホテルと町を包んでいる大きな沈黙に僕たちが加えている沈黙なのだ。

食べ終えると僕たちは駒を油で汚さないように手を洗い、ゲームを始める。

やがて僕はロンドンを陥落し、一瞬にしてそれを失うだろう。東部戦線で反撃に出、後退を余儀なくされるだろう。

アンツィオ、ヨーロッパ要塞、オマハ・ビーチ、四二年夏

ビーチを一巡り。あたり一面、すっかり暗かったのだが、忘れられ、本棚の隅に追いやられていた名前を口に出しながら歩き回っているうちにまた口が出てきた。しかしそれらは忘れられた名前なのか、それとも単に待機している名前なのか？　僕は〈誰か〉に上から見られているプレイヤーを思い出した。見られているのはただ頭と肩、手の甲だけだ。それに盤と駒も見えるが、まるで始まりと終わりが何度となく、永遠に繰り広げられる舞台のようでもある。万華鏡の劇場だ。プレイヤーとその記憶――欲望であり眼差しである記憶――の間にかけられる唯一の橋だ。西部戦線を支えていた訓練不足の歩兵師団は、いくつまで減じただろう？　裏切りもあったにもかかわらずイタリアにおいて前進を阻んだのはどの師団だっただろう？　四〇年のフランスと四一年、四二年のロシアの防戦に風穴をあけたのはどの装甲師団だっただろう？　マンシュタイン元帥がハリコフを奪還し、惨劇の厄払いをしたのはどの師団を率いてだっただろう？　一九四四年、アルデンヌで戦車のために道を開くべく戦ったのはどの歩兵師団だっただろう？　それから、数えきれないほどとはいえ、すべての前線で

敵を阻むために自らを犠牲にした戦闘集団はいくつあっただろう？　一向に共通見解に達しない。プレイする記憶力だけが知っている。ビーチをほっつき回りながら、あるいは部屋の中で膝を屈めた姿勢で数々の名前を思い出してみると、それらがどっと押し寄せてくるので僕は気が休まる。僕の好きな駒は以下のとおり。〈アンツィオ〉の第一パラシュート部隊、〈ヨーロッパ要塞〉のレール装甲師団と第一SS装甲師団LAH、〈オマハ・ビーチ〉の第三パラシュート部隊の十一の駒、四〇年フランスの第七装甲師団、〈装甲戦〉の第三装甲師団、〈独ソ戦〉の第一SS装甲部隊、〈ロシア戦線〉の第四十装甲部隊、〈バルジの戦い〉の第一SS装甲師団LAH、〈コブラ作戦〉のレール装甲師団と第一SS装甲師団LAH、〈第三帝国〉の大ドイツ装甲部隊、〈史上最大の作戦〉の第二十一装甲師団、〈アフリカ装甲軍〉の第一〇四歩兵連隊……スヴェン・ハッセルの本を大声で朗読するよりもよほど力が湧く……（ああ、スヴェン・ハッセルをただ読んでいただけなのは誰だっただろう？　訊けば誰もがM・Mと答えるだろう。そんな名前だった。やつの性格に似つかわしい名だ。でも別人だ。自分自身の影によく似たやつで、そいつのことをコンラートと僕は大いに笑ったものだ。そいつが八五年にシュトゥットガルトで〈ロールプレイング・ゲーム・デイズ〉を組織したのだ。市全体を舞台として、〈ジャッジ・ドレッド〉を作り替えたルールで、ベルリン最後の日々についてのマクロゲームを作り上げた。そんな話をすると〈火傷〉が興味を示していることに気づく。僕の気をゲームから逸らすために興味のあるふりをしているだけかもしれない。まっとうではあるが、無駄な作戦だ。なにしろ僕は目をつむっていたって自分の部隊を動かすことができるのだから。〈ベルリン地下壕〉という名のそのゲームがどんなものだったか、その目的は何か、どうすれば勝ちなのか、そして誰が勝ったのか、などは結局、すっかり明らかになることはなかった。十二人のプレイヤーがベルリンの軍事包囲網になり、六人が〈民衆〉と〈政党〉の役をやるが、その環状防衛線の内側でだけプレイ可能だった。三人が〈指揮〉の役割を果たし、残りの十八人を互いに関係づけ、円環が収縮した際――よくあることだ――にはその外に出ないように気を遣い、とりわけ、円が突破されないよう――避けられないことだが――にする。最後にもうひとりプレイヤーがいるのだが、この人物の働きは明らかでなく、秘密めいたものだ。この人物は包囲された市内を動き回ることができ、動き回らなければならないのだが、彼だけが防衛線の円環がどこで終わるか知らない。市内を歩き回ることができるし、動き回らなければならないのだが、彼だけが他のプレイヤーの誰とも面識がない。彼はたとえば〈指揮〉の誰かを罷免し、〈民衆〉の誰かを昇進させることができるが、誰が誰だかわからないままに、ある決められた場所に書面による命令を残し、報告書を受け取るという方法でやるのだ。とてつもない権力を持っているけれども、同じくらいとてつもなくものが見えていない。スヴェン・ハッセルによれば、ものを知らない。かなり自由だけれども、それと同じくらい常に危険にさらされている。彼に関しては目に見えないけれども入念な打ち合わせが行われる。それというのも、全員の命運がひとえに彼の運にかかっているからだ。予想されたとおり、ゲームは惨憺たる結果に終わった。プレイヤーの中には郊外で道に迷う者が出る、罠や陰謀、抵抗がある、夜になったら環状防衛線にはほったらかしにされる部分が出る、試合の間ずっと審判しか見ていないプレイヤーがいる、等々。言うまでもなくコンラートも僕も参加しなかった。ただしコンラートは〈ロールプレイング・ゲーム・デイズ〉の会場となった産業技術ギムナジウムから事のなりゆきを逐一追ってくれて、スヴェン・ハッセルが、自らの挫折が明らかになるのを目の当たりにして最初はうろたえ、それから精神的に落ち込んだと、あとで細かく僕に伝えてくれたのだった。数か月後にシュトゥットガルトをあとにしたハッセルは、何もかもよく知っているコンラートによれば、今ではパリに住み、絵を描いているのだそうだ。今度の大会で再会することになったとしてもおかしくはない……）

夜の十二時を回ると、壁に貼ったコピーは不吉な雰囲気を醸し出す。虚空に開いた小さな扉だ。

「涼しくなってきた」と僕が言う。

〈火傷〉はコーデュロイのジャケットを着ているが、小さすぎるので、きっと恵んでもらったものだ。ジャケットは古いものだけれども、質はいい。食事を済ませて盤に向かうときには脱いで丁寧に畳んでベッドの上に置く。集中力があり、正確な彼の準備は感動的だ。同盟国の戦略や経済状況の変化についてのメモ（それとも、僕と同じような日記だろうか？）を肌身離さず持っている……まるで〈第三帝国〉の中に彼を喜ばせるコミュニケーションの手段を見出したかのようだ。こうやって地図や駒溜りの隣に立っている彼は、怪物ではなく考える頭を持ち、その思念が何百個もの駒のひとつひとつに込められているというか……独裁者にして創造者というか……それに彼は楽しんでいる……例のコピーさえなければ、僕はまるで彼にいいことをしてあげたと言えそうだ。しかしそれらのコピーが明らかな警告となっている。まずは気をつけることだと僕に知らせてくるのだ。

「〈火傷〉」と僕は呼びかける。「ゲームは好きかい？」

「ああ、好きだ」

「僕にストップをかければ勝てると思うのかい？」

「さあな。まだ時期尚早だ」

バルコニーの扉をいっぱいに開け、夜気で部屋から煙を追い払おうとしたら、〈火傷〉が犬みたいに顔を傾けて、鼻をやりづらそうにクンクンと鳴らしながら言う。

「なあ、お前のお気に入りの駒をもっと教えてくれよ。一番美しい（ああ、文字どおりそう言ったんだ！）師団はどれだと思うか、それから一番きつい戦闘はどれか。もっとゲームのことを教えてくれよ……」

〈狼〉および〈仔羊〉と

〈狼〉と〈仔羊〉が僕の部屋に現れる。フラウ・エルゼがいないせいでホテルの厳格に見える規範も緩み、今では誰でも好きなように出入りする。暑い季節が終わるのと逆行して、無秩序がホテルのすべてのサービス部門で少しずつ幅を利かせるようになっていく。まるで人は汗にまみれているとき、あるいは僕たち観光客が汗にまみれているときだけ働けるとでもいうかのようだ。今なら宿代を踏み倒して立ち去ることもできそうだけれども、そんな恥知らずな行為は、あとでフラウ・エルゼの驚いた、びっくりした顔を拝むことができると悪魔が請け合ってくれでもしなければできないだろう。たぶん、夏が終わり、その結果、多くの季節労働者との接触もなくなると、規律がたるみ、避けがたい事態が出来するのだろう。つまり万引きが横行し、サービスが低下し、汚くなる。たとえば今日も、誰もベッドメイキングに来ていない。僕は手ずからそれをすることになった。新しいシーツだってほしい。でもフロントに電話したところで、誰ひとり納得のいく説明をしてくれない。〈狼〉と〈仔羊〉がやってきたのも、まさにクリーニングから新しいシーツが仕上がってくるのを待っていたときのことだ。

「ちょっと時間ができたから、その隙に会いに来たんだ。俺らに一言もなしに帰ってほしくないからさ」

心配するな、と僕は言う。まだいつ出発するか決めていないのだと。

「決まったらお祝いに一杯やらなきゃな」

「この町に住んだっていいんだぜ」と〈仔羊〉が言う。

「ひょっとしたら居残りたくなる重要な何かを見つけたかもしれないしな」と〈狼〉が応えて目くばせする。フラウ・エルゼのことを言っているのか、それとも別の何かか？

「〈火傷〉は何を見つけたんだろう？」

「仕事だ」と二人して答える。これ以上はない自然さだ。

二人は今、日雇いの仕事をしていて、それにふさわしい格好をしている。ペンキやセメントで汚れたドリル織りのシャツだ。

「いい暮らしは終わったさ」と〈仔羊〉が言う。

一方、〈狼〉は神経質な動きを見せて部屋の反対側へ行き、ゲーム盤と駒溜りをしげしげと眺めている。戦争もここまで来ると駒は混沌とし、新参者には理解が難しい。

「これがかの有名なゲームか？」

僕はそうだと言う代わりに頷く。いったい誰が、かくも有名にしたのか、できれば知りたいものだ。たぶん、ひとえに僕のせいだ。

「だいぶ難しいのか？」

「〈火傷〉はできるようになった」と僕は答える。

「〈火傷〉は別問題だ」とゲームのことを嗅ぎ回ったりすることなく〈仔羊〉が言う。実際のところちらりとも見ていない。まるで殺した死体の周囲に指紋を残すまいと恐れているかのようだ。フロリアン・リンデンか？

「〈火傷〉ができるようになったんなら俺だってできるな」と〈狼〉が言う。

「じゃあお前、英語できるのか？　英語で書かれたルールが読めるのか？」〈仔羊〉は〈狼〉に問いかけているのだが、目は僕を見て、共犯者のような憐れみのような笑みを浮かべていた。

「ある程度、少しな。ウェイター時代に、読むのは苦手だが……」

「全然だろうよ。お前は『スポーツ界』のスペイン語だって読めないじゃないか。そんなやつが英語で書かれたルールなんて飲み込めるはずがない。馬鹿言っちゃいけない」

小柄な〈仔羊〉が〈狼〉より偉そうにしてみせたのは、少なくとも僕の前ではこれが初めてだ。〈狼〉はまだゲームに魅入られた様子で、バトル・オブ・ブリテンが繰り広げられているヘクスなどを指差し（とはいえ地図や重なった駒には決して触れないようにしながら！）、彼の理解によれば、「たとえば」そこ、というのはロンドン南西部のことだが、そこでは「衝突が起こったか起ころうとしているか」だと言う。僕がそのとおりだと言うと、〈狼〉は〈仔羊〉に手である仕草、たぶん淫らな意味だと思うのだけれども、僕がそれまで見たこともない仕草をしてみせ、なあ、そんなに難しくないだろう、と言う。

「おいおい、変なこと言うと笑われるぞ」と〈仔羊〉があくまでもテーブルのほうには目をやらずに応じる。

「わかったよ。今の予想はまぐれ当たりだ。それで満足か？」

〈狼〉の注意は、いまや地図からコピーへと用心深く移っている。腰に手を当て、コピーからコピーへと、じっくり読む暇もないくらいの速度で視線をずらしていく。まるで絵を鑑賞しているかのようだ。

ルールの一部か？　いや、もちろん違う。

「一九三八年十二月十二日、関係閣僚会議調書」と〈狼〉が読む。「戦争の始まりじゃねえか、ちくしょう！」

「いや、開戦はもっと後だ。翌年の秋。そのコピーはただ……演出のためにあるんだ。この種のゲームはかなり興味深い資料への関心を引き起こすものだ。何が起こったかを知って、まるで失敗した箇所をやり直したいという思いにとらわれるみたいなんだな」

「ああわかるとも」と〈狼〉は言うが、もちろん何もわかっちゃいない。

「けど何もかも繰り返しじゃ面白味がなくなるだろう。もうゲームじゃなくなる」と呟いて〈仔羊〉はモケット織りのカーペットに座り込むものだから、トイレへの道が阻まれてしまう。

「まあそんなところだ……動機によるけどね……視点というか……」

「ゲームをうまくやるためには本を何冊読まなきゃならない？」

「あらゆる本を読まなきゃいけないし、一冊も読まなくたっていい。大した野心もなしに一番プレイするだけならばルールを知るだけで充分だ」

「ルール、ルールね、ルールなんてどこにあるんだ？」僕のベッドに腰かけた〈狼〉は床から〈第三帝国〉の箱を取り上げ、英語で書かれたルールブックを取り出す。それを手に置いて重みを確かめ、感心したように頭を振る。「納得いかねえな……」

「何が?」

「〈火傷〉がよくこんな分厚いやつを読めたなと。あれだけ働いてるのに」

「大袈裟言ってらあ。ツインボートはもう商売あがったりじゃないか」と〈仔羊〉が言った。

「商売にはならないが仕事のきつさはお前にゃわかるまい。俺は一度、日中、やつの手伝いをしたことがあるから、どんなものかわかるんだ」

「お前は外人娘をひっかけてやろうと狙ってただけだろう。作り話はよしてくれ……」

「何を言う。それでも……」

〈仔羊〉が〈狼〉より偉そうにして、いばっていることは否定しようがない。何か尋常ではないことが〈狼〉に起こり、それでたとえ束の間でも二人の上下関係が逆転したのだろうと僕は思った。

「やつは何ひとつ読んでないよ。僕が〈火傷〉にルールを説明したんだ。少しずつ、辛抱に辛抱を重ねてね!」と種明かしした。

「でもその後で読んでたぜ。ルールブックをコピーして、夜にバルで、特に興味をそそられた場所に下線を引きながら復習してた。最初、俺は運転免許を取るための勉強でもしてるのかと思った。そしたら違うと言いやがった。お前のゲームのルールなんだと」

「コピーしただって?」〈狼〉と〈仔羊〉は頷いた。

僕は驚いた。誰にもルールブックを貸したことなどないのはわかっているからだ。可能性は二つあった。彼らが間違っていて、〈火傷〉の言ったことを勘違いしたか〈火傷〉が彼らを追い払うために口から出まかせを言った。二つ目は彼らの言っていることが正しくて、〈火傷〉は僕の許可なしに原本を持ち出してコピーし、翌日元の場所に戻したか。〈狼〉と〈仔羊〉が他のことへと考えを広げている（部屋がすてきで何でもそろっている、一泊いくらするのか、こんな場所にいたら、自分たちなら「パズル」なんかしないでこんなことやあんなことをするのに、等々）隙に、〈火傷〉がどうすればルールブックを持ち出してコピーを取ったうえで翌日ケースに返せたかについて考えを巡らせた。できるはずなどなかった。最後の晩を除いて、彼はいつもTシャツ姿で、それもだいぶ擦り切れたやつで、ズボンも、半ズボンのときと長ズボンのときがあったけれども、〈第三帝国〉のルールブックのようなかさばる冊子は半分だって隠せはしないくらいのサイズだった。別の見方をすれば、〈火傷〉はいつも僕に伴われて出入りしたのであり、当然のことながら彼が下心を抱いていると想像することは難しかったわけだが、そうなると、入ってきたときと出ていくときの〈火傷〉の姿に、たとえ少しでも変化があったら――それとわかる瘤のようなもの！――それに僕が気づかないでいることはまず難しかったはずだ。論理的に導き出される結論は、彼が白だということだ。物理的に不可能だ。まさにその点から第三の説明が浮上する。シンプルかつ穏やかならざる可能性だ。別の誰か、ホテルの者がマスターキーを使って僕の部屋に入ったということだ。そんな人はひとりしか思い浮かばない。フラウ・エルゼの夫だ。

（彼が抜き足差し足、僕の荷物の間を歩いていると想像しただけで胃がひっくり返りそうだった。彼は背が高く痩せぎすな人物に違いないが、顔はなく、あるいは暗くて変化する雲のようなものに覆われている姿を僕は想像した。その彼が、廊下の足音やエレベーターの物音に聞き耳を立てながら、僕の書類やら服やらを点検している。売女の息子め、まるで十年もの間、僕を待っていたかのように、ひたすらじっと、そのときが来たら火傷した犬をけしかけ、ずたずたにしてやろうと考えて僕が来るのを待っていたかのように……)

音がした。最初は奇妙に聞こえたその音が、やがて虫の知らせのように思えてきて、おかげで僕は現実に引き戻された。

ノックの音だった。

ドアを開けた。客室係がきれいなシーツを抱えて立っていた。彼女を中に入れたときには少しぶっきらぼうだったかもしれない。というのもこのうえなくタイミングが悪かったからだ。そのときは一刻も早く仕事を終わらせてほしいと、ただそれだけを願っていた。終わったら彼女にはチップを払って出ていってもらい、僕はスペイン人二人に、先延ばしにしたくない急ぎの質問をしたかったのだった。

「早くしてくれ」と僕は言った。「古いやつは今朝、預けた」

「よお、クラリータじゃないか」〈狼〉はまるで自分が招かれた客であることを強調しようとするかのようにベッドに寝そべり、ぞんざいで親しげな態度で彼女に挨拶した。

客室係はフラウ・エルゼによれば僕に出ていってほしがっている当の彼女で、部屋を間違えたといった風情で一瞬戸惑ったのだが、その隙にわざと生気を消したその目でカーペットの上に座ったまま自分に手を振る〈仔羊〉に気づくと、またたく間に、裡にあった内気さだか不信感(あるいは恐怖!)が消えて、部屋の敷居を跨いだ。彼女は二人の挨拶に微笑みで応えると、すぐさまきれいなシーツを掛ける準備に取りかかった。つまりベッド脇の戦略拠点を占拠したのだ。

「そこをどいて」と彼女は〈狼〉に命令した。命じられたほうは壁にもたれ、気取ったポーズやおどけた格好をしてみせた。僕はそんな彼の姿を好奇の目で観察した。最初、単に馬鹿げて見えた彼の作り顔が、だんだん色をもつようになり、少しずつ黒ずんでいき、やがて〈狼〉の顔に黒地に幾筋か赤と黄色の溝の入った仮面が浮き上がった。

クラリータはぞんざいにシーツを広げた。そう見えないようにしていたが、彼女が緊張していることに僕は気づいた。

「気をつけて。駒を飛ばさないでくれよ」と僕は注意した。

「駒って?」

「テーブルの上、ゲームの駒だ」と〈仔羊〉が言った。「地震でも起こしそうな勢いだな、クラリータ」

仕事を続けるべきか立ち去るべきか決めかねて、彼女はじっとしていることにした。これが僕のことをあんなに悪し様に言っていた客室係だとは、それまで一度ならず僕から黙ってチップを受け取ったあの彼女、僕の前では決して口を開かなかったあの彼女だとはにわかには信じられなかった。今、彼女は笑い、ついには冗談まで飛ばし、「あんたたちにはわからない」とか「何、このありさま」、「まったくあんたたちは片づけられないんだから」などと言って、まるでこの部屋を借りているのは僕ではなくて〈狼〉と〈仔羊〉であるかのように振る舞っている。

「あたしだったらこんな部屋には絶対に住まない」とクラリータは言った。

「住んでるんじゃない。一時しのぎの宿だ」と僕は教えた。

「同じことです」とクラリータは言った。「こんなの底なし沼なんですから」

その後理解したところによれば、彼女が言ったのは自分の仕事のことで、ホテルの部屋のクリーニングは果てしないということだった。けれどもそのときは個人的な感想だと思ったし、こんな若い子までもが僕の状況について批判的な判断を投げかける権利があると感じているのかと思うと悲しくなった。

「お前に話があるんだ。重要なことだ」〈狼〉はベッドの縁を回り込み、もう変な顔など作らずに客室係の腕を取った。彼女はマムシに噛まれた直後のように動揺した。

「あとでね」と彼女は、彼ではなく僕を見ながら言った。引きつった笑みを唇に浮かべ、僕に許可を求めている。でも何の許可だ？

「いや、今だね」〈仔羊〉が床から立ち上がり、客室係の腕をしっかり捕まえた指をしげしげと眺めながら頷いた。

サディストの小男、と僕は思った。自分では彼女を振り回すことなんてできないくせに、傍で見て喜んで、火に油を注いでいやがる。それから僕の注意はまたクラリータの視線にすっかり惹きつけられた。テーブルにまつわるいざこざの際にも僕の興味を惹いた視線だったが、そのときはおそらく、もうひとつの視線、フラウ・エルゼの視線と競わせた結果、彼女のそれは背景に、数ある視線のリンボに退いてしまったのだ。ふたたび現れた今、その濃密にして静かな視線は風景のようだった。地中海の風景？　アフリカの？

「参ったな、クラリータ、お前、傷ついているのか。こいつは愉快だ」

「少なくとも俺たちに説明はしなきゃいけないだろうよ」

「お前がしたことはひどい。そうじゃないかい？」

「ハビはずたずただってのにお前は涼しい顔かよ」

「お前のことなんざもう何も知りたいとは思わないぞ」

「何ひとつだ」

客室係はとっさに動いて〈狼〉の手をふりほどいた。仕事をさせて！　そしてシーツを整えてマットレスの下にたくし込んだ。枕カバーを替え、クリーム色の軽い毛布を広げて均した。すべてを終えると、きびきびとした動きで〈狼〉と〈仔羊〉の話を続けようという口実と意志をそいだので、立ち去ろうと思えばできたはずだがそうはせず、すっかりきれいになったベッドを挟んで部屋の向こう端で腕組みし、さあ、まだ何か言いたいことがあるのと言った。一瞬、僕に言っているのかと思った。彼女の挑むような姿勢は、その小柄な体つきとは対照的で、僕だけが読み解くことのできる象徴的意味を担っているみたいだった。

「お前に対しては何の恨みもないさ。ハビは馬鹿野郎だ」〈狼〉はベッドの端に腰かけ、ハシッシュを巻き始めた。皺が、たった一筋の無色の皺が毛布の上、ベッドのもうひとつの端まで走った。その先は崖だ。

「大馬鹿野郎だ」と〈仔羊〉が言った。

僕は微笑んで頭を何度か振り、事情は飲み込めたとクラリータに知らせた。口出しするつもりはなかったけれども、心の中では僕の許可なく部屋で勝手にハッパを吸ってもらっては困ると思っていた。フラウ・エルゼが突然現れたらどう思うだろう？　このことが耳に入ったらホテルの宿泊客や従業員はどんな意見を僕について持つようになるのだろう？　いざとなったらクラリータがこのことを口外しないでいられるなんて誰が保証するだろう？

「要るか？」〈狼〉は二、三口ハシッシュを吸うと僕に回した。場を乱すのも何だし、というか勇気もなかったので、フィルターが湿っていなくてよかったと思いながら一口だけ深く吸い込むと、それをクラリータに渡した。僕たちの指が触れ合うことは避けられなかった。必要以上に長い時間だったと思うが、彼女の頬が赤くなった気がした。諦めたような表情で、というのは実際にはスペイン人たちとの謎の問題にけりがついたと暗にほのめかすような仕方で、客室係はバルコニーを背にしてテーブルの前に座り、わざと煙で地図を覆った。ずいぶん複雑なゲーム！　と大声で言った。それから囁き声で付け加えた。頭のいい人しかできないわ！

〈狼〉と〈仔羊〉は見つめ合った。がっかりしているのか態度を決めかねているのかはよくわからない。それから彼らまで僕に同意を求めてきた。でも僕はせいぜいクラリータを見つめるくらいしかできなかった。いや、クラリータというよりは煙を見つめたのだ。ヨーロッパにかかる巨大な雲になり、彼女の黒ずんだ唇から常に新たに吐き出される青くガラス質の煙を。彼女の唇から建設機械のように頻繁に吐き出される細くて長い管状の煙は、フランスの、ドイツの、東ヨーロッパの広大な空間すれすれの高さで平たくなっていった。

「こら、クラリータ、こっちに回せよ」と〈仔羊〉が文句を言った。

僕たちが彼女を美しく英雄的な夢から引き戻したとでも言うように客室係はこちらを見、座ったまで指の端にハシッシュをつまんだ腕を伸ばした。彼女の細い腕には肌の色よりも明るい色の小さな丸い斑点ができていた。僕はひょっとして彼女は体の具合が悪いんじゃないかと、ハッパを吸うことに慣れていないんじゃないかと、ここいらでそれぞれの持ち場に戻らないかとほのめかしてみた。それぞれのということは〈狼〉と〈仔羊〉のことも差していた。

「馬鹿な。彼女は喜んでるさ」と〈狼〉が言って僕にハシッシュを回した。今回は涎がついていたが、僕はそれを唇を内側にすぼめて吸った。

「わたしが何に喜んでるって？」

「ハッパだよ、メス豚め」と〈仔羊〉が吐き出した。

「そんなことないわ」とクラリータは言ってひとっ飛びに立ち上がったが、その仕草は、自発的というよりは演技のようだった。

「まあ落ち着け、クラリータ」と言った〈狼〉の声はやにわに甘く、肌触りがよくなり、オカマのようだと言ってもいいほどで、そう言いながら彼女の肩を押さえつけ、空いた手で脇腹をポンポンと叩いた。「駒を捨てるなよ。そんなことしたら、このドイツ人のお友だちがどう思うと思う、馬鹿だと思うだろうよ、違うかい？　でもお前は馬鹿なんかじゃない」

〈仔羊〉は僕に目くばせし、ベッドに腰かけた。客室係の背後で性的な仕草をしてみせるのだが、それは二重の意味で沈黙のマイムだった。というのも、その満面の笑顔は僕に向けられたわけでもなければクラリータの背中に向けられているわけでもなく、そうではなくて……石の王国のようなものに……僕の部屋の真ん中に、つまり……ベッドからコピーを貼った壁までの間に密かにできていた無言の地帯（生身の人間がかっと目を見開いているのに）に向けられていたのだ。

〈狼〉の手――拳を握りしめていて、叩かれると痛かったかもしれない、いい、ということにそのときになってやっと気づいた――が開き、客室係の片方の胸を這った。クラリータの体は、まさぐる〈狼〉のしっかりとした手つきにほぐされ、意志とは無関係に降参してしまったようだった。ベッドに腰かけたまま、上半身を異常なまでにこわばらせ、関節のある人形のように腕を動かしながら、〈仔羊〉が両手で女の子の尻の自由を奪い、何か卑猥な言葉を囁いた。売女と言ったのだ。あるいは雌狐と。またはズベ公と。レイプの現場に立ち会うことになりそうだと思い、〈コスタ・ブラーバ〉でペラ氏が、町で暴行事件を起こす地元民と観光客の数について言った言葉を思い出した。レイプするつもりであろうがなかろうが、早々にそんなことにはなりそうになかった。一瞬、三人は活人画の様相を呈し、その絵の中でクラリータの声だけが鳴り響いた。ときどき、だめと言う彼女の声は、まるで拒絶するのにふさわしい調子を知らないか探っているかのように声色を変えながらも、発されるごとにきっぱりとしたものになっていく。

「もっと楽な格好にさせようか?」質問は僕に向けられていた。

「何を言うんだ、このままでいいさ」と〈仔羊〉が言った。

僕は頷いたけれども、三人のうち誰ひとりとして動かなかった。〈狼〉はクラリータの腰をつかまえて抑えつけ、クラリータは筋肉と骨の代わりにウールでできているみたいに見え、〈仔羊〉はベッドの端で、まるでドミノの牌をかき混ぜるようなリズムに合わせて円を描きながら手で彼女の尻を撫でていた。そこには著しくダイナミズムが欠けていたので、僕は無分別な行為に出てしまった。ひょっとして何もかも仕組まれたこと、僕を笑いものにするための罠、彼らだけが楽しめる奇妙な冗談なのではないかと考えた。もしそうならば、今この瞬間、廊下に人がいないはずはないと推論した。僕が誰よりもドアに近い位置にいたので、手を伸ばしてドアを開け、疑いを晴らすことは訳もないことだった。不必要なほど素早く、僕はそれを実行に移した。誰もいなかった。それでもドアは開けたままにした。バケツの冷たい水を浴びせられたかのように〈狼〉と〈仔羊〉がおさわりをやめて飛び上がり、逆に客室係は共感のこもった眼差しを僕に向け、僕はそれが共感だと認識できたし、理解できた。僕は彼女に出ていくようにと命じた。四の五の言わずにとっととだ! クラリータは素直に従い、スペイン人たちに別れを告げると、ホテルの客室係に馴染みの疲れたような足取りで廊下を向こう。

三人だけになると、まだ驚きから立ち直っていないスペイン人二人に対し、口答えも言い訳も許さない口調で、チャーリーは誰かをレイプしたのかと訊ねた。その瞬間は、神のような存在が僕に言葉を言わせているのだと確信が持てた。〈狼〉と〈仔羊〉が交わす視線には無知と不安が等しく混じり合っていた。二人はいったい何の嫌疑がかけられているのか、まったくわかっていなかったのだ！

「女の子をレイプ？　あの死んだ哀れなチャーリーが？」

「チャーリーのクソ野郎がだ」と僕は頷いた。

僕はそのとき、たとえ殴り合ってでも二人から本当のことを聞き出すつもりだったと思う。対戦相手と見なすにふさわしいのは〈狼〉だけだ。〈仔羊〉は身長一メートル六十センチになるかならないかだし、痩せぎすで最初の一撃で戦意を喪失するタイプだ。油断大敵だけれども、用心に用心を重ねてことに臨むまでの理由もない。僕の戦略上の位置取りは喧嘩するのにうってつけだ。唯一の出口を支配下に置いている。必要とあらばそこを封鎖することもできるし、戦況不利と見たら逃走経路に利用することもできる。不意打ちの要素も僕に味方する。思いがけない懺悔を引き出される恐怖が彼らにはある。〈狼〉と〈仔羊〉は案の定、あまり当意即妙の対応ができていない。ところで、正直に言うなら、こうしたことは何もかも想定外だった。ただ単にそうなっただけで、ちょうどミステリー映画で、あるイメージを何度も見るうちにそれが犯罪を解く鍵だと気づくようなものだった。

「参ったな、死人の顔に唾を吐きかけるのはやめようぜ、ましてや友だちならさ」と〈仔羊〉が言った。

「クソだ」と僕は叫んだ。

二人とも真っ青な顔で、戦うつもりはないのだと僕は気づいた。できるだけ早くこの部屋から出て行きたいだけなのだ。

「いったい誰をレイプしたっていうんだ?」

「それをこっちが知りたいんだ。ハンナか?」と僕は言った。

〈狼〉は狂人か子供を見るような目で僕を見た。

「ハンナはやつのかみさんだ。レイプになんかならないだろうよ?」

「やったのか、やってないのか?」

「やってないさ、もちろん、やってなんかいないとも。何てことを言い出すんだ」と〈仔羊〉が言った。

「チャーリーは誰もレイプしてない」と〈狼〉が言った。「いいやつだったんだ」

「チャーリーがいいやつだっただと?」

「友だちなのにそんなこと知らなかったのか。嘘みたいだ」

「友だちなんかじゃなかった」

〈狼〉はためらいのない、心の底からの深く短い笑い声を発し、ああ、わかってたさ、そうは思わないだろうが、自分はそこまで馬鹿じゃない、と言った。それからまたチャーリーはいいやつだったと主張した。誰かを力ずくでねじ伏せることなどできないと。逆にイングボルクとハンナを高速道路に置き去りにしたあの晩、誰かにオカマを掘られそうになった者がいるとすれば、それが彼、チャーリーだったと。町に戻ってきたとき、彼は見知らぬ連中二、三人と酔っ払っていた。〈狼〉によれば、外国人のグループだったに違いなく、たぶんドイツ人だろうという。バルから皆して、何人いたかはよくわからないが、男ばかりで、ビーチに向かった。チャーリーはそのとき悪口を言われた記憶があるという。全部が全部、彼に向けられたものではないけれども。それからぐいと押されたりもした。たぶん悪趣味な冗談で、誰かが彼のズボンを下ろそうとしたのだ。

「じゃあ、やつがレイプされたっていうのか？」

「違う。乗ってきたやつを足蹴にしたら逃げてった。数は多くなかったし、チャーリーは強かった。だがかなりいやな思いをして、仕返ししてやると言ってた。俺の家まで会いに来たんだ。二人でビーチに戻ってみたら、もう誰もいなかった」

僕は彼らの言葉を信じた。部屋は静かで、海岸通りの喧噪もやみ、太陽までが雲に隠れ、海にはバルコニーの扉のカーテンでヴェールがかかっていたので、そんなこのみすぼらしい二人組を信じる気になったのだ。

「お前はチャーリーの一件が自殺だと思ってるんだろう？　違うぜ。チャーリーは自殺するようなやつなんかじゃない。あれは事故だったんだ」

僕たち三人は訊問する者と自己弁護する者の立場を放棄し、たちどころに悲しみの態度（ただしこの言葉は言い過ぎで不正確だ）へと移行したため、ベッドに、床に、思い思いに座ることとなった。まるで本当に友だちになったように、あるいは三人で客室係を手込めにしたばかりのように、三人で連帯という暖かいマントに包まれ、一人がゆっくりと短い演説を打ち、他の二人がそうだ、だの、違う、だのと合いの手を入れ、かつもう一人の存在に耐えているのだった。部屋の向こう端で心臓を脈打たせ、その力強い背中をこちらに見せているもう一人の存在に。

幸い、〈仔羊〉がまたハシッシュの煙草に火を点け、僕たちはそれを回して最後まで吸った。それが最後だった。モケット織りのカーペットに散らばった灰は、〈狼〉が俺に任せろと言って一息で吹き飛ばして散らした。

一緒に部屋を出て〈アンダルシア人の隠れ処〉でビールを飲んだ。バルには誰もいなくて、僕たちは歌を一曲歌った。

一時間もすると二人に我慢がならなくなったので、別れた。

僕の好きな将軍たち

僕は彼らに完璧を求めない。盤上では、完璧とは他ならぬ死を、空虚を意味するのではないか？彼らの名前、その輝かしい経歴、記憶を形成する要素に僕が求めるのは、霧の中の白くしっかりとした手のイメージだ。求めるのは戦闘を観察している彼らの目だ（といっても、観察する目の映った写真は数えるほどしかないのだが）。不完全で単独、繊細、よそよそしく、無愛想、大胆、慎重な、そのいずれにも勇気と愛を見出すことのできる、彼らの目だ。マンシュタインに、グデーリアンに、ロンメルにそれを求める。僕の好きな将軍たちだ。それからルントシュテットにも、フォン・ボックにも、フォン・レープにも。彼らにもその他の人々にも、僕は完璧を要求しない。親しみが持てるものでも近寄りがたいものでも、彼らの顔で、文書で、ときにはただその名前ととても小さなひとつの行事で満足する。それどころか、誰それは開戦時、師団を率いていたのか部隊を率いていたのか、戦車部隊を前に能力を発揮したのか歩兵部隊を前に発揮したのか忘れてしまう。場面や作戦を混同する。だからといって彼らの輝きが減じるわけではない。全体図を見ようとすると、見方によってはぼやけてしまうけれども、いつも変わらず彼らはそこに存在する。彼らの武勲、弱点、長引いたものも短いものも、彼らが見せた抵抗は何ひとつとして失われはしない。〈火傷〉が今世紀のドイツ文学をある程度知っていて、読んでいれば（しかも知っているし読んでいる可能性はあるのだ！）、マンシュタインはギュンター・グラスに匹敵するし、ロンメルはさしずめ……ツェランだと言ってやろう。同様のたとえをすればパウルスはトラークルだし、その前任者ライヒェナウはハインリヒ・マンみたいだ。グデーリアンはユンガーに、クルーゲはベルに肩を並べる。こんなこと言ってもあいつはわからないだろうな。少なくともまだわからないだろう。一方僕は、彼らに職を、あだ名を、趣味を、お似合いの家を、季節等々を探そうと思えば簡単にできる。あるいは彼らの勤務記録を比較したり統計を取ったりしていると何時間でも過ごせる。彼らをいろいろな仕方で並べたり並べ替えたりするのも楽しい。ゲームごとに、叙勲の順に、勝利によって、敗北によって、生きた年数にしたがって、出した本にしたがって、という具合だ。彼らは聖人ではないし聖人のように見えもしないが、僕にはときどき彼らの顔が空に浮かんで、まるで映画の字幕のように雲の上に重ね焼きにされて見えるのだ。彼らは微笑み、水平線のほうを眺め、敬礼をしてみせ、中には頷いて、まだ生じる前の疑いを晴らそうとするかのような者もいる。彼らはフリードリヒ大王の将軍たちと同じ雲や空の上にいて、両方の時代とすべてのゲームが一条の湯気に溶け込んでいくようだ。（ときにはコンラートが病気だと想像することもある。入院していて、見舞い客もいないけれども、僕はおそらくドアのところに佇んでいる。そして彼はいまわの際に、もう二度と自分の手で触れることのできない地図や駒が壁に投影されていることに気づくのだ！　フリードリヒ大王とすべての将軍たちの時代が、もうひとつの世界の法則を免れている！　可哀想なコンラートの拳が空隙を叩いている！）何はともあれ、共感を覚える人物たちだ。巨人モーデル、鬼のシェルナー、私生児レンデュリック、従順なアルニム、栗鼠のヴィッツレーベン、直立のブラスコヴィッツ、ジョーカーのクノーベルスドルフ、握り拳バルク、無鉄砲なマントイフェル、牙のシュトゥデント、黒人ハウサー、独学者ディートリヒ、岩のハインリッツィ、神経質なブッシュ、痩せっぽちホート、宇宙飛行士クライスト、悲しみのパウルス、沈黙のブライト、強情なフィーティングホフ、勤勉家バイエルライン、盲目ヘプナー、学者ザルムート、移り気のガイヤー、輝けるリスト、沈黙のラインハルト、猪マインドル、スケートの名手ディートル、頑固一徹ヴェーラー、ぼんやり者シュヴァルリー、悪夢のビットリヒ、跳躍のファルケンホルスト、大工ヴェンク、情熱家ネーリンク、才気煥発なヴァイクス、抑鬱エーバーバッハ、心臓病みのドルマン、執事ハルダー、迅速なゾーデンシュルテン、山のケッセルリンク、没我のキュヒラー、無尽蔵のフーベ、暗然たるツァンゲン、透明ヴァイス、びっこのフリースナー、灰のシュトゥンメ、透明人間マッケンゼン、工学士リンデマン、書家ヴェストファル、恨み節マルクス、優美なシュテュルプナーゲル、おしゃべりフォン・トーマ……のような人々。〈天〉に浮き彫りで現れる人々……フェルディナントやブラウンシュヴァイク、シュヴェリーン、レーヴァルト、ツィーテン、ドーナ、クライスト、ヴェーデル、フリードリヒ大王の将軍たち……と同じ雲に。ワーテルローの勝者ブリュッヒャーの軍、ビューロー、ツィーテン、ピルヒ、ティールマン、ヒラー、ロスティン、シュヴェリーン、シューレンブルク、ヴァッツドルフ、ヤゴウ、ティッペルスキルヒェンと同じ雲に。これだけの代表的な顔ぶれならば、毎日の夢の中に、わかった！　わかったぞ！　さあ目を覚ませ！　の叫び声と共に入り込み、君がもし彼らの呼び声を恐怖せずに聞くことができるのなら目を開かせる。そして君はベッドの足下に過去に実在した〈君の好きな状況〉と過去の想像上の〈君の好きな状況〉を見出すのだ。過去の実際の〈好きな状況〉の中でも僕が特に強調したいのは、一九四〇年の第七装甲師団を率いた騎乗のロンメル、クレタ島に襲いかかるシュトゥデント、カフカスにおける第一装甲軍を率いたクライストの進撃、アルデンヌにおけるマントイフェルの第五装甲軍の攻撃、クリミアにおけるマンシュタインの第十一軍の遠征、ドーラ砲それ自体、エルブルス山の旗そのもの、ロシアとシチリアにおけるフーベの抵抗、ポーランド兵たちの首の骨をへし折るライヒェナウの第十軍だ。実際には起こらなかった〈僕の好きな状況〉のうち、僕がとりわけ好きなのは、クルーゲの部隊によるモスクワ陥落、パウルスの部隊ではなくライヒェナウの部隊によるスターリングラードの制圧、パラシュート部隊の降下を含む第九軍および第十六軍のグレートブリテン島への上陸、アストラハン—アルハンゲリスク戦線の獲得、クルスクとモルタンでの成功、セーヌ川対岸までの秩序立った撤退、ブダペストの再制圧、アントワープの再制圧、クールラントとケーニヒスベルクでの無期限の抵抗、オーデル川戦線の盤石さ、アルプス要塞、女帝の死と同盟の変化……馬鹿げたこと、間抜け、無意味な功績、コンラートがそう呼ぶやつだ。将軍たちの最後の別れの挨拶から目を背けるための想像だ。勝利に満足し、敗北しても潔い敗者としての彼らを見るのだ。完敗だったとしてもそうあってほしい。ウィンクし、敬礼し、水平線を眺めながら頷く。彼らはがらがらと崩れ落ちるこのホテルと何の関係があるというのか？　無関係だが、助けにはなる。励ましてくれる。永遠に別れを引き延ばし、僕に古い試合を思い出させてくれる。午後の、夜のあの試合、それらの試合で残る思い出はすべて、勝利とか失敗といったことではなく、ひとつの動き、ひとつのフェイント、ひとつの衝突であり、友人たちが背中を叩いてくれたことだ。

四二年秋、四二年冬

「もう帰ったのかと思ったぜ」と〈火傷〉は言った。

「どこに？」

「お前の町だ、ドイツの」

「なんで帰るんだい、〈火傷〉？　僕が怖がっているとでも？」

〈火傷〉はいやいやいやいやいやと、とてもゆっくりと、ほとんど唇を動かさずに、僕の目を避けながら言う。ただ盤だけをじっと見ている。他のものには数秒たりとも気を取られない。カリカリしながら一方の壁から向かいの壁へと囚人のようにうろつき回っているが、通りから見られないようにしているみたいにバルコニー付近は避けている。半袖Tシャツを着て、腕には火傷痕の上に緑色の苔の膜のようなものが見える。とても薄いその膜はおそらく、クリームの残りなのだろう。けれども今日は日は出ていなかった。それに僕の記憶するかぎり、かんかん照りの日でも彼がクリームなど塗ったところを見たことはない。彼の肌から出てきたものだと考えるべきだろうか？　僕が苔だと思ったものは新しい皮膚、再生した皮膚なのか？　こうやって彼の器官は古い皮膚を替えるのか？　それが何であれ、気持ち悪い。立ち居振る舞いを見るかぎり、彼には何か心配事があるらしいが、この種の人間の言動はどれを本気に取ればいいのかわかりようがない。とりあえず言えることは、彼のサイコロの目のツキは圧倒的だったということだ。出る目出る目がいいものばかり、不利な攻撃すら好転した。彼の動きが包括的な戦略によるものなのか、それとも偶然の産物で、ただ出たとこ勝負で叩いて回ったのかは知らないが、ビギナーズ・ラックに恵まれていたことは否めない。ロシアでは一進一退の攻防が続いたあと、僕は撤退を余儀なくされ、レニングラード—カリーニン—トゥーラ—スターリングラード—エリスタ戦線まで下がることになり、同時に新たな赤の脅威がカフカス南端部を二方面から取り囲む。ほとんど無防備なマイコープ方面とエリスタ方面だ。イングランドではどうにかヘクスひとつだけ守ることができた。ポーツマスだ。英米連合部隊の一致団結しての防衛戦との対決の末に、島から僕を追い出そうという英米の目的をとにもかくにも阻止した結果だ。ポーツマスを死守した以上、ロンドンに与える脅威はなおも効力を残している。モロッコには〈火傷〉はアメリカ歩兵部隊二個を上陸させた。ここで彼が打った唯一のこの手は、僕の見るところなおも他の前線のドイツ軍勢力を焦らせ、気を惹くという以外に目的のない単純極まりないものだ。僕の軍の大半はロシアにあり、今のところそこからは交代の駒ひとつだって取り去ることはできない。

「で、僕がいないと思ったのならなぜ来たんだい？」

「約束があったからだ」

「約束って、君と僕の間でかい？」

「ああ。夜はプレイする。それが約束だ。お前がいなくても俺は来る。ゲームが終わるまでは」

「いつか入館を拒まれるか、足蹴にされて追い出されるかもしれないぜ」

「ありうるな」

「いつか僕も立ち去る決心をするかもしれない。でも君は普段なかなかつかまらないから別れを告げることもできないかもしれない。そうなったらツインボートに――まだビーチにあればの話だけど――メモくらいは残していくが。でもいつか突然いなくなって四五年になる前に終わってしまうかもしれない」

〈火傷〉は獰猛な笑みを浮かべる（その獰猛さの中に正確で不健康な一種の幾何学の痕跡が見て取れる）。彼のツインボートは、たとえ町中のツインボートが冬を過ごす格納庫に退いたとしても、きっとビーチに置いてあると確信しているのだ。秘密基地はずっとビーチにある。彼は僕をずっと待ち続ける。あるいは観光客がいなくとも、影に隠れて、あるいは雨の季節が来ようとも。彼の執着心は牢獄のようだ。

「本当のところは約束でも何でもないんだよ、〈火傷〉。君は約束は絶対守らなきゃいけないと思うのかい？」

「いや。俺にしてみりゃ約束は契約だ」

「でも僕らは契約なんか結んでいない。ただゲームしているだけだ。それだけだよ」

〈火傷〉はにやりと笑ってああ、と言う。わかっていると。それだけだと。そして戦火に照らされ、サイコロのいい目が出たところで、ズボンのポケットから、四つ折りにした新しいコピーを取り出し、僕に差し出す。下線を引いた段落がいくつかあり、紙には油とビールの染みがあるところを見るに、バルのテーブルで読み返したものだろう。最初にコピーをもらったときと同様、内なる声が僕の反応を伝える。そんなわけで、侮辱や挑発の意図が背後に隠れているかもしれないが、〈火傷〉が僕の考えに合わせたいと思って——軍事史ではなく政治学だ！——無邪気に取っただけかもしれないこのコピーはいったい何ごとかと問い糾したりはせず、僕は黙ってそれらを最初のコピーの隣に貼ることにする。結果として、貼り終えるとベッドの枕元の壁はいつもとはすっかり違った雰囲気を醸し出すことになる。一瞬、僕は誰か他人の部屋にいるような気になる。暑く暴力的な外国に送られた特派員の部屋か？　それに部屋が小さくなったようにも思う。コピーはどこから取ってきたのだろう？二冊の本からだ、一冊が誰それの、もう一冊が某の本。僕の知らない人たちだ。彼らからどんな戦略上の教訓を引き出せるというのだろう？　〈火傷〉は視線を逸らし、それから開けっぴろげに微笑んで、まだ計画は明らかにはできないと言う。僕を笑わせたいと思っていると。僕も付き合いで笑う。

翌日〈火傷〉はこう言ってよければ、パワーアップしてくる。東部戦線に攻撃を仕掛け、僕はふたたび退却を余儀なくされる。〈火傷〉はグレートブリテン島に部隊を集結させ、今のところはゆっくりとではあるがモロッコとエジプトから始動する。腕の染みは消えている。ただつるりとしてなめらかな火傷痕だけが残っている。部屋の中を移動する足取りはしっかりとして、優美ですらある。もう前日のようなカリカリした感じは透けて見えない。確かに、口数は少ない。話したがるのはゲームのこと、ゲームの世界、クラブ、雑誌、選手権、文通試合、大会、等々のことで、僕が話を別の方向に、たとえば誰から〈第三帝国〉のルールブックのコピーをもらったのかといった方向に向けようとしても、ことごとく無駄に終わる。聞きたくないことに対して彼は石のような、あるいは農耕牛のような態度を取る。単に気づかなかったふりをするのだ。この問題についての僕の戦法が繊細すぎた可能性はある。僕は用心深い人間で、基本的には彼の感情を傷つけないように気をつけているのだ。

〈火傷〉は僕の敵かもしれないが、いい敵なので選択の幅は限られている。あけすけに言ってしまったらどうなるだろう？　〈狼〉と〈仔羊〉が僕に語ったことを彼に話して説明を求めたら？　たぶん、最終的には彼の言葉と二人のスペイン人の言葉のどちらを選ぶかということになるだろう。そんなことはしたくない。だから僕らはゲームとゲーマーの話をした。この話題なら尽きることなく〈火傷〉も興味を抱いているようだし。思うに、彼をパリじゃなくて（！）シュトゥットガルトに連れていったら、試合ではスターになるだろう。愚かだということはわかっているけれどもリアルなある感覚、馬鹿にされているようなある感覚、どこかのクラブに行って、他の連中から見れば過去の話に思えるウォーゲームの問題を、大人たちが必死で解いている姿を遠くから見たときなど、僕も感じたことがあるその感覚が、ただ彼といるだけで雲散霧消するはずだ。彼の焼け焦げた顔は、ゲームという行為に崇高さを与える。僕が彼に一緒にパリに行きたいかと訊ねると、彼の目には炎が点るが、あとになってからやっと首を横に振る。〈火傷〉、君はパリに行ったことはある？　いや、一度もない。行きたい？　行きたいが、行けない。彼はできれば他の人ともプレイしたい。たくさんの試合をしたい。「次から次へと」、だができない。相手は僕しかいないし、それで満足することにする。なるほど、相手に不足はないさ。僕はチャンピオンだ。そのことに彼は励まされる。でもいずれにしろ、できれば他の人たちともプレイしてみたい。でもゲームを買う気はない（少なくとも彼はそうは言っていない）。それに、彼が話している最中にも、僕たちが別のことについて話しているような印象を受けさえしたほどだ。俺は資料を集める、と彼は言う。やっとのことで僕は、彼がコピーのことを言っているのだと理解する。思わず笑ってしまう。

「〈火傷〉、君はまだ図書館に通ってるのか？」

「ああ」

「戦争の本ばかり借りてるの?」

「今はそうだが、前は違った」

「何の前?」

「お前とゲームを始める前」

「じゃあ前はどんな本を借りてたんだ?」

「詩だ」

「詩集かい? すてきじゃないか。それはどんな詩集?」

〈火傷〉はまるで粗野な人間を見るような目で僕を見た。

「バジェホ、ネルーダ、ロルカ……知ってるか?」

「いや。それで詩を暗記してたのか?」

「俺は物覚えが悪いんだ」

「でも少しは憶えてるだろう? 何か暗唱してくれないかな? どんな詩人かイメージが沸くようなやつ」

「感想しか憶えてない」

「どんな感想? ちょっと教えてくれよ」

「絶望……」

「それだけ? 他には?」

「絶望、高み、海、閉じられていないもの、いっぱいに開かれたもの、まるで胸が爆発するみたいだ」

「ああ、わかるよ。それで、いつから詩をやめたんだい、〈火傷〉？　〈第三帝国〉を始めてからかい？　そうとわかればプレイできないな。僕も詩は大好きなんだ」

「どんな詩人が好きなんだ？」

「僕はゲーテが好きなんだ、〈火傷〉」

そうこうしているうちに帰る時間になる。

九月十七日

午後五時にホテルを出た。その前にコンラートと電話で話し、〈火傷〉の夢を見、クラリータとセックスした。頭の中でブーンという音がするので、栄養が足りないせいだと考えた。そんなわけで町の旧街区に足を向け、以前目をつけていたレストランで食事をするつもりだった。残念ながらそこは閉まっていたので、すぐさま、それまで足を踏み入れたことのない小路を歩くことにした。そこは商業地区と漁港を背にする位置にある、狭いけれどもきれいな通りが並ぶ街区で、そこで僕は一歩ごとに自分の思考に沈み込み、周囲の雰囲気のよさに身を委ね、もう空腹も感じなかったので、夜になるまで散歩を続けようという気になっていった。そんな気になっていると、誰かが僕の名を呼んだ。ベルガーさん、と。振り返ってみるとそこには若い男がひとりいて、その顔には見覚えはなかったけれども、なんとなく馴染みのあるような気もした。挨拶には熱がこもっていた。十年前に兄と僕が仲良くなった男の子かもしれないとも思った。その可能性を考えただけで、確かめもしないうちから嬉しくなった。陽の光がちょうど顔に当たっているので、相手はまばたきばかりしている。言葉が彼の口からとうとうと溢れ出て、僕はその四分の一も理解できなかった。二本の手を広げて、まるで逃がすまいと力を入れているみたいに僕の肘を押さえている。この状況はどうやら延々と続きそうな様子だ。僕はとうとう我慢できなくなり、あなたが誰だか思い出せないのだと白状する。赤十字の者ですよ。お友だちの書類などをお手伝いしました。僕たちはあの悲しい状況下で知り合った仲だったのか！　彼は決然とした表情でポケットから皺だらけになった身分証のようなものを取り出す。それによるとデル・マル赤十字の職員だ。すっかり謎が解け、僕たちはほっとため息をついて笑う。続けてビールでも飲まないかと誘われ、僕は遠慮せずに受け入れる。少しばかり驚かないわけではなかったが、気づくと僕たちはバルではなく、救護隊員の家に行こうとしていた。家はすぐ近く、同じ通りにある、三階の暗く埃っぽい部屋だ。

ホテルの僕の部屋のほうがその部屋全体よりも広いくらいだが、僕を招いた家主は善意に満ちた人物で、その人となりで物理的欠落を補っていた。名前はアルフォンスといい、本人によれば夜間学校に通っていた。ここを弾みとしてやがてはバルセローナに居を構えたいのだそうだ。彼の目標はデザイナーだか画家だかになることだったが、それはどこからどう眺めてみても不可能な話だった。着ている服や隙間なく壁を覆い尽くしているポスター、統一感のない家具の数々、どれを取ってみてもひどく趣味が悪いのだ。それでもまあ、救護隊員の性格は少しばかり不思議なところがあった。僕たちはまだ二言くらいしか言葉を交わしていなくて、僕がインディオ風のモチーフのカバーを掛けた古い肘掛け椅子に座り、彼がたぶん自作の椅子に座って話し始めたばかりだったそのとき、出し抜けに僕「もまた」アーティストなのかと訊ねられた。僕は曖昧にぼかして記事を書いていると答えた。どこで？　シュトゥットガルト、ケルン、ときにはミラノ、ニューヨークで……そう思ったよ、と救護隊員は言った。またどうしたわけでそう思ったんだい？　顔を見ればわかるさ。僕は本を読むように人の顔を読むんだ。声色か、あるいは彼が用いた言葉には僕に身構えさせる何かがあった。話題を変えようとしたが、彼が芸術の話以外したがらなかったので、好きにさせた。

アルフォンスはうっとうしいやつだったけれども、少しするとそこで、黙ってビールを飲み、町で起きていること、つまり〈火傷〉や〈狼〉、〈仔羊〉、フラウ・エルゼの夫らが頭の中で企んでいることから、救護隊員が僕たち二人の間に無言で広げてくれる友愛のオーラに守られていると気分がいいことに気づいた。肌を一枚めくれば僕たちは仲間だったし、詩人がこう言ったような間柄だった。僕たちは暗闇の中で互いを認識し（この場合は、彼がその特別な才能で僕を認識したのだが）、互いに抱き合った。

放っておいたらいつまでも話し続ける話者の囁き声に僕はまったく耳を貸さなかったのだけれども、その間にその日の目立った出来事の数々を回想した。時間順に言って、最初はコンラートとの電話での会話だ。短い時間で、というのも向こうからかけてきたからだが、基本的には、僕が向こう四十八時間以内に姿を現さなければ会社がどんな懲戒処分を取るつもりでいるかを伝えるものだった。二つ目はクラリータで、彼女は部屋を片づけるとさしてもったいぶりもせずに、すぐに僕と事におよんだ。彼女はひどく小柄で、プラネタリウムの投影機のようなもので天井からベッドを見下ろすことができたなら、きっとそのときは僕の背中と彼女の足の爪先しか見えなかっただろうというほどだった。最後は悪夢で、これは一部は客室係のせいだった。というのも僕らが事を終えると、彼女が服を着終えて仕事に戻りもしないうちに、僕はまるで薬物を摂取したような奇妙な眠気に包まれ、次のような夢を見たからだ。僕は夜中の十二時に海岸通りを歩いていた。部屋ではインゲボルクが僕を待っていることはわかっていた。通りも建物もビーチも、何なら海までもが現実のものよりはるかに大きくて、まるで町が巨人を迎え入れるために変貌を遂げたみたいだった。逆に星々は、いつもの夏の夜のように満天の星空だったけれども、まるで針の先ほどに小さくて、おかげで夜の天球は病んだ輝きしか発していなかった。僕の足取りは早かったけれども、だからといって地平線上に〈デル・マル〉が姿を現すわけでもなかった。すると、そろそろ絶望しかけたころに、ビーチからのろのろとした足取りで〈火傷〉が姿を見せた。腕には段ボール箱をひとつ抱えていた。彼は僕には声もかけずに護岸に座ると、海のほう、暗がりのほうを指差した。彼からは注意深く距離を取り、十メートルばかりも離れていたのだが、箱のオレンジ色と文字は完璧に見えたし、見覚えがあった。それは〈第三帝国〉だった。僕の〈第三帝国〉。〈火傷〉はこんな時間に僕のゲームで何をしようというんだろう？　ひょっとしてホテルに行ったらインゲボルクが腹いせにそれを彼にあげたのか？　盗んだのだろうか？　何も訊ねずに待ったほうがいいだろうと思った。暗がりの中に、海と海岸通りの間に、もうひとり誰かがいると直感したからだ。それに、そのうち〈火傷〉と僕で二人の問題を解決する時間は持てるだろうと思ったからだ。そんなわけで僕は黙って待った。〈火傷〉は箱を開け、ゲームを護岸の上に広げ始めた。駒がだめになってしまう、と思ったけれども、まだ何も言わずにいた。夜風が盤を二度ばかり動かした。〈火傷〉がユニットをそれまで一度も見たことがないような場所に配置したのはどの瞬間だったか憶えていない。ドイツにとってはよろしくない出来事だ。お前はドイツ担当だ、と〈火傷〉が言った。僕は護岸上の彼の正面に腰を下ろし、状況を検討した。なるほど、よろしくない出来事だ。前線という前線がことごとく今にも打ち破られそうだし、経済も停滞している。空軍も、海兵隊もなく、不充分な陸軍だけでこんな巨大な敵に向かうことになるなんて。頭の中で小さな赤い光が点った。何を賭ける？　と訊ねた。ドイツ・チャンピオンの座か、それともスペイン・チャンピオン？　〈火傷〉はかぶりを振り、波が砕ける辺りを、巨大で陰鬱なツインボートの秘密基地が立ち上がる辺りをまた指差した。何を賭ける？　僕は目を涙で曇らせながら繰り返した。海が海岸通りに近づいてくるような気がして怖くなった。急がず、でも休みなしに、確実に近づいている。ただひとつの大切なものだ、と〈火傷〉が僕を見ようとせずに答えた。僕の軍の置かれた状況はあまり期待を抱く余地もなかったが、どうにかこうにか可能なかぎり緻密な手を打ち、前線を立て直した。戦わずして降参するつもりはなかった。

「ただひとつの大切なものって何だ？」僕は海の動きを見張りながら言った。

「命だ」〈火傷〉の軍は僕の戦線をひとつひとつ丹念に潰しにかかった。

負ける者は命も失うということか？　こいつ、きっと気が狂ってやがるんだ、と僕は思った。その間にも潮位は上がり続け、常軌を逸した、スペインどころか他のどこでも見たことがないほどの高さに達した。

「勝った者が負けた者の命を好きなようにする」〈火傷〉は僕の前線を異なる四つの場所で突破し、ブダペスト経由でドイツに侵攻した。

「僕は君の命なんざ欲しくないぜ、なあ〈火傷〉、大袈裟な話はよそうよ」と言って僕は唯一の予備軍をウィーンの一帯に移動させた。

海はいまや護岸の縁を舐めていた。全身が震えているのを感じ始めた。建物の影がまだ海岸通りに残っていたわずかばかりの光を飲み込んでいた。

「それにこのシナリオはあからさまにドイツを負けさせるためにできてるじゃないか！」

海水はビーチの階段を這い上がり、歩道いっぱいに広がった。次の一手はよく考えるんだな、と〈火傷〉が警告した。そして水をちゃぷちゃぷいわせながら〈デル・マル〉のほうへ遠ざかっていった。水音だけが聞こえていた。一陣のつむじ風のように、僕の頭の中を独りで部屋にいるインゲボルクのイメージ、同じく独りで洗濯場と厨房の間の廊下にいるフラウ・エルゼのイメージ、仕事を終えて従業員用出入口から出てくる、くたくたに疲れ、箒の柄のようにほっそりした可哀想なクラリータのイメージが去来した。水はどす黒く、今ではくるぶしまで達していた。痙攣したようになって腕も足も動かないので、結局、地図上で駒を並べ替えることもできなければ走って〈火傷〉を追いかけることもできなかった。月のように白いサイコロは1の目が上に出ていた。首は動かすことができたし言葉もしゃべれた（少なくとも呟くことはできた）が、それ以上のことはほとんどできなかった。あっという間に海水が盤を護岸からさらい、盤は駒溜りや駒もろとも水に浮かんで僕から遠ざかっていった。どこに行こうとしているのだろう？ ホテルへか、それとも町の旧街区か？ いつか誰かに見つけられるのだろうか？ 見つかったとして、見つけた誰かはその地図が〈第三帝国〉の戦闘地図だとわかるだろうか？ 駒は〈第三帝国〉の装甲部隊や歩兵部隊、航空部隊、海兵隊だと認識するのだろうか？ もちろん、するわけがない。駒は、五百個以上もある駒は、最初のうちは一緒になって浮かんでいるだろうが、それから離れ離れになることは避けられない。そしてやがては海の底に消えてしまうのだ。地図と駒溜りはもっと大きいので、抵抗力も大きいだろう。おまけに波に洗われてどこかの岩にでも打ち上げられるかもしれないが、そこで静かに朽ちていくのだ。首まで水に浸かりながら、結局のところそれはボール紙の断片じゃないか、と考えた。いまわの際の苦しみを感じていたとはいえない。心穏やかに、かつ助かる望みもなく、水が僕の全身を覆う瞬間を待っていた。そのとき、街灯に照らされた場所に〈火傷〉のツインボートがぬっと浮かび上がってきた。ツインボートは数ある楔形隊列のひとつ（一艘を先頭に二艘ずつに並んだ六艘が続き、三艘が列の最後を閉じる）を取りながら音も立てずに移動していく。動きを合わせ、それなりに勇壮に動く様は、まるで大洪水が軍事パレードに最も似つかわしいと言わんばかりだ。かつてビーチだった場所を隊列が二度三度と旋回する間、呆然とした僕は一秒たりとも目を離すことができなかった。誰かがボートのペダルを漕いで舵を取っているとすれば、幽霊だったに違いない。誰の姿も見えなかったからだ。ボートはやっと沖のほうへと離れていき、と言ってもそんなに遠くまでは行かなかったが、そこで隊列を組み替えた。今では一列縦隊になり、どうしたわけかはわからないが、前進も後退もせず、それどころか、はるか遠くで光る稲妻の嵐に照らされた荒れ狂う海で、微動だにせずにいた。僕の位置からは先頭のボートの鼻先しか見えないほどに新しく組んだ隊列は完璧だった。何も前兆のようなものは感じなかったけれども、眺めているとボートは水面を切り裂き、ふたたび動き出した。まっすぐ僕に向かってくる！　そんなに速くないけれども、ユトランド沖海戦の古いドレッドノート戦艦のように有無を言わせぬ重々しい様子だった。まさに最初のボートの船体——背後に残りの九艘を従えている——が僕の頭にぶつかる瞬間、目が覚めた。

コンラートは正しかった。早く帰ってこいと言ったことではなくて、僕の状況を神経不調の産物だと描写してみせたことがだ。しかし大袈裟な話はよそう。悪夢はいつだって僕につきまとっていた。すべては僕のせいだ。でなければせいぜい溺死してしまった馬鹿なチャーリーのせいだ。コンラートが不調だと言ったのは、僕が〈第三帝国〉で初めて負けそうだからだ。そのとおり、僕は負けそうだが、フェアプレーをやめるつもりはない。たとえば、と言おうとして僕は、高笑いすることになった

（コンラートによれば、ドイツはフェアプレーをして負けたのだ。その証拠に、ロシア人相手にすら毒ガスは使わなかったじゃないか、ハハハ）。

僕が帰る前に、救護隊員はチャーリーがどこに埋葬されているのか訊ねた。僕は知らないと答えた。いつか一緒に彼の墓参りをしてもいいかも、と彼はほのめかした。海軍司令部で調べてみよう。チャーリーがこの町に埋葬されているかもしれないという疑いが、時限爆弾のように僕の脳裡に棲みついた。そんなことしないでくれ、と僕は言った。そのとき初めて気づいたのだが、救護隊員は酔って興奮していた。僕たちの友人に最後の敬意を表さなきゃ、と彼は繰り返した。君の友だちじゃなかった、と僕は呟いた。同じことだ、似たようなものだよ。僕たち芸術家はどこで出会っても友だちだ、生きていようが死んでいようが、年齢とか時間の制約は受けない。普通に考えればドイツに送り返されただろう、と僕は言った。救護隊員の顔が赤くなり、それから背中から床に倒れてしまいそうな勢いで腹の底から大笑いした。真っ赤な嘘だね！　ジャガイモは送るよ、でも死体は送らない。まして夏にはね。僕らの友だちはここにいるとも、と言って人差し指で床を差したその態度は、反論を許さなかった。僕は彼の両肩を押さえ、横になるようにと命令するはめになった。入口の鍵が閉まっているかもしれないからという口実で、彼は僕についていくと言ってきかなかった。そして明日には僕らの兄弟がどこに葬られたか調べようじゃないか。僕らの兄弟なんかじゃない、と僕は疲れて繰り返したが、まさにその瞬間、どんな怪物的な変形によるものかはわからないけれども、彼の世界は僕たち三人だけでできたものになったことがわかった。僕たちだけが広大にして未知の大洋に浮かぶ主体だ。こうした新しい光の下で見れば、救護隊員は英雄にして狂人のような性格を獲得しつつあった。踊り場の真ん中に二人して立ち、僕は彼の顔をまっすぐ見つめ、彼のガラスのような眼差しはまったく何もわからないまま僕の視線に応えた。僕たちは二本の木のように見えただろうが、救護隊員が僕に向けて手を出してきた。チャーリーみたいに。そこで僕は彼を押してやろうと決めた。さて、何が起こるか。すると当然の結果になった。救護隊員は床に倒れ、二度と起き上がらなかった。脚を丸め、顔は腕で半ば覆っていた。白い一本の腕、日焼けしていない僕の腕のような腕。それから僕は落ち着いて階段を下り、時間をかけてホテルに戻り、シャワーを浴びてから夕食を食べた。

四三年春。〈火傷〉はいつもより少し遅れて部屋に入ってきた。本当のことを言うと、日に日に来るのが少しずつ遅くなっていた。これが続けば、最終ターンは朝の六時に始めることになりそうだ。そのことに何か意味があるのだろうか？　西部戦線では、イングランドでの最後のヘクスを失う。データは相変わらず彼に有利だ。東部戦線では前線はタリン―ヴィテプスク―スモレンスク―ブリャンスク―ハリコフ―ロストフ―マイコープに沿って張られている。地中海ではアメリカのオランへの攻撃を防ぐものの、攻撃に転じることはできない。エジプトでは万事変わらず。前線はＬＬ26とＭＭ26のヘクスの間で維持されている。カッターラ低地のそばだ。

九月十八日

まるで稲妻のように、フラウ・エルゼが廊下の向こうに現れた。起き抜けで朝食を摂りに向かっていた僕は、驚いて石になった。

「ずっと探してたのよ」僕の前にやってくると彼女はそう言った。

「いったいどこに行ってたんだい？」

「バルセローナよ。家族と一緒。知ってのとおり。夫がよくないの。でもあなたも具合が悪そうね。それでも話を聞いてね」

彼女を部屋に入れた。臭い。タバコと引きこもりのにおいだ。カーテンを開けると太陽の光がまぶしくて目をしばたたいた。フラウ・エルゼは壁に貼った〈火傷〉のコピーをまじまじと見ていた。怒られるかな、と思った。ホテルの規則に反しているからだ。

「淫らね」と彼女は言ったけれども、それがコピーの内容のことなのか、そんなものを貼っている僕の意図のことなのかはわからない。

「〈火傷〉の意見表明のための壁新聞なんだ」

フラウ・エルゼは振り返った。彼女は、こう言ってよければ、一週間前よりもますますきれいになって戻ってきた。

「彼がここに貼ったの？」

「いや、僕が貼った。〈火傷〉にもらったんだ。で……隠しておかないほうがいいだろうと思った。あいつにとってはコピーは僕らのゲームに彩りを添えるものなんだ」

「ずいぶん恐ろしいゲームね。いったい何なの？　贖罪ゲーム？　ぜんぜん面白みが湧かない」

フラウ・エルゼの頬は、たぶん、留守の間に少しばかりこけた。

「そのとおりだね。面白みも何もあったものじゃない。でも実際は僕が悪いんだ。僕が最初にコピーを利用することにした。と言っても僕のはもちろんゲームについての記事のコピーだった。でもまあ、〈火傷〉が出してくるものなら、予想はついたけどね。こだわりは人それぞれなんだから」

「一九三八年十一月十二日の関係閣僚会議調書」やさしくよく通る声で読み上げた。「ねえウド、こんなの読んで胃がむかむかしない？」

「たまにはね」どちらにも肩入れしないようにしようとして言った。フラウ・エルゼはますます動揺しているように見えた。「歴史なんて、概して血みどろのものだ。それは認めなきゃ」

「歴史のことじゃないのよ、あなたの出入りのこと。歴史なんてどうだっていい。わたしが心配しているのはホテルとあなたのこと。あなたはここでは不穏分子なのよ」と言って彼女は念入りにコピーを剝がし始めた。

どうやら彼女に告げ口したのは夜警だけではないらしい。クラリータもか？

「持っていくわね」こちらに背を向けたままコピーを剝がしながら彼女は言った。「あなたに苦しんではしくないの」

言いたいことはそれだけなのかと訊いてみた。フラウ・エルゼはしばらく答えず、頭を振るところに来て僕の額にキスをした。

「あなたを見ていると母を思い出す」と僕は言った。

目を開けたままフラウ・エルゼは僕の唇にしっかりと唇を押しつけてきた。さて、それから？　自分でも何をやっているのかよくわからないまま、僕は彼女の腕を取り、ベッドに横たえた。フラウ・エルゼは笑い出した。そして言った。夢見が悪かったのは、きっと部屋がこんなに散らかっているからよ。彼女の笑い声は、ヒステリーの一歩手前というところなのだろうけれども、少女の笑い声みたいでもあった。片手で僕の髪を撫でながら何か囁いているのだが、よく聞き取れない。彼女の隣に横になってみると、亜麻のブラウスの冷たさと柔らかい肌の温もりとのコントラストを頰に感じた。一瞬、これでやっと彼女が僕に身を委ねてくれるんじゃないかと思ったが、スカートの中に手をすべり込ませてショーツを下ろそうとしたところで夢破れてしまった。

「まだ早いわ」と言う彼女は、予測もつかない力に押されたバネのように身を起こした。

「そうだね」と僕は認めた。「なにしろ起きたばっかりだ。でもだからどうした？」

フラウ・エルゼはすっかり立ち上がり、まるで体の他の部分からは切り離されているような完璧で、しかも素早い（！）手を動かして衣服を整えながら、話題を変える。ずる賢い話で、僕の揚げ足を取る。起きたばっかり、ですって？　何時だかわかってるの？　こんなに遅い時間に起きていいの？　そのせいで客室係が困っているのがわからないの？　そんな説教を垂れながら彼女は床に散乱した服を蹴散らし、コピーを鞄の中にしまっている。

つまり、僕らはセックスしないということが明らかになった。唯一ほっとしたのは、どうやらクラリータとのことにまだ彼女は気づいていないらしいということだ。

エレベーターの中で別れを告げるとき、夕方、教会広場で会う約束を取りつける。


フラウ・エルゼと、海から五キロくらい離れた内陸の自動車道沿いにあるレストラン〈プラヤマール〉で。午後九時。

「夫は癌なの」

「重いの？」と言いながら、自分でも馬鹿な質問だとわかっていた。

「助からないわね」フラウ・エルゼは防弾ガラスで隔てられているかのように僕を見つめながら言った。

「余命はどれくらい？」

「ほんの少し。たぶん、夏は越せない」

「夏はもう終わっちゃうよ……でもまあ、十月まではいい天気が続くみたいだけど」僕は口ごもった。

フラウ・エルゼの手がテーブルの下で僕の手をぎゅっと握りしめてきた。対照的に彼女の目はどこか遠くを見ている。そのときになってやっと、僕の頭の中でその知らせが形を取り始めた。彼女の夫は死にかけている。それでホテルの中と外で起きている一連の出来事の説明がつく、というか、つながりがわかるようだ。誘惑したり拒絶したりといったフラウ・エルゼの奇妙な態度。〈火傷〉の謎めいた助言者も。誰かが僕の部屋に入り込んでいることや、ホテルの中で見張られているように感じることも。そう考えてみれば、フロリアン・リンデンの夢を見るのも、無意識がフラウ・エルゼの夫に気をつけろと警告しているということなのだろうか？　でも本当のところ、何もかもが純粋に嫉妬からなされているのだとしたら、がっかりだ。

「あなたの旦那と〈火傷〉の接点は？」しばらく経ってから訊いたのは、テーブルの下で絡み合う僕たちの指にばかり気をとられていたからだ。レストラン〈プラヤマール〉は賑わっていて、フラウ・エルゼはちょっとの間に何人もの人に挨拶することになった。

「何もないわ」

そのとき僕は、あなたは間違っていると言おうとする。二人して僕を陥れようとしているのだと。あなたの旦那は僕の部屋からルールブックを盗み出し、〈火傷〉に勉強するようにと言って渡したのだ。連合国の採用した戦略はたったひとりの頭からひねり出したものではありえない。彼女の夫が僕の部屋で何時間もかけてじっくりとゲームを研究したのだ。でも言えない。その代わり、状況がはっきりするまで（つまり彼女の夫がいなくなるまで）ドイツには戻らないと、彼女のそばにいるつもりだと、何でも相談してくれと、セックスしたくないというのはわかったから、力になろうと約束する。

フラウ・エルゼは痛いほど強く手を握って僕の言葉への感謝の意を示す。

「どうしたんだい？」僕はできるだけ痛くないふりをして手をほどきながら言う。

「あなたはドイツに帰るのよ。自分のことを心配なさい。わたしのことではなくて」

そう言うと彼女の目に涙が溢れる。

「あなたがドイツなんだ」と僕は言った。

フラウ・エルゼが抗いがたい、高らかな、力強い笑い声を上げたので、僕たちのテーブルはレストラン中の客の視線を集めることになった。僕も嬉しそうに笑うことにする。僕はまったく手の施しようのないほどのロマンチストなのだ。手の施しようのない悪趣味ね、と彼女は訂正した。そうだね。

帰り道、僕は車を宿屋のようなところに停める。砂利道伝いに松林まで進むと、石のテーブルやベンチ、ゴミ箱がてんでんばらばらに置いてある。車の窓を開けると遠くから音楽が聞こえてきて、フラウ・エルゼはそれを町のディスコから流れてくるものだと言う。町って、あんなに遠いのに、どうやったら聞こえるんだい？　車を下り、フラウ・エルゼが僕の手を取ってコンクリートの手すりのところまで連れていく。宿屋は丘の上にあって、そこからはホテルの光や商業地区のネオンサインなんかが見える。僕はキスしようとするが、フラウ・エルゼは唇を許さない。そのくせ、車に戻ってから彼女のほうからキスしてくる。一時間もの間、僕たちはカー・ラジオからの音楽を聴きながらキスしている。半分開けたウィンドウから吹き込む涼しい風は、花と香草の匂いがした。カー・セックスにはもってこいの場所なのだけれども、その点に関して、そこから先へは進まないことにした。

ふと気づいたら夜中の十二時を回っていたけれども、あれだけキスをして頬を紅潮させたフラウ・エルゼは、急いで帰りたいというそぶりは微塵も見せなかった。

ホテルの入口前の階段で〈火傷〉に出くわした。海岸通りに車を停め、ふたりで一緒に下りた。〈火傷〉は僕たちがすぐ近くに行くまでこちらを見なかった。うなだれてじっと地面を見つめていたのだ。あれだけの肩幅がありながら、遠くから見ると彼はうっかり迷子になってしまった子供のように見えた。やあ、僕は喜びを隠せないふりをして話しかけたが、フラウ・エルゼとふたりで車を下りた瞬間から、ぼんやりとした悲しみが心に現れては消えていた。〈火傷〉は羊のような目を上げ、こんばんはと言った。ほんの束の間ではあったけれども、そのとき初めてフラウ・エルゼが僕に身を寄せ、ふたりはまるで恋人みたいに、一方の気になることは他方にも気になるといった風情で、並んで立つことになった。ずっとここにいたのかい？〈火傷〉は僕たちを見て肩をすくめた。商売はどんな調子？　とフラウ・エルゼが訊いた。まあまあだ。フラウ・エルゼはこれ以上はないという笑顔を見せた。澄んだ、夜の空気を甘くする笑顔だ。

「あなたは最後まで夏の仕事をしているのね。冬の仕事は見つかった？」

「まだ」

「バーの塗装をするときにはお願いするわね」

「わかりました」

ちょっとうらやましかった。フラウ・エルゼは〈火傷〉の扱いを心得ている。寸分の疑いの余地もない。

「もう遅いし、明日は早起きしなきゃいけないのよ。おやすみなさい」階段に突っ立ったまま僕たちは、フラウ・エルゼがフロントでしばらく立ち止まるのを眺めていた。たぶん誰かと話していたのだろう。それから暗い廊下を歩いていき、エレベーターを待ち、そして消えていった……

「さて、どうする」〈火傷〉の声に僕はぎょっとした。

「別に。寝るさ。ゲームはまた今度な」と僕はつっけんどんに言った。

〈火傷〉はしばらく僕の言葉を飲み込めないでいた。明日また来るよ、と言った口調はどこか恨みがましく思われた。彼は体操選手のようにさっと立ち上がった。一瞬、僕たちはまるで宿敵同士みたいに見つめ合った。

「明日な、たぶん」と僕は、突然震え出した脚と、やつの首に襲いかかっていきたいという欲望をなんとか抑えようとしながら言った。

フェアな喧嘩では、両者の力はほぼ同等でなければならないだろう。相手は僕より重く、背は低い。僕は体重は軽く、背が高い。どちらもリーチは長い。向こうは体を激しく動かすのに慣れている。こちらは負けん気が最大の武器。たぶん、どこで喧嘩するかが決定的な要因となる。ビーチか？それが一番いいように思う。夜のビーチで。だが、それだと〈火傷〉に有利だ。じゃあどこでやる？

「忙しくなければな」と僕は馬鹿にしたように付け加えた。

〈火傷〉は返事に代えて沈黙で応じ、立ち去った。海岸通りを渡るとき、振り返ってぼくがまだ階段に立っているか確かめた。この瞬間、暗闇から車が時速一五〇キロで走ってくればどんなによかったか！

バルコニーから見ると、ビーチに並んだツインボートの秘密基地はかすかな光さえも反射していない。もちろん僕の部屋も明かりは消してあったが、浴室だけは例外で、そこでは鏡の上の電球が水のような透明な光を放っているけれども、半開きになったドアの向こうのカーペットを照らし出してはいない。

その後、カーテンを閉めてからまた明かりをつけ、僕の置かれた状況のあらゆる局面をひとつひとつ点検していった。僕は戦争に負けつつある。きっと仕事を失った。一日一日と時間が経つごとに、インゲボルクは和解する気をなくしていく。死の床にあるフラウ・エルゼの夫は、僕を憎むのを楽しんでいて、いかにも末期の病人らしい執念深さで僕を追い詰めている。コンラートが送ってくれた金はわずかだった。もともとこの〈オテル・デル・マル〉で書こうとしていた記事は、実現の可能性が減り、忘れ去られようとしている……あまり元気の出る見通しとはいえない。

午前三時、服も脱がずにベッドに入り、フロリアン・リンデンの小説の続きを読んだ。

胸が圧迫されているように感じて目を覚ましたのは、五時少し前だった。どこにいるのかわからず、少ししてやっと、まだ町にいるのだと気づいた。

夏が消えていく（つまり、夏の風物詩が消えていく）に従い、〈デル・マル〉では以前なら聞こえるとも思わなかった騒音が聞こえるようになった。ビアホールは今ではからっぽで大きくなった。いつも聞こえていたエレベーターの鈍い音は、今では壁の塗装の後ろを引っ掻いたり何かが走ったりする音に場を譲った。毎晩、窓枠と蝶番を揺らす風は強くなるいっぽうだ。洗面台の水道は軋みをあげ、ひとしきり震えてからやっと水を出す。廊下に撒いたラベンダーの芳香剤はあっという間に効かなくなり、人が寝静まる時間になると耐えがたい悪臭を発するようになった廊下では、ひどく咳き込む始末。

夜中にそんな咳をしていたのでは、人が起きてしまう！　夜中に歩いていると、なにしろカーペットはぜんぜん音を消してくれないものだから、客を起こしてしまう！

けれども、見たい気持ちを抑えきれずに廊下を覗いてみたら、何が見えるか？　何も見えない。

九月十九日

目覚めると部屋にクラリータがいる。客室係の制服を着てベッドの足下に佇み、僕を見ている。どういうわけか彼女がいてくれて嬉しく思う。僕は微笑み、ベッドに入ってくれないかと頼むが、自覚のないままドイツ語で言っている。クラリータがどうやって僕の言葉を理解したかは謎だが、確かなことは、彼女が賢明にも、まずはドアの鍵を内側から閉め、それから靴以外は何も脱がずに僕の隣に丸まるということだ。前に会ったときと同じく、彼女の口からは黒タバコのにおいがする。彼女のような若い女にしてみれば魅力的なことだ。伝統に従うならば、彼女の唇はチョリーソとニンニクの後味がしなければならない。あるいはミントのガムか。そうでないことが嬉しい。彼女の上に乗るとスカートを腰の辺りまでたくし上げる。膝が僕の脇腹を激しく押さえつけてこなかったら、彼女はちっとも感じていないんじゃないかと思うところだ。うめき声も囁き声も出さず、クラリータは世界で一番控えめなセックスをする。事を終えると、最初のときと同様、よかったかと訊いてみる。彼女は首を縦に振って応え、すぐさまベッドの外に飛び出る。スカートを整え、ショーツと靴を履き、僕が浴室にシャワーを浴びに行くと、その間、能率のいい彼女は、いそいそと部屋の掃除に精を出す。そうそう、駒を吹き飛ばしたりしないように注意しながら。

「あんた、ナチなの？」トイレットペーパーでペニスを拭いていると彼女の声が聞こえる。

「なんて言った？」

「あんたはナチなのって訊いたのよ」

「違うよ。そうじゃない。むしろ反ナチだ。なんでそう思う？ ゲームかい？」〈第三帝国〉の箱には鍵十字がいくつか書いてある。

「〈狼〉があんたはナチだって言うのよ」

「〈狼〉は間違ってる」僕は彼女をバスルームに入れ、シャワーを浴びる間、話を続けられるようにした。クラリータはひどく無知で、ナチはたとえばスイスで政権の座にあると言ったとしても信じただろう。

「一部屋掃除するのにこんなに時間がかかっても怪しまれない？ 誰も君がいないことに気づかない？」

クラリータは背中を屈めた姿勢で便座に座っている。ベッドから起き上がったせいで正体不明の病気の発作を起こしたといった雰囲気だ。何かの伝染病か？ 部屋の掃除は通常は午前中にやる、と彼女は僕に教える（僕の場合は特別だ）。誰も彼女がいないことに気づかないし、誰ひとり彼女の仕事を監視してはいない。この仕事もだいぶ長いし、管理に耐えるには給料は少ない。フラウ・エルゼも管理しないのか？

「フラウ・エルゼは別」とクラリータが言う。

「なんで別なんだ？　君の好きにさせてくれるのか？　君のことは大目に見るのか？　君を守ってくれるのか？」

「わたしのことはわ、た、し、の、こと。でしょ？　フラウ・エルゼはわたしのことなんかとは関係ないでしょ？」

「つまり彼女は、君が誰かと関係を持っても、肉体関係を持っても大目に見るのかってこと」

「フラウ・エルゼはわたしたちのことを理解してくれる」腹を立てたような彼女の声が、シャワーの湯の上をかろうじて通り越して聞こえてくる。

「だから別格なのかな？」

クラリータは答えない。立ち去ろうとしているわけでもない。黄色い斑点の入った白いビニールの醜いカーテンを間に挟み、二人とも黙っている。二人とも待ちかまえている。僕は彼女をとても可哀想だと思った。彼女を助けてやりたいと思った。けれども自分自身をも助けられない僕が、いったいどうすれば彼女を助けられるというのか？

「君を追い詰めてるね、ごめんよ」シャワーから出ながら僕は言った。

僕の体の一部が鏡に映り、クラリータの姿も映っていた。便座の上でかすかに身を屈めた彼女の体は少女（彼女は何歳だ？　十六？）のものではなく、刻々と冷たくなっていく老女のようだった。二人が重なって映っているのを見ると感動し、涙が出た。

「あんた泣いてる」とクラリータは馬鹿みたいに微笑んだ。僕はタオルで顔と髪を拭き、バスルームを出て服を着た。クラリータは残ってモップで濡れたタイルを拭いていた。

ジーンズのポケットに五千ペセータ札が入っていたはずだと思って探したが、なかった。どうにか細かいので三千かき集めてクラリータに渡した。彼女は何も言わずに金を受け取った。

「君は何もかも知ってるよね、クラリータ」ふたたび睦み合おうとするかのように彼女の腰に手を回した。「フラウ・エルゼの夫がどの部屋で寝ているか知ってるかい？」

「ホテルで一番大きな部屋。暗い部屋」

「暗いって、なんで？　日が入らないのか？」

「いつもカーテンが引いてある。ご主人はひどく悪いの」

「死にそうなのかい、クラリータ？」

「うん……その前にあんたが殺さなければ……」

なぜそんなことを言ったのかはわからないが、クラリータは僕の中に獣の本能を呼び覚ます。これまで僕は彼女にはよくしてきた。彼女を傷つけたことはない。しかし彼女には不思議な能力があって、ただそこにいるだけで僕の心の中で眠っていたイメージがかき乱される。まるで稲妻のように短くて恐ろしいイメージ、自分でも恐れ、そこから逃げているイメージ。彼女が突然僕の内側に広げてみせたこの力をどうやって追い払うというのだ？　力ずくで彼女をひざまずかせ、僕のマラを吸わせ、ケツを舐めさせるのか？

「もちろん冗談だよな」

「うん。冗談」と彼女は言う。床を見つめると汗の滴がうまい具合に丸まって鼻先までしたたり落ちてくる。

「じゃあ君のご主人様はどこで寝ているのか教えてくれ」

「二階の廊下の奥、厨房の上……絶対に迷わないわ……」

昼食後にコンラートに電話する。今日はホテルから出なかった。偶然（どこまで偶然だろう？）〈狼〉や〈仔羊〉に出くわすのはいやだし、あるいは救護隊員にも、ペラ氏も……コンラートはこれまでと違って僕からの電話にびっくりしたりしない。彼の声にうんざりしたようなニュアンスが混じっているのに気づく。まさに僕が頼もうとしたことを恐れているようだ。言うまでもなく、彼は何も拒みはしない。僕は金を送ってほしいと言い、彼はそうすると答える。僕はシュトゥットガルトはどんなか教えてほしいとも頼む。ケルンはどうだ、準備はどうなっている？　すると彼は手短に教えてくれる。僕が大好きな彼らしい辛辣で皮肉なコメントはひとつもない。なぜかインゲボルクはどうしてると訊ねるのは憚られる。でもどうにか勇気を出して訊ねてみると、答えは僕をがっかりさせるだけだ。コンラートは嘘をついているんじゃないかといやらしく疑ってみる。彼が興味を失くしたことは新たな症候だ。もう僕に戻ってくるように懇願したりしないし、試合はどうなっているかと訊ねもしない。あるとき、落ち着け、と言われたことから察するに、どうやら僕のほうは起伏のあるしゃべり方をしていたようだ。明日には金を為替で送るから。ありがとうと言う。別れの挨拶は二人ともほとんど囁き声だ。

ホテルの廊下でまたフラウ・エルゼに会う。僕たちは混乱して立ち止まるが、それが本当に混乱したのか、それともただのふりなのかはわからない。どうだっていい。二人の距離は五メートルばかり、腰に手を当て、お互いに青白く、悲しげで、行き来できないことを本当は残念に思っていることを視線で伝え合う。旦那の具合はどう？　フラウ・エルゼはあるドアの下の明かりを指し示す。あるいはエレベーターかもしれない。よくわからない。わかっているのはただ、抑えがたくも痛ましい衝動（僕の胃の中で粉々になって生まれる衝動）に流され、僕が二人の距離を縮めると、見つかってもかまうものかと思いながら彼女を抱き寄せたということだ。僕が望むのは一瞬、あるいは一生、彼女と溶け合いひとつになることだけだ。彼女はほとんど抵抗しない。ウド、どうかしちゃったの？　あばらが折れちゃう。僕は頭を下げ、ごめんと謝る。唇、どうしたの？　知らない。僕の唇の上に置かれたフラウ・エルゼの指の温度は氷点下で、僕はびくっとする。血が出てる、と彼女が言う。部屋で手当てすると約束し、十分後にホテルのレストランで会う約束をする。ご馳走するわ、と彼女は言う。僕の逼迫した今の財政事情をよく知っているのだ。十分後に現れなかったらウェイターを二人、一番屈強なのを二人、部屋まで呼びにやるから。ちゃんと行くよ。

四三年夏。ディエップとカレーに英米軍が上陸。〈火傷〉がこんなに早く攻撃に出るとは思わなかった。強調すべきなのは、彼が獲得した橋頭堡がそれほど強固ではなかったということだ。フランスに片脚はかけたが、それを確実なものにして内陸に進出するにはまだ努力を要するだろう。東部戦線では戦況はさらに悪化している。新たに戦略的退却をし、前線はリガ、ミンスク、キエフとQ39、R39、およびS39の間に張られる。ドニプロペトロウシクは赤軍の支配下に渡る。〈火傷〉はロシアでも西部戦線でも空軍の力に勝る。アフリカと地中海地方では戦況に変化はないが、これが次のターンでは一八〇度違うものになるのではないかと恐れる。些細ながら興味深いことがある。プレイ中に僕は眠りに落ちてしまった。どれくらいの間だろう？　わからない。〈火傷〉が僕の肩を二、三度ゆすり、起きろと言った。それで目が覚め、その後はもう眠気に負けることはなかった。

九月二十日

朝七時に部屋を出た。それまで何時間も夜明けを待ちながらバルコニーに座っていた。日が昇るとバルコニーに出る扉を閉め、カーテンを引いて、暗闇の中を歩いていき、諦めつつも何か時間つぶしになることはないかと探した。シャワーを浴びること。着替えること。一日の始まりに体操なんてのも素晴らしいかと思ったが、そのまま、息を荒げたままそこに突っ立っていた。レースのカーテン越しに朝の光が射してきた。もう一度バルコニーに出て、ビーチと、それからまだ輪郭のはっきりとしないツインボートの秘密基地をしばらく眺めていた。何も持たない者は幸いだ。そんなふうに過ごすと将来リューマチか何かにかかりそうなものなのに、サイコロの運のいい者、そして妻も要らないと諦めて過ごす者は幸いだ。その時間帯はまだビーチには人っ子ひとり見当たらなかったけれども、どこか他の部屋のバルコニーから声が聞こえた。フランス語で何か言い合っている。七時前に怒鳴り合うなんて、さすがはフランス人だ！　もう一度カーテンを閉め、服を脱いでシャワーを浴びようとした。できなかった。浴室の明かりが拷問部屋のものに見えた。どうにか頑張って蛇口をひねり、手を洗った。顔を濡らそうとして腕に締め上げられた痕があるのに気づいたので、あとにしたほうがいいかなと思った。明かりを消して部屋を出た。廊下に人気はなく、明かりも両端にだけついていて、埋め込みの電球から黄土色の弱い光が出ているのみだった。音を立てずに階段を降り、一階の最初の踊り場まで行った。そこから、カウンターの枠からはみ出た夜警の首筋が、ロビーの大鏡に映っているのが見えた。間違いなく船を漕いでいる。引き返して二階に行くと、奥を向いた（北西の方角だ）。耳をそばだて、料理人たちがもう出動しているとしたら聞こえてくるはずの、いかにも厨房の雰囲気らしい音を聞こうとしたが、どうも怪しい。廊下を歩き始めると、最初のうちはしんと静まり返っていたものの、奥に進むにしたがって、ぜんそく患者のようないびきが、壁とドアばかりが続く単調な廊下の景色を断続的に打ち破っているのに気づいた。突き当たりまで行って立ち止まった。目の前には木の扉があって、その真ん中には大理石のプレート。そこには黒い文字で四行詩（と思われるもの）が彫られているのだが、カタルーニャ語なので僕には意味がわからなかった。疲れ果てて側柱に手をかけ、ドアを押してみた。何の抵抗もなく、すんなり開いた。中の居室はクラリータが説明したとおり、広くて闇に包まれていた。見えたものといえば窓の形だけで、空気は淀んでいたが、薬臭くはなかった。さっきはあんなに大胆に開けたドアを閉めようとしたら、声が聞こえた。部屋の四隅から湧き出ているようでいてどこからも出てこないようなその声は、まったく相反する性格を備えていた。冷たくて、熱い。威嚇的で愛情に満ちていた。

「こっちへ」と声はドイツ語で言った。

暗闇の中を壁紙を手探りしながら二、三歩歩いた。でもその前にいっそのことドアを閉じて逃げてしまおうかと躊躇した。

「誰だい？　さあ入って。元気かね？」声はテープレコーダーから聞こえているような気がしたけれども、フラウ・エルゼの夫だということはわかっていた。今は見えないものの、巨大なベッドの真ん中に鎮座してしゃべっているのだ。

「ウド・ベルガーです」暗闇の中で立ち尽くしたまま言った。このまま前進したらベッドか、でなければ他の家具にぶつかるんじゃないかと思ったのだ。

「ああ、ドイツ人青年のウド・ベルガーか、ウド・ベルガー、元気かね？」

「ええ、とても」

部屋の考えられないほどの深みから頷く気配が感じられた。そして、言う。

「私が見えるかね？　何の用だい？　わざわざお越しいただくなど、どうしたわけで？」

「僕たちは話し合うべきだと思ったんです。少なくとも、面識を得て、礼儀正しく考えを述べ合うべきかと」と囁くように言った。

「いい考えだ！」

「でもあなたが見えません。何も見えないんです……だから、うまく会話ができない……」

すると、パリッと糊のきいたシーツの中でもぞもぞと体を動かす音が聞こえ、続いてうめき声とちくしょうという呟き、そしてようやく、僕のいた場所から三メートルくらいのところで、ナイトテーブルの上のランプが点いた。首までボタンをとめたネイビーブルーのパジャマを着て身をかしげたフラウ・エルゼの夫は微笑んだ。早起きするタイプなのか、それともまだ寝ていないということかい？　二時間ばかり寝ました、と僕は言った。彼の表情には十年前の面影は微塵もなかった。急激に老け込み、醜くなっていた。

「話というのはゲームのことかい？」

「いいえ。奥さんのことです」

「私の妻、私の妻、見てのとおり、妻はここにはいない」

言われて初めて、確かにここにはフラウ・エルゼはいないと気づいた。彼女の夫の言葉に反応して、それが悪趣味な冗談か何かの罠じゃないかと部屋の中を見回している隙に、彼は顎までシーツに潜った。

「どこにいるんですか？」

「お若いの、それはこの際、君にも私にもどうでもいいことだ。彼女が何をしようがすまいが、彼女の問題だ」

フラウ・エルゼは他の男の腕の中にいるのか？　聞いたことのない秘密の恋人か？　あるいは町の誰か、別のホテル支配人とか、シーフード・レストランのオーナーなのか？　夫よりは若いけど、僕よりは年上の誰かか？　それとも今ごろ、もう地方道を車を飛ばして憂さ晴らしをしているなんていう可能性はあるだろうか？

「君はいくつもの間違いを犯した」とフラウ・エルゼの夫が言った。「一番の間違いは、ソヴィエト連邦への攻撃を急ぎすぎたことだ」

僕が憎しみを込めた目で見たものだから、彼は一瞬、たじろいだようだったが、すぐに気を取り直した。

「そのゲームで独ソ戦を回避できるのなら」と彼は続けた。「私なら開戦しないだろうな。もちろん、ドイツの側に立てばということだが。もうひとつの重大な間違いは、イギリスの抵抗を過小評価したことだ。君はそこで時間と金を無駄にした。少なくとも五〇パーセントの兵力で試験的にやるというのだったら、試す価値はあったかもしれないが、でも君にはそれができなかった。東部戦線からも目が離せなかったからだ」

「僕の知らないうちに何度部屋に入ったんですか?」

「そうしょっちゅうでもないさ……」

「そんなことして恥ずかしくないんですか? ホテルの支配人が宿泊客の部屋を詮索するなんて、倫理にもとるとは思いませんか?」

「場合によりけりだ。何でもそうだが、かなり相対的なのだよ。君は私の妻にちょっかいを出そうとするのが倫理にかなうと思うのかね?」わかっているともしてやったりとも言いたげな笑みがシーツの中から現れて、彼の頬に貼りついた。「しかも何度もだ。ただしうまくいかなかったがな」

「それとこれとは話が別です。僕は何も隠そうとはしていません。奥さんのことが気になるんです。彼女の体が心配なんです。愛してるんです。何にだって立ち向かってみせます……」僕は彼が赤くなっているのに気づいた。

「私だって負けてはいないさ。私も君が相手をしているあの若者のことが気にかかる」

「〈火傷〉ですか?」

「〈火傷〉だ。そう、〈火傷〉、〈火傷〉。君はどうやら自分がどれだけ厄介なことに巻き込まれたのか気づいていないようだな。彼はとんでもなく危険な人物だぞ!」

「〈火傷〉がですか? それはソ連邦攻撃の話ですか? それなら、その手柄の大半はあなたにあるはずです。実際、あいつの戦術の青写真を描いたのはあなたじゃないんですか? 防御すべき地点と攻撃すべき地点をアドバイスしたのはあなたでしょう?」

「私だ。ああ、私だとも。私。だが何もかもではない。あの若者は頭がいい。気をつけろ！　トルコから目を離すな！　アフリカからは手を引くんだ！　前線を縮小するんだ、いいか！」

「そうしているところです。やつはトルコに侵攻しようとしていると思いますか?」

「ソ連軍はだんだん強くなっているから、それだけの余力もできるだろう。作戦の多様化だよ！　私はその必要はないと思うが、でもまあ、トルコを制するとかなり有利になるのは明らかだ。海峡の権利や黒海軍の地中海への出入りを制御できる。ソ連軍がギリシアに上陸し、次いで英米軍がイタリアとスペインに上陸すれば、君は国境内への立てこもりを余儀なくされる。そうなると降伏だ」と言って彼は、フラウ・エルゼが僕の部屋から持ち帰ったコピーをナイトテーブルの上から取り上げ、振ってみせた。頬には赤い染みが浮かんだ。僕は脅されているような気がした。

「僕だって攻撃に打って出るかもしれないってことをお忘れですよ」

「気に入ったな！　降参はしないのだな?」

「絶対に！」

「そうじゃないかと思っていたよ。妻にあれだけしつこく迫っているところを見るに、予想がついたということだ。私だって若いころは、振られたりしようものなら、リタ・ヘイワースだって後回しにして相手を追いかけ回したものだ。この紙が何を意味するか知ってるかね?　そうだとも、戦争本、というのかな、そのコピーだが、私が〈火傷〉に教えたんじゃない(私ならリデル＝ハートの『第二次世界大戦』あたりを薦めたさ。簡にして要を得た本だ。そうでなければアレクサンダー・ヴェルトの『独ソ戦』あたりをな)。まったく逆に、彼が自分で見つけてきた。これが何を意味するかは明らかだと思う。私も妻もすぐにそのことに気づいた。君は気づかなかったのか？　前もって想像しておくべきだったんだ。まあともかく、私はこれまでも若い連中を感化してきた。とりわけ〈火傷〉は特別だった。だから妻は私のせいだと言っているんだ。病人のこの私のせいだと！　君にもしものことがあったらの話だが」

「さっぱりわかりませんね。〈第三帝国〉のことなら、言っておきますが、僕はこの競技のドイツ全国大会チャンピオンなんですよ」

「競技だって！　今では何でもかんでも競技なんだな。あれは競技なんかじゃない。第一、もちろん話は〈第三帝国〉のことなどではない。あいつが君に何をしようとしているかということだ。ゲームの中の話じゃない（ゲームの中では、見てのとおり）、現実世界での話だ」

僕は肩をすくめた。病人と口論する気はない。疑わしく思っていることを示すために、ただ友好的に笑うだけだった。そうしてみると気分がよくなった。

「もちろん、妻にはもう私の出番はないと伝えた。ここまで来たからには、あいつも自分に興味のないことには耳を貸さなくなっている。すっかり深入りして、後戻りできなくなっている」

「フラウ・エルゼは僕のことをひどく心配しています。いずれにしろ、彼女はやさしい人です」

彼女の夫は夢見るような、放心したような表情になった。

「もちろん、やさしいとも。とてもやさしい。やさしすぎるくらいだ……子供ができなかったことだけが心残りだ」

そういう考えは悪趣味だと思った。この男にタネがなかったらしいことを感謝した。妊娠したりしようものなら、フラウ・エルゼの古典彫刻のような見事な体型もきっと崩れていたことだろう。不在のときでもホテルの各部屋に目を光らせている、その彼女の存在感もなくなる。「なにしろ女だから、彼女だって本当は子供を作りたがっていた。でもまあ、次に結婚するときにはもっとうまくいくといいのだが」と言って彼は目くばせしてみせたが、きっとシーツの下では手でいやらしい仕草をしていたに決まっている。「残念ながら、相手は君じゃない。なるべく早くそのことに気づくことだ。そうすれば君も彼女も苦しまなくてすむ。彼女は確かに君を気に入ってはいるが、これぱかりはどうしようもないのだ。君は昔、ご両親と〈デル・マル〉に来ていたそうじゃないか。お父さんの名は?」

「ハインツ・ベルガーです。両親と、それから兄も一緒でした。毎年夏にです」

「憶えていないな」

どうでもいいことです、と僕は言った。フラウ・エルゼの夫は必死になって昔を思い出そうとしているように見えた。具合が悪くなったのかとも思った。僕は身構えた。

「君はところで、私のことは憶えているのか?」

「ええ」

「どんなだった? どんなイメージだ?」

「背が高くて、ひどく痩せていました。白いシャツを着て、フラウ・エルゼはあなたの隣に行くと幸せそうに見えました。とてもというわけではありませんでしたが」

「充分にな」

ため息をつくと、彼の表情は和らいだ。僕は長いこと立ちっぱなしだったので、脚が痛くなってきた。立ち去るべきかとも思った。少し眠るか、でなければ車を駆ってどこか人気のない入り江でも見つけ、海に潜る、それからまっさらな砂浜の上で身を休めるのもいいかもしれない。

「待ってくれ、まだ言わなきゃならないことがある。〈火傷〉には近づくな。今すぐ手を切るんだ！」

「そうしましょう」僕はうんざりして言った。「帰国したら」

「で、いつになったら帰国するつもりだ？　君はわからないのか？……なんというか、不幸というか、災難というか、そんなものにこのホテルは包まれている」

チャーリーが死んだからそんなことを言うのかと考えた。けれども、どこかのホテルが不吉だというのなら、それは〈コスタ・ブラーバ〉のはずだ。チャーリーは〈デル・マル〉ではなくそこに宿をとっていたのだから。僕がやさしく微笑んだので、フラウ・エルゼの夫は気分を害した。

「ベルリンが陥落したらその晩にはどんなことが起こるか、考えたことがあるのか？」

なるほど、彼の言う災難というのは、戦争のことだったのだ。

「僕を見くびらないでいただきたいですね」と言いながら僕は、カーテンの向こうに広がっているに違いないパティオがどんな様子なのか予想しようとした。なぜ海に面した部屋にしなかったのだろう？

フラウ・エルゼの夫は芋虫のように首を伸ばした。肌は青白く、熱でてかっていた。

「現実を見ていないんだな。まだ勝てると思ってるのか？」

「やるだけのことはやります。立ち直りは早いほうなんです。攻撃を仕掛けて、ロシア軍に目にもの見せてやることはできます。まだだいぶ攻撃力は残っているんです……」僕はイタリアのこと、ルーマニアのこと、装甲部隊のこと、空軍の再編のこと、フランスの橋頭堡を一掃する計画があり、それができるのだということ、そしてさらにはスペインの防衛のことなどまでまくし立て、するとだんだん頭の中身が凍りつき、冷気が口蓋まで、舌まで、喉まで降りてくるような、口から出る言葉までがスモークを立てて病人のベッドに向かっていくような気がした。彼が言っているのが聞こえた。降参しろ、荷物をまとめて、支払いを済ませたらどうだ？　そして国に帰るんだ。彼がただ僕を助けたがっているのだとわかって恐ろしくなった。彼は彼なりの仕方で、というのも、そう懇願されたからなのだが、僕に気を遣っているのだそうだ。

「奥さんは何時に戻ってくるんですか？」そんなつもりじゃなかったのに、僕はがっかりしたような声を出した。外から鳥のさえずりと、車のエンジンやドアを開け閉めするくぐもった音が聞こえてきた。フラウ・エルゼの夫は聞こえなかったふりをして、眠たいと言った。その言葉を確認するかのように、重々しくまぶたを閉じた。

本当に寝入ってしまったんじゃないかと心配した。

「ベルリンが陥落したら、どうなります？」

「私の見るかぎり」と彼は目も開けずに、歯切れの悪い口調で言った。「やつはおめでとうと言われたくらいでは満足しないだろう」

「何をすると思います？」

「いかにもなことだよ、ウド・ベルガー閣下、なるほど、と思われることだ。考えてもみたまえ、勝者というのは何をする？　どんな連中だ？」

よくわからないと白状した。フラウ・エルゼの夫が体の向きを変えたので、憔悴してやせ細った横顔だけが見える格好になった。こうしてみるとドン・キホーテみたいだと気づいた。〈宿命〉のように力尽き、日常に戻り、恐ろしいドン・キホーテ。そう気づいてみると、落ち着かなくなった。おそらく、こんなところをフラウ・エルゼは好きになったのだろう。

「歴史書をひもといてみればすぐにわかるさ」彼の声は弱々しく、疲れたように響いた。「ドイツ語で書かれた歴史書でもわかる。戦争犯罪人に対する裁判が始まるのさ」

僕は面と向かって笑ってやった。

「ゲームの終わり方は、〈圧勝〉か〈作戦勝ち〉、〈投了〉、〈引き分け〉しかありません。裁判とかそんなような馬鹿らしい手続きはないんです」とルールを引き合いに出した。

「やれやれ。いいかい、あの哀れな青年の悪夢の中では、裁判はおそらくゲームの最重要行事だ。それだけのためにあれだけの長時間、ゲームに費やしているんだ。ナチを縛り首にするために！」

僕は右手の指を、一本一本の骨の音が聞こえるほどいっぱいに伸ばした。

「あれは戦術のゲームです」と僕は囁いた。「高度な戦術を競うものなんです。そんな馬鹿な話があるはずないじゃないですか」

「くれぐれも忠告しておく。荷物をまとめてここから出ていくことだ。ともかく、ベルリンは、唯一の本物のベルリンは、もう何十年も前に陥落しているんだ。違うかい？」

ふたりとも悲しげに頷いた。僕たちがまったく異なる話を、異なるどころか正反対の話をしているのだということは、ますます明らかだった。

「裁かれるのは誰だとお考えでしょう？　ＳＳ部隊の駒ですか？」フラウ・エルゼの夫には僕がこう出たことが愉快だったらしく、ベッドの上で少し伸びをしながら悪意を込めた笑みを漏らした。

「心配なのは、彼に悪意を吹き込んでいるのは他ならぬ君じゃないかということだ」病人の体が突然、唯一の鼓動になった。不規則で大きく、明瞭な鼓動。

「僕を被告席に座らせるだろうということですか？」平静を装おうとはしたけれども、声は怒りで震えていた。

「そうだ」

「どんなふうにやるつもりなんでしょう？」

「ビーチでだ。キンタマのついた男同士として」悪意を込めた笑みは長く、同時に深くなった。

「僕をレイプするということですか？」

「馬鹿を言っちゃいけない。そんなつもりでいるなら、それは悪い映画の見過ぎってものだ」

白状すると、確かに僕はどうかしていた。

「じゃあ、どうしようというんでしょうか？」

「普通、ナチの豚野郎どものことは殴りつけて頭をかち割る。海中で血祭りに上げる！　君のそのウィンドサーフィンの友だちともども、地獄送りだ！」

「チャーリーはナチじゃありませんよ、僕の知るかぎり」

「君だって違うだろう。だが〈火傷〉にしてみれば、ここまで戦ってきた以上、同じことだ。君はイギリスの海岸を荒し、ウクライナの小麦畑をなぎ倒していった、というと詩的な言い方になるが、でもそうなると、やつが君の上を抜き足差し足で歩いてくれるなんて期待はしていないだろう」

「そんなひどい計画、あなたがほのめかしたんですか？」

「まったく違うな。だが楽しそうだ！」

「一部はあなたの責任です。あなたがアドバイスしなければ〈火傷〉にはチャンスひとつできなかったはず」

「それは間違いだ！〈火傷〉は私のアドバイスの上をいっていた。ある意味、インカのアタワルパを思い出させた。スペイン人に捕まって、見張りの者たちの駒の動かし方を観察して、一日でチェスを覚えたという人物だ」

「〈火傷〉は南米人なんですか？」

「暑いところだよ、暑い……」

「それに体の火傷痕は……？」

「名誉の負傷だ！」

病人の顔いっぱいに大粒の汗が浮かんだので、僕は暇乞いをした。その日はできることなら、フラウ・エルゼの腕に身を預け、残りの時間はずっと慰めの言葉だけを聞いていたかった。でもだいぶあとになって実際に彼女と会ったときには気分も落ち込んでいたので、そんなことはせず、代わりにただ悪口と非難の言葉を囁いただけだった。一晩中どこをほっつき歩いていたんだ？誰と一緒だった？とか何とか。フラウ・エルゼは睨んでとがめようとしたが（ところで、一方、僕が自分の旦那と話したことには全然驚かなかった）、僕は気にしなかった。

四三年秋、〈火傷〉の新たな攻勢。僕はワルシャワとベッサラビアを失う。フランスの西部と南部は英米の手に落ちる。うまく対応することができないのは、僕が疲れているからかもしれない。

「君が勝ちそうだよ、〈火傷〉」と僕は小声で言った。

「ああ、どうやらそのようだな」

「で、それからどうする？」だが怖くなった僕は、具体的な答えを聞きたくなくて、先延ばしにした。「戦争ゲームのプレイヤーとしての君のデビューをどこで祝おうか？少ししたらドイツから金が送られてくるはずだから、ディスコにでも行ってどんちゃん騒ぎしようか。女の子も呼んで、シャンパンも開けて！　そんな感じでさ……」

けれども〈火傷〉は、自分の二台の巨大なロードローラーを動かすこと以外は眼中になく、やっと一言だけ答えたのだが、僕はあとになってから、そこに象徴的な性質があることがわかった。彼はこう言ったのだ。スペインでのお前の持ち分に気をつけな。

彼が言っているのは、連合国がフランス南部を支配下に置いた現在、明らかにスペインとポルトガルで孤立しているドイツの歩兵部隊三個とイタリアの歩兵部隊一個のことなのか？　本当のことを言えば、その気になれば、SRの間、それらの部隊を地中海の港から輸送船に乗せて引き揚げさせることもできるだろう。でも僕はそうしないはずだ。逆に新たな脅威だか楽しみだかを作り出そうとして側面を補強するかもしれない。そうすれば少なくとも英米軍のライン川方面への行軍は遅くなるはずだ。こんな戦術があるということも、本当にそれだけのいいものだったら、〈火傷〉はもう見抜いているに違いない。それとも違う話をしているのだろうか？　もっと個人的なことを？　スペインでの持ち分とは何がある？　僕自身だ！

九月二十一日

「眠ってるのね、ウド」

「海風が気持ちいい」

「あなたは飲みすぎるし睡眠時間も少ない。それはよくないわ」

「でも酔った姿を見たことないじゃないか」

「ますますいけないわね。つまりそれはあなたが独りで酔ってるってことだから。食べたと思ったら休むことなく自分自身の内なる悪魔を吐き出してる」

「心配しないで。僕はひどく大きな、とてつもなく大きな胃の持ち主だから」

「恐ろしい眼の下の隈の持ち主ね。それに日に日に青白くなっていく。まるで透明人間に変わっていく最中みたい」

「もともとそんな肌の色なんだ」

「病人みたいに見える。誰が何を言っても聞こうとしない、何も見ようとしない、諦めてずっとこの町にいるつもりになってるみたい」

「ここで一日過ごすたびに金がかかるんだ。誰も何もプレゼントしてはくれない」

「お金の話じゃなくて、健康のこと。ご両親の電話番号を教えてくれたら、迎えに来てくれるようにお願いするんだけど」

「自分のことは自分でするさ」

「そうは見えないわね。あなたは苛立っているかと思えば次の瞬間にはおとなしい態度に簡単に変わるもの。昨日はわたしに怒鳴ったかと思ったら、今日はもう馬鹿みたいににこにこしてる。朝の間ずっとそのテーブルから立ち上がりもしない」

「朝と昼と区別がつかないんだ。ここだとうまく呼吸できる。気候が変わって、今ではじめじめして重苦しいからさ……ここにいるときだけ気分がいいんだ……」

「横になってたほうがいいわね」

「ちょっとうとうとしても気にしないで。太陽のせいだから。出たり消えたりしてる。僕の気持ちは変わらないんだ」

「でも寝ながら話してるじゃない！」

「寝てないよ。そんなふうに見えるだけだ」

「どうやらお医者さんを連れてきて診てもらうことになりそうね」

「仲のいい医者？」

「ドイツ人のいいお医者さん」

「誰にも来てほしくないな。本当のことを言うと、僕はここにいて海風を受けてくつろいでいたいだけなんだ。それなのにあなたがやってきて、お説教を垂れるんだものな。招いてもいないのに勝手に、ただそうしたいからってだけでさ」

「具合が悪いのね、ウド」

「逆にあなたは男の気をそそるだけの性悪女じゃないか。うんとキスして、あちこちまさぐっておきながらそれ以上はなし。いるんだかいないんだか、約束してるんだかしてないんだか」

「声を荒げないで」

「今度は声を荒げるな、か。いいよ。僕が寝てないってことがわかったろう」

「いいお友だちとして話せないかしら」

「どうぞ、そうしてくれ。ご存じのように僕は何でも受け入れるし何でも知りたがる。いつまでも愛することだってできる」

「ウェイターたちに何て呼ばれてるか知ってる？　気狂いよ。彼らの言うとおりね。日がなリューマチ病みの老人みたいに古い毛布にくるまって、船を漕ぎながらテラスで過ごして、そのくせ夜になったら戦争ゲームの王様に早変わり、下賤な労働者、しかも気味の悪いことに容貌の崩れた人を招き入れて、そんな人はめったにいない。あなたのことをホモの気狂いだって言う人もいれば、ただ気狂いの変人だとだけ言う人もいる」

「気狂いの変人！　馬鹿な言いぐさだ。狂人なんてみんな変人じゃないか。それはあなたが聞いた話、それとも今この場ででっち上げた話？　ウェイターたちは理解できないもののことを蔑むんだ」

「ウェイターたちはあなたを憎んでる。あなたがホテルに悪運を持ち込んだと思ってる。彼らの話を聞いてると、あの人たちはあなたがお友だちのチャーリーみたいに溺れ死んでも嫌がりはしないだろうなと思うの」

「幸い、僕はほとんど海水浴をしない。天気は日に日に悪くなるばかりだ。いずれにしろ、ずいぶんと繊細な感情だな」

「毎年こうなるのよ。いつも誰かひとり、従業員たちを苛立たせる客がいるの。でもそれがあなたである必要はないんじゃない？」

「だって僕は試合で負けそうだし、誰も敗者には優しくしてくれない」

「ひょっとしたらホテルの者たちの誰かに失礼な振る舞いをしたんじゃ……ウド、眠らないで」

「東部の軍は撃沈だ」と僕は〈火傷〉に言った。「歴史の結果同様、ルーマニアの側面は解体だし、カルパチア山脈から、バルカン半島から、ハンガリー平地から、オーストリアから……侵攻してくるロシア軍の駒の波に耐えるだけの予備軍はない。第十七軍と第一装甲軍、第六軍、第八軍……は終わりだ」

「次のターンでは……」と〈火傷〉が囁く。血管が腫れて浮き上がった松明みたいに燃えている。

「次のターンでは僕の負けか？」

「心の底では、底の底では、あなたのことを愛してる」とフラウ・エルゼが言う。

「これが戦時中で一番寒い冬だ。これ以上はないひどさだ。僕は深い穴の中にいて、たぶんそこから出ることができない。なまじ自信があるとうまい考えも思いつかない」自分が中立的な声でそう言うのが聞こえる。

「コピーはどこに行った？」と〈火傷〉が訊ねる。

「フラウ・エルゼが剝がしてお前の師匠に渡した」と答えたが、〈火傷〉には師匠もそれに類する人も誰もいないことを知っている。いるとすれば僕だ。だって彼にプレイの仕方を教えたんだから！

でもそれですら違う。

「俺には師匠はいない」と案の定〈火傷〉が言う。

午後、ゲームの前、僕はぐったりしてベッドに身を横たえた。そして自分が探偵になる夢を見た（フロリアン・リンデンか？）。手がかりを追ううちに『インディ・ジョーンズ／魔宮の伝説』によく似た神殿に入り込んだ。僕はそこで何をしようとしていたのだろう？　わからない。ただわかっているのは、僕がなんら気後れすることなく、むしろほとんど嬉々として廊下や回廊を歩き回ったことだ。それに中は寒くて、子供のころの寒さと、一瞬とはいえ、何もかもが真っ白で、無限に不動の状態になる空想上の冬を思い出した。神殿の中心部、町を見下ろす丘の内部を掘ってできたに違いないその場所、円錐形のライトに照らし出されたその場所には、チェスをするひとりの男がいた。誰に教えられたわけでもないのに、僕はそれがアタワルパだとわかった。近づいてプレイヤーの肩越しに盤を見ると、黒の駒が焼け焦げていた。いったい何があったのだろう？　そのインディオの首長は振り向き、さして興味もなさそうに僕を上から下まで見ると、誰かが黒の駒を火の中に投げこんだのだと言った。どういう理由で？　悪意から？　答える代わりにアタワルパは白のクイーンを黒の駒の守備範囲内のマスに動かした。取られちゃうぞ！　と僕は思った。すぐにどっちだって同じことだと独り言を言った。アタワルパは独りでプレイしているのだから。次の一手で白のクイーンはビショップに取られた。独りでプレイして罠なんかかけて何になるのだ？　と質問した。インディオは今度は振り返りもせず、腕を伸ばして神殿の奥を指差した。丸屋根と花崗岩の床の間に宙吊りになった暗い空間だった。だいたい示された方向に向かって二、三歩進んだ。すると巨大な赤レンガの暖炉が見えた。鍛鉄製の火床には何百株もの薪を燃やした後の埋み火がまだあった。灰の中のあちこちから、チェスのさまざまな形の駒のねじれた先端が突き出ていた。どういう意味なのだろう？　憤りと怒りに燃えた顔で踵を返すと、アタワルパに向かって僕と勝負しろと叫んだ。彼は盤から目を上げることさえもしてくれなかった。もっとしげしげと眺めてみると、彼は僕の当初の的外れな予想ほど年老いてはいないことに気づいた。彼の細長い指とほとんど顔を覆う長くて汚い髪に騙されていたのだ。男なら僕と勝負してみろ、と僕は叫んだ。夢から逃れてしまいたかった。背後の暖炉が生き物のようにそこにあるのが感じられた。寒くて暑い、僕には馴染みのない、独りでゲームに熱中するインディオにも馴染みのない存在。手作りのきれいな駒をなぜ壊す必要がある？　と僕は言った。インディオは笑ったが、笑い声は喉から外には出なかった。試合が終わると彼は立ち上がり、盆に盤と駒を載せて暖炉のところに運んできた。火勢に栄養を与えるつもりだなと理解し、ただ見守るのが賢明だろうと決意した。埋み火からふたたび炎が上がったが、炎の舌先はわずかばかりの食料を舐め尽くすとまたすぐに消えた。アタワルパの目は今度は神殿の丸天井を注視していた。お前は誰だ？　と彼が言った。僕の口から幻想的な答えが発されるのが聞こえた。私はフロリアン・リンデンといい、殺人犯のカール・シュナイダーを探している。またの名をチャーリー、この町に来た観光客だ。インディオは僕に蔑みの念のこもった視線を投げかけると光に照らされた中心部に戻った。そこではまるで手品で出されたかのように新しい盤と新しい駒が待ちかまえていた。彼が何かうめくのが聞こえたが、何を言っているのかはわからなかった。もう一度言ってくれと頼んだ。そいつは海に殺された、自分の優しさと愚かさに殺された。洞窟の壁にスペイン語による乾いた言葉がこだました。その夢にはもはや意味はなく、あるいはそれは終わりに近づいているのだと理解し、僕は慌てて最後にいくつかの質問をした。チェスの駒はどこかの神への捧げ物なのか？　独りでプレイするのはどういうわけか？　こんなこと、いったいいつになったら終わるのか？（この質問の意味はいまだに僕にもわからない）この神殿の存在を知っている者は他に誰かいるのか？　そしてまたここからどうやって出ればいいのか？インディオは初めて動き、溜め息をついた。我々はどこにいると思う？　と彼のほうから訊いてきた。僕ははっきりとはわからないが町の丘の下にいるのではないかと思うと白状した。間違いだ、と彼は答えた。どこだ？　僕の声はだんだんとヒステリックな調子を帯びていった。怖かったことは認めよう。そしてそこから出ていきたかった。アタワルパの輝く目が、汚水の滝のように顔にかかる髪の向こうから僕を観察していた。気づいてないのか？　ここまでどうやってきた？　わからない、と僕は言った。ビーチを歩いていたら……アタワルパはくぐもった声で笑った。ここはツインボートの下だ、と彼は言った。運がよければ少しずつ〈火傷〉がボートを貸し出していく。ただし今みたいに天気が悪いと確かなことは言えないが、それでも、そうしたらお前はここから出られるだろう。僕の最後の記憶は、大声を上げながらインディオに襲いかかっていったことだ……目が覚めるとちょうど〈火傷〉を迎えに下りる時間だったが、シャワーを浴びる暇はなかった。内腿と鼠径部がヒリヒリした。ポーランドと西部戦線の二か所で重大な過ちを犯した。地中海では〈火傷〉がリビア西部とチュニスにうっかり残った軍隊を一掃した。次のターンでは僕はイタリアを失うことになるだろう。そして四四年夏にはたぶんゲームに負けることになる。そうすると何が起こるのだろう？

九月二十二日

午後、あるいは午前か、そのときはよくわからなかったが、起床して朝食に行ったとき（！）フラウ・エルゼと彼女の夫、そしてそれまで一度も見たことのない人物に出くわした。三人はレストランの離れた席に腰かけ、お茶とお菓子を口にしていた。見知らぬ男は背が高く金髪で、ひどく日焼けした肌で、座を取り仕切っていた。フラウ・エルゼと夫はその男の思いつきだか冗談だかにときどき愛想笑いしたり、頭がぶつかりそうになるまで互いに体を捩ったり、もうそれ以上話を繰り出すのはやめてくれとでも言うように手を動かしたりしていた。一座に加わっていいものかどうかしばらく迷い、カウンター脇のスツールに乗り、カフェオレを注文した。ウェイターはいつになく驚くべき速さで準備したのだが、せいぜい逆効果に終わった。コーヒーをこぼし、ミルクは熱すぎた。待っている間、僕は手で顔を覆い、悪夢から逃れようとした。うまくいかなかったので、支払いを済ませるとそそくさと部屋に戻って閉じこもった。

しばらく眠った。目が覚めると気分が悪く、吐き気がした。シュトゥットガルトに電話をつないでくれるよう頼んだ。誰かと話す必要があったし、それにはコンラートに勝る相手はいなかった。少しずつ落ち着いてきたが、コンラートの家では誰も受話器を取らなかった。呼び出しをやめてしばらく部屋の中を立ち止まることなく歩き回った。テーブルの前を通るたびにドイツの防御態勢を眺め、バルコニーに出、壁やドアを殴り、叩くのではなく殴り、僕の胃の中で四方八方に手を延ばす神経と戦っていた。

しばらくして電話が鳴った。フロントからの電話で来客を告げられた。誰とも会いたくないと言ったが、フロント係も聞かない。客は僕に会わないうちは立ち去らないと言っているという。アルフォンスだった。アルフォンスって誰だ？　苗字を言われたが、何ひとつ思い出せなかった。言い争う声が聞こえた。一緒に飲んで酔っ払ったデザイナーだ！　断固として会いたくないので上げないでくれと伝えた。受話器から今や完全にはっきりと訪問者の声が聞こえてきた。行儀が悪い、礼儀がなってない、友だち甲斐がない、等々と抗議していた。僕は電話を切った。

一、二分して通りから悲痛な叫び声がしたのでバルコニーに出てみた。例のデザイナーが海岸通りの真ん中でホテルのファサードに向かって声を限りに叫んでいた。可哀想に、やつは近視で僕が見えていないのだ、と推論した。しばらく経ってやっと、彼がただ売女の息子とだけ繰り返しているのだとわかった。髪を逆立て、巨大な肩パッド入りの芥子色のジャケットを着ていた。一瞬、彼が車に轢かれはしないかと心配したが、幸い、海岸通りはその時間、ほとんど猫の子一匹いなかった。

気落ちしてベッドに戻ったが、もう眠れなかった。少し前に罵声はやんでいたが、頭の中では、意味はわからないけれども傷つけられるような言葉が鳴り響いていた。フラウ・エルゼと一緒にいたおしゃべりな見知らぬ男は誰だろうと自問した。彼女の恋人か？　家族ぐるみの付き合いのある友人？

医者か？　いや、医者はもっと物静かで、もっと慎重だ。コンラートはあれからまたインゲボルクに会っただろうかと自問した。二人が手を取り合って秋の街路を散歩している姿を想像した。コンラートがあんなに内気でなければ！　その情景は、僕の見たところでは充分にありうるものだったが、そんな場面を思い浮かべたせいで僕の目は悲しみと喜びの涙で濡れた。僕は二人のことを心の底から愛していたのだ。

よくよく考えてふと気づいたのだが、ホテルは冬の静けさの中に沈み込んでいた。いらいらし始めたので、また部屋の中をうろついた。考えがはっきりするという期待もなかったが、戦略的状況を検討した。もってせいぜいあと三ターン、運がよくても四ターンといったところだった。僕は咳をし、声に出してしゃべり、ノートのページをめくって絵葉書を一枚取り出すと、ボールペンが厚紙の表面を滑る音を聞きながら書いた。ゲーテの詩の一節を朗唱した。

死して成れよのこの意《こころ》を
その身にさとり得ぬかぎり
汝は暗き地上にて
かなしき客にすぎざらん
（小牧健夫訳）

（*Und so lang du das nicht hast,/*
Dieses: Stirb und werde!/
Bist du nur ein trüber Gast/
Auf der dunklen Erde.）

何もかも無駄だ。僕は孤独を、傷つきそうな思いを和らげるためにコンラートに、インゲボルクに、フランツ・グラボウスキに電話したが、誰も出なかった。一瞬、シュトゥットガルトには誰ひとりいなくなったのではないかと思った。住所録をぱっと開いて出たところに電話をかけてみようと思った。運まかせで出た電話番号はマティアス・ミューラーのものだった。雑誌「強行軍」の生意気なガキで、僕の敵を公言しているやつだ。彼はいた。驚いた。たぶん、お互いに。

ミューラーの声がぶれることなく男らしいのは、心の動きを表に出したくないという彼の努力に応えたものだった。そんな冷たい声で、彼はおかえりと言った。もちろん、僕が戻ったと思っているのだ。そしてやはり当然のことながら、僕が電話したのはパリでの発表を共同で準備しようとかいった職業上の誘いをするためのものだろうと期待している。僕は彼を幻滅させてしまう。僕はまだスペインにいるのだ。何か言うのが聞こえた。嘘だろう。続いて彼は防御態勢に転じた。スペインから電話していると言ったらそれだけでもう罠にかけるつもりか、侮辱するつもりなのだろうと言わんばかりだ。運まかせに電話したんだ、と僕は言った。沈黙。僕は部屋に閉じこもってくじ引きで電話をしている。それで君が勝ったのだ。僕は大笑いし、ミューラーも僕を真似てみようとしたができなかった。ただカッカッという音を交えるのが精一杯だった。

「俺が勝ったわけだ」と彼は繰り返した。

「そのとおり。シュトゥットガルトの住人なら他の誰でもよかったんだか、君に当たった」

「俺に当たった。なるほど。電話帳から選んだのか、それともお前の住所録か?」

「僕の住所録だ」

「それならそれほどの幸運でもないな」

突然、ミューラーの声はあからさまに変質する。僕はおかしな考えを好き勝手に話す十歳の少年と話しているような印象を抱く。昨日コンラートに会った、と彼は言う。クラブでだ。ずいぶん変わってた。知ってたか？　コンラートが？　もう一世紀もスペインにいるんだから知りようがないじゃないか。どうやらこの夏にはとうとう獲物にされたみたいだ。獲物にされた？　ああ、負かされた、捕まった、予選落ちした、削減された、ヒットを打たれた。恋に落ちたのさ、と結論を言う。コンラートが恋だって？　電話の向こうで肯定のああが聞こえた。それから二人とも困惑して黙り込む。話し過ぎたとわきまえたかのようだ。ついにミューラーが言った。〈象〉が死んじまった。いったいその〈象〉ってのは誰だい？　俺の犬だ、と彼が言った。それから突然、ヒック、ヒック、ヒックという擬音の奔流が始まった。それは豚だろう！　つまり彼の犬は豚みたいに鳴いていたということか？　じゃあまたな、と僕は慌てて言うと、電話を切った。

暗くなるとフロントに電話してクラリータはいるかと訊ねた。フロント係によれば彼女はいないとのこと。返事の中にむかついた調子を感じ取った気がした。どなた？　フラウ・エルゼが声色を変えているんじゃないかという疑念が、ホラー映画の血でいっぱいになったプールのように胸に浮かんだ。フロント係のヌリアです、と声が言った。ヌリア、元気？　僕はドイツ語で挨拶した。おかげさまで。お客様は？　彼女もドイツ語で応答した。ああ、元気だ。素晴らしく元気だ。フラウ・エルゼではなかった。喜びに震えた僕の体がベッドの上を転げ回り、落ちて痛い思いをした。モケット織りのカーペットに顔を埋め、午後の間にたまった涙を残らず外に出した。それから風呂に入り、ひげを剃り、さらに待ち続けた。

四四年春。スペインとポルトガルを失う。ライン川西部の最後の橋頭堡、イタリア（トリエステを除く）、ハンガリー、ケーニヒスベルク、ダンツィヒ、クラクフ、ヴロツワフ、ポズナン、サラエヴォ、ラグーザ（ユーゴスラヴィアで持ちこたえているのはザグレブだけだ）、装甲部隊四個、歩兵部隊十個、航空機十四機……

九月二十三日

通りから聞こえる物音ですぐさま目が覚めた。ベッドの上で伸びをしても何も聞こえない。けれども呼ばれたという気が不正確ながら強くする。パンツ姿のままバルコニーを覗いた。日はまだ昇っていない。もしくはもう沈んでしまっていて、ホテルの入口にはすべてのライトを灯した救急車が停まっている。救急車の後部と玄関前の大階段の間に人が三人いて、声は小さいけれども手は常軌を逸するほどに動かして会話している。彼らの声がバルコニーに達するころにはよく聞き取れない囁き声くらいに小さくなっている。水平線の上を走る燐光を発する筋が入ったダークブルーの光は嵐の前触れのようだ。海岸通りは無人で、ただひとつの影が海を縁取る歩道伝いにキャンプ場のほうに消えていく。キャンプ場はこの時間に見ると（ところで、何時だ？）乳灰色の丸屋根に似ている。ビーチの曲線に置かれた球根だ。もう一方の端では、港の灯がすっかり光度を落としたか、でなければ今点いたばかりだった。通りのアスファルトは濡れていたので、雨が降ったことは簡単にわかった。突如、何かの命令が来て、待機していた男たちが動き始めた。同時にホテルの入口と救急車の扉が開き、看護士二人の手で担架が大階段を下りてくる。彼らと一緒に、少し遅れて、横たわっている者の頭の位置くらいのところに、赤いロングコート姿の心配そうなフラウ・エルゼと日焼けした肌のおしゃべりなあの男が現れる。二人にはフロント係の女性と夜警、ウェイターがひとり、厨房の太った料理女が付き従っている。担架に乗せられ首まで毛布で覆われているのはフラウ・エルゼの夫だ。階段を下りる足取りは極度に慎重だ。あるいは僕にはそう見えた。誰もが病人を見つめている。仰向けに寝ている病人は悲しげな仕草で、階段を下りる際の注意を呟いている。誰も彼の声に耳を貸さない。ちょうどそのとき、僕たちの視線が、バルコニーと通りを隔てる透明な（そして震える）空間でぶつかった。

こんな具合だ。

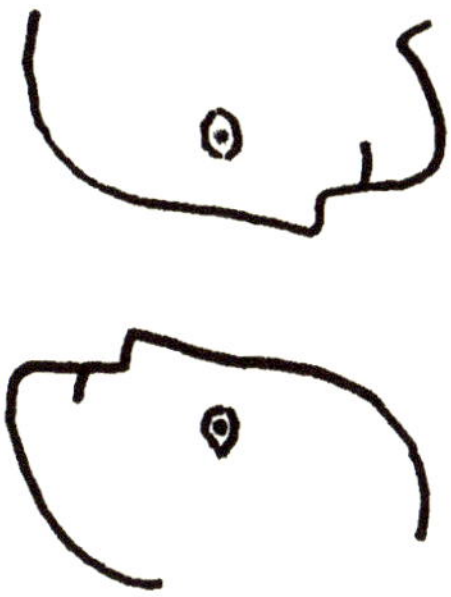

それから扉が閉まり、救急車は海岸通りに車など一台も見えないのにサイレンを鳴らして走り出した。一階の窓から漏れてくる光は弱くなり、ふたたび〈デル・マル〉は沈黙に包まれた。

四四年夏。クレープス、フライターク＝ローリングホーフェン、ゲルハルト・ボルトなどと戦争の報告書を手で書いてみる。戦争には負けたと知っているのに。嵐が爆発するのにさほど時間はかからなかった。今では雨が開けっぱなしのバルコニーを打ちつけている。まるでひょろ長くて骨張った、かすかに母親のような手が、思い上がったら大変な目に遭うぞと警告しようとしているみたいだ。ホテルの入口に警備員はいなかったので、〈火傷〉は何の問題もなく独りで僕の部屋まで上がってこれた。海が上がってきている、浴室の中で彼はそう呟く。僕が彼をそこに引きずっていってタオルで濡れた髪を拭かせたのだ。彼を殴るには理想的な瞬間だが、僕は筋肉ひとつ動かすことはしない。〈火傷〉の頭はタオルに包まれてみると、僕に冷然として明快な熱狂をもたらす。彼の足下には小さな水たまりができている。ゲームを始める前に濡れたTシャツを脱いで僕のを着るようにと言いつける。少しきついけれども、少なくとも乾いている。〈火傷〉は事ここに至っては贈り物を受け取るのは当然だという様子で、ありがとうも言わずにそれを着る。夏の終わりで、ゲームの終わりだ。オーデル川の前線とライン川の前線は最初の攻撃で崩壊する。〈火傷〉は踊るようにテーブルの周りを動く。たぶん本当に踊っているのだろう。僕の最後の防御の輪はベルリン―シュテッテン―ブレーメン―ベルリンにある。その他は、バイエルンとイタリア北部までもが、供給路を断たれてしまう。今夜はどこで寝るんだい、〈火傷〉？　と僕は言った。家で寝る、と〈火傷〉は答える。他にもいろいろ質問したかったのだが、喉につかえてしまう。彼が立ち去ると僕はバルコニーに居座り、雨の降る夜を眺めた。僕たち全員を飲み込んでしまいそうな大きさだった。明日には負けるだろう。間違いない。

九月二十四日

　遅く目覚め、食欲がない。そのほうがいい。所持金も残り少ないのだから。雨は小降りにはなっていなかった。フロントでフラウ・エルゼはどうしているかと訊ねると、バルセローナかジローナにいて、「大病院で」夫に付き添っていると言われた。夫はどれくらい重篤なのかということに関しては意見ははっきりしていた。もうすぐ死ぬ。朝食はカフェオレ一杯にクロワッサン一個だった。レストランに残ったウェイターはひとりだけで、その彼が五人のスリナムの老人と僕の給仕をしている。〈デル・マル〉からは急速に人が出払ったのだ。

　夕方近く、バルコニーに座っていると、時計が動いていないことに気づいた。ねじを巻いたり叩いたりしてみたけれども、埒が明かなかった。いつから壊れているんだろう？　何か意味でもあるのだろうか？　そうだといいと思う。バルコニーの柵越しに海岸通りを急ぎ足で行く数少ない歩行者を観察する。港のほうへ向かう〈狼〉と〈仔羊〉の姿を認めた。二人とも同じ混紡のジャケットを着ていた。手を振って挨拶したが、もちろん、向こうからは見えなかった。二匹の子犬みたいだった。水たまりを飛び越し、押し合い、笑っていた。

しばらくして食堂に下りた。そこにはまたスリナムの老人がいて、みんなで黄色い米と魚介類のいっぱいに詰まった大きなパエーリャ鍋を囲んでいた。近くの席に腰かけ、ハンバーガーひとつと水を一杯注文した。スリナム人たちはひどく早口でしゃべっていて、それがオランダ語なのか彼らの生まれ持った言語なのかはわからないけれども、その声にあるブーンという音が一瞬、僕を落ち着かせてくれた。ウェイターがハンバーガーを運んできたとき、ホテルにはあの人たちしかいないのかと訊ねた。そうではない。他にもいるが、昼間は観光バスでのツアーに出ているのだ。ご高齢《テルセラ・エダー》の方々、と彼は言った。第三の年齢《テルセラ・エダー》だって？　面白いじゃないか。戻ってくるのは遅いの？　遅い時間に、馬鹿騒ぎしながら戻ってきます、とウェイターは言った。食事を済ませると僕は部屋に戻り、熱いシャワーを浴びて横になった。

目覚めてから荷造りをしてドイツにコレクトコールで通話を頼むだけの時間があった。ビーチで読もうと持ってきた（けれどもめくりさえしなかった）小説はフラウ・エルゼが戻ったときに見つけるようにとナイトテーブルの上に置いた。フロリアン・リンデンの小説だけを荷物に入れた。しばらくしてからフロント係が電話が繫がったと知らせてきた。コンラートがコレクトコールを受けたのだ。手短に、君と話せて嬉しい、運がよければ近いうちに会おうと伝えた。最初コンラートはつっけんどんでよそよそしい態度を見せていたが、ほどなく起こりつつあることの重大さに気づいた。今生の別れなのか？　かなり大袈裟な言い方で訊いてきた。違うと言ったけれども、僕の声は刻々と不確かな響きになっていった。電話を切る前に、僕たちはクラブでの夜の集いや叙事詩的で忘れがたい試合などの思い出話をし、僕がマティアス・ミューラーに電話したと言ったら二人して腹を抱えて笑った。

インゲボルクのことをよろしく頼む、というのが僕の最後の言葉だった。そうするよ、とコンラートは厳かに約束した。

ドアを半開きにして待った。エレベーターの音に続いて〈火傷〉がやってきた。一目見ただけで部屋の中が昨晩までとは違うことがわかった。スーツケースがベッドの隣、よく見える位置にあったが、〈火傷〉はそれには目もくれなかった。僕たちは腰かけた。僕はベッドに、彼はテーブルに。それから一瞬、何も起こらなかった。まるで僕たちは意のままに氷山に出入りする力を手に入れたみたいだった（今になって思い返してみれば、〈火傷〉の顔は真っ白だった。小麦粉を被ったような、月のような白さで、ただし薄い絵の具の層の下にかすかに火傷痕が見えた）。主導権は彼にあり、気づくまでもなく彼はノートを持ってこなかったのだが、すべてのBRPは彼のもので、ロシア軍をベルリンに放ち、これを制圧した。英米軍には僕がそこを奪還するために送りおおせた部隊を粉砕する役目を担わせた。あっけなく勝利した。僕の番になってブレーメンから装甲予備部隊を動かそうとしたのだが、連合軍の分厚い壁に行く手を阻まれた。事実、それが象徴的な一手だった。すぐさま僕は負けを認め、降服した。さて、どうする？ と僕は言った。〈火傷〉は巨人のようなため息をつき、バルコニーに出ると、ついてこいという仕草をした。雨と風が強くなっていて、海岸通りの椰子の木々は傾いていた。〈火傷〉の指は前方、護岸の向こう側を指していた。ビーチのちょうどツインボートの秘密基地がある辺りに、セント・エルモの火のようなこの世のものとは思えない揺れる光が見えた。ツインボートの中の光か？ 〈火傷〉は雨のような唸り声を上げた。恥ずかしいことではないので白状すると、僕はチャーリーのことを考えた。あの世からやってきた透明なチャーリーが、僕の敗北を嘆き悲しんでいるのだ。きっと僕は頭がおかしくなりかけていた。〈火傷〉が言った。「行くぞ。もう後戻りはできないんだ」そして僕は彼についていった。ホテルの階段を下り、照明は点ってはいるが誰もいないフロントの前を通り、二人で海岸通りの真ん中に出た。そのとき僕の顔を打ちつけた雨で、すっかり気が萎えてしまった。僕は立ち止まって叫んだ。あそこに誰がいるんだ？〈火傷〉は答えず、ビーチをずんずん進んでいった。何も考えず、走って彼の後を追った。目の前に突如として、並べたツインボートの塊が立ちはだかった。雨の効果なのかだんだん大きくなっていく波の効果なのか、ツインボートは砂の中に沈みつつあるように見えた。僕らは皆、沈みつつあるのか？コソコソとここまで這いずってきて、あとになってきっとフラウ・エルゼの夫だろうと思った見知らぬ人物が、戦争についてアドバイスしているのを聞いたあの夜のことを思い出した。そのときの暑さを思い出し、今、体中で感じている熱さもそれに引けを取らないと思った。バルコニーから見えた光は、小屋の中で猛り狂ったようにまばたいていた。決意したようであると同時に疲れたようでもある仕草で、僕はブイの突出した場所に両手をついて体を支え、隙間から火の傍らに誰がいるのか見分けようとした。無駄だった。全力で押してボートを倒そうとしたけれども、せいぜい木や古い鉄の表面で両手を引っ掻いたくらいだった。秘密基地は花崗岩のように頑丈だった。〈火傷〉から数秒間目を離していた。彼はツインボートに背を向け、嵐をじっと眺めていた。中に誰がいるんだ？　頼むよ、教えてくれ、と僕は叫んだ。答えを待っても無駄だと思ったので、小屋の上に登ってみようとしたが、足を踏み外して砂の上にうつ伏せに倒れた。起き上がると、といっても上半身だけだったが、〈火傷〉が僕の隣にいた。もう何もできないと思った。〈火傷〉の手が僕の首をつかまえて上に引き上げた。手で打とうとしたけれどもことごとく無駄で、今度は蹴ろうとしたけれども、僕の手足は羊毛のようにやわらかくなっていた。〈火傷〉が僕の言葉に耳を貸すわけがないと思ったけれども、僕はナチじゃない、と呟いた。僕のせいなんかじゃないと。他にはもうなすすべがなかった。〈火傷〉の力と決意は、嵐と時化に勢いを得て抵抗できないほどになっていた。そこから先の僕の記憶は曖昧で途切れがちだ。僕はまるで藁人形みたいに立たされると、予想（水死）に反してツインボートの小屋の隙間の空いた入口まで引きずられていった。抵抗もせず、懇願もやめ、首根っこと股ぐらをつかまれたとき以外は目を閉じず、そして中に入っていった。そのときこそ目を閉じた。すると今ほど暗くはないが明るくもない別の日に、「暗き地上にてかなしき客」になっている自分の姿が見えた。〈火傷〉が町を、そして国を出て（しかしどこの国だ？　スペインか？　ヨーロッパ経済共同体か？）アニメーションと悪夢で描かれたジグザグの道を、永遠の悲しみに打ちひしがれた者のように歩いているのが見えた。砂の中で行き詰まってしまったように思って目を開けると、すぐ目の前にキャンピング・ガスのランプがあった。芋虫のように身をよじりながら、僕はほどなく自分が独りきりなのだと気づいた。ランプの周りには最初から誰もいなかったのだ。ランプはまさに僕がホテルのバルコニーから眺められるようにと嵐の中で点けっぱなしになっていたのだ。外では秘密基地の周りを回りながら、〈火傷〉が笑っていた。砂に埋もれる彼の足音と、はっきりとした楽しそうな、子供のような笑い声が聞こえた。どれだけそこに、〈火傷〉の数少ない持ち物の間にひざまずいていたのだろうか？　わからない。外に出ると雨はやんでいて、水平線上には夜明けの兆しが見え始めていた。僕はランプを消し、穴の外で立ち上がった。〈火傷〉は脚を組んで座り、東の方角、彼のツインボートからは遠く離れたところを見ていた。完全に死んでいるようにも見えたし、そのままバランスを保っていそうでもあった。僕は近づいたが、そんなに近くまでは寄らず、そして彼にさようならを言った。

九月二十五日、ラ・ジュンケーラのバル〈カサノバ〉

日の出とともに〈デル・マル〉を後にし、車でゆっくりと、エンジン音で迷惑をかけないように気をつけながら海岸通りを流した。〈コスタ・ブラーバ〉付近まで来ると曲がり、自動車専用駐車場に車を停めた。この休暇の最初に、チャーリーが僕たちにウィンドサーフィンのボードを見せた場所だ。ツインボートに向かっていく間に、ジャージに身を包んだランナーが二人、キャンプ場のほうに消えていった。ビーチでは誰の姿も見なかった。雨はちょっと前にやんでいた。空気が澄んでいたので、その日は日照りの一日になると直感できた。しかし砂はまだ濡れていた。ツインボートのところに着くと、〈火傷〉がいることがわかる音が何か聞こえてこないかと耳を澄ました。すると中からとても穏やかないびきが聞こえてきたように思ったが、確かではない。ポリ袋に入れた〈第三帝国〉を持ってきていた。それをツインボートを覆った帆布の上にそっと置くと、車に戻った。朝九時に町を出た。通りにはほとんど人がいなかったので、地元の祭日か何かかもしれないと思った。誰も彼もが眠っているみたいだ。自動車道に乗ると交通量が増えた。フランスやドイツのナンバーの車が、僕と同じ方向を目指していた。
僕は今、ラ・ジュンケーラにいる……

九月二十五日、ラ・ジュンケーラのバル〈カサノバ〉

九月三十日

三日間、誰にも会わなかった。昨日やっと、心の中では旧友に会うのはいい考えではない、少なくとも今のところはよくないと確信しつつも、クラブに寄ってみた。コンラートが一番離れたテーブルに座っていた。僕が憶えているよりも髪が伸び、眼の下に濃い隈ができていた。しばらくの間、僕は何も言わずに彼を見つめていた。その間、他の連中が僕に話しかけてきた。やあ、チャンピオン。ずいぶんあっさりと、しかも熱烈に歓迎されたものだが、僕はといえばただ苦々しさだけを覚えていたのだ！　僕がそうしてもみくちゃにされているのを認めると、コンラートは悠然と近づいてきて手を差し出した。他の連中との挨拶に比べれば熱が入っていなかったけれども、誠実さには溢れていて、僕の心は和んだ。家に戻ってきたのだと実感した。すぐに皆はテーブルに戻って新たな戦いに取りかかった。コンラートは誰かに代わってくれと言ってから、僕に二人で話さないかと訊ねてきた。クラブの中でもいいし、外に出てもいい。僕は少し歩かないかと持ちかけた。僕たちはそれから僕の家で一緒に過ごし、コーヒーを飲み、話をしたが、本当に話したいことだけは言わないまま夜中過ぎまで過ごし、その後、僕から彼の家まで送っていこうと申し出た。車での道すがら、僕たちはずっと黙っていた。彼の部屋には上がらないことにした。眠いんだ、と説明した。別れるときにコンラートは、金が必要だったら遠慮せずに無心してくれと言った。たぶん少し必要になるかも。僕たちはもう一度握手した。さっきより長く、誠実な握手だった。

インゲボルク

二人ともセックスする気はなかったのだが、結局ベッドに入ることになった。インゲボルクが広い部屋を模様替えして、家具やカーペット、細々としたものの配置が官能的になっていたせいだ。それから名前は忘れたけれどもアメリカの女性歌手の歌もいけなかったし、それからまた、藍色の、日曜の午後にしては珍しく穏やかな午後も作用した。だからといって僕たちはまた付き合い始めたわけではない。単なる友だちのままでいようという決意はどちらも覆すつもりはないし、そのほうがかつての繋がりよりも有益だろう。正直なところ、友達と恋人の差は大したものではない。もちろん、彼女が去ってからスペインで起きた出来事のいくつかは、彼女に語らなければならなかった。基本的にはクラリータのこととチャーリーの死体が見つかったときのことを話した。どちらの話も彼女に生き生きとした印象を残した。そのお返しに、彼女はある告白をしたが、それは悲愴なことと言うべきなのかおかしみのあることと言うべきなのかわからない。僕のいない間にコンラートが彼女とのロマンスを始めようとしたというのだ。言うまでもなく、そんなときでも彼は完璧に正しく振る舞おうとしていたのだが。で、どうなった？　と僕は驚いて言った。別に。キスされたかい？　されそうになったけれど、引っぱたいてやった。インゲボルクと僕は大いに笑ったが、やがて僕は悲しくなった。

ハンナ

ハンナと電話で話した。彼女によれば、チャーリーはオーバーハウゼンに五十センチのポリ袋に入れられて着いたそうだ。だいたいLサイズのゴミ袋くらいの大きさだ。彼女はチャーリーの兄にそう教えられた。彼が遺体を受け取り、事務手続きをしたのだ。ハンナの息子はすこぶる元気だ。ハンナは、本人によれば幸せで、またスペインで休暇を過ごしたいという。「チャーリーだってそう思ったと思うの。そう思わない？」僕はああ、たぶんね、と答えた。で、あなたには本当のところ何があったの？　とハンナが言う。可哀想なインゲボルクは何もかも信じたみたいだけど、わたしはあの子よりも年上で場数を踏んでるんだから。違う？　何もなかったよ、と僕は言った。君には何があったんだい？　しばらく沈黙があって（声が聞こえる。ハンナは独りではないのだ）、それから言う。わたし……？　いつものことよ。

十月二十日

明日から僕は、スプーンやフォーク、ナイフ、その他の製品を製造する会社の管理部門で働く。時間は以前の仕事と似たようなもので、給料は少しだけいい。

戻ってからというもの、僕はゲームを断っていた（というのは嘘。先週、インゲボルクと彼女のアパートの同居人とでカードゲームをした）。僕のサークルの連中――というのは相変わらず週に二回クラブに行っているからだが――は誰ひとりとしてわかってくれていない。そこでは僕がやる気がないのは燃え尽きてしまったからだろうとか、あるいはゲームについて文章を書くのに忙しすぎるからだろうと言われている。見当違いも甚だしい！　パリでの発表原稿はコンラートが書いていた。僕の役割はただそれを英訳することだけだ。でもこうして新たな仕事を始めたので、それさえもできるかどうか定かではない。

フォン・ゼークト

今日、長い散歩の後で僕はコンラートに言った。よくよく考えると、早い話が僕たちは皆、ウォーゲームの盤上で絶えず軍事演習を続ける幽霊参謀本部メンバーの幽霊なのだと。小規模演習だ。フォン・ゼークトを憶えてるか？　僕らは彼の配下の将校みたいだ。法制度を愚弄し、影と戯れる影。今夜はずいぶんと詩的じゃないか、とコンラートが言った。もちろん彼は何もわかっていなかった。たぶんパリには行かないと思うと僕は付け加えた。最初コンラートはそれを仕事の都合かと思い、受け入れたが、僕が会社では十二月には全員が休暇に出るので、理由は別にあるのだと言ったところ、僕を非難する態度を取り、だいぶ長い間口も利かなかった。俺をライオンの前に独りで置き去りにするようなものだぞ、と彼は言った。僕はおかしくて笑った。僕らはフォン・ゼークトのクズなんだ。でも僕らは愛し合ってる。だろ？　ついにはコンラートも笑った。ただし、悲しげに。

フラウ・エルゼ

フラウ・エルゼと電話で話した。冷たく力強い会話だった。二人とも怒鳴り合う以上の手段を持たないみたいに。夫が死んだのよ！　僕は元気だ、なによりだ！　クラリータには暇を出したわ！　天気はいいよ！　まだ町に観光客はいるけど、〈デル・マル〉は閉鎖したわ！　もうすぐ休暇でチュニスに行くつもり！　ツインボートはもうないのだろうと予想した。〈火傷〉はどうしているかと直接訊ねる代わりに、馬鹿な質問をした。言ったのだ。ビーチも空っぽなの？　空っぽに決まってるじゃない！　空っぽよ、もちろん！　まるで秋になって二人とも耳が聞こえなくなったみたいだった。まあいいや。電話を切る前に、フラウ・エルゼは僕がホテルに本を何冊か忘れていったから、こちらに郵送するつもりだと知らせてくれた。忘れたんじゃないよ、と僕は言った。あなたにあげようと思って残していったんだ。彼女は少し感動したと思う。それからおやすみなさいを言って電話を切った。

大会

コンラートに同行して大会に出て見物することにした。最初の数日は退屈だったので、折に触れてドイツとフランス、イギリスの仲間との通訳を務めたりもしたけれども、少し時間が空くと僕はその場を逃れ、残りの時間を長々とパリを散歩することに費やした。よいものもあれば悪いものもあったが、すべての発表と講演がつつがなく遂行され、すべてのゲームが戦われ、ゲーマーのヨーロッパ連盟を作る計画のすべての素案が発表され、検討された。僕なりに得た結論は、発表者の八〇パーセントは精神科医の助けを必要としているということだ。自分を慰めるために、彼らは無害だと何度も言い聞かせ、最終的にはそれが一番の方法なので、受け入れることにした。大会のハイライトはレックス・ダグラスとアメリカ人たちの到着だった。レックスは四十何歳かで背が高く屈強、輝く栗色の髪（髪につや出し剤でも塗っているのか？　知るもんか）もふさふさと生えた人物で、行く先々でエネルギーをふりまくタイプだ。大会の押しも押されぬスターだったと認めてもいい。そして発表されたアイディアのことごとくを、たとえそれが奇妙なものや馬鹿げたものであっても、まず我先にと推進した。僕としては彼に挨拶したくはなかった。ただし、より事実に即するならば、彼に無理して近づきたくなかったと言っていい。彼は常に大会の組織委員やファンの一団に取り囲まれていたからだ。彼がやってきた日にコンラートは二言三言言葉を交わしたが、夜になって僕たちが泊まっていたジャン＝マルクの家に戻ってからは、レックスがいかに面白く聡明な人物であるか、そればかり話していた。聞いたところでは彼は〈黙示録〉――彼の出版社がリリースしたばかりの新しいゲーム――を一ゲームだけプレイしたらしいが、その日の午後、僕はいなかったので見られなかった。僕のチャンスは大会の最後から二日目にやってきた。レックスはドイツ人やイタリア人のグループと話し合いをしていて、僕はそこから五メートルばかりのところ、シュトゥットガルト・グループの発表のブースにいた。そのとき僕を呼ぶ声がした。こいつはウド・ベルガー、我が国のチャンピオンだ。近づいていくと他の連中は道を空け、僕はレックス・ダグラスと正面から向かい合った。何か言おうと思ったけれども、どうにか思いついた言葉も慌てて要領を得なかった。レックスは僕に手を差し出した。前に何度か手紙でやりとりしたことは思い出さなかったのか、それとも公にしたくなかったのだろうか。それからすぐに彼はケルン・グループの誰かとの話の続きに戻り、僕は一瞬、半ば目を閉じてそれを聞くことになった。〈第三帝国〉とベイマが新たに作ったそのヴァリアントで用いるべき戦略の話だった。大会で〈第三帝国〉がプレイされていたというのに、僕はそのゲームの周囲に近づいて一回りすることもなかったのだ！　彼らの話から察するに、ケルンがドイツ軍側でプレイし、戦局は膠着状態に陥ったらしい。

「君にとってはよかったな」とぶっきらぼうにレックス・ダグラスが言った。

「ええ。制圧した場所にしがみついていたら、難儀な仕事になったと思います」とケルンの者が言った。

他の連中も頷いた。ソ連軍側でプレイしたグループを率いたフランス人プレイヤーへの賞賛の言葉が出た。それから夕食をどうするかという話が始まった。これまでの夕食もそうだが、今日もまた友愛の晩餐会だ。誰にも気づかれずに輪から離れた。シュトゥットガルトのブースに戻ると、コンラートが提供するプロジェクトのところ以外、誰もいなかった。僕は少し後片づけをし、雑誌はこちら、ゲームはあちらと分けて置き、音も立てずに大会会場をあとにした。

解説　死の帝国

都甲幸治

カタルーニャのコスタ・ブラバという海岸にあるリゾートの町にドイツ人のカップルがやってくる。旅先での出会い、地元の人々との交流を経て、やがて二人は別々に帰国することになる。『第三帝国』前半の基本的なあらすじはこれで、一見、非常に静かな作品に見える。だが本書はボラーニョの作品だ。したがって、彼の過ごした人生や彼の他の作品を補助線として使いながら読み解かなければならない。なぜならボラーニョは同一の主題を細かく、あるいは大胆に変奏しながら何度も描いてきたからである。一九八九年と、彼の小説としては比較的初期に書かれ、二〇〇三年の死後残された原稿の中から発見されたこの本書の読み方も、他の作品の中で繰り返し提示されているのではないか。

コスタ・ブラバとはどこか。一九五三年にチリで生まれ、十代から二十代にかけてのメキシコ生活や短期のチリ帰国を経てヨーロッパに渡ったボラーニョが、一九七七年に居を定めたのがカタルーニャのこの地域だった。ホテルのボーイ、レストランの皿洗い、キャンプ場の夜警、ごみ収集員などの雑仕事をこなして生計を立て、一九八一年に彼は同じカタルーニャの海辺の町ブラーナスに移る。ならば、リゾートホテルや海岸を舞台とした本書は、ボラーニョの自伝的な要素をふんだんに盛り込んだ作品だと考えるべきだろう。しかし、『第三帝国』においてはいったい誰がチリ出身の詩人なのだ？　そして誰が彼を迫害しているのか？

迂回しよう。カタルーニャの海岸と言えば、『野生の探偵たち』の名場面を思い出す。主人公のひとりである詩人のアルトゥーロ・ベラーノは親友ウリセス・リマと共にメキシコシティで「はらわたリアリズム」という文学運動を興して暴れ回る。やがてある事件をきっかけに二人はメキシコを去り、世界を放浪するようになる。その放浪の途中でベラーノは、自分を侮辱する書評を書いた批評家イニャキ・エチャバルネに、カタルーニャの海岸で古い剣を使って決闘を挑む。現代に決闘だって？　しかも剣で？　これが滑稽な時代錯誤であることは二人とも十分にわかっている。しかし、半ば遊びのような果たし合いも、現実にどちらかが死ぬ可能性を秘めていることは言うまでもない。現にベラーノの切っ先を突きつけられたイニャキは突然正気に戻る。「イニャキはそれまで馬鹿げた夢の中にいるみたいだったのが、そのときになってやっと目覚め、そしてだしぬけにもうひとつの夢に入り込み、危険が現実のものだと悟ったように見えた。その瞬間から彼の足取りはずっと軽やかになり、ずっと敏捷に動くようになり、相変わらず後退していたものの、今度は直線で後退するのではなく円を描いていて、そのせいでこちらからは彼が正面から見えたり横顔が見えたり、背中が見えたりした」（下巻、二三六ページ）。

もちろんこれは一種のゲームだ。ただし本気の勝負であり、そしてまた我々が常に死に付きまとわれていることを思い出すためのゲームである。本書『第三帝国』において命を懸けたゲームと何か？　ナチのヨーロッパ侵略をモチーフとした同名のウォーゲームだ。このゲームのドイツチャンピオンであるウドは、夏の休暇を利用して新たな攻略法を編み出し、それを記事にしようとしているが、どうにも作業が進まない。恋人のインゲボルクとビーチに出かけたり、この町で知り合った旅行客のチャーリーや恋人のハンナとバーを飲んで回ったりしてしまうという理由もある。しかしもっと大きな理由は、自分対自分の闘いはまったく面白くないというものだ。なにしろ数学的、論理的にゲームが進んでいくだけで、予想外のことは何も起こらないのだから。

だが、好敵手は思わぬところから現れる。〈火傷〉だ。ビーチで貸し出すツインボートを管理している彼は、日がな海辺で時間を過ごし、夜はボートを組み合わせて作った隠れ家で寝る。顔や首や胸に大きな火傷の痕がある彼と、やがてウドは言葉を交わすようになる。ウォーゲームの話題を出すと〈火傷〉は食いついてくる。実は〈火傷〉は地元の図書館でチリの詩人パブロ・ネルーダやペルーの詩人セサル・バジェホ、かのガルシア・ロルカを読むという知性の持ち主だった。口頭でウドにルールを教えられながらゲームを始めた〈火傷〉は、最初は大きなミスを犯し続ける。所詮、ドイツチャンピオンであるウドの敵ではない。ウドが従えたドイツ軍は瞬く間にイギリスから北アフリカ、ロシアの奥深くまで侵攻していく。これは簡単に勝負がつきそうだ。しかし、状況は徐々に変わり始める。

どんなに不利な場面でも食らいつき、真剣に考え抜く〈火傷〉の手が変化していく。思いつきは影をひそめ、だんだんと組織立った戦略が姿を現す。やがて彼は図書館で戦争に関する書物を漁り、猛勉強していることが判明する。それだけではない。ある夜、海辺で誰かが〈火傷〉に、ロシア侵攻の食い止め方を暗闇の中でアドバイスしているところにウドは出くわす。この謎の男は誰なのか。ウィンドサーフィン中に行方不明になったチャーリーの亡霊なのか。やがて〈火傷〉は次々と自分で戦い方を考え出し、ついにはチャンピオンのウドを圧倒してしまう。

いったい〈火傷〉とは誰なのか。読者には断片的な情報しか与えられていない。ネルーダやバジェホを読んでいるとすれば、南米に関係のある人物に違いない。ウドとホテルの支配人とのこんな会話がヒントになる。


「〈火傷〉は南米人なんですか?」

「暑いところだよ、暑い……」

「それに体の火傷痕は……?」

「名誉の負傷だ!」(三五一ページ)

多くを知っているはずの支配人は、〈火傷〉が南米人であることをある程度肯定しているように見える。ならば彼のひどい火傷痕はなにか? バルの店主は言う。「あの火傷痕は意図的に負わされたものなんだ。事故なんかじゃないんだぜ」(二四五ページ)。第三者の手によってもたらされた名誉の負傷としての火傷。とすれば、これは拷問の痕として考えるのが自然なように思える。しかしなぜ? いつ? どうして? これらの問いに直接答えてくれる箇所は本書には存在しない。

ならばボラーニョの他の作品にヒントを求めてもいいだろう。彼の著作に登場する拷問は、アジェンデ左翼政権の崩壊後に実権を握ったピノチェトによるものだ。たとえば『アメリカ大陸のナチ文学』には、第二次世界大戦後ドイツから渡ってきた人々によって作られたコロニーに、ナチの戦犯ヴァルター・ラウスが匿われるという話が出てくる(一〇三ページ)。ファシストである彼はピノチェト政権の初期に行われた拷問への関与が疑われていた。ならば〈火傷〉もまた、チリでアジェンデ側に立って闘い、ピノチェト側に捕まって拷問を受けたが生き延び、カタルーニャに逃れたインテリの可能性があるのではないか。実はボラーニョ自身、チリのクーデター後、ピノチェト政権下で刑務所に短期間拘束されていたことがあるという。そのときの心情は『はるかな星』でこんなふうに描写されている。空中に煙で文字を書き出した軍の飛行機をたくさんの囚人が見上げている。「そのとき、なぜかはわからないが、空を見上げている囚人は自分ひとりだけのような気がしていた。たぶん僕が十九歳だったせいだろう」(三四ページ)。こうした直截な叙情性がボラーニョの魅力だ。

もし〈火傷〉がかつてピノチェト政権に抵抗した人物で、今は亡命者として海辺で無為の時を過ごしているとしたら? ならば〈第三帝国〉というゲームでのウドとの戦いはファシストとの象徴的な再戦であり、絶対に負けられない勝負となるだろう。もちろんウドはファシストではない。しかし恋人のインゲボルクは彼のゲームを恥ずべきものと見なしているし、ホテルの客室係のクラリータにも「あんた、ナチなの?」(三三四ページ)と単刀直入に訊かれてしまう。これは無邪気なゲームなんだ、といくらウドが反論したとしても、無邪気さは彼の政治的中立を保障しない。たとえば『はるかな星』において空中に詩を書いていた軍人ビーダーは、クーデターが起こり、ピノチェトが実権を握ると、無邪気、かつ効率的に昔の詩人仲間を次々と暗殺したではないか。

ウドがファシストであれどうであれ、彼がゲームを通して、死の帝国であるナチの世界に引きずり込まれているのは確かである。「ポーランド兵たちの首をへし折るライヒェナウの第十軍」(三〇七ページ)といった危険なレトリックを彼は何のためらいなしに使い、「僕たちは皆、ウォーゲームの盤上で絶えず軍事演習を続ける幽霊参謀本部メンバーの幽霊なのだ」(三八二ページ)と認めてしまう。ゲームの相手は、霊廟のように見えるツインボートの秘密基地に住む〈火傷〉だし、ホテルの鏡の正面に立ったウドの姿はなぜか鏡に映らない。ウドと〈火傷〉は〈第三帝国〉

という ゲームを戦いながら、死の気配が漂う世界を彷徨う。そもそも、海で溺死したはずのチャーリーの遺体が発見されるまでウドはドイツへの帰国を延ばし続け、チャーリーと思しき遺体が発見されてもまだ、支配人の来るべき死を待つかのように、その妻であるフラウ・エルゼと不毛な恋のまねごとをしながらゲームを続けるという『第三帝国』の作品世界は、あまりにも濃い死の気配に彩られているではないか。

ボラーニョにとって小説を書くことは、死の世界を経巡りながら、死んでいった者たちと再会し、再び自分たちを抑圧するファシストと何度も戦い続けるという、象徴的な闘争だったのだろう。「ある意味で、すべての文学は政治的である」（『*Bomb*』インタビュー）と彼の言うその政治性とは、死んだ仲間たちの、そして敵たちの魂をも鎮めるという行為であり、ボラーニョが彼らともう一度出会うという試みでもある。だからこそ彼の作品は、どれもこれほど僕たちの心を強くつかむのだ。

訳者あとがき

一九七七年、ひとりの若者がメキシコからバルセローナにやってきた。そこは彼の母が暮らしていた都市だったからだ。

直後、若者は一番の親友と別れの挨拶を交わすためにフランスに旅することになる。親友はメキシコからパリを経由してイスラエルに旅立とうとしていた。それでパリとバルセローナの中間点で会うことにしたのだ。イスラエルを経てまたメキシコに戻った親友は、左右を確認せずに道路を横断するという奇癖のためと言われているが、二度目の交通事故で死んでしまうだろう。それは二十年近い時間が経過して、若者がひとかどの人物になろうかというころのことだったけれども、結局、この年のフランスのポール゠ヴァンドル駅での見送りが、二人が顔を合わせた最後の機会となった。若者と親友は血気盛んなメキシコ時代、シュルレアリスムに対抗する文学運動インフラレアリスモを標榜し、詩の変革を志した。すでに名のある詩人たちの朗読会や講演会を攪乱するなどして、アンファン・テリブルと見なされた。数年で終わり、少なくとも大きな潮流とはなりえなかったインフラレアリスモの運動が、あの日、ポール゠ヴァンドル駅で永遠に終わったのだということを、若者は事後的に知ることになる。

若者は職を転々としながら詩を書き続けた。一九八〇年にはバルセローナ近郊の町ジローナに住み始める。翌年には八歳年下の美しい女性カロリーナと出会い、恋に落ちた。八四年からは同棲を始めている。さらに翌年には結婚することになるこのカロリーナは、若者に詩ではなく小説を書くことを勧めたという。彼が最終的に小説に専念することに決めたのはもう少し先のことだとされるが、少なくとも八四年にはA・G・ポルタとの共著で『モリソンの弟子からジョイス狂信者への助言』という小説を出版している。

結婚した若者とカロリーナは、彼女が職を得たので、ジローナよりも小さな、バルセローナから海岸沿いに七〇キロ北にあるブラーナスの町に居を構えることになった。当時、現在の約半分、二万人ほどの人口を数えるのみだったこの小さな町が、若者の最後の居住地となるだろう。妻の助言にしたがった若者は、やがて子供もできることだし、小説に専念し、ここで昼も夜もひたすら書き続ける生活に入る。執筆に疲れると町のゲームセンターでゲームに没頭する姿も目撃されていたようだ。ゲームセンターにあるようなコンピュータ・ゲームだけではなく、ボードゲームにも熱中していたとの友人たちの証言がある。

息抜きのためのゲームへの没頭を挟みながらの一心不乱の執筆生活は、やがて少しずつ実を結ぶことになるだろう。長男が生まれたころに書いた中篇小説『スケートリンク』は、アルカラ・デ・エナーレス市文学賞を受賞し、出版され、その後、故国チリでも再版されるだろう。この小説と同じころに、ゲームに熱中した成果とも言える小説を執筆しているのだが、それが日の目を見るのはずっと後になってからのことだ。

『スケートリンク』の出版のちょっと前には、やがて彼を死へと追いやる病気が発覚する。ある若い作家には膵臓炎だと漏らしているが、実際の死因は慢性肝不全による肝炎だ。肝臓移植の待機リストの三番目の候補だった。のちの神話は若いころの薬物使用が原因ではないかと伝えるけれども、親交のあった医師はその可能性はないと否定している。

肝臓の異変が発覚してからの十年、中年にさしかかったかつての若者は書いた。ただひたすらに書いた。

一九九六年、バルセローナの大手出版社セイクス・バラルに持ち込んで出版された『アメリカ大陸のナチ文学』がアナグラマ社の社主にして作家のホルヘ・エラルデの目に留まる。そのエラルデに何か書いてくれと依頼され、数週間で『はるかな星』を書き上げて持っていった。そこから誰もが知るロベルト・ボラーニョの物語が始まった。直前に死んでしまった親友マリオ・サンティアーゴとの思い出を綴った『野生の探偵たち』（一九九八年）でロムロ・ガリェーゴス国際小説賞を受賞し、押しも押されぬ次代を担う作家としての短い名声の日々が始まり、立て続けに何冊もの短篇集や中篇小説を発表し、大長篇『２６６６』を遺して五十歳にして死んでしまった、あのロベルト・ボラーニョの物語だ。

『第三帝国』には若いボラーニョが詰まっている。定職に就かず（母の仕事を手伝ったりもしていたらしい）、書き続けたボラーニョ。詩人としての時代に終止符を打ち、小説で糊口を凌ぐために書いていたボラーニョ。のちの小説では自らをアフリカに消えた早熟の天才詩人アルチュール・ランボーになぞらえたアルトゥーロ・ベラーノという青年に託し、アフリカではなく、小説という焦熱地帯に埋没した詩人ボラーニョ。『通話』所収の短篇「センシニ」のごとく、書いては地方の文学賞に作品を送って賞金稼ぎのようなことをしていたボラーニョ。書き疲れるとゲームに熱中したボラーニョ……かつてのアンファン・テリブルはブラーナスの町でエンリケ・

ビラ＝マタスやフアン・ビジョーロ、ハビエル・セルカスといった作家仲間たちと親交を結び、彼らから愛される存在となるのだが、たぶん、まだそうなる前のボラーニョ。

『第三帝国』は一九八九年、手書きで書かれた。これは『スケートリンク』出版のちょっと前だから、きっとこの作品と同時期に書かれたに違いない。〈コスタ・ブラーバ〉という名のホテルのある町が舞台という設定においても、両作品は共通する。八九年ならばボラーニョはもう結婚していた。長男ラウタロの生まれる前年だった。まだ肝臓の異変も膵臓炎も少なくとも発覚していない。そんな時代だ。『第三帝国』はその後、修正を加えつつタイプ打ちされ、三五〇ページの作品として完成されていた。一九九五年に最初のコンピュータを買ったボラーニョは生前、これを六十ページまでデジタル化していた。つまり『第三帝国』は一応完成してはいるけれども、まだ手直しされていたかもしれない作品ということができるだろう。二〇一〇年、発見された原稿が死後出版されている。

舞台となる町の名は明記されていないけれども、〈コスタ・ブラーバ〉という名のホテルがあるから、きっとコスタ・ブラーバの町のひとつなのだろう。コスタ・ブラーバというのはブラーナスからフランス国境の町ポルボウにかけてのカタルーニャ地方の海岸のことだ。キャンプ場地区があるという記述などからすると、ボラーニョが住んだブラーナスの町がモデルと思われる。コスタ・ブラーバの入り口と言われる町だ。

コスタ・ブラーバは（スペインの観光地はどこでもそうだが）、夏になるとドイツやイギリスなどヨーロッパの相対的に言って北の地域からの観光客でごった返す。そしてどこの観光地・保養地もそうであるように、夏が終わると観光客がいなくなり、町は淋しくなる。『第三帝国』は盛夏から夏の終わりにかけてのそんなリゾート地での出来事を描いた小説だ。主人公＝語り手は後半、ある種の恐怖のようなものを感じることになるのだが、その恐怖をいや増すのに預かっているのが、突然訪れる淋しさであることは確認しておこう。

主人公＝語り手はこのコスタ・ブラーバで夏を過ごしにやってきたドイツ人観光客ウド・ベルガーだ。恋人のインゲボルクを伴っての旅行だが、彼は子供のころ、家族連れでよくこのホテルに逗留していて、そのころからホテルのオーナー夫人フラウ・エルゼに憧れを抱いていた。今、大人としてこの地を再訪したウドは、恋人同伴だというのに、この淡い恋心をどうにかしたいとの思いも抱いているようだ。年上の美しい女性への憧れは若い男の特権のようなものだ。この設定も若いボラーニョなればこそだ。

執筆されたのは一九八九年だとされるが、小説の設定は、確かにそれ以前の時代であることがうかがえる。サッカーの東ドイツ代表チームへの言及があることから、ベルリンの壁崩壊以前であることは間違いない。八〇年代の半ばころが想定されているとみていいだろう。ウドはおよそ十年ぶりに〈オテル・デル・マル〉を訪ねるのだが、ホテルが様変わりしてしまったこと、そして町も競争の波にさらされ、変わりつつあることを記録している。

八〇年代は世界にとってもスペインにとっても重要な変化の時期だった。スペインは長く軍事独裁を敷いたフランコ将軍が七五年に死に、その後、移行期をへて民主化され、一気に訪れた自由を謳歌していた。文化的にはその自由な雰囲気の中から映画監督ペドロ・アルモドバルやファッション・デザイナーのシビラらが知られるようになってくる。いわゆる「ラ・モビーダ」の時代だ。政治的には社会労働党のフェリペ・ゴンサーレスが総理大臣として長期政権を維持するが、一方、世界の趨勢としては新自由主義の時代だ。イギリスのマーガレット・サッチャーやアメリカ合衆国のロナルド・レーガンら主要国の首脳が新自由主義経済政策を執り、世界は一気にいわゆるグローバル化に向かうことになる。そういう時代の雰囲気が、確かに『第三帝国』には感じ取れる。

ウド・ベルガーはまたボードゲームのプレイヤーでもあり、ゲーム評などを書いてもいる。その夏も〈第三帝国〉の新しいヴァリアント（戦術の新シナリオ）を考案し、冬に控えたパリでの大会に備えるつもりだった。大会では、世界中からやってくるゲーマーやそのファンたちに対して発表をするのだ。その準備もあって彼は独りでゲームにいそしんでいるのだが、やがて町で出会った謎多き青年〈火傷〉を相手に一戦交えることになる。小説後半ではこのゲームの展開が緊迫感を生み出している。

私たちはボードゲームというと、真っ先に将棋や囲碁、チェス、バックギャモン、あるいはオセロなどを思い浮かべるだろう。人生ゲームや双六の類もまたボードゲームだと思いつく人もいるだろう。『第三帝国』の筋書きに重要な役割を果たすウォーゲーム（戦争ゲーム）という類のものに馴染んでいる人は、果たしてどれだけいるのかはわからない。だが、このゲームはまたスポーツとして世界中で楽しまれ、大会なども存在するのだという。

ウォーゲームは六角形のマスに駒を置いて進めるゲームだ。四角形のマスのものもあるが、六角形が多い。マスはその形状からヘキサゴン（または略してヘクス）と呼ばれる。このヘクスが実際の地図を分割する形で配置されている。駒は部隊を表し（たとえば歩兵大隊一個、という具合に）、その駒をターンと呼ばれる攻撃時間内に移動させ、前線を張ったり敵陣地に攻め入ったりする。一回のターンが一週間とか一か月、一年といった時間単位に相当する。〈第三帝国〉（小説内の同名のゲーム）では、一回のターンは季節に対応するようだ。「四三年冬」などという局面を叙述する箇所が小説には頻出するが、それがつまりひとつのターンに相当する。

ところで、〈第三帝国〉というウォーゲームは実在する。アバロン・ヒル社の名作だそうだ。すでに入手が困難で、私はそれがこの小説内のゲームと同一のものなのかどうか確かめられなかったのだが（実物を取り寄せたからといって確かめられただろうか？）、説明を読むに、だいぶ似たもののようだ。〈第三帝国〉は入手できなかったのだが、〈第三帝国の最期〉というゲームは入手してみた。そしてこれも、〈第三帝国〉同様、ルールが複雑で、無数のヴァリアントを生み出しうる可塑的で時間のかかるゲームのようだ。一度はまったら、きっと抜け出せなくなる。これにはまるか小説『第三帝国』の訳を終えるかの選択を迫られて後者を選んだので、私はまだルールも理解するにいたってはいないのだが……（最近、スペイン内戦を扱った面白いゲームができたらしく、それはぜひとも入手してみたいと考えている）。

さて、そんな〈第三帝国〉についての計画を抱いているウドだが、仕事はなかなかはかどらない。夜な夜なディスコに繰り出すウドとインゲボルクは同じドイツ人観光客チャーリーとハンナのカップルと知り合い、さらには地元の青年〈狼〉と〈仔羊〉、それにビーチでツインボートを貸し出している〈火傷〉らと知り合う。彼らと行動を共にするようになるのだが、とりわけチャーリーは厄介な存在で、酔って海に入り、沖からなかなか戻らず周囲に心配をかけたり、ウィンドサーフィンで隣の町に行ってしまってやはり心配をかけたりしていたが、やがて決定的に失踪してしまう。彼の帰りを（あるいは遭難して死んでいるかもしれないので、その死体が発見されるのを）待つために、ウドは夏の休暇が終わってもこの町に居残ることになる。何より〈第三帝国〉についての仕事も終わっていなかったので、それを仕上げたいとの思いもあった。

一気に客のいなくなる淋しいホテル、死んでしまったかもしれない友人チャーリー、あだ名のとおり火傷痕に覆われているので見た目も不気味なのだが、謎の多い生活やそのバックグラウンドのゆえにますます不気味な存在になっていく〈火傷〉、楽勝だと思っていたのにだんだん雲行きが怪しくなっていく〈火傷〉とのゲームの展開、フラウ・エルゼとの恋の行方と病床にいるらしい彼女の夫の存在、それらの要素が徐々にウドを追い詰めていく。

『第三帝国』が書かれたのはボラーニョの病気の発覚の前のはずなのだが、作品全体が死の影に覆われていることは奇妙な偶然と言うべきなのだろうか？　チャーリー失踪の理由は謎だけれども、彼はハンナに対して暴力をふるったり、失踪以前にも不意にいなくなったりして、死への衝動に突き動かされているように見える。〈火傷〉が見た目にも明らかなその傷を負うにいたった経緯も謎だけれども、きっと彼も死の淵から生還したに違いない。ウドが思いを寄せるフラウ・エルゼの夫、ホテルのオーナーは影のように見えそうで見えない。重篤な病気に冒され、ホテルの一番奥の部屋で死の床に伏せっているらしい彼の存在は、文字どおり作品の場を影から律している。

そのフラウ・エルゼの夫との対話は、小説のクライマックスだ。九月二十日、ウドは事前に突き止めていたオーナー夫妻の部屋に、早朝七時に忍び込む。妻は不在で、夫と対話することになる。フラウ・エルゼをどうにか陥落したいと思っているウドにとってみれば、その夫はいわば恋敵であり、いつか対決しなければならない相手だ。一方で、〈火傷〉にゲーム攻略のための入れ知恵をしているのではないかとの疑念も抱いている。それどころか、自分の部屋に無断で入り、ゲームの行方を観察しているかもしれないとも思っている。若く、生気みなぎるウドは、病気の夫と何らかの仕方で対決し、疑念を晴らし、打ち勝とうと思ったのだろう。しかし、死を覚悟した者の末期の眼差しは透徹していて手強く、〈火傷〉に気をつけろ、彼は危険な人物だ、などの忠告を受け、ウドは立ち往生してしまう。生が死に飲み込まれようとする一瞬だ。

繰り返すが、現在知られているかぎりでは、『第三帝国』はボラーニョの病気発覚の前に書かれたはずのテクストである。だが、以上のような展開にある種の勘繰りを入れたくなるのは禁じ得ない。彼は医者にかかる前から、自らの体に巣くった病気に気づいていたのではないか？　あるいは本能的に察知していたのではないか？――もちろん、死は健康な者にとっても永遠のテーマであることに変わりはないのだけれども。


ロベルト・ボラーニョとカロリーナ・ロペスが同棲を始めたころ、極東の島国で生を受けたある女の子が長じてアーティストになった。彼女は、次々に翻訳紹介されたボラーニョ作品に魅せられ、すっかりファンになってしまった。『２６６６』の朗読パフォーマンスなど、ボラーニョに関係する活動も行うようになっていた。

スペインに二か月ほど滞在する機会を与えられた。この機を利用してボラーニョの足跡を辿り、ボラーニョ作品から考えたことを映像化することにした。タイトルを『遠いデュエット』としたそのビデオ作品を、東京でインスタレーションとして展示することになった。

ハンディカメラを携え、彼女は作家の臨終の地ブラーナスに行ってみた。まずはボラーニョの墓を探してみたのだが、遺骨は地中海に散骨されたと言われた。墓はないのだと。町を歩いてボラーニョを知っていそうな人を探してみた。二〇〇三年と言えば、そんなに遠い昔ではない。彼と親交のあった人がいてもおかしくはない。だが、ボラーニョを知る人にはなかなか巡り会えなかった。町の図書館にはロベルト・ボラーニョ・ホールという児童向けのスペースもあるというのに、そこにボラーニョという作家が生きていたことなど、誰一人憶えていないようだった。

Mというアルゼンチン人がボラーニョを知っているという。短篇に出てくるイニシャルだけの男Bに倣って、ビデオではその男をただMとだけ呼ぶことにした。Mはボラーニョについて語ってくれた。しかし、お互いいささかたどたどしい英語でのコミュニケーションだ。会話はいまひとつ噛み合わなかった。聞き違いでなければ、Mはボラーニョをメキシコ人だと言っている。メキシコに住んでいたチリ人ではなく、メキシコ人だと。そしてまたマリリン・モンローとも交際があったと言い出す。ボラーニョとモンローに付き合いがあったとすれば、前者がまだ十歳かそこらのころのはずだ。いくらなんでもそれはあるまい。アーティストは疑義を呈するのだが、Mは自信たっぷりだ。スマートフォンでインターネット検索をかけ、写真まで見つけ出し、示した。

スペイン語による説明はよくわからなかったけれども、キャプションにJosé Bolañosとあるのが見て取れた。メキシコ出身の俳優ホセ・ボラーニョスだ。そのことを指摘すると、やっとMは自らの勘違いに気づいたようだ。ああ、ボラーニョね、チリの詩人、作家ね。再度検索をかけてやっと自らの勘違いに気づいたようだ。しどろもどろにごまかした。

アーティストは最後にブラーナスの町の高台に上り、地中海を見下ろした。そして一言呟いた。「ここがボラーニョの墓だ」。

アーティストの名は地主麻衣子。彼女のビデオ・インスタレーション作品『遠いデュエット』は二〇一六年四月、五月の間、トーキョーワンダーサイト本郷で展示された。『第三帝国』の校正作業に入ったころ、私はこのビデオ作品を鑑賞し、とりわけ四章構成のうちの第一章（というのが先に説明した内容）を見てボラーニョの存在と死、名声と匿名性を思った。ブラーナスの町には今ではボラーニョの名が溢れている。そして誰もボラーニョのことを憶えていない。『２６６』の共訳者のひとり久野量一もまた、ブラーナスを訪れボラーニョの存在と不在を感じたと私に話してくれたことがある。パティ・スミスが愛し、スーザン・ソンタグが評価し、ＮＢＡの選手までが読むボラーニョ。これまで私はいくつの映画で彼の本について言及され、映像に映り込むのを確認しただろう？　日本でもある一定の読者を獲得したらしいボラーニョ。無名の詩人としてひっそり暮らし、小説家として知られるようになったと思ったらあっという間に死んだ、臨終の地ブラーナスの町に、今では図書館の部屋の名として、通りの名として生きているボラーニョ。墓さえもないボラーニョ。茫漠たる地中海を墓とするボラーニョ。

まだ死の影に怯えていなかったはずの若いボラーニョが読み取れるけれども、同時に死の影に覆われてもいる『第三帝国』は、たぶん、ブラーナスの町を舞台にしているとの推論は前に述べたとおりだ。そのブラーナスにはまだ彼が生き、そして忘れられている。まるで無名時代に戻ったみたいだ。

本書は Roberto Bolaño, *El Tercer Reich* (Barcelona: Anagrama, 2010) の全訳である。Natasha Wimmer による英訳 *The Third Reich* (New York: Picador, 2012) をある日、丸善の洋書売り場で見つけたからと鼓直さんが送ってくださった。私が翻訳することをご存じだったたからだ。翻訳にあたっては、時折この英訳を参考にした。この英訳との突き合わせを丹念に行い、誤訳を指摘してくださったりアドヴァイスをしてくださったりしたのが、白水社編集部の金子ちひろさんだ。彼女は〈エクス・リブリス〉で刊行された『通話』、『野生の探偵たち』、『２６６』からこの〈ボラーニョ・コレクション〉にいたるまで、一貫して担当している。おそらく、どの翻訳者よりもボラーニョに通じた人だ。彼女もまたブラーナスを訪れたことがあると聞いたように思うのだが、残念ながらそのときの話を詳しく伺うにはいたっていない。エピグラフのデュレンマットの訳は、光文社古典新訳文庫版『傑作選』の増本浩子訳を参照したものの、文脈を考慮してスペイン語による引用から訳した。本文中の九月二十二日の日記に引用されるゲーテ『西東詩集』は、岩波文庫の小牧建夫訳をそのまま使用した。以上、名を挙げた方々と解説の都甲幸治さんに謝意を表したい。

東京大学文学部および大学院人文社会系研究科の現代文芸論研究室の学生たち幾人かが、二〇一三年ころ『第三帝国』の読書会を開き、翻訳を作っていたようである。残念ながらそれを参考にすることはできなかったけれども、今はただ、本書が彼らに恥ずかしくない出来に仕上がっていることを祈るばかりだ。

二〇一六年五月

柳原孝敦

訳者略歴
一九六三年鹿児島県名瀬市（現・奄美市）生まれ
東京外国語大学大学院博士後期課程満期退学
博士（文学）
東京大学大学院人文社会系研究科准教授
著書に『ラテンアメリカ主義のレトリック』、『劇場を世界に――外国語劇の歴史と挑戦』共編著（以上、エディマン／新宿書房）、『映画に学ぶスペイン語』（東洋書店）
訳書にアレホ・カルペンティエール『春の祭典』（国書刊行会）、フィデル・カストロ『少年フィデル』、『チェ・ゲバラの記憶』監訳（トランスワールドジャパン）、ロベルト・ボラーニョ『野生の探偵たち』共訳、カルロス・バルマセーダ『ブエノスアイレス食堂』（以上、白水社）、セサル・アイラ『文学会議』（新潮社）、フアン・ガブリエル・バスケス『物が落ちる音』（松籟社）ほか

〈ボラーニョ・コレクション〉
第三帝国

二〇一六年七月二〇日 印刷
二〇一六年八月一〇日 発行

著者 ロベルト・ボラーニョ
訳者 © 柳《やなぎ》原《はら》孝《たか》敦《あつ》
発行者 及川直志
印刷所 株式会社 三陽社
発行所 株式会社 白水社
東京都千代田区神田小川町三の二四
電話 営業部〇三（三二九一）七八一一
編集部〇三（三二九一）七八二一
振替 〇〇一九〇-五-三三二二八
郵便番号 一〇一-〇〇五二
http://www.hakusuisha.co.jp
乱丁・落丁本は、送料小社負担にてお取り替えいたします。

誠製本株式会社

ISBN978-4-560-09267-5

Printed in Japan